KB097243

돗개무리

못대목리

② 형왕모살 兄王謀殺

| 이번영 강사소설 |

차 례

1

훈민정음 반포

38년을 함께 산 아내를 먼저 떠나보낸 세종은 외롭고 허전하여 도무지 마음을 잡을 수가 없었다. 앉거나 누울 때는 물론이요 서 있거나 걸을 때도 왕후의 현량한 얼굴이 자꾸 떠올라 더욱 그립고, 그래서 더욱 외로워졌다.

'여보, 중전……. 중전을 위해 내가 뭔가 좀 해야만 할 것 같소. 무엇을 했으면 좋겠소?'

임금은 넋 나간 사람처럼 자주 먼 허공을 바라보곤 했다.

'그래, 그게 좋겠어. 중전은 석가모니의 행적에 대해 얘기하기를 좋아했지. 그래. 《석보상절釋譜詳節》을 만들어 중전의 명복을 빌어야겠어.'

임금은 수양대군을 불렀다. 수양대군은 자기 집에서 세상을 뜬 모후 생각에 자주 눈물을 흘리며 전에 없이 침울한 세월을 보내고 있었다.

"네가 어머니 생각에 자주 운다지?"

"예, 아바마마. 효도하지 못하고 속만 썩인 것이 몹시 후회가 되옵니다. 이제라도 잘 좀 모셔야겠다고 마음먹고 있었는데, 그만……. 흐윽……."

"증자曾子의 '풍부지風不止 친부대親不待'라는 말을 알고 있느냐?"

"예, 아바마마. 나무가 조용히 있고 싶어도 바람이 그치질 아니한다는 수욕정이풍부지樹欲靜而風不止, 자식이 어버이를 봉양코자 해도 어버이가 기다려주지 않는다는 자욕양이친부대子欲養而親不待의 말씀이옵니다."

"그래, 이제라도 효도를 한번 해보겠느냐?"

"예, 아바마마. 하오나……."

"아니 계신데 어찌 효도를 하느냐, 그 말이냐?"

"꼭 그런 건 아니옵니다만……."

"그럼 이제 네가 개과천선하고 어머니에게 잘못했던 지난날의 허물도 모두 씻는다는 의미에서 한 가지 일을 해보겠느냐?"

"예, 아바마마. 무엇이든지 하명만 하시옵소서. 비록 저승에 가서 어마마마를 뵙고 오라 하셔도 기꺼이 해내겠사옵니다."

"허허, 뭐 저승까지 갈 것은 없고……. 네 어머니의 명복도 빌고, 네 어머니가 생전에 바라던 대로 불교를 널리 펴기도 하고, 또 새로이 창제한 우리 훈민정음을 널리 권장할 수도 있는 일이다. 네가 부처님의 일대기를 우리 훈민정음으로 한번 지어보겠느냐?"

"예, 반드시 해내겠사옵니다. 하오면 소자의 불효막심한 많은 죄가 조금은 벗어지겠사옵니까?"

"네가 이 일을 착실하게 잘해내면 네 어머니가 지하에서도 기뻐하실 것이다. 가만……, 책 이름은 《석보상절》이라 하는 게 좋겠다."

"황공하옵니다, 아바마마. 곧 지어 올리겠사옵니다."

수양대군은 시원스럽게 대답하고 물러 나왔다. 대답은 시원스럽게 했으나 물러 나와 생각하니 그저 막막할 뿐이었다. 어디서부터 어떻게 써야 할지 가늠할 수가 없었다.

'별수 없다. 우선 기준으로 삼을 석보釋譜(석가모니의 일대기)를 구하는 수밖에 없다.'

수양대군은 중부仲父인 효령대군을 찾아갔다.

"그것이라면 나보다는 신미대사信眉大師가 더 잘 알 것이다."

신미대사는 효령대군과 자주 친교를 가졌으며 왕후 심씨의 환후 때도 불사를 주도하던 고승이었다.

"중부님, 그러면 신미대사를 어디 가면 뵈올 수 있을까요?"

"글쎄다. 요즘은 나도 통 만날 수가 없다. 신미대사의 아우인 김수온金守溫이란 사람을 찾아가면 혹 알 수 있을지 모르겠다."

"김수온이라면 승문원부사직承文院副司直으로 있는 사람 아닌가요?"

"그렇다."

"아, 그 사람이라면 저도 잘 알고 있사옵니다."

1441년(세종 23) 6월, 왕명에 의하여 집현전에서 정인지를 대표로 학사들이 《치평요람治平要覽》을 편찬할 때 김수온도 거기에 참가했고, 수양대군(당시 진양대군)이 그 편찬을 감독하였기에 서로 잘 아는 사이가 되었다.

수양대군은 효령대군의 집을 나와 김수온의 집을 찾았다.

"나으리께서 이 누추한 집에 어쩐 일로 왕림하셨습니까?"

"좀 부탁할 일이 있어서 결례를 무릅쓰고 이렇게 찾아뵈었습니다."

"부탁이라 하셨습니까? 저 같은 사람이 무슨 도움이 될지 모르겠습니다."

"다름이 아니라, 이번에 내가 《석보상절》을 지어야 할 입장이 되었는데, 석보를 알아야 할 게 아닙니까? 석보에 관한 서적을 좀 빌릴까 해서 신미대사를 찾아뵈려는 중입니다."

김수온이 빙그레 웃으며 대답했다.

"그 일이라면 굳이 저의 형님을 찾지 않으셔도 됩니다."

"아니, 대사를 찾지 않아도……?"

수양대군이 의아하게 생각하고 있는데 김수온이 일어서서 책 세 권을 꺼내더니 수양대군 앞에 내려놓았다.

"이 책 세 권이면 《석보상절》을 쓰시는 데 별 부족함이 없을 것입니다."

중국 양나라의 승려 우祐가 쓴 《석가보》, 중국 당나라의 승려 도선道宣이 쓴 《석가씨보》, 그리고 바로 김수온 자신이 쓴 《석가보》였다. 수양대군은 적이 놀랐다.

"아니, 이건 부사직이 쓴 책 아닙니까?"

"별것은 아닙니다. 다른 사람들의 책에 조금 더 보태 쓴 것인데 제 작품이라고야 할 수 있겠습니까?"

수양대군은 책들을 펼쳐 대강 훑어보았다. 김수온이 쓴 책이 가장 내용이 충실한 것 같았다.

수양대군은 매우 기뻤다. 김수온의 책 정도면 따로 쓸 필요 없이 내용을 요약하여 훈민정음으로 옮기면 될 것 같았다.

"부사직, 고맙소. 부사직의 책을 요약해서 정음으로 옮기면 아주 좋은 작품이 될 것 같습니다. 앞으로 혹 모르는 것이 있으면 도움을 청하겠으니 좀 도와주시기 바랍니다."

"물론입니다. 힘닿는 데까지 도와드리겠습니다."

"고맙소이다."

그날부터 수양대군은 김수온의 도움을 받아가며《석가보》의 내용을 요약하여 정음으로 번역해나갔다.

그리고 약 1년 후인 1447년 7월,《석보상절》의 초고가 완성되어 그것을 임금께 바쳤다.

세종은 아들이 지어 올린《석보상절》을 여러 날에 걸쳐 아들과 함께 읽어가며 검토하고 고칠 것은 고쳐서 완성본을 만들었다.

'아득한 먼 옛날 한 보살이 왕이 되어 계시다가, 그 나라를 아우에게 맡기시고, 도리道理를 배우러 나아가시어, 바라문교婆羅門敎의 구담瞿曇을 만나시어 자기의 옷을 벗고 구담의 옷을 입으시고, 깊은 산에 들어가서 과실과 물을 잡수시고 참선을 하시다가, 나라에 빌어먹으러 오시니, 모두가 몰라보고 소구담小瞿曇이라 하더라…….'

세종은 그 완성본을 읽어가면서 하나의 장을 다 읽어갈 때마다 죽은 아내를 생각하며 스스로 정음으로 된 시가를 지어 읊었다. 그 시가가 무려 500여 수나 되었으니, 이것은 세종의 뛰어난 문재를 여실히 드러낸 것일 뿐만 아니라, 그리운 중전 아내를 애틋하게 기리는 세종의 따사로운 인간성 또한 여실히 드러낸 작품도 되었던 것이다.

부처님이 백억세계에 화신하시어 교화하심이, 달이 일천 강에 비치는 것과 같으니라. 높고도 큰 석가부처님의 한없고 가없는 공덕을 여러 겁이 지나도 어찌 다 여쭈리. 세존의 일을 말씀해 올리겠으니, 만 리 밖의 일이시지만 눈에 보는 듯이 여기십시오. (…)

이 시가의 이름을 〈월인천강지곡月印千江之曲〉이라 했다. 부처가 백억세계에 화신하여 교화하는 것이 마치 하나의 달빛이 천 개의 강물에 비치는 것과 같다고 정의한 것이었다.

중전 아내를 떠나보낸 허전함은 여전한데 어느새 삽상颯爽한 가을도 깊어가고 있었다. 세종이 원손 홍위의 손을 잡고 궐내를 거니는 일이 이 가을 들어 부쩍 잦아졌다.

"애야, 홍거하신 할마마마가 보고 싶지 않으냐?"

"몹시 뵙고 싶사옵니다."

"얼마만큼이나 보고 싶은고?"

"하늘만큼 땅만큼이요."

"어이구, 그렇게나……. 허허, 우리 홍위가 아주 효손이로구나."

세종은 홍위를 번쩍 안아 들고 거닐었다. 지금 세종에게는 홍위가 가장 큰 위안이고 모든 것의 근본이었다.

자주 들리는 집현전에도 홍위를 데리고 오갔다. 성삼문, 신숙주, 박팽년 등 젊은 학사들은 임금 세종만큼이나 원손 홍위를 받들었다. 물론 장차 보위에 오를 왕손이기 때문이기도 했지만, 그보다는 임금 세종의 간곡한 당부가 자주 있었기 때문이었다.

"원손 대하기를 나를 대하듯 해야 할 것이야."

"명심하여 받들고자 하옵니다."

"홍위는 학사들의 성심을 잊지 말아야 한다."

"예."

"가만……, 홍위는 어느 학사가 제일 좋은고?"

원손 홍위는 초롱초롱하게 눈빛을 반짝이며 학사들의 얼굴을 살피다가 앵두 같이 귀여운 입술을 달싹이며 대답했다.

"근보(성삼문), 범옹(신숙주), 인수(박팽년)……. 모두 다 좋습니다."

홍위는 집현전 학사들의 이름은 물론이요 자字와 호號까지 알 만큼 총명했다. 원손 홍위는 지금 겨우 일곱 살이었다.

"허허허!"

'이 녀석 제 아비보다 더한 성군감이로구나.'

"하하하."

세종은 고개를 쳐들고 파안대소했다. 때때로 이렇게 홍위는 그 재치로 세종을 깜짝깜짝 놀라게 했다. 홍위는 실로 세종의 모든 시름을 날려주는 크나큰 기쁨이요 다시없는 보배였다.

"허허허. 그래, 곧 《훈민정음해례》만 마치면, 학사들이 너를 위해 충절을 다짐할 것이다."

마침 이때 정인지가 들어와 바라던 기쁜 소식을 전했다.

"전하, 《훈민정음해례》를 다 마쳤사옵니다."

"오오, 그래. 이렇게 기쁠 데가 있나. 어디 봅시다."

창제 이후 무려 3년째, 드디어 해례가 완성되었다. 그동안 세종이 가장 노심초사해왔던 일생일대의 위업인 훈민정음을 마침내 반포하기에 이르게 된 것이다.

1446년(세종 28) 9월 28일(양력 10월 9일)이었다. 세종은 그날 일찍 훈민정음 창제에 관여했던 모든 학사들을 집현전으로 불러 그들의 노고를 치하했다.

"여러분들의 노고를 어떻게 치하해야 할지 모르겠소. 이제야 나의 모든 소망이 이루어진 셈이오. 여러분들의 이름은 이로 인해서 만세에 빛날 것이오."

"성은이 망극하옵니다."

"마침내 훈민정음을 중외中外에 반포하게 되었소. 여러분들의 기쁨 못지않게 나 또한 기쁘기 한량없소."

"하례드리옵니다, 전하."

"고맙소. 저, 근보. 지필묵을 준비해주게."

성삼문은 지필묵이 준비된 연상을 세종 앞에 옮겨놓았다.

"음, 훈민정음의 서문을 내가 쓸 것이오."

"……?"

모두들 놀라 긴장된 얼굴로 임금을 주시했다. 임금이 친히 어떤 전적에 서문을 쓰는 일은 거의 없었기 때문이다.

임금은 붓을 들고 잠시 눈을 감았다. 서문은 이미 생각해두고 있었으나 쓰기 전에 이를 가다듬고 있었던 것이다.

세종은 눈을 뜨자 천천히 서문을 써 나갔다. 그동안 완벽하게 익힌 훈민정음의 글자로 찬찬히 써 나갔다.

나라의 말이 중국과 달라서 문자가 서로 통하지 않는 고로, 어리석은 백성들이 생각하는 바를 나타내고자 해도, 마침내 그 뜻을 다 펴지 못하는 자가 많도다. 내가 이를 가엾게 여겨 새로 스물여덟 자를 만들었으니, 사람마다 쉽게 익혀서 날마다 쓰는 데 편하게 하고자 할 따름이니라.

임금이 쓰기를 마치고 붓을 놓자 주시하고 있던 학사들의 입에서 일제히 탄성이 새어 나왔다.

간결하고 짧은 글이지만 임금의 뜻이 오롯이 담긴 명문장이었으며, 또한 임금이 새 문자를 완벽하게 구사하고 있음을 증명했기 때문이다.

"전하, 참으로 놀랍고도 아름다운 명문장이옵니다."

정인지가 진정으로 찬탄해 마지않았다.

"허허허, 학역재의 찬사를 들으니 기분이 썩 좋소그려."

"망극하옵니다."

"훈민정음의 서문은 내가 썼으니 해례의 서문은 학역재가 쓰는 게 좋겠소."

"예, 성심을 다하겠사옵니다."

얼마 지나지 않아 정인지가 해례의 서문을 써서 임금께 올렸다.

임금은 매우 흡족했다.

"과연 학역재다운 문장이오. 대단한 명문이오."

"망극하옵니다, 전하."

그날 오후 경복궁의 정전인 근정전에서 세종은 훈민정음을 나라글로 쓴다는 것을 정식으로 반포했다.

마침내 우리나라에 우리말을 그대로 옮겨 쓸 수 있는 우리글이 탄생하는 순간이었다.

정전 뜰에 도열해서 기침 소리 하나 없이 숙연하던 문무백관들은 반포가 끝나자 '천천세!'를 열창했고, 대신, 종친, 부마, 대군들은 세종 앞에 나아가 하례를 드렸다.

그런데 그날 석양 무렵이었다. 참으로 엉뚱한 일이 일어나고 말았다. 집현전 부제학 최만리를 소두疏頭로 한 훈민정음 반대 상소가 올라왔던 것이다. 최만리는 지난번 창제 당시에 훈민정음 반대 상소로 파직을 당했다가 임금의 배려로 다시 부제학으로 돌아와 있었다.

집현전 부제학 최만리, 직제학 신석조辛碩祖, 직전直殿 김문金汶, 응교應敎 정창손鄭昌孫 등은 삼가 오배계수五拜稽首하여 이 글월을 올리옵니다. 신 등이 엎드려 살펴보건대, 언문의 제작은 매우 신묘하와 천고에 그 유례가 없사오나, 의심스러운 바가 한둘이 아닌지라 이에 감히 어두운 소견을 여쭈옵니다. 첫째, 새로운 창제라 말씀하시나 옛날 중국의 고전자古篆字와 유사하오니 전혀 새로운 바가 없사오며, 혹 중국에서라도 말썽을 일으키면 그 어느 낯으로 선성先聖들을 뵙겠습니까? 둘째, 신라의 설총은 비록 이두문을 만들어 썼다 하오나, 그것은 중국 글자의 획을 따서 만들어 썼음이니 전혀 불공不恭한 바가 없지만, 이제 언문諺文 글자는 한문 글자와 획이 전혀 다르오니, 이 어찌 사대사상에서 어긋나는 일이 아니겠습니까? 셋째, 원통한 옥사가 있을 때 이를 바로잡을 수 있도록 언문으로 신원伸寃(억울함을 풀어 버림)할 수 있다고 하시었습니다. 이는 한문을 권장하여 백성들로 하여금 모두 부지런히 배우게 하시지 아니하시고, 언문만을 몇 글자 배워두어도 될 수 있게 하시어, 이 나라 백성들을 장차 무식한 오랑캐로 만드시려는 것이 아니옵니까?

이 상소문을 본 세종은 그야말로 진노했다.

"즉시 친국하겠노라."

일당이 잡혀 왔다.

"최만리, 너는 도대체 어느 나라 사람이냐?"

"조선 사람이옵니다."

"그런데 조선 사람이 조선 글자를 반대하고 한문만 고집하는 이유가 무엇이냐?"

"만고의 진서인 중국 글자를 소홀히 하는 것이오며, 아울러 모화사대慕華事大를 훼손하는 일이기 때문이옵니다."

"말은 뻰드르르 하다만 속은 온전히 썩어 문드러졌구나."

세종의 진노를 보여주는 언사였다.

세종이 이렇게 지독한 언사를 구사한 적이 전에는 결코 없었다.

"만고의 진서인 한문과 성인의 나라를 존숭하는 모화사상을 훼손하게 되면 우리는 모두 이단자異端者요 오랑캐가 되옵니다."

"최만리, 이 어리석고 미련한 놈아. 그래 내 너에게 한유閑遊한 세월을 줄 터이니 어디 네 마음대로 살아보아라."

임금은 상소한 일당을 모조리 하옥시켰다. 특히 최만리는 세종이 매우 아끼는 유신이었다. 그러지 않고서야 집현전에서 근 30년 동안이나 있을 수도 없었거니와, 집현전의 실질적인 수장으로서 10여 년을 지내기란 더욱 불가능한 일이었다.

3년 전 파면시켰다가 다시 데려다 그 자리에 앉힐 만큼 세종은 그를 아껴왔었다. 그러나 이번에는 세종의 실망이 너무나 컸다.

세종은 마침내 최만리를 삭직 파면하여 내쫓았다. 그리고 다시는 찾지 않기로 작심했다.

정창손은 삭탈관직으로 내쫓고, 김문은 곤장 100대에 원지 유배를 보냈으며, 나머지는 모두 면직시켜 벼슬에서 내쫓았다.

세종은 그러나 얼마 후 김문과 정창손을 다시 불러들였다. 그런데도 최만리는 다시는 불러들이지 않았다.

이제 훈민정음을 반포했으니 백성들이야 익히기 쉬운 정음을 기꺼이 사용하며 기뻐할 것이었다. 그러나 사대모화의 사상에 젖어 있는 선비들이나 사대부들은 정음을 언문이라 천시하며 기꺼이 쓰지 않으려 할 것 같았다.

세종은 그해 12월 세자와 상의한 후 의정부와 육조에 특별한 전지傳旨를 내렸다.

> 내가 정음을 창제한 것은 어리석은 백성들이라도 자기의 생각을 글로 적을 수 있도록 하자는 것이었다. 그러나 글자만 만들고 쓰지 않으면 아무 소용이 없을 것이다. 그러므로 금후로는 조정의 모든 공문서를 정음으로 작성할 것이며, 이과吏科(중앙관청의 서리를 뽑는 시험)에서 정음을 시험할 것이며, 이전吏典(중앙과 지방의 관청에 속한 하급관리)의 선발에서도 정음을 시험하되, 비록 깊은 뜻은 통하지 않더라도 능히 합자合字(자음과 모음을 조합하여 글자들을 만들어 씀)하는 사람은 등용토록 하라.

이 전지에 따라 이조판서는 언문과거령諺文科擧令을 반포했다.

새해인 1447년(세종 29) 2월에는 〈용비어천가〉를 자세히 해석한《용비어천가주해》를 간행하여 관리들에게 나누어주었다. 7월에는《석보상절》과《월인천강지곡》이 완성되었다.

9월에는 정음 창제만큼이나 위대한 업적이라 할 수 있는 방대한 분량의 《동국정운東國正韻》을 완성시켰다. 《동국정운》이 완성됨으로써 지방과 사람에 따라 다르게 읽히던 한자음이 하나로 통일되었고, 방언으로 인한 차이까지도 해소되기에 이르렀다.

훈민정음인 우리글이 훈민정음, 정음, 국문, 언문, 언서諺書, 암클 등등으로 불리다가, 일제강점기인 1927년에 주시경이 기관지인 《한글》을 발행하기 시작하면서부터 '한글'이란 이름으로 널리 쓰이게 되었다.

한글의 '한'은 단 하나, 오직 하나인 유일, 첫 번째, 크고 넓음 등의 뜻을 가지고 있고, 또한 고대(석기시대)로부터 이어온 우리 민족의 이름인 한韓민족의 한을 나타내기도 하기 때문에, '한글'이란 말은 우리글 이름으로서는 감탄을 금치 못할 만큼 아주 잘 어울리는 이름이 되었다. 따지고 보면 유구한 역사를 이어온 우리 민족이 고유의 문자가 없이 긴 세월 남의 글을 빌어서 쓰며 살아오다가, 민족 역사상 처음으로 고유의 문자를 가지게 되었고, 그 민족의 고유성에 딱 들어맞는 자랑스럽고 아름다운 이름 또한 갖게 되었던 것이다.

그런데 거의 완벽에 가까운 표현력을 가진 우리글 훈민정음(한글)은 일제를 거치면서 창제 당시의 우리글의 표현력이 그대로 유지되지 못하고, 글자나 용법이 탈락되기도 하고 버려지기도 하여 그 표현력이 매우 딱한 처지로 퇴화하고 말았다.

일제는 1912년 일본 학자들과 일부 조선인 어용학자들을 동원해서 소학교용 언문철자법이라는 것을 만들었는데, 그때 한국어를 일본어(가나)에 가깝게 발음 범위를 대폭 축소하여 표기하도록 만들었다. 이로 인해 우리글은 그때부터 크게 훼손되었으며 그 영향이 오늘날까지도 이어지고 있다.

일제 강점기인 1943년 7월경, 간송澗松 전형필全鎣弼이 귀가 번쩍 뜨이는 소식을 들었다. 경북 안동군 와룡면에 사는 이한걸이란 사람이 훈민정음, 아니 《훈민정음해례본》을 당시 가액으로 1,000원(서울의 기와집 한 채 값)에 내놓았다는 소식이었다. 간송이 자세히 확인해보니 그의 조상 이천李蕆(조선 초기 무관)이 세종대왕으로부터 하사받은 《훈민정음해례본》이 틀림없었다.

간송은 소식을 전해준 사람에게 1,000원을 주고, 소유자 이한걸에게는 요구 금액의 열 배인 1만 원을 주고 이를 사왔다. 간송은 6.25 전쟁 당시 많은 문화재 중에서도 이 책 한 권만을 오동나무 상자에 넣어서 싸들고 피난길에 나섰다고 한다.

그 《훈민정음해례본》 책자는 지금 국보 제70호로 지정되어 있고, 유네스코UNESCO에 세계기록유산으로 등재되어 있다.

세종은 훈민정음 창제 당시에 우리말은 물론이요 다른 나라 말들도 표현할 수 있는 글자를 만들고자 했고, 나아가 이 세상의 모든 소리를 표현할 수 있는 글자를 만들고자 했다.

세종은 창제 당시 통역관을 배출하는 사역원에 자주 드나들었다. 중국어, 몽골어, 여진어, 일본어, 위구르어 등 외국어에 깊은 관심을 갖고 그들의 발음도 표기할 수 있는 연구를 거듭했다. 세종은 그래서 다른 나라 말은 물론, 그 밖에 세상의 어떤 소리도 표현할 수 있는 그런 글자를 결국은 만들어냈던 것이다.

1930년대, '조선어학회'가 총회 의결을 거쳐 '조선어철자법통일안'을 만들기로 했다. 당시 최고의 조선어학자 10여 명이 제정위원으로 발탁되어 2년간의 연구 끝에 원안을 만들어냈다. 그 뒤 다시 수정위원을 선임하여 수정안을 만들도록 했다. 1933년 들어 최종정리위원으로 9명을 선정하여 심의를 마치고, 1933년 10월 19일에 확정 발표하고 문서로 남겼다. 최종정리위원으로 선정된 아홉 사람은 애류崖溜 권덕규權悳奎, 한결 김윤경金允經, 물불 이극로李克魯, 무돌 김선기金善琪, 신명균申明均, 한뫼 이윤재李允宰, 눈솔 정인섭鄭寅燮, 일석一石 이희승李熙昇, 외솔 최현배崔鉉培였다.

그런데 그 최종안이라는 것이 우리글 연구의 권위자들이라고 하는 사람들에 의해 확정되었음에도 불구하고, 일제가 자르고 버린 결함을 복구하지도 못하고 세종의 원안을 훼손시킨 채 그대로 확정하고 말았던 것이다. 주체성과 자존심이 제대로 박힌 학자가 하나도 없었다는, 부끄럽고도 슬픈 사태의 노정이었다.

이 조선어철자법통일안은 1948년 정부 수립과 함께 공식적으로 채택되어 우리글 정서법正書法의 규범이 되었다. 이후 여러 차례 개정을 거쳐 1988년 1월 19일, 표준어규정으로 확정되었다. 오늘날 우리가 쓰는 한글은 이 고시에 의한 것이다.

창제 당시의 글자 28자 중에서 4자(자음 3자, 모음 1자)가 탈락되었고, 용례에서 연서원칙連書原則(자음을 위아래로 이어 쓰는 규칙)도 사라지고, 병서원칙竝書原則(자음을 옆으로 이어 쓰는 규칙)도 크게 훼손되거나 사라졌다. 훈민정음의 이 원칙을 제대로 따르면 우리글(한글)로 전 세계 어느 언어라도 거의 다 표기할 수가 있고 발음할 수가 있는 것이었다. 그런데 오늘날 가장 친근한 언어인 영어의 발음 중 b와 v, s와 z, r와 l 등은 물론이요, f와 p의 발음조차도 우리는 한글로 구분 표기를 하지 못하고 있다.

fine(벌금)이나 pine(소나무)의 발음을 다 같이 '파인'으로 쓰고 있으니, 세계 최고의 문자체계를 보유하고서도 이런 우매와 치소嗤笑를 면치 못하고 있는 것이다.

2

왕세손

세종은 훈민정음으로 인해서 자신이 바라고 있던 모든 소원이 다 성취된 것 같아 심신이 매우 상쾌했다. 중신들을 부를 일도 없어 퍽이나 한가한 시간을 보낼 수가 있었다. 그런데 가만히 생각해보니 아무래도 세자와 원손의 일이 걱정이었다. 그 걱정의 중심에는 대궐의 안주인이 없다는 중대한 현실이 있었다.

'중전이 없으면 빈궁이 떡 버티고 있어야 할 게 아닌가?'

세종은 다시 근심 속으로 주르륵 미끄러져 들어갔다.

'내명부의 기강 따위는 차치하고라도 어린 원손의 당당한 기둥인 보호자가 있어야 할 게 아닌가?'

세종은 고민에 빠졌다.

중전이 있을 때도 세자는 빈궁 맞는 것을 반대했었다. 그런데 지금은 중전의 상중이니 효성 깊은 세자의 반대가 더 완강할 것은 빤한 일이었다. 어려운 일이 있을 때 세종은 늘 영의정 황희의 도움을 받았었다.

'형님들보다도 더 나으니……, 그래, 황정승에게 또 부탁해보는 수밖에 없지.'

세종의 부탁을 받은 황정승이 마침내 세자의 설득에 나섰다. 영의정 황희는 좌의정 하연, 우의정 황보인 등과 상의하고 연합하여 세자에게 주청하기로 했다.

"저하, 국상 중이라 아뢰옵기 황송하오나……, 차마 그냥 지나칠 수가 없어 아뢰는 바이옵니다. 원손 아기씨가 아직은 유충하신지라 새 빈궁마마를 맞이하심이 마땅한 줄로 아옵니다."

황희가 간곡하게 아뢰었다. 그러나 세자는 단호하게 고개를 저었다.

"영상의 말씀이 옳기는 합니다만 지금은 국상 중이오. 앞으로도 그와 같은 말씀은 다시는 하시지 마세요. 어마마마께서 훙거하신 지 채 1년도 되지 않았소이다. 사가의 법도대로라면 나는 지금 영릉 옆에 초막을 짓고 산발하여 거상居喪하고 있어야 할 몸이오."

"어찌 신 등이 그걸 모르겠사옵니까? 하오나 중전마마께서 아니 계시는데 빈궁마마마저 아니 계신다면 나이 어린 원손 아기씨는 누가 보육하오며, 궐 안 내명부는 누가 다스리옵니까? 신 등은 윗전 대하기가 실로 민망하기 그지없사옵니다."

좌의정 하연이 아뢰었다.

"그 점을 내가 어찌 모르겠소? 전하의 심기를 아직 헤아릴 길이 없고, 설령 전하께서 윤허하신다 해도 나로서는 결코 빈궁을 맞을 수가 없소이다."

"저하, 재고하시옵소서. 곤위坤位와 빈위嬪位를 같이 비울 수는 없는 일이옵니다. 신 등의 민망함을 통촉해주시옵소서."

우의정 황보인의 진언이었다.

"그러하옵니다, 저하. 이는 백성들도 소망하고 있는 일이옵니다."

그러나 세자는 요지부동이었다.

"지금은 그것을 논할 때가 아닙니다. 나는 오직 상주된 도리를 다할 뿐입니다. 경들은 대소 정사에 소홀함이 없도록 유념해주시오."

"저하. 재고를……."

"내가 지금 걱정하는 것은 아바마마의 환후뿐입니다."

이같이 완강한 세자의 고집을 세종이 듣고는 씁쓸히 웃으며 더 이상 빈궁 간택의 일은 거론하지 않았다.

'그렇다면 원손의 위치라도 더 튼튼히 해주는 수밖에 없겠구나.'

세종은 원손에게 더 큰 관심을 갖지 않을 수가 없었다. 원손 홍위는 이제 겨우 여덟 살이었다. 이에 왕통을 굳건히 하기 위해서는 상당한 조치를 해야만 했다.

세종은 자신이 장수할 수 없음을 잘 알고 있었다. 자신의 사후를 생각할 때 아무래도 불안함을 떨칠 수가 없었다.

'홍위 이 녀석. 그래 나나 세자 이상으로 영특한 군주가 될 재목임에 틀림이 없는데……. 그러니 성장할 동안의 보호막이 중차대할 수밖에…….'

세종은 오래 심사숙고한 끝에 홍위를 세손으로 책봉하기로 결심하고 조정 중신들을 불러들였다. 근래에 임금이 입시를 명하는 일이 별로 없었던 까닭에 중신들은 궁금증을 가지고 편전으로 모여들었다.

세종은 중신들의 곡배曲拜(임금을 뵈어 절함)가 끝난 후 천천히 입을 떼었다.

"내가 보위에 오른 지 어느덧 30년이 되었소. 왕도에 이른 바를 거론하지 않더라도 종통의 후사를 생각하지 않을 수는 없는 일이오. 나라가 안정되고 오래 번창하려면 그 근본이 바로 서야 하기 때문이오. 지금 나의 후사로는 세자가 있고 또 그 아래로는 원손 홍위가 있소. 왕이 있으면 세자가 있음은 당연한 일이요, 세자가 있으면 세손이 있어야 하는 게 또한 종통의 법도요. 이제 홍위 나이 여덟 살이 되었소. 능히 스승 앞에 나아가 학문을 터득하고 왕도를 깨우칠 나이가 되었소. 따라서 나는 원손 홍위를 왕세손으로 책봉하고 성균관에 나아가 학문을 닦도록 할 요량인데, 경들은 이를 어찌 생각하시오?"

뜻밖의 하교에 중신들은 당황했다. 단 한 번도 생각해본 적이 없는 일이었다. 잠시 후 영의정 황희가 아뢰었다.

"아뢰옵기 황공하오나, 다음 대의 후사를 정하는 일은 세자께서 보위에 오르신 뒤에 시행하셔도 늦지 않을 것이옵니다."

"물론 늦지는 않을 것이오. 그러나 내 뜻은 첫째, 종통을 중하게 여기고 명분을 바르게 해야 한다는 것을 후대에 알리고자 함이요, 둘째, 홍위에게는 왕도의 덕을 가르치기 위함이오."

"망극하옵니다. 전하의 깊으신 뜻을 이제야 알겠사옵니다. 원손을 세손으로 삼는 일은 과연 지당한 일인가 하옵니다."

다른 중신들이 반대할 리가 없었다.

1448년(세종 30) 4월 3일, 세종은 원손 홍위를 왕세손으로 정하여 책봉의식을 가졌다.

왕은 이르노라. 내가 한 나라를 이어받고 조종의 부탁을 중히 여기어 낮과 밤으로 공경하고 두려워했다. 상고하건대, 옛날의 제왕은 나라의 근본이 바르게 되면 그 윤자胤子(집안의 대를 이을 아들)로 대를 이으니, 이는 종통을 중하게 하고 민심을 집중시키려는 것이다. 생각하건대, 원손 홍위는 천자天資가 영특하고 품성이 후덕한데, 지금 나이가 스승에게 나아갈 만큼 되었으므로 홍위 너를 명하여 왕세손으로 삼는도다. 너는 바른 사람을 가까이 하고 학문을 넓게 하여, 영세의 아름다움을 믿음직하게 하라. 공경할지어다.

책봉의식이 끝나자 세종은 평소 아끼던 총신들을 편전으로 불렀다. 대부분이 집현전의 젊은 학사들이었다. 우의정 황보인, 우찬성 김종서만이 희끗희끗한 수염을 달고 있었다.

"내가 경들에게 친히 당부할 말이 있어서 이렇게 불렀소. 경들은 모두 여기에 있는 왕세손을 보시오."

임금 곁에 얌전하게 앉아 있는 세손에게로 총신들은 일제히 시선을 옮겼다. 세손은 맑고 초롱초롱한 눈으로 총신들을 마주 바라보았다. 비록 여덟 살의 어린 나이였으나 의젓하게 앉아 있는 세손은 세손다운 기품을 보여주고 있었다. 세종은 입가에 흐뭇한 미소를 지으며 말을 이었다.

"경들도 알겠지만 세손은 태어난 다음 날 어미를 잃었소. 그런데 그동안 세손을 아끼던 할머니마저 세상을 떴으니, 이제 누가 세손에게 자애를 베풀어주겠소?"

"황공하옵니다."

"경들은 집현전에 근무하면서 나와 가장 가까이 지냈소. 그러니 내가 생각하는 바를 누구보다도 더 잘 알고 있을 것이오."

세종의 말이 점점 심각해지자 분위기도 심각하게 가라앉아 갔다.

"경들은 세손 대하기를 나를 대하듯 할 것이며, 또한 세손 섬기기를 나를 섬기듯 해야 할 것이오. 경들은 이를 맹세할 수 있겠소?"

"전하, 비록 전하의 하명이 없으시다 한들 신 등이 어찌 전하의 성의聖意를 헛되이 하겠사옵니까? 아무 심려 마시옵소서."

우의정 황보인이 총신들의 대표 격으로 그들의 충정을 아뢰었다.

"고맙소. 내 믿는 이 경들뿐이오."

"전하, 황공하옵니다."

정식 세손으로 책봉이 되자 홍위의 거처인 세손궁에는 동궁의 예에 준하는 여러 가지 절차가 갖추어졌으며, 칭호 또한 공식적으로 세손저하가 되었다.

이제 세손 앞에서는 비록 여덟 살짜리 어린아이일지라도 할아버지 세종과 아버지 세자를 제외하고는 어느 누구든 신하의 예를 갖추어야만 했다. 물론 할아버지의 형제인 양녕대군이나 효령대군, 아버지의 형제인 수양대군이나 안평대군도 모두 세손 앞에서는 신하의 예를 갖추어야만 했다.

세손은 곧바로 성균관에 입학했고, 예문관제학藝文館提學 윤상尹祥이 소학제사小學題辭를 세손에게 강의하게 되었다.

세손이 대궐 밖 출입을 할 때에는 별시위別侍衛 여덟 명이 오장烏杖(검은 지팡이)을 잡고 말을 타고 좌우에서 따르게 되었다.

모두 다 경하하는 이런 세손의 책봉에 배알이 뒤틀려 분통을 터뜨리는 사람이 있었으니 바로 수양대군이었다. 수양대군은 세손 책봉식에 참석하고 돌아오면서부터 속이 메스껍고 분통이 터져 스스로 주체할 수가 없었다.

그는 어디서 그리 많이도 마셨는지 술에 대취하여 핏발 선 눈을 곤두세우고 이곳저곳 노려보며 해질 무렵이 다 되어서야 집에 들어섰다.

"어서 오시와요, 대감. 오늘은 웬 술을 그리 많이 드셨사옵니까? 한동안 삼가시더니……."

낙랑부대부인 윤씨가 남편 대군을 맞으며 걱정스러워했다.

"할 일이 또 없어졌으니 술을 아니 마실 수가 있소?"

"아니, 할 일이 없으시다니요?"

"《석보상절》도 다 끝났고, 또 무슨 일이 있겠소? 더구나 오늘같이 속이 뒤집어져 울화가 치미는 날에 술이나마 아니 들면 어찌하란 말이오?"

"대감, 또 왜 이러십니까? 어마마마 생전 당부를 벌써 잊으셨습니까?"

그가 오늘같이 속이 뒤집어져 울화가 치미는 까닭을 잘 알고 있는 부인 윤씨는 또 걱정이 앞섰다. 한번 불길이 타오르기 시작하면 불똥이 어디로 튈지 모르는 남편의 성격을 잘 알고 있기 때문이었다.

"왕실의 법도라……. 그래 그것 때문에 우리는 도대체 이게 뭐란 말이요?"

"대감, 오늘 책봉식에 또 크게 상심하셨군요. 어쩌겠습니까. 차자로 태어나셨으니 그런 일쯤 미리 감안하시고 참으셔야지요. 일이 있을 때마다 울화가 터지시면 어찌 되시겠습니까?"

"아니, 이거 당신은 또 불난 집에 부채질이오? 차자로 태어났으니 감안하고 참으라니……. 그러면 조부님 태종대왕은 어떠하셨소? 태종대왕께서는 다섯 번째로 태어나셨는데 어찌 대위에 오르셨느냐 이 말이오?"

"아니, 여보 대감. 목소리나 좀 줄이세요. 누가 들으면 어쩌시려고요……. 소첩이 지레 기절해 죽겠습니다. 저……, 그러시면 대감께서도 형님으로부터 양위 받으시고 아우님들의 목숨을 빼앗으시고……."

"허허, 거 말조심 좀 못하는 게요? 우리 조부님 태종대왕께서 왜 아우들의 목숨을 빼앗았는지 아시오? 어린 세자를 세워놓고 모리배들이 대권을 농단했기 때문이었소. 이씨의 왕업을 훔치려는 난신적자들을 제거하고 우리의 종묘사직을 안보하시기 위한 정란이었다는 걸 모른단 말이오?"

"아니, 그럼 대감께서도 장차 그런 정란이라도……."

"거 시끄럽소. 뭣도 모르는 참견은 그만두고 내 말이나 잘 들으시오. 그리고 또 우리 아바마마 금상전하를 보시오. 어디 장자로 태어나셨던 게요? 셋째로 태어나셨지만 가장 출중하셨기 때문에 보위에 오르셔서 오늘 같은 찬란한 태평성대를 이룩하신 게 아니오? 그러니 어찌 차자라고 아무 일도 하지 말고 주는 대로 먹고 술이나 퍼마시며 지내느냐 이 말이오? 그렇지 않소? 그런데 법도만 따져서 되겠소?"

"하오나 대감. 대감께서 형님 세자저하보다 더 나으신 게 무엇입니까? 월등히 나으신 게 뭐 있어요? 그리고 또 세자저하께서 양녕 백부님처럼 크게 실덕하신 점이 뭐 있습니까?"

"허, 이런 답답한 여자들이라니……. 아니 그래 20년 가까이 함께 살아보고도 남편이 어떤 사람인지 모른단 말이오? 나 수양대군을 그래 우리 형님 같은 분과 견주어본단 말이오? 우리 형님보다야 차라리 양녕 백부님이 백번 더 사내대장부지요. 대놓고 할 말은 아니지만 우리 형님이야말로 천하가 다 아는 졸장부란 말이오. 명색이 사내대장부요 세자라는 당당한 지체에 여자 하나 거느리지 못하고, 그저 샌님같이 얌전하기만 해가지고서야 보위를 이어받는다 해도 용군庸君 노릇이나 하기 딱 알맞지……. 흠, 또 세손이라고 책봉한 그 철부지 서자는 어떻소? 서자가 뭔지는 알 게 아니오? 어이구 속 터져……. 궁녀인지 종년인지 그 천골賤骨이 어쩌다가 세자빈까지 되어 우리 왕실의 체통에 그냥 똥칠을 해놓고 말더니, 그걸 푹 내질러놓고는 그나마 팩 죽어버렸으니……. 그런 천골의 자식이 우리 왕가의 대통을 잇고, 우리 적자들은 밖에서 주는 밥이나 먹으며 구경이나 하고 있으라고? 그놈의 왕실 법도를 뜯어고치든지 나라의 법도를 뜯어고치든지 무슨 수를 내야 한다 이 말이오. 무슨 수든지 내겠다 이 말이오."

"아이고, 여보 대감. 참으로 누가 들으면 당장 역적으로 몰려 큰 곤욕을 치르겠어요. 제발 말씀 좀 삼가시고……. 그렇잖아도 대감께서 숭불하신다고 시비가 많다는데……."

"꼴값들을 하지……. 개만도 못한 유신놈들. 제 놈들이 그러면 왜 일찍이 효령 계부님의 숭불은 잘도 감내했던고?"

"우선 참으세요. 공연히 홧김에 떠들다가 대감이 큰 참변을 당하시면……. 아이고, 몸이 떨려요. 여보 대감, 이제 어마마마도 아니 계신데 어쩌자고 이러십니까?"

"거참, 시원찮은 소리는 집어치우고 술상이나 한 상 더 차려오시오. 그리고 독한 술로 대접에 가득 부어놓으란 말이오. 알겠소?"

"예, 예. 술이야 얼마든지 차려다 드리지요. 제발 조용히만 하세요."

부왕 세종의 춘추가 쉰을 넘어 52세였다. 환후에 시달려 날로 쇠잔해가는 모습은 누가 보아도 마음이 편치 않았다. 취중 진담이라 했던가. 부풀어 오른 수양대군의 야심이 취기의 냄새를 타고 모락모락 피어오르고 있었다.

3

오, 만고성군

노년기에 들어섰다고 스스로 여기고 있던 세종은 그동안 아들과 아내 등 가족의 불행을 겪은 탓인지 그즈음 건강이 더 나빠졌다. 중신들이 임금에게 청주의 초정에 가서 요양하고 올 것을 권했다. 초정은 광물질이 섞여 나오는 광천이었다.

"내 몸이야 좀 아프기는 하지만 금방 죽을 것 같지는 않소. 그보다는 백성들이나 몸 건강히 잘 살면 좋겠소. 국태민안國泰民安하다면 내가 지금 죽은들 무슨 여한이 있겠소."

"하오나 성상께서 아니 계시오면 국태민안이 어찌 이루어질 것이오며 열성조의 과업이 어찌 다 이루어지겠사옵니까?"

좌우에서 잇달아 간청했다.

"지금 농사철이 되어서 백성들에게 폐가 되지 않겠소? 지난번 온양 행차 때에도 폐가 많았을 것이오."

"아직은 그다지 바쁜 농번기는 아니옵니다. 백성들에게는 일절 나오지 말라 영을 내리시고 다녀오시면 아무런 민폐도 없을 것이옵니다."

"정히 그렇다면 아주 바쁜 농사철이 되기 전에 일찍 다녀오도록 할까요?"

"황공하옵니다, 전하."

세종은 바로 세자와 함께 청주의 초정으로 요양 길을 떠났다. 조정의 일은 영상 황희의 의정부에 맡겼다. 가는 도중에는 어명에 따라 그리 많은 백성들이 나와 있진 않았다. 초정이 가까워지자 백성들의 수가 많아졌다. 세종은 충청감사에게 명하여 그때그때 백성들을 돌려보내 자기들의 일을 돌보도록 조처했다.

"우리 임금님은 정말 성군이시오."

"농사철에 비가 오지 않으면 걱정되어 수라도 거르신다오."

"이런 성군께서 자꾸 앓으신다니 큰 걱정입니다."

"다음에도 저런 어진 임금이 또 나오실까?"

"그야 어려울 테지요. 성군이 그리 쉽게 나오겠소?"

세종은 초정에서 달포 요양하며 지냈다. 초정의 물은 특이하게도 후추가 코를 톡 쏘는 것 같은 자극이 있었다. 달포 지내는 동안 그 물을 마셨더니 소화가 아주 잘되었다. 그 물로 계속 눈을 씻었더니 안질이 한결 나아졌다.

돌아오는 길에는 가끔 예고 없이 세자와 함께 여기저기 시골길을 한참씩이나 걸어서 갔다.

마침 보리 수확 철이었다. 까마득한 들밭은 황갈색의 파도가 잔잔히 출렁이는 바다였다. 몇 해 전에 새로 장려한, 수확량이 훨씬 많다는 보리 신품종 귀맥인 것 같았다. 그런데 그즈음이면 모를 심어야 할 때인데 보이는 논들은 죄다 물이 없어 메말라 있었다.

"이곳은 가뭄이 심한 모양이구나. 경기감사를 좀 불러오너라."

세종이 향도별감嚮導別監에게 명했다. 세종 일행을 저만큼 앞에서 인도하던 경기감사 이의李宜가 불려왔다.

"요즘 기내畿內(경기도 일원)의 농사 상황이 어떻소?"

"황공하옵니다. 이 지역 보리농사는 면흉免凶(흉작에서 벗어남)은 되었습니다만, 벼농사는 물이 부족하여 백성들이 애를 태우고 있사옵니다. 그저 비 오기만을 고대하고 있는 형편이옵니다."

"그러다 만일 흉년이 들면 진휼賑恤할 곡식은 넉넉히 있소?"

"예, 전하. 가뭄이 한 일 년쯤 간다 해도 백성들을 굶기지 않을 만큼 양곡이 비축되어 있사옵니다."

"그거참 다행이오."

"이 모두가 전하의 성념하聖念下에 모아진 곡식이옵니다."

"굶주리는 백성이 있으면 잘 살펴서 때때로 곡식을 내주도록 하시오. 예로부터 봄 가뭄은 분토糞土(썩어서 비옥해진 토지)라 했소. 비록 지금 초여름이 되긴 했지만 아직 희망이 있으니 농민들을 부지런히 격려하시오."

"황공하옵니다. 소신도 나라에서 내린《농사직설》을 보고 배운 바가 적지 않사와 이를 수령들에게 늘 독려하고 있사옵니다."

"거참 잘하는 일이오."

도성에 돌아온 후로도 임금은 기우제를 지내는 등 가뭄 대책에 애를 많이 썼다. 그러나 이 해에는 7월이 되도록 비가 오지 않았다. 특히 황해도 일대에 가뭄이 가장 심하여 물싸움도 자주 일어났다.

그때 황해도 강음현의 백성인 조원曺元이 여러 번의 물싸움 때문에 현아縣衙에 소송을 제기했다.

"동네 사람들끼리 다툰 걸 가지고 관가에까지 와 송사를 일으킨단 말이냐? 관가에서 해결하면 오히려 척 지는 일이 생기기 쉬우니 동네 사람들을 불러 모아놓고 거기서 여론으로 해결하도록 하라."

현감은 조원을 그냥 돌려보냈다. 그러나 조원은 다음 날 또 현아에 나타났다.

"우리 동네 사람들끼리 결론을 내려고 했으나 끝이 나지 않습니다. 하오니 사또께서 해결해주시기 바랍니다."

현감은 마침 친구와 술을 마시고 있었다.

"허허, 이 사람. 그래도 동네 사람들끼리 해결을 해야 한다니까……. 다시 가서 잘 의논해 처리하라."

한마디 하고 현감은 돌아서 친구와 술을 계속했다. 조원은 화가 치밀었다.

"흥, 날은 땡땡 가물고 백성들은 먹을 게 없어 허기로 죽을 지경인데, 현감이란 작자가 할 일은 안 하고 노는 꼴이라니 참……. 아니, 그래 백성들은 땅싸움이다 물싸움이다 난리가 났는데 현감이란 작자는 술타령이나 하고……. 이건 나라님인지 임금인지가 글러먹은 탓이야. 이따위 수령들을 내려보냈기 때문에 우리 백성들이 이 고생을 하는 것이라고……. 에이 더러워."

조원은 관가에 와서 감히 사또를 가리키며 욕을 마구 퍼부었다. 그러면서 임금에게도 욕을 해댔다.

"너 이놈. 도대체 그게 웬 말이냐? 네 목이 열 개라도 부지를 못 하겠구나. 내가 그르거든 나에게나 욕을 할 일이지, 어찌 감히 성상을 들추어 욕을 한단 말이냐?"

"이보시오, 사또. 아니, 일은 처리해주지 않고 천하태평으로 술만 마시고 있으니 그러는 게 아니오?"

"너 이놈, 정말로 말조심해라. 지금 위에 계신 우리 성상께서는 해동의 요순이시니라. 그런데 네가 감히 욕을 하다니 정신이 있느냐 없느냐? 성상께서는 백성들의 사소한 일은 될 수 있는 대로 백성들끼리 해결하도록 하고, 관이 개입함으로써 오히려 폐를 끼치는 일이 없도록 하라 하셨느니라. 그래서 나도 생각한 바 있어 너희끼리 해결하라 한 것이니라."

"하지만 우리끼리 해결이 안 되니까 다시 온 것이 아니요?"

"너희들이 서로 욕심을 부려 양보를 아니 하니까 그러는 게 아니냐? 가서 다시 한번 의논해보도록 하라."

"아니, 사또. 사또는 그 자리에 가만히 앉아서만 일을 처리하시려는 게요? 나와서 현장이 어떤가를 보고 판단하여 처리를 해주어야지, 어떻게 가만히 앉아서 천리를 내다보려 하십니까?"

끈질기게 대드는 조원 때문에 현감은 노기가 꿈틀거렸다. 당장 하옥시켜 곤장으로 다스리고 싶었으나, 함부로 다스렸다가는 뒤탈이 크게 날 수도 있어 참았다. 현감은 하는 수 없이 의금부에 보고하는 수밖에 없다 생각했다.

"네가 나에게 욕하며 대든 것은 참을 수 있으나 성상께 욕을 한 것은 용서할 수 없는 일이니 처벌을 받을 각오를 하라."

현감은 의금부에 사실대로 보고했다.

"성상께 불경한 말을 했고, 관장에게 발악하며 대들었으니, 그대로 둘 수 없다."

조원은 의금부에 잡혀 올라갔다. 세종 치세에는 임금을 욕하는 일이 없었기에 조원의 일이 보고되자 조정이 술렁거렸다.

"엄벌에 처해야 하오."

보고를 받은 세종은 의금부 도사를 불렀다.

"그럴 수 없다. 근래 가뭄이 심하다 보니 물싸움도 잦아질 수밖에 없다. 수령들은 이럴 때일수록 백성들을 더 불쌍히 여겨 일부러 나가 돌아다니며 살펴보아야 한다. 그러니 그런 일은 더욱 직접 나가서 처리해주어야 한다. 그 백성이 오죽이나 답답하면 관장에게 대들고 큰 소리로 발악을 하며, 그런 관장을 내려보냈다고 과인에게까지 욕을 했겠느냐?"

"황공하신 말씀이옵니다. 하오나 그놈이 불충한 소리를 한 죄는 그냥 넘어갈 수가 없사옵니다. 무슨 도리로 그 불충을 덮어두겠나이까?"

"그 백성이 한 말은 과인이 듣기에도 좀 불편하기는 하다만, 괜찮다. 백성들을 그런 죄로 잡아들여서는 안 된다. 예부터 임금도 숨은 욕은 먹는다 했다. 공연히 긁어 부스럼 될까 염려되니 더는 말하지 말라. 모든 일은 순리를 따르면 되는데 억지를 부리면 트집이 생기는 법이다. 이 일도 관장이 나가 살펴야 하는 순리를 따르지 않고 억지를 부려서 트집이 생긴 일이 아니냐? 사실 순리를 따르는 일이 억지를 부리는 일보다 훨씬 편하고 쉬운 일인데 말이다. '자고로 나라가 나라다워야 백성이 백성답다'고 했다. 따지고 보면 나라가 나라답지 못해서, 다시 말하면 과인이 나라답게 통치를 못해서 관장이 억지를 부리다가 이런 사태가 발생한 것이다. 그러니 그 백성은 즉시 석방하고 노자를 주어 돌려보내고, 순리를 따르지 않고 억지를 부린 그 관장을 신칙申飭(단단히 타일러 경계함)하도록 하라."

"황공하옵니다."

"가만, 이 계제에 차라리 이 일을 나라 안 모든 수령들에게 알려주어 신칙하는 게 좋겠다. 그러니 의금부에서는 이 사실을 적어서 각 수령방백에게 알리도록 하라."

"성은이 망극하옵니다."

금부도사는 돌아오는 길에 자신의 허벅지를 손바닥으로 몇 번씩이나 치며 탄복해 마지않았다.

'오오, 참으로 만고성군이시구나.'

'천하에 우리 성상 같은 성군은 다시없을 것이다.'

'오, 복 받은 백성이여.'

세종은 한가할 때면 멍한 모습으로 앉아 초점 잃은 눈을 들어 먼 곳을 바라보곤 했다. 때로는 자신이 지은 〈월인천강지곡〉의 몇 곡 가사를 떠올리며 낮은 소리로 읊조리기도 했다.

먼저 간 왕비 심씨의 빈자리가 세종을 날이 갈수록 더 허전하고 울적하게 하는 듯도 했다. 여러 가지 병치레를 하나도 떨쳐내지 못한 채 늙어가는 자신에게 심안心安을 주는 의지처가 간절했던가? 세종은 갑자기 신미대사를 불렀다.

"문소전文昭殿(태조와 태조비 등을 모신 사당) 동쪽에 태조대왕께서 지으신 내불당內佛堂이 있었지 않습니까? 그걸 유신들의 등쌀에 계축년(1433년, 세종 15)에 헐어버리고 말았습니다. 그간 과인의 마음이 심히 편치 않았습니다. 해서 이번에 문소전 서쪽 빈 땅에 내불당을 다시 짓고 일곱 사람의 승려들로 하여금 지키게 하고자 합니다. 그래서 대사의 고견을 듣고자 이렇게 뫼셨습니다."

"전하, 참으로 현명하신 결단을 내리셨습니다. 이 나라는 숭유억불이 국시이오나 백성들도 신분과 관계없이 사적으로는 부처님의 가호를 받을 권한이 있지 않사옵니까? 왕실도 마찬가지입니다. 내불당을 짓는다 해도 나라의 공식기관이 아닌 바에야 왕실의 사적 당우堂宇가 아니겠습니까? 유신들도 이 점은 모르지 않을 것이옵니다. 성념대로 추진하시옵소서."

"대사의 말씀을 들으니 유신들에 대한 걱정도 사라지고 용기가 납니다. 고맙소, 대사. 내 곧 시행토록 할 것이오."

7월 17일 세종은 승정원에 명을 내렸다.

> 전에 문소전 동쪽에 불당이 있었는데 계축년에 허문 뒤에 다시 세우지 못했다. 그 불당은 태조대왕께서 지으신 것인데 헐어버리고 다시 돌보지 않았으니 과인의 마음이 그간 심히 미편했다. 그래서 이번에 문소전 서북쪽 빈 땅에 불당을 다시 세우고 승려 7인으로 지키게 할 것이니 즉시 시행토록 하라.

경복궁 대궐 안에 정식으로 불당을 짓겠다는 왕의 뜻이 승정원을 통해 의정부에 전해지자 유신들은 깜짝 놀랐다. 소헌왕후의 죽음 전후의 여러 가지 불사 등은 세종의 상심과 병환을 생각해서 차마 반대하지 못하고 그저 꾹 참아왔었다. 그런데 이제 임금이 대궐 안에 정식으로 불당을 지으려 하니 유신들은 임금이나 신미대사의 짐작과는 달리 아주 비장한 각오로 이를 반대할 것을 서로 다짐했다.

"이제 막다른 기로에 든 것 같소이다. 불도가 성하여 공맹지도를 누르고 요승들이 발호하던 고려 말엽으로 이 나라가 다시 돌아가느냐, 아니면 억불숭유의 신성한 유교 국가로 계속 나아가느냐 하는 갈림길에 서 있게 된 것이오."

"그렇소이다. 더는 참고 볼 수가 없는 일입니다. 비록 죽는 한이 있더라도 이 나라가 불도의 나라로 변질되게 할 수는 없소이다."

"그러니 어찌하면 좋겠습니까? 웬만한 상소로는 성상께서 반응을 보이시지 않을 것이오."

"모든 관서가 다 함께 일어서서 상소를 올립시다. 성상께서 불윤하실 경우에는 모두 다 벼슬을 내놓고 각자 집으로 돌아갑시다. 그러는 수밖에는 다른 방도가 없는 것 같소이다."

"옳소. 그 수밖에는 없소."

"옳습니다. 그렇게 할 수밖에 없소."

의정부에서 맨 먼저 반대 상소를 올렸다.

성상께서는 사해가 다 아는 해동의 요순이시옵니다. 하옵거늘 요, 순 두 임금께서 불사를 행하셨다는 말씀을 들어보시었습니까? 성상께서는 30년의 명치明治로써 태평성대를 이루시고 국력은 사해에 떨치옵니다. 이제 불교로써 이를 망치게 하시렵니까?

사헌부에서도, 사간원에서도 물론 반대 상소가 올라갔다. 임금을 가장 가까이에서 모시는 승정원에서도 승지들이 집단 상소를 올렸다. 성균관 유생들이 또한 연명 상소를 올렸는데 그 내용이 자못 격렬했다. 집현전에서도 상소를 올렸다. 집현전의 사실상 관장인 부제학 정창손鄭昌孫이 올린 반대 상소는 섬뜩할 만큼 치열했다. 정창손은 지난날에도 왕실의 숭불을 끈질기게 반대하다가 파직된 적이 있었고, 최만리, 신석조 등과 함께 훈민정음을 반대하다가 투옥까지 된 적이 있었다. 그러나 세종이 그를 워낙 아껴서 다시 등용되었고 지금은 집현전의 대표자로까지 승진해 있었다.

세종은 여전히 입을 꾹 다물고 있다가 영을 내렸다.

"선공감 제조 민신閔伸을 불러오너라."

민신이 영을 받고 들어왔다.

"장정 2백 명을 징발하고 불당 영조營造하는 공사를 즉일로 착수하라. 그리고 누가 무슨 말을 하든지 개의치 말라. 이는 왕명이니 추호라도 유루遺漏가 있을 때에는 네가 그 책임을 면치 못할 것이니라."

"분부 받들어 어명대로 조금의 착오도 없이 공사를 완수하겠나이다."

이 소식에 유신들은 더욱 놀라 눈을 희번덕이며 입을 벌리고는 다물지를 못했다.

'기어코 결행하시어 신 등 모두를 버리시나이까?'

임금은 이윽고 정창손을 불러들였다.

"신 집현전 부제학 정창손 소명 받잡아 어전에 대령이옵이다."

임금은 한동안 말없이 어탑御榻 아래 엎드린 정창손을 바라보고만 있었다. 임금보다 다섯 살 연하인 정창손은 아직 장년의 강단이 있었으나 등줄기에서는 땀이 흐르고 있었다.

"정창손!"

"예, 전하."

"너는 지난날에도 불충한 상소를 올려 파직당한 적이 있지?"

"예, 그러하옵니다."

"이번에 또 남에게 뒤질세라 아주 격렬한 상소를 올리니, 너 같이 상소를 즐겨 임금에게 저항하는 자도 드물 것이다. 왜 그러느냐?"

"전하, 황공하옵기 그지없사오나 지극한 충간이 아니고서야 어찌 감히 상소를 올리겠사옵니까?"

"일사삼간一事三諫이라 했다. 한 가지 일을 가지고 세 번 이상 간하지 말라는 말이다. 그런데 너희는 한 가지 일에 이미 십간도 넘었다. 내 너희 임금이 되어 부끄러움이 없지 않은데, 너희는 내 신하가 되어 왜 부끄러운 줄을 모르느냐?"

"황공하옵니다, 전하."

"나가서 또 상소질을 할 것이냐?"

"하오나, 전하……."

"그래, 무엇인고?"

"황공하오나 신 등의 뜻 또한 굽힐 길이 없는가 하옵니다."

"그래? 그럼 어디 너희 뜻대로 해보려무나. 너희 뜻이 관철되지 않으면 모두가 과인을 버리고 집으로 돌아간다 했지? 그러면 그렇게들 해보라. 과인도 뜻을 굽힐 수가 없느니라."

세종은 조금의 동요도 없이 불당 공사를 독려했다. 이런 소식이 온 나라에 퍼지자 전국의 유림들까지 들고 일어나 상소가 빗발치듯 올라왔다. 세종은 세자를 가만히 불렀다.

"너도 알다시피 반발이 저와 같이 드세니 어찌하면 좋겠느냐?"

"신 소자 생각으로는 아무래도 공사를 중지하는 게 좋을 듯하옵니다만……."

"어째서?"

"저들이 저렇게 시끄러우니 승하하신 어마마마께 오히려 욕되는 일이 될 것 같사옵니다. 불교는 어디까지나 사사로이 믿는 것은 모르되, 경학위본經學爲本을 신조로 삼고 있는 유교 국가에서 궁중에 불당을 짓는 일은 아무래도 석연치 않은 바가 없지 않은가 하옵니다."

"궁중에 짓는다 하나 이것도 어디까지나 왕실의 사사로운 일이 아니냐?"

"물론 그렇게 생각할 수도 있사오나, 궁중이라는 것이 나라의 임금이 사는 곳인지라 유신들로서는 사사로운 곳으로만 여길 수 없을 것이옵니다."

"음, 그렇기도 하겠다만……."

"분명 그럴 것이옵니다."

"세자 너는 장차 네가 임금이 되면 불교를 배척할 생각이 있느냐?"

"아니옵니다. 물론 불교도 옹호하겠습니다만 경학위본의 국시는 지켜야 할 것이옵니다."

"내 뜻도 그와 같다. 경학위본을 벗어나려는 것은 결코 아니다. 그러나 공자의 가르침이나 석가의 가르침이나 그 근본 뜻은 같은 것이다.

그런데 단지 겉으로 나타나는 형식에 사로잡힌 사람들이 석가의 가르침은 공부도 해보지 않고 막무가내로 반대만 하니 말썽이 생기는 것이다. 아무튼 이 일은 내가 생각해서 처리할 테니 그리 알고 있거라."

"예, 아바마마."

세종이 유신들의 잇단 상소에도 꿈쩍도 하지 않자 사태는 점점 더 심각해져 갔다.

"전하, 도성의 4부 학당學堂 학생들이 성균관 유생들과 연합하여 장문의 상소를 올리고, 지금 광화문 앞에 엎드려 복합시위伏閤示威(대궐문 앞에 엎드려 시위함)를 하고 있나이다."

"무엇이라고? 복합시위?"

당시 도성은 5부部로 나뉘어 있었고 각 부는 또 여러 방坊으로 나뉘어 있었다. 도성 5부 중 4부에 각각 유학을 공부하는 학당이 있었으니, 그 학생들이 성균관 학생들과 함께 총동원되어 광화문 앞에 나와 시위를 하고 있었던 것이다.

"전하, 궐내 불당 건립을 작파하소서."

"불교는 이단이오니 배척하시옵소서."

"불교는 어버이도 임금도 모르는 혹세무민의 사교이옵니다."

광화문 앞 너른 육조거리에 수백 명 학생들이 즐비하게 엎드려서 목청을 돋우어 소리소리 지르고 있었다. 7월 하순의 땡볕에 온종일 엎드려 있었는데, 학생들은 해가 지고 땅거미가 깔리는 데도 물러나지를 않았다.

"전하, 저들이 아직도 물러나지 않고 있사옵니다."

"그대로 가만두어라. 배가 고프면 아마도 물러갈 것이다."

과연 얼마 있지 않아 시위하던 학생들은 제풀에 흩어지고 말았다. 그러나 사태는 그것으로 끝나는 게 아니었다.

다음 날 학생들은 내불당 건립에 반대한다는 취지를 방문榜文으로 써서 여러 거리에 붙여놓고 동맹휴학에 들어갔다. 이 사실은 곧 승정원에 알려졌고 승정원에서는 곧바로 임금께 아뢰었다.

"뭣이라고? 학생들이 거리에 방을 붙여놓고 동맹휴학을 했다고?"

"황공하옵니다, 전하. 저들의 말로는 전하께서 불당 건립을 작파할 때까지 계속 휴학하겠다는 것이오며, 성균관 유생들도 함께 휴학한다 하옵니다."

"음, 이는 필시 유신들이 선동 교사한 일임에 틀림없을 것이다. 허참, 이제는 별 수단을 다 쓰는구나. 허나 어림없는 일이다."

"이를 어찌하면 좋겠사옵니까, 전하?"

"승지들은 들으라."

"예, 전하."

"즉시 의정부와 의금부에 명을 전하라. 성균관과 사부학당의 학생들을 모조리 잡아다 의금부 옥사에 가두고 그들을 국문하라. 그래서 주동자를 색출하여 과인에게 보고하도록 하라."

"전하, 통촉하시옵소서."

"전하, 불사를 반대한다 해서 학도들을 의금부에 가둘 수는 없는 일인가 하옵니다."

"어림없는 소리. 어서 영을 거행하라."

이 명령이 의정부에 전해지자 영의정 황희가 대경실색을 하여 벌떡 일어나더니 여든여덟의 노구를 이끌고 서둘러 임금을 뵈러 갔다.

"전하, 신 황희 알현이옵니다."

"오, 황정승. 어서 오시오. 경도 과인의 뜻을 꺾으러 들어오신 게요?"

"황공하옵니다. 그런 게 아니오라 전하께서 큰 벌집을 더욱 쑤셔놓으실까 염려되어 들어왔사옵니다."

"아니, 큰 벌집이라고요?"

"예, 전하. 저 학도들을 잡아 가두시는 것은 큰 벌집을 쑤셔놓는 것과 같사옵니다. 너무 일을 시끄럽게 하지 마시고 차라리 그대로 방치해두시옵소서. 그래서 제풀에 가라앉도록 하는 것이 차라리 낫지 않을까 하옵니다."

"벌집은 이미 쑤실 대로 쑤셔놓은 셈이오. 더 이상 무엇이 두렵단 말이오? 저들이 임금의 뜻에 저처럼 반항하는 것은 모반하는 것과 다르지 않을 것이오."

"전하, 저들이 어찌 모반할 뜻이야 있겠습니까? 성상께오서는 전일에 부처님 같은 자비를 베푸시어 성상께 불경한 망언을 하고 관장에게 발악을 한 백성도 오히려 잡아 가두지 못하게 하셨사옵니다. 하온데 저들 딴으로는 성상과 나라를 위하여 충언을 드리는 것이온데, 어찌 잡아 가두고 국문까지 하시려 하시옵니까?"

"듣고 보니 그렇기도 합니다. 황정승이 들어오시기 참 잘하셨소. 그러면 학도들을 잡아 가두는 일은 그만두도록 하시오."

"성은이 하해 같사옵니다, 전하."

학도들을 잡아 가두는 일은 그렇게 그만두었지만, 그와 상관없이 불당 건립 공사는 예정대로 계속되었다. 그러자 집현전 학사들이 다시 숙의에 들어갔다.

"성상께서 여전히 내불당 공사를 계속하시니 큰일이오."

"글쎄 말입니다. 12월까지는 끝낸다 합니다."

"어디 그뿐입니까? 낙성식 때는 대대적인 경찬회를 궁중 내에서 시행한다 합니다. 그렇게 되면 이 경복궁이 온통 중머리 판이 되고 대궐이 절 마당처럼 될 텐데……, 이 꼴을 어찌 견디란 말입니까?"

"도저히 이대로 둘 수는 없는 일입니다. 우리가 차라리 벼슬을 다 버리고 돌아가 근신할 수밖에 없을 것 같소."

"동맹휴직을 하자 그 말이오? 학도들처럼?"

"아니면 내불당 건립을 막지 못한 죄책을 후세까지도 면치 못할 것이오."

"옳소. 별 수 없소이다. 다들 돌아가 숨어 지냅시다."

"좋소. 그럽시다."

30여 명 집현전 학사들이 모조리 집으로 돌아가 칩거에 들어갔다.

"집현전 학사들이 다 집으로 돌아가 두문불출이라고?"

임금은 난감한 기색이었다.

"그뿐이 아니옵니다. 진관사津寬寺에서 사가독서를 하던 유생들도 다 그만두고 돌아가 칩거 중이라 하옵니다."

집현전은 세종에게는 주무처主務處나 다름없는 곳이었다. 사실 집현전 없이 세종은 하루도 살 수가 없을 지경이었다.

세종이 집현전에 가보았다. 과연 텅 비어 있었다. 세종은 텅 빈 집현전에서 얻은 허무감에 젖은 채 하루를 보냈다.

다음 날도 세종은 집현전에 가보았다. 전날처럼 텅 빈 집현전에 서서 세종은 눈물이 솟을 것 같은 비감에 젖었다. 임금은 다음 날 사람을 시켜 학사들을 불러오라 했다.

"어명을 거역한 죄로 처벌을 받을지언정 성상께서 내불당 영조를 그만두시지 않으시는 한 출사할 수 없다고 아뢰시오."

학사들의 사자에 대한 대답은 모두 한결같았다. 임금은 코허리가 시큰하면서 눈물이 글썽거렸다. 생각다 못해 임금은 다시 황희를 불렀다.

"전하, 불러계시오니까?"

"오, 황정승. 어서 오세요."

임금은 눈물을 글썽거리며 황희에게 하소연이나 하듯 딱한 심사를 털어놓았다.

"경도 들어 알다시피 집현전 학사들이 모두 과인을 버리고 다 가버렸소그려. 나는 지금 불교도 버릴 수가 없지만, 집현전 학사들 없이는 더욱 살 수가 없소. 이 노릇을 이제 어찌하면 좋겠소?"

"크흐. 황공하옵니다, 전하. 하오나 너무 상심치 마시옵소서."

"무슨 좋은 수가 있소, 황정승?"

"예. 신이 가서 모두 불러오겠습니다."

"아니, 경이 집집마다 다 돌아다니며 불러오겠다 그 말씀이오?"

"그렇습니다, 전하."

"허나 과인이 사람을 시켜 불러도 오지 않는데 저들이 그냥 오겠소?"

"이 늙은 것이 찾아가 사정하는 데야 설마 저들이 따르지 않겠사옵니까?"

"아이구, 고맙소. 제발 저들을 데려다주시오, 황정승."

어탑을 물러 나온 영의정 황희는 우선 집현전의 실제 관장인 정창손의 집으로 초헌軺軒을 굴렸다. 예고 없이 찾아온 영상을 대하자 정창손은 매우 놀란 기색이었다.

"아니, 영상대감께서 이 추루醜陋한 곳에 어인 행차이십니까?"

"갑자기 찾아와 미안하네."

"아닙니다. 어서 오르시지요."

"자네 집에 좋은 술이 있을 듯해서 이렇게 찾아왔구먼."

"예, 하오나 지금 시생은 술을 마실 처지가 아니오니 대감께서 혼자 드셔야겠습니다."

"허, 이 사람. 술을 혼자 드는 법도 있다던가? 그런데 왜 자네는 술을 못 든다 하는가?"

"대감께서도 아시다시피 지금 집에서 근신 중인데 어찌 술을 입에 대겠습니까?"

"근신 중이라고? 왜 그러는가?"

"성상께서 내불당 건립을 철회하실 때까지 저희들이 출사치 말고 집에서 모두 근신하기로 동맹하지 않았습니까?"

"오, 그 참 장한 일이네그려. 대궐 안에 불당을 짓는 일을 집현전에서야 그냥 보고만 있을 수는 없지."

"영상대감께서도 우리 일에 찬성이십니까?"

"암, 당연히 찬성이지. 아무려면 내가 불교를 옹호하겠는가? 그런데 말이 났으니 말이네만……. 아까 뵈오니 성상께서 우시고 계시네그려."

"아니, 성상께서……?"

"텅 빈 집현전에 홀로 나와 계시면서 줄줄 눈물을 흘리시는 게 아닌가? 차마 뵙기 민망하여 내가 몸 둘 바를 몰랐네."

"줄줄 눈물을 흘리시고……?"

"내가 웬일이시냐고 여쭈었더니 하시는 말씀이, 여기 학사들이 다 나를 버리고 갔으니 이 노릇을 어쩌면 좋으냐고 하시지 않겠는가?"

"크흐……."

"내가 신하된 도리로써 도저히 그냥 보고만 있을 수 없어 이렇게 찾아왔네. 자네들이 정녕 성상을 버릴 작정인가?"

"영상대감. 저희가 어찌 성상을 버릴 수가 있겠습니까? 금상 같으신 성군을 어느 세상에 다시 만나 뵙는다고 버리겠습니까?"

"그야 참으로 옳은 말이네. 헌데 내가 보기에 성상께서는 불교도 그렇고 자네들 학사들도 그렇고, 어느 쪽도 없이는 못 견디실 것 같네. 그러니 어찌하겠나? 자네들이 신하이니 아무래도 고집을 버리고 성상을 따르는 게 도리가 아니겠는가?"

"예, 알겠습니다. 깨우쳐주셔서 고맙습니다, 영상대감."

황희는 30여 명 집현전 학사들의 집을 모조리 방문하느라 하루해를 꼬박 보냈다. 학사들은 황희의 말에 모두들 감복하고 뉘우쳐 다음 날 모두 집현전에 출사했다.

집현전 학사들의 이러한 출사가 전해지자 다른 유신들과 학도들도 태도를 누그러뜨리지 않을 수가 없었다. 그리하여 내불당 건립은 예정대로 차질 없이 진행되어 갔다.

옷깃에 새어드는 바람이 서늘하다 싶더니 어느새 계절은 가을로 접어들고 있었다. 집현전 학사들과 친숙한 세자는 밤이면 발걸음을 집현전으로 옮기는 때가 많았다. 궁궐 안에는 궁녀들이 여기저기 꽃처럼 피어 밤이면 더욱 진한 향내를 피우고 있었지만 세자는 별 관심이 없었다.

집현전 학사들 중에서 세자는 특히 성삼문과 친숙했다. 그래서 성삼문이 숙직하는 날이면 틀림없이 세자가 찾아갔으므로 성삼문은 일찍 잠자리에 들 수가 없었다. 지체가 하늘 같은 세자이기도 하고 나이로도 네 살이나 위인 큰형님 같기도 해서 심적으로는 어렵기도 했지만, 그보다는 학문과 세상사에 대한 연구와 담론이 재미도 있고 깨닫는 바도 많아 성삼문이 오히려 세자를 기다리는 편이었다.

달 밝은 가을 밤, 성삼문이 또 숙직을 하고 있었는데 그 밤에는 늦도록 세자의 기척이 없었다.

'오늘은 아니 오시는 모양이군.'

성삼문은 의관을 다 벗어놓고 잠자리에 누워서 책을 보았다. 그러다 이제 자야겠다 생각하고 불을 끄고 나자 이윽고 밖에서 부르는 세자의 목소리가 들렸다.

"근보, 근보 자는가?"

"예, 저하."

성삼문은 급히 옷을 주워 입고는 맨발로 뛰어나갔다.

"자는데 찾아와서 미안하구먼."

"황공하오이다. 늦은 것 같아 못 오시나 해서 막 자려는 참이었습니다."

"들어가도 되겠는가?"

"아무렴요. 어서 오르시지요."

두 사람은 안으로 들어가 다시 촛불을 밝히고 앉았다.

"저하께서 오시는 줄도 모르고 잠자리에 들어 죄송하기 그지없사옵니다."

"죄송하기로야 내가 더하지. 그런데 달은 밝고 이런저런 생각에 잠은 오지 않는데……, 근보가 보고 싶은 게야. 그러니 너그럽게 이해하게."

"그저 황공할 뿐이옵니다."

"근보는 그저 글에만 빠졌구먼. 정치를 하는 사람이라면 글도 좋지만 힘을 길러야 하는 것이네. 부왕전하께서는 글을 좋아하시면서도 무사를 많이 양성하시어 국태민안을 달성하셨지."

"참으로 그러하옵니다. 그런데 이제 김종서도 나이가 많아지니 그 다음을 이어갈 사람이 있어야 하는데, 사람이 없어서 걱정이옵니다."

"그야 또 나타나겠지."

"하온데, 저하……."

"응, 왜?"

"요즘 셋째 왕자 안평대군의 집에 사람들이 출입한다는데, 혹시 수상한 기미가 있는 것은 아닐까요?"

"하하, 그 사람이야 워낙 풍류를 좋아하니까……. 하지만 그 아우는 딴 마음을 품을 사람은 아닐세. 부왕전하도 계신데 무슨 일이야 있겠나?"

"하오나 사람 속을 어찌 다 알겠습니까?"

"그래, 그렇긴 하지. 그보다는 수양 아우가 오히려 더 걱정이네."

세자는 답답한 듯 긴 한숨을 내쉬었다.

"예에……."

"수양이 불교에 적극적인 탓에 전하의 총애가 큰 편이지. 근보도 그런 낌새는 알고 있을 텐데."

"예, 저하. 제 생각에 수양대군은 조심해야 할 인물인가 하옵니다."

"하지만 형제 사이인데 설마 무슨 일이야 있겠나?"

"황공하옵니다. 형제간을 이간시키는 것 같아 참으로 죄송합니다."

"아닐세. 나야 근보의 말뜻을 잘 아네."

사실 세자는 아우들의 일이 걱정되지 않을 수가 없었다. 둘째 수양이나 셋째 안평도 그렇지만 넷째 임영대군도 야심이 만만찮은 아우였다.

그즈음 임영대군은 고신告身(벼슬 임명장. 여기서는 대군의 직첩)이 회복되어 유폐생활에서 풀려나 있었다. 기골이 장대하고 힘이 장사인 임영대군은 사람을 자주 해치는 삼각산 호랑이를 활로 쏘아 잡았고, 제주도에 출몰하는 도적떼를 평정하는 등의 공로를 세워, 일전에 궁녀들을 범한 죄가 용서되었던 것이다.

"임영대군도 조심해야 할 인물인가 하옵니다."

"그 아우도 평범하지는 않지. 하지만 가장 걱정되는 건 아무래도 수양 아우일세."

"예, 유념하시옵소서."

세자와 성삼문은 밤이 가는 줄도 모르고 이렇게 조심스러운 얘기까지 하는 사이였다.

사실 성삼문뿐만이 아니었다. 집현전 학사들은 세자의 학문과 인품에 매료된 셈이어서 다들 그를 매우 좋아했다. 그래서 그들의 화제가 가끔 세자가 되기도 했다.

"세자의 시작詩作 솜씨가 더 좋아진 것 같지 않은가?"

"그야 어느 분의 자제인데, 안 그렇겠는가?"

"허나 부왕만이야 하겠는가?"

"허어, 그야 지내보아야 알겠지만 부왕 못지않을 걸세. 그런데 세자는 부왕에 비해서 성품이 너무 곧지 않은가?"

"모르는 소리. 매우 다정다감하신 분일세."

"무얼 보고 그러나?"

"지금도 세상 뜬 세자빈을 잊지 못하고 계신다네."

"그야, 정들었던 아내 생각을 누군들 아니 하겠는가?"

아무튼 세자에 대한 집현전 학사들의 인기는 날이 갈수록 높아져 앞으로 세종 못지않은 성군이 될 것이라고 다들 좋아했다.

세자는 정무가 바쁜 가운데에도 자주 집현전에 들렀다.

"부왕전하께서 불교를 옹호하는 점에 대해서 너무 표독스럽게 반발하지 말게나. 부왕께서는 유교나 불교나 그 가르침은 다 같다고 보시고 계실 뿐이네. 결코 불교에만 치우치시는 일은 없으실 것이야."

"하면 황공하온 말씀이오나 이번 성상께서 세우시는 내불당은 성상께서 생존하실 때까지만 두었다가 만세 후에 저하께서 즉위하시면 이를 철거하시겠습니까?"

"그렇지요. 저하께서 그렇게만 하신다면 신 등도 더 말씀드리지 않겠습니다."

"허어, 다짐을 두라 이 말인가?

"그렇사옵니다."

"하지만 생각들 해보게. 내가 자식 된 도리로써 부왕께서 건립하신 것을 어찌 철거하겠다고 다짐할 수 있겠는가?"

이 내불당 일로 해서 세종은 마음이 몹시 불편했으나 불교에 대한 신심은 변함이 없었다. 우여곡절 끝에 그해 12월 마침내 내불당이 완성되어 성대한 낙성식을 가졌고, 화려한 경찬회가 5일간이나 진행되었다. 결국은 어느 유신들도 이처럼 독실한 세종의 불교 신앙을 막을 수가 없었던 것이다.

경찬회 자리에서는 소헌왕후의 명복을 비는 재를 올렸는데, 여기에는 왕후 소생의 왕자들도 참예했다. 세종은 어느 누구보다도 신심이 깊었으나 자신은 어떠한 불사에도 참예하는 일이 없었고, 어떤 부처에게도 절하는 일이 없었다.

그런데 세종이 불교에 신심이 깊었던 것은 당시의 백성들을 위해서였으나 후세의 백성들을 위해서도 참으로 다행 중의 다행이었다.

세종에게는 한 나라의 국왕으로서 자신의 생애에 반드시 이루고자 갈망했던 몇 가지 일이 있었다. 그중 가장 절실하게 바라고 심혈을 기울여 이룩한 것이 바로 우리글 훈민정음의 창제였다.

우리글의 창제는 유능한 여러 유신들의 도움은 받았지만, 따지고 보면 창제 과정의 지난한 어려움과 신병의 참담한 고통을 이겨가며 일생일대의 사명감으로 하여, 세종 자신이 단독으로 이루어낸 유일한 업적이었다.

그러나 이 한글은 반포된 뒤로 대부분의 유학자들로부터 이른바 '상놈의 글'이니 '오랑캐의 글'이니 하여 천시되고 냉대를 받았다. 그래서 세종이 목숨의 소진에도 불구하고 천신만고 끝에 탄생시킨 소중한 우리글이 세상에 나오게는 되었으나, 어쩌면 사장되거나 절멸될 수도 있었다.

그런데 참으로 다행인 것은 세종이 불교를 존숭한 것이었다. 세종은 신설한 정음청을 중심으로 우선 불교에 관한 서적을 우리글로 번역해 인쇄했던 것이다. 그 결과 우리글이 불교도들에 의해서 그 명맥이 오래 이어져 오게 되었는데, 이는 참으로 아슬아슬한 우리글의 연명이었다.

4

고려사

고래로 동양에서는 한 왕조가 멸망하면 다음에 일어선 왕조가 그 멸망한 왕조의 역사를 기록하고, 한 왕조 내에서는 전왕이 죽으면 다음 왕이 전왕 시기의 역사를 기록하는 것이 의무처럼 되어 있었다. 이러한 역사 편찬은 동양에서 역사를 얼마나 중시했던가를 보여주는 한 사례다.

조선의 태조 이성계도 1392년(태조 1) 7월, 개국한 지 겨우 3개월 만에 고려의 역사를 편찬할 것을 지시했다. 정도전, 조준, 정총, 박의중, 윤소종 등이 그 일을 맡아 애쓴 결과, 1395년(태조 4)에 편년체로 된 37권의 《고려국사高麗國史》가 완성되었다.

그러나 이 《고려국사》는 많은 비판을 받았다. 주로 개국공신들이 편찬

한 탓에 그들의 사대사상에 의한 편견이 많이 개입되었기 때문이었다.

자주성이 강했던 고려는 중국의 황제들처럼 조祖, 종宗 등의 묘호廟號를 사용했다. 그런데 《고려국사》에서는 이 묘호를 왕王이라 고쳐 썼다. 예를 들면 광종光宗을 광왕光王으로 고친 것이다. 또 고려에서는 왕이 자신을 지칭할 때 짐朕이라 했는데 《고려국사》에서는 여予로 고쳐 쓰기도 했다. 이런 식으로 비굴하게 고쳐 쓴 것이 한두 가지가 아니었다. 또 조선 건국의 타당성에 맞추기 위하여 공민왕 이후의 사실에 대하여는 멋대로 곡필을 휘둘러 조작해놓은 곳이 한두 군데가 아니었다.

정도전은 자기 부친 정운경鄭雲敬이 아무런 능력과 덕망이 없었음에도 특별히 그 전기를 내세워 유공자로 치하하고, 정몽주와 김진양 같은 고려 말의 충신들은 여지없이 깎아내렸다. 이에 태종은 1414년(태종 14)에 하륜을 책임자로 세우고 변계량, 남재, 이숙번 등에게 이 《고려국사》의 개수를 명했다. 그러나 1416년 하륜의 사망으로 인해 개수 작업은 중도에 그치고 말았다.

세종은 즉위년인 1418년(태종 18), 상왕인 태종에게 이 《고려국사》에 대하여 의견을 드렸다.

"《고려국사》는 아무래도 개수를 계속해야 할 것 같사옵니다."

"잘 생각하셨소. 사실은 사실대로 써야 역사가 되는 것이오."

태종은 세종에게 힘을 실어주었다. 세종은 유관, 변계량 등을 불러 《고려국사》의 개수를 지시했다.

"정도전 등이 쓴 《고려국사》는 차라리 없는 편이 낫소. 고려사를 새로이 쓴다 생각하고 애써주시오."

그리하여 1421년(세종 3) 새로운《고려사》가 완성되어 세종이 받아보게 되었다.

'고치지 못한 곳, 미진한 곳이 많구나.'

세종은 1423년(세종 5)에 다시 유관, 윤회 등에게 개수토록 명하여 다음해 완성을 보게 되었다. 그러나 세종은 여전히 미진한 점이 마음에 걸려 반포하지 못하고 말았다.

그러다 1438년(세종 20)에 신개, 권제, 안지, 남수문 등에게 명하여《고려사》를 또다시 쓰게 했다. 그리하여 1442년(세종 24), 대단히 상세하게 사실대로 기록된 고려사가《고려사전문高麗史全文》이란 이름으로 완성되어 임금에게 바쳐졌다. 이《고려사전문》은 1448년(세종 30)에 마침내 주자소에서 인쇄하기에 이르렀다.

인쇄가 끝나면 반포할 예정이었다. 그런데 이번에는 교정 과정에서 또 문제가 드러나고 말았다. 권제가 남의 청탁을 받고 사실을 일부 고쳐 쓴 것, 또한 자신의 아버지 권근과 조상 권수중에 대한 기록을 사실과 다르게 고쳐 쓴 것, 태조 이성계의 선조 중 도조度祖, 환조桓祖의 기록에 빠진 사실이 있는 점 등이 발견되었던 것이다.

세종은 반포를 중지하고 인출한 책들을 모두 폐기하라 지시했다. 그리고《고려사전문》을 쓰면서 잘못을 저지른 사람들에게 벌을 내렸다. 권제는 이미 죽었으나 그의 고신과 시호를 삭탈했다. 살아 있는 자 중에서는 안지와 남수문이 고신을 삭탈당했다.

세종은 이처럼 거의 평생을《고려사》에 매달린 셈이었다.

'결국 사람이 문제로다.'

'그렇지만, 또다시 사람에게 맡길 수밖에 없구나.'

승하하기 1년 전인 1449년(세종 31) 2월, 세종은 이번에야말로 제대로 된 《고려사》를 완성시키겠다는 각오로 우찬성인 김종서를 지춘추관사知春秋館事를 겸하게 하여 《고려사》 편찬의 총책임자로 임명했다.

세종은 마음이 가장 곧고 유능하며 직필사가直筆史家이기도 한 김종서에게 일을 맡겼기에 안심은 되었지만, 기필코 유종의 미를 거두기 위하여 세자로 하여금 이 일을 감리 독려하도록 했다. 세종은 또 이 사업에 이조참판 정인지, 호조참판 이선제, 집현전 부제학 정창손을 위시해서 많은 학사들을 참여시켰다.

김종서는 2월 5일 춘추관에 《고려사》 편찬에 참여할 모든 사람들을 모아놓고 《고려사》를 어떤 체제로 편찬해야 좋을지 토의했다. 신석조, 최항, 박팽년, 하위지, 양성지, 유성원 등 많은 사람이 편년체보다는 기전체로 편찬하는 것이 낫다고 주장했다. 김종서는 세자와 함께 임금을 뵙고 자세히 의논한 끝에 기전체로 허락을 받았고, 그에 맞추어 대대적인 편찬 작업에 들어갔다.

재주와 정성을 다 기울인 이 편찬 사업은 차근차근 잘 진행되었으나, 중도에 세종이 승하했으므로 세종 자신은 안타깝게도 완성을 보지 못하게 되고 말았다.

그러나 이 일은 세종의 유언으로도 전해져 더욱 심혈을 기울인 끝에 1451년(문종 1) 8월, 마침내 후세인들이 읽고 고려시대의 바른 면모를 자세히 살필 수 있는 《고려사》로 완성되었던 것이다.

이 기전체 《고려사》는 태조부터 공양왕까지 32명 왕들의 연대기인 〈세가世家〉 46권, 천문지天文志에서 형법지刑法志까지 10조목의 〈지志〉 39권, 사실들을 연대순으로 적은 〈연표年表〉 2권, 1,008명의 인물에 대한 전기인 〈열전列傳〉 50권, 〈목록〉 2권, 도합 139권으로 편찬되었다.

이로써 전 왕조사를 기록하려는 노력은 정도전의 《고려국사》로부터 시작하여 여러 번 개수의 노력 끝에 마침내 김종서의 《고려사》로 찬연한 대단원을 이루게 되었다.

이는 오로지 전세의 가감 없는 바른 역사 기록만이 후세의 바른 통치를 위한 거울이 된다는 세종의 신념과 의지의 결과였다. 세종의 이런 신념과 의지가 없었다면, 사대사상에 절은 김부식의 곡필로 왜곡된 엉터리 《삼국사기》를 후대인들이 읽듯, 정도전의 엉터리 《고려국사》도 읽어야 했을 것이다.

이 김종서의 《고려사》 완성을 크게 기뻐한 문종은 그간의 진충갈력을 치하하여 편찬자 김종서, 정인지, 이선제, 그리고 문종 치하 우참찬으로 편찬에 참여하여 공을 세운 허후 등에게 안구鞍具가 딸린 말 한 필씩을 내렸고, 신석조, 정창손, 최항, 김조 등에게는 그냥 말 한필씩을 내렸다. 그리고 삼품관 이하 학사들은 모두 한 등급씩 승진시켜 주었다.

그런데 이 완성된 《고려사》는 여러 가지 사정으로 인쇄되지 못하다가 1454년(단종 2) 10월에야 인쇄 반포되었다. 그런데 그때 《고려사》 편찬의 대표자가 김종서가 아니라 정인지로 바뀌어버렸다.

이는 그때부터 시작된 무치하고 유치한 역사 날조의 흔적이었다. 그리고 후세인들은 이 역사 날조로 인해서 그 편찬에 참여하여 열성을 다한 이들 가운데 김종서, 허후, 박팽년, 유성원 등의 이름은 찾아볼 수 없게 되었다.

1449년(세종 31)이 되면서 세종은 영의정 황희의 치사致仕(벼슬을 사양하고 물러남)를 말리느라 애가 탔다.

"경의 나이가 많다고 하나 아직 기력과 총기가 정정하거늘 어이하여 과인을 버리려 하시는 게요?"

"황공하오이다, 전하. 하오나……."

"몸이 쇠약하고 머리가 혼미한 것은 오히려 과인이오. 그래서 이제 세자에게 선위하고 좀 쉬고자 하나, 경들이 반대해서 억지로 자리에 있는 것이오. 그런데 경은 아직 기력이 있는데 나를 버린단 말이오? 한번만 재고해보시오, 황정승."

임금은 황희의 손목을 붙잡고 눈물을 흘리며 사정했다.

"황공하옵니다, 전하. 하오나 사람이란 염치가 있어야 하옵니다. 이다 늙은 몸이 어찌 더 이상 황각에 주저앉아 90을 바라보리이까?"

"어찌 안 된다는 말씀이오? 주나라 강태공은 전 80, 후 80으로 160을 살면서 나라를 보필했다 하지 않소?"

"그야 옛날 신선 같은 사람들의 이야기가 아니옵니까? 보잘것없는 신 황희에게 어찌 가당키나 하겠사옵니까?"

"아이고, 황정승. 내가 정녕코 경과 헤어질 수가 없어서 그러는 것이오. 내가 질병이 잦은 것으로 보아 생각건대 명이 얼마 남지 않은 것 같소. 제발 더 있어주시오."

"황공하여이다. 전하께서는 아직 연부역강年富力强하신데 어찌 그런 망극하신 말씀을 하시옵니까? 전하께서는 모쪼록 마음을 굳게 다지시고 질병을 이기시옵소서."

세종이 울며 사정하고 말렸으나 이번에는 황희가 기어이 물러가고 말았다.

그의 나이 87세. 1389년(고려 창왕 1)에 급제하여 벼슬길에 나아간 이래 61년 만이었다. 영의정으로 재직한 것만 19년, 우의정 2년, 좌의정 3년을 합치면 자그마치 24년을 황각의 정승으로 있었던 것이다.

세종은 이제 더는 그를 붙잡을 수 없다는 것을 알았다. 이에 좌의정 하연을 영의정으로, 우의정 황보인을 좌의정으로, 남지를 우의정으로 임명했다. 이번의 세 정승은 세자와 상의해서 임명했는데 그들은 다 세자에게 충성을 바칠 사람들이었다.

세종은 그즈음 고통스러운 병을 하나 더 얻었는데, 바로 각통脚痛이었다. 다리를 제대로 쓸 수가 없었고 밤에는 잠을 제대로 잘 수가 없었다.

그해 6월 세종은 견디다 못해 세자에게 선위를 하고자 했다. 먼저 황희에게 몰래 사람을 보내 의견을 물었다. 황희는 반대하는 답서를 보내왔다.

> 세자께 선위하시고 전하께서 상왕으로 물러나신다 하셔도 두 곳에서 명이 나올 것이옵니다. 이는 후일을 위해서 결코 좋은 일이 아니오니 양위는 하지 마시옵고, 전과 같이 세자저하께서 서정을 맡게 하시고 군국의 대사는 전하께서 처결하시옵소서.

세종은 황희의 의견을 따르기로 했다. 그래서 세종은 세자와 영의정 하연 이하 중신들과 수양대군 이하 왕자들을 불러놓고 전교를 내렸다.

"앞으로는 과인의 병이 낫고 안 낫고를 불문하고 군국의 일 등 중대사를 제외하고는 모든 정무를 세자가 대신 처결토록 할 것이오."

세자는 물론이요 중신들도 모두 반대하고 나섰다.

"전교를 거두어주옵소서."

"허어, 경들은 과인의 병을 모른단 말이오? 이후로는 새로운 법의 제정이나 사람을 쓰는 일이나 군사에 관한 일은 내가 처리하지만, 그 외 서무는 전처럼 세자에게 대행시키려는 것이오. 그렇게 하는 데에 무슨 병폐가 있을 것이라고 경들은 생각하는 게요? 세자는 이미 지난 6년간 간간히 과인을 대신해서 내외 정무를 청단聽斷해 왔으니 사실은 새삼스러운 것도 아니요. 그러니 더 여러 소리 말고 제발 내 신병을 돌봐주는 것으로 여기고 그대로 받아주시오."

"황공하여이다. 성념대로 행하겠나이다."

이로부터 세종은 큰일만 가끔 결재할 뿐 기타 일은 세자가 경복궁에 상주하면서 처결했으므로 정무가 한결 가벼워졌다.

그러나 신병의 괴로움은 가벼워지지 않았다. 각통이 심해서 잠을 잘 못자는 데다 갈증이 또 심해져서 자주 물을 찾아야만 했다.

어느 날은 시의가 갈증과 각통을 함께 다스리는 처방을 알아냈다고 했다.

"전하, 지갈止渴(갈증을 그치게 함)에 대하여 신이 궁구한 것을 아뢰고자 하옵니다."

"오라, 갈증을 멈추게 한다, 그 말인가?"

"예, 전하. 신이 궁구한 바로는 전하의 환후는 지갈이 첩경인가 하옵니다. 갈증이 나으시면 각통도 따라서 치유가 되는 것이옵니다."

"오, 그래? 무슨 신통한 방법이라도 알아냈는가?"

"예, 전하. 아주 간단하고도 신통한 방법이옵니다. 흰 수탉이나 누런 암탉이 지갈에 좋다는 것을 알아냈사옵니다."

“수탉이나 암탉?”

“예, 그리고 양은 더 좋다고 하옵니다.”

“그러면 내가 그 고기를 먹으면 된다 이 말인가?”

“아니옵니다. 그 고기를 잡수시는 것이 아니오라 그 즙을 내서 매일 드시오면 해갈이 되옵고, 이를 얼마간 지속하시오면 지갈이 되옵고, 그러면 각통도 차차 사라진다 하옵니다.”

세종이 잠시 생각하더니 고개를 가로저었다.

“안 되겠네.”

“예엣? 어찌 아니 되신다 하시옵니까?”

“닭이나 양이나 다 목숨을 가진 생명들이 아닌가? 지금 내가 살 만큼 살았는데 내 목숨을 조금 더 부지하고자 비록 미물이지만 그것들도 다 하나밖에 없는 목숨들인데, 그걸 죽일 수야 없지 않은가?”

“예……엣?”

시의는 어이가 없어 한동안 멍청히 입만 벌리고 있었다.

“…….”

“전하, 닭이나 양 같은 것은 사람이 길러서 잡아먹으라고 하늘이 점지해 내린 것이옵니다. 초부나 목동 같은 자들도 이런 짐승은 얼마든지 잡아먹사옵니다. 또한 병을 낫게 하기 위해서는 새끼 밴 암소나 염소의 배를 갈라 그 새끼를 꺼내어 쓰기도 하옵니다.”

“허, 저런…….”

“그 뿐만이 아니옵니다. 비록 백성 된 아녀자의 뱃속에 든 태아라 할지라도 전하의 환후를 위해서라면 기꺼이 쓸 일이며, 비록 인명이라 할지라도 전하의 환후 쾌유를 위해서라면 백, 천인들 아까워하겠사옵니까?"

"예끼, 이 사람. 말이라도 그런 소리를 함부로 입에 담으면 천벌을 받을 것이야."

"하오나 전하, 전하께서는 아니 된다 하시오나, 신은 의생의 도리로써 기어이 마련하여 올리겠나이다."

"허허, 이 사람. 절대 안 될 소리. 굳이 해온다 해도 내가 먹지 않을 뿐만 아니라, 왕명을 거역한 죄로 다스릴 것이야. 더구나 양은 우리나라에 귀한 짐승인데 아예 그런 일은 생각지도 말게."

"하오나 전하, 지금은 양을 많이 기르고 있어서 전하께서 매일 한 마리씩 드셔도 오히려 남을 것이옵니다."

"아니야. 절대 안 되는 일이네. 그런 약은 아예 해 올 생각을 말게."

시의는 물러나와 머리를 썰레썰레 흔들었다. 그러면서도 가슴 속은 미증유의 감복으로 뜨거워졌다.

'세상에 우리가 이런 성군을 모시고 산단 말인가! 어찌하든 우리는 마땅히 이런 성군을 더 오래오래 잘 모셔야 할 게 아닌가!'

의관들은 다시 임금께 온천욕을 권했다.

"또 온천에 다녀오라 그 말인가?"

"예, 전하. 지금은 겨울철이오니 농사철도 아니온지라 백성들에게 폐가 전혀 없을 것이옵니다."

"그렇사옵니다, 전하. 각통에는 황해도 배천 온천물이 좋다 하옵니다. 효험을 본 사람이 많다 하옵니다."

세종은 각통을 견디기 힘들어 그해 섣달 또 도성을 떠나 황해도 배천온천으로 행행했다.

나라의 일은 모두 세자에게 맡겼기에 세종은 홀로 온천으로 향했다. 그런 와중에도 악서樂書와 악기를 가지고 가서 신악新樂의 작곡에 몰두했다.

각통을 치료코자 온천에 오긴 했으나 때가 섣달이어서 오래 머물 형편이 못 되었다. 신년이 다가오기 때문이었다. 새해가 되면 반드시 치러야 하는 정초 행사가 줄줄이 기다리고 있었다.

우선 여러 가지 제사를 지내야 했다. 그리고 시임時任, 원임原任 대신들의 하례를 받아야 했다. 연례적으로 해야 하는 벼슬아치들의 승진과 임면을 위한 심사를 해야 했고, 또한 각종 포상을 해야 했다. 2월까지는 대개 이런 일들로 꼼짝 못하기 일쑤였다.

세자의 도움을 많이 받는다 해도 몸소 움직여야 하는 일도 많았다.

온천에 한 달도 머물지 못한 채 돌아온 임금은 부실한 몸으로 신년 행사에 시달리다가 그만 드러눕고 말았다.

몸이 약해진 탓인지, 치료가 되어 사라졌던 병들까지 다시 나타났다. 풍병風病과 담병痰病이 다시 나타나고 천식도 재발되었다.

1450년(세종 32) 1월 22일, 세종의 병세는 위중한 상태에 이르고 말았다.

'이번 와병에서는 다시 일어나지 못할 것 같구나.'

세종은 자신의 임종이 다가오고 있음을 체감하고 있었다.

"얘야, 세자야."

"예, 아바마마."

"경혜敬惠의 혼사가 임박했지?"

"예, 1월 24일이옵니다."

세자의 맏딸인 경혜공주의 혼인날이 다가와 있었다.

"궁중의 경사가 이틀 앞에 와 있거늘 내가 병이 나서 움직일 수 없게 되었으니 어찌하느냐?"

"아바마마, 그는 조금도 걱정하시지 마시옵소서. 경혜의 혼사야 아바마마 환후가 쾌유되신 뒤로 미루면 되옵니다."

세종은 생각해보았다.

지금 경혜공주 나이가 열다섯이었다. 자신이 죽고 나면 혼사는 삼년상 뒤로 미룰 수밖에 없었다.

"그건 안 된다. 절대 그럴 수는 없지. 내 아무래도 이번 와병은 다시 일어나지 못할 것 같다. 내가 죽으면 다 된 경혜의 혼사를 3년 뒤로 미룰 것이 아니냐? 그러니 다른 소리 말고 예정대로 혼례를 거행토록 해라."

"아니옵니다. 어찌 경혜의 혼사가 아바마마의 환후보다 크옵니까?"

"그러하옵니다. 그 일은 조금도 괘념하시지 마시옵소서."

다른 왕자들도 울면서 호소했다.

"왜들 우는 소리를 내느냐? 궁중에 경사가 닥쳤는데 우는 소리는 왜 내느냔 말이다. 내가 금방 죽는 것도 아닌데, 쯧쯧……. 그만 우는 소리 치우고 내가 시키는 대로 이렇게 해라."

"예? 어떻게 하옵니까, 아바마마?"

"나를 동대문 밖 효령 백부님 댁으로 옮겨다오. 그리로 가야겠다."

세자와 대군들이 펄쩍 뛰었다.

"그 어인 분부이옵니까, 아바마마?"

"아니 되십니다, 전하."

"경혜의 혼사는 뒤로 미루겠습니다. 소원이오니 그냥 여기 궁중에서 요양하시옵소서."

"어허, 왜 내 말을 아니 듣고 나를 괴롭히느냐? 어서 내 말대로 거행해라. 내가 그리로 가려는 것은 경혜의 혼사 때문만은 아니니라. 첫 손녀가 시집가는 잔치를 내가 함께 즐기려 했는데, 이 할아비가 끙끙 앓는 소리를 내며 궁중에 누워 있으면 모두가 신경을 쓸 것이기도 하고……. 또 그보다는 거기 가서 효령 형님의 염불 소리를 들으며 요양을 하고 싶은 것이니라."

"아바마마, 이 어인 분부이시옵니까? 망극하나이다."

"아니다. 경혜는 제 어미가 일찍 죽고 없어서 가엾게 자라지 않았느냐? 아무쪼록 시집이나 잘 가서 살아야지. 그러니 나 때문에 조금이라도 소홀함이 있어서는 아니 되느니라."

"아바마마. 하오면 경혜의 혼사를 소홀함이 없이 제대로 치를 것이오니, 아바마마께서도 궁 밖으로 옮기시려는 분부를 거두어주시옵소서."

"아니야. 그뿐이 아니라 하지 않았느냐? 사실은 내가 아프다고 궁중에서 불사를 행하기라도 하면 유신들이 또 마땅찮아 해서 시끄러워질 게 아니냐? 그래서 내가 조용히 효령 형님 댁에 가서 불공도 드리며 요양하고자 하는 것이니라. 내 뜻을 알았으면 어서 내 말대로 거행토록 해라."

결국 세종은 이날 동대문 밖 효령대군의 사저로 옮겨갔다.

5

성군의 임종

사실 이는 온전히 경혜공주의 혼사를 위한 세종의 배려였다. 이 소식을 들은 조정 유신들이 펄쩍 뛰었다.

"절대로 불가한 일이오. 이러한 본말전도는 있을 수가 없소."

"환후가 위중하시면 공주의 혼사도 그만두어야 하거늘, 그 혼사를 위해서 성상께서 궁 밖으로 행차하시다니……, 세상에 이렇듯 황공무지한 일이 있단 말이오?"

"아니 됩니다. 다시 모셔오도록 해야 합니다."

유신들이 모두 이렇게 떠들고 일어나자 세자의 처지가 난처하게 되었다.

"그거참. 이보게, 수양."

"예, 저하."

"이 일로 시끄러워지면 아버님 심화만 끓으실 것인즉, 아우가 나가서 조정 중신들에게 아버님 뜻을 말씀드리고 잘 타일러 보게."

"알겠습니다. 소제小弟가 나가서 저들의 논의를 눌러버리겠습니다."

수양대군은 나가서 중신들을 그만 윽박질러버렸다.

"나도 우리 부왕전하의 아들이오. 그 궁녀 출신의 질녀인지 공주인지 그 따위 혼사가 어찌 부왕전하의 환후보다 더 중하겠소? 우리 형님 세자저하도 마찬가지로 여기시오. 허나 우리가 아무리 애원을 해도 전하께서 아니 들으시니 어찌하겠습니까? 공연히 더 번거롭게 해드려 전하의 환후만 더 위중하시게 하지 말고, 그만두시는 게 좋겠소. 더는 말씀들을 하시지 마시오."

세종은 그날 매우 간소한 행차로 동대문 밖 효령대군의 사저에 당도 했다.

"어가 행차요."

미리 통보를 받고 나와 있던 효령대군이 국궁배례를 하고 맞아들였다.

"주상전하. 어서 오시옵소서. 불편을 마다하시지 않으시고 신의 집에서 요양하시겠다 하시니 지극한 광영이옵니다."

"형님, 고맙습니다. 많이 불편하시겠지만 형님을 뵙고 있으면 안정이 될까 하여 왔으니, 이 병든 아우를 위해서 귀찮다 마시고 돌봐주시기 바랍니다."

"황공하신 말씀이십니다. 신이 진충갈력할 기회를 주시니 오로지 분에 넘치는 광영이요 무한한 은혜일 뿐이옵니다."

"참으로 고맙습니다, 형님."

임금을 위해 새로 치워놓은 거처에 들어 자리를 정하자 세종은 형님에게 다시 미안스러움을 드러냈다.

"무슨 일이 있을 때마다 이렇게 폐를 끼쳐드려 죄송합니다. 속담에 '좋은 일에는 남이오 궂은일에는 일가라' 하더니 참으로 그런가 봅니다."

"주상이야말로 형제간의 우애가 지극하신데, 군왕으로서 주상처럼 형제간에 우애가 돈독했던 임금은 아마도 동서고금에 없었을 것이옵니다. 자고로 임금의 형제간은 권세를 두고 싸우기 일쑤요 서로 죽이기까지 하는 일이 얼마든지 있지 않사옵니까?"

"그야 어찌 제가 잘해서 우리 형제의 우애가 돈독해졌겠습니까? 형님들께서 이 아우를 사랑으로 보살펴주셔서 그리된 게지요. 지금 형님을 뵈오니 일찍 세상을 뜬 성녕誠寧 아우가 그립습니다."

"예, 그렇습니다."

"아버님 어머님께서 지극히도 애통해 하셨지요."

"그러셨지요. 나무관세음보살……."

"제가 수년 전 광평과 평원 두 자식을 앞세우고 보니 그때의 부모님 심정을 잘 알겠더군요."

"그러니까 사람이란 자신이 겪어보아야 안다 하지 않습니까?"

사실 세종의 형제간은 참으로 우애가 깊었다. 그날도 두 형제의 이야기는 그칠 줄을 몰랐다.

"주상, 이제 그만 쉬셔야지요. 주상을 뵈어 반가운 김에 제가 그만 주책없는 사람이 되었습니다."

"아니, 괜찮습니다. 저야 아는 병이니 형님만 괜찮으시다면 이야기를 좀 더 하고 싶습니다."

"그래도 말씀을 자꾸 하시면 환후에 해가 될 것입니다."

이때 밖에서 양녕대군이 도착했다는 거래가 올라왔다. 그러자 세종이 크게 기뻐했다.

"그래, 큰형님이 오셨다고? 제가 여기로 오니까 반갑게도 우리 형제들이 다 모이게 됩니다."

양녕대군이 들어오자 이야기는 다시 이어졌다.

"큰형님, 어서 오십시오."

"예, 주상……."

"일어나지 못해 죄송합니다. 아무래도 형님들보다 제가 먼저 갈 것 같습니다."

"거 무슨 당치않은 말씀이십니까? 주상은 너무 일을 많이 하시어 지금 피로에 지친 것일 뿐입니다. 이제라도 제반사 모두 세자에게 맡기시고 편안히 쉬시면 차차 회복되실 것입니다."

"정말로 제가 다시 일어날 수 있을까요?"

"물론이지요. 아닌 말씀으로 주상께서 영 회복되지 못할 환후에라도 걸리셨습니까?"

"제가 듣기는 좋습니다만 아무래도 제 느낌에는 갈 때가 온 것 같습니다."

"아닙니다. 마음을 편히 가지세요."

세종은 천정을 보고 잠시 뜸을 들이다 양녕대군에게 시선을 돌렸다.

"큰형님."

"예, 주상."

"능력 없는 제가 본의 아니게 형님 대신 옥좌를 지켜왔습니다. 그래서 하느라고 해왔습니다만……, 잘못된 것이 많을 것입니다. 형님이 하셨더라면 이보다 훨씬 나았을 텐데 말입니다."

"황공한 말씀이오나 그런 말씀은 아마 서너 살 아이들도 곧이듣지 않을 것이오."

"신이 중간에서 본 바로도 형님께서 옥좌에 계셨더라면 지금과 같은 태평성대는 오지 않았을 것입니다."

우애 깊은 형제들의 이야기는 그칠 줄을 몰랐다. 시의들의 성화가 있고서야 겨우 그치고 세종은 혼자 쉴 수 있었다.

1450년(세종 32) 1월 24일, 예정대로 경혜공주의 가례가 거행되었다. 세종은 이 손녀의 가례를 조금의 소홀함도 없이 치르라고 당부했다. 임금의 환후로 경황없는 중이긴 했지만 그런대로 잘 치렀다.

가례를 마치자 세자는 딸 내외를 데리고 임금을 뵈러 왔다.

"아바마마, 경혜 내외가 알현하러 왔사옵니다."

"오, 그래. 어서 들라 해라."

좌우에서 부축해 임금이 몸을 일으켜 앉았다. 이윽고 어린 내외가 들어와 알현사배를 올렸다.

"옳거니. 너희들이 나란히 함께 있는 모습을 보니 참 기쁘고 기특하구나. 세자는 공연히 미루자고 했지만……. 거행하기 잘했지 않느냐?"

"황공하옵니다."

경혜의 신랑은 참판 정충경鄭忠敬의 아들 정종鄭悰이었다. 공주와 결혼하여 영양위寧陽尉(정1품)에 봉해졌다.

"내 죽기 전에 너희를 보게 되니 천만다행이다. 얘, 종아."

"예, 상감마마."

"경혜는 어미를 일찍 여의고 외롭게 자랐느니라. 그러니 네가 특히 잘 보살펴 단란하게 살아야 한다."

"예, 명심하겠사옵니다."

"그리고 경혜야."

"예, 할아버님."

"네가 공주라고 해서 혹시라도 지아비를 범연泛然하게 생각해서는 아니 된다. 여자에게는 지아비가 바로 하늘과 같은 것이니라. 알겠느냐?"

"명심하겠사옵니다, 할아버님."

"암, 그렇지. 우리 경혜는 마음씨가 착해서 지아비를 잘 섬길 것이다. 내 손녀 자랑은 아니다만, 죽은 어미를 닮아서 착하고 얌전하니라."

이때 뒷전에 서 있던 세손 홍위가 불쑥 엉뚱한 소리를 한다.

"할아버님, 소손 홍위의 자형이 잘생겼지요?"

"암, 잘생겼지. 허허허……."

세자가 홍위에게 눈을 흘겼다.

"할아버님 미령하신데……. 뒤로 물러나지 못하느냐?"

"허어, 왜 꾸짖느냐? 홍위야, 이리 오너라. 이리 와 할아비 옆에 앉아라."

홍위가 쪼르르 달려가 옆에 앉자 임금은 홍위를 천천히 쓰다듬었다. 세자는 눈살을 찌푸리고 홍위를 쏘아보았다.

"아바마마, 황공하오나 홍위를 너무 귀여워하시니까 버릇이 없사옵니다."

"괜찮다. 가만두어라. 버릇은 나중에 네가 가르쳐라. 내가 홍위를 보면 얼마나 보겠느냐?"

이런 기쁨도 잠시였다.

1월 말이 다가오면서 세종의 병세는 갑자기 위독해져 아들들이 모두 달려왔다. 물론 세자와 함께 홍위도 달려왔다. 세종은 아들들을 보고 천천히 입을 열었다.

"내 목숨이 얼마 남지 않은 것 같구나. 그동안 열성조의 보우하심으로 무사히 지냈고 나라도 제법 번창했다. 이 모두가 전세의 인연으로 된 것이다. 너희들도 내 뜻을 이어받아 이 세상에서 좋은 일을 많이 하여 후세에 복을 누리도록 해라."

"명심하겠나이다, 부왕전하."

"그리고 수양아."

"예, 아바마마."

"신미대사는 요즘 어디를 갔기에 통 볼 수가 없느냐?"

"그러잖아도 사람을 보내서 찾아오라 하였사오니 곧 들어올 것이옵니다."

"오, 그래. 그럼 오는 대로 바로 데리고 오너라."

"예, 지금 바로 나가보겠사옵니다."

그때 마침 신미대사도 급히 찾아오던 판이었다. 대사를 보더니 세종은 안색이 환해졌다.

"대사, 어디 갔다 이제 오시오? 이, 이 앞으로 다가앉으시오."

"황공하여이다. 용체가 미령하신 줄도 모르고 금강산 산속을 헤매고 있었나이다."

"아무튼 내가 죽기 전에 잘 오셨소. 이제 아무 데도 가지 말고 부디 내 옆에 머물러주시오."

"그러겠사옵니다. 염려 마시옵소서."

"이제 곧 이승을 뜬다 생각하니 참 허무한 것 같소이다."

"전하, 원래가 인생무상이옵니다. 조금도 서운해하시지 마시옵소서."

"음……."

"전하의 천추만세 후에도 부처님의 대자대비는 이 땅에 영구히 남을 것이옵니다. 그러니 이 나라에서도 불교를 신봉하도록 하시옵소서."

"옳은 말씀이오. 나는 유교나 불교나 다 같이 존숭하오. 헌데 조정의 젊은 학자들이 알지도 못하면서 불교를 배척하는 것이 마땅치 않소. 아들들 중에서는 수양이 그나마 내 뜻을 조금 아는 것 같소."

세종은 신미대사가 옆에 있어서인지 마음이 매우 편안해져서 미소를 지으며 눈을 감고 안식을 즐겼다.

눈을 감고 있는 세종은 너무 조용해서 숨소리도 들리지 않았다. 한참 동안이나 너무 조용하니까 옆에 있던 세자와 아들들은 더럭 겁이 났다.

"부왕전하."

"아바마마."

부르는 소리에 세종은 조용히 눈을 떴다. 그리고 아들들을 그윽하게 쳐다보았다.

"얘야, 수양."

그러다 수양을 불렀다.

"예, 아바마마."

"너희들이 세상을 평안히 곱게 살고 싶거든 언제든지 신미대사의 말씀을 잘 들어라. 신미대사는 이 나라 제일의 고승이시다."

"아바마마 말씀 명심하겠나이다."

"음, 그래야지……."

세종은 한동안 눈을 감고 무슨 생각에 잠겨 있는 듯 잠잠하다가 눈을 떴다.

"세자야. 저 북쪽에 가 있는 김종서를 불러들여라. 내 꼭 할 말이 있다."

"예……, 무슨 말씀이온지 혹 소자가 전달하오면……?"

"아니다. 김종서를 만나서 단 둘이만 의논할 일이 있다. 음……. 김종서가 북쪽에 가 있기만 하면 그쪽은 걱정이 없다."

김종서는 당시 의정부 우찬성 겸 지춘추관사였다. 이때 그는 평안도와 함경도 도체찰사를 겸하고 있었는데 순찰 차 북변에 나가 있었다.

세자는 즉시 사람을 보냈다. 그때 김종서는 두만강 가에 있어서 쉬이 올 형편이 아니었다.

조정 중신들은 세종의 환후가 점점 더 깊어지자 하루빨리 환궁하기를 세자에게 성화같이 재촉했다.

"성상께서 만약에 도성 밖에서 빈천賓天이라도 하신다면 어찌하시려는 것입니까?"

"지난번 성상께서 나가실 때는 경혜공주의 가례를 위해서 잠시 계시다 오신다 하셨습니다. 가례가 끝났으니 이제 환궁하셔야 할 것이 아니옵니까?"

"예, 알겠습니다. 내 전하께 잘 말씀드려 환궁하시도록 할 테니 경들은 부왕전하께로 몰려가시지는 마십시오."

당시에는 객사한 시체는 집으로 들여오지 않는다는 관념이 있었다. 조정 중추들이 임금의 환궁을 성화같이 독촉할 만했다. 그러나 시의들은 병이 깊을 때 움직이면 더 악화될 수 있다 하여 즉시 환궁은 반대했다.

그런데 2월이 되면서 날씨가 좀 풀리자 임금의 환후가 차도를 보였고, 각 지역의 절에서는 임금의 완쾌를 기원하는 재를 열심히 올렸다.

세자가 아뢰었다.

"이제는 환궁하시옵소서. 조정 중신들의 성화를 더 막기가 어렵사옵니다."

"그것 참, 나는 어쩐지 환궁하고 싶지가 않구나. 사람이 죽음 앞에 당하여 제가 있고 싶은 곳에 있지 못해서야……."

그러자 수양대군이 의견을 냈다.

"아바마마. 그러시다면 환궁은 아니 하시더라도 도성 안으로만 들어가시면 어떻겠사옵니까? 소자의 집으로라도 오신다면……."

"네 뜻이 기특하다만 너희 어머니도 거기서 운명하였는데 또 나까지 신세를 지겠느냐?"

그러자 안평대군이 나섰다.

"소자가 모시고자 하옵니다."

임영대군도 나섰다.

"아버님은 소자가 모시고자 하옵니다."

그러자 금성대군과 영응대군도 자기가 모시겠다고 나섰다.

세종이 빙그레 웃으며 말했다.

"너희들이 다 이 아비의 뒤치다꺼리를 맡겠다 하니 참 고맙다. 그러면 이렇게 하는 게 좋겠다. 지난번 너희 어머니는 세자 다음으로 큰아들인 수양 집에 가서 종명했으니 이번에 나는 제일 막내인 영응의 집으로 가야겠다."

"아바마마, 황공하옵니다."

영응대군은 크게 기뻐했다.

그는 막내이기에 세종과 소헌왕후의 사랑이 지극했다.

애초 세종은 대궐에서 멀지 않은 곳(현재 종로구 인의동)에 영응대군의 집을 지었는데, 그때 그 집 동편에 따로 동별궁을 지었다. 자신의 마지막을 생각해서 거기다 동별궁을 지었는지도 모르는 일이었다.

세종은 2월 4일 영응대군 사저의 동별궁으로 옮겼다. 옮긴 다음 세종은 못을 박듯 말했다.

"나는 이제 더 이상 옮기지는 않을 테니 그리 알라. 여기서 회복이 되면 걸어서 환궁할 것이요, 회복이 되지 않으면 여기서 죽을 것이다. 죽은 다음에야 알아서 할 일이되 그 이전에는 옮기지 말라, 알겠느냐?"

"예, 알겠사옵니다."

영응대군 사저는 갑자기 술렁거렸다. 영의정 하연, 좌의정 황보인, 우의정 남지 등 대신들이 다녀갔다.

세종은 정실에서 8남 2녀, 후궁에서 10남 2녀, 도합 18남 4녀를 두었는데 살아 있는 그 자손들, 즉 세자는 물론이요, 대군과 군, 공주와 옹주들이 또한 모두 다녀갔다.

세종이 영응대군저邸로 옮긴 다음 환후에 차도가 있어 그간 밀렸던 국사를 재결하기도 했다.

세종은 세손을 불러오라 하여 옆에 앉혀놓고 다독거리며 이야기하기를 좋아했다. 수양대군과 안평대군이 들어와 임금을 뵙고 나란히 앉자 세종이 세손에게 물었다.

"세손은 여기 두 숙부 중 어느 숙부가 더 좋은고?"

좀 엉뚱하기도 하고 좀 난처하기도 한 질문이었다.

세손은 영롱하고 총기 어린 눈을 깜박깜박하더니 맑고 또랑또랑한 목소리로 대답했다.

"두 분 숙부가 똑같이 다 좋사옵니다."

"그래, 허허허."

세종의 얼굴에 환하고 잔잔한 웃음꽃이 피었다. 두 대군도 미소를 지으며 세손을 그윽이 쳐다보았다. 세종은 수양과 안평을 보며 말했다.

"너희들이 잘 알고 있겠지만 앞으로도 세손 보기를 나를 보듯 해야 할 것이니라. 아직 나이가 어리기 때문에 더욱 지금 나를 보살피듯 세손을 보살펴야 할 것이야."

"예, 명심하겠사옵니다. 아바마마."

"음……. 그래야지."

세종은 고개를 끄덕이며 다짐을 두듯 두 대군을 찬찬히 쳐다보았다.

그런데 세종이 좀 나아지니까 이번에는 세자가 몸져눕게 되었다.

"아니, 세자가 몸져누웠다고?"

"예, 아바마마. 등창이 낫지 않은 데다 또 감기몸살이 겹쳐 누웠는데 시의가 돌보고 있다 하옵니다."

"허어, 부자가 다 아파 누워 있으니 걱정이로구나."

세종은 이날도 평일처럼 국사를 재결했다. 2월 14일이었다.

그런데 다음 날인 15일에는 몸이 몹시 불편해 아무 일도 보지 못하고 드러눕고 말았다.

승려 50명을 영응대군저로 불러 구병정근救病精勤(환자의 전생 인연 등을 해탈시켜 환자의 병을 치유하는 의식)을 베풀게 했다. 또한 하옥되어 있는 죄인들을 방면했다. 그러나 세종은 차도가 없었다.

다음 날인 16일에는 몸이 아주 까라지고 표정이 더욱 심각해졌다. 세종은 이제 임종이 다가왔음을 짐작하고 아들들을 불렀다. 왕후 소생의 왕자는 물론이요 후궁 소생의 왕자들도 다 왔다.

"세자는 아직 안 왔느냐?"

병중인 세자만 늦는 모양이었다.

"예, 오고 있다 하옵니다."

"등창에 과로까지 덮쳤으니 참……. 얘, 수양아."

"예, 아바마마."

"네 형 세자는 참으로 외롭다. 이제 부모도 없고 아내도 없고, 자식은 어리다. 아무래도 네가 동생들을 이끌고 앞장서 네 형을 잘 보살펴 주어야……, 그래야 우리 왕가의 지체가 계속 빛날 수 있을 것이다. 그리고……."

세종은 무슨 말을 더 하려다가 그때 막 들어오는 세자에게 시선을 돌렸다.

"세자, 몸이 많이 아프다고?"

"아니옵니다. 소자는 괜찮사옵니다."

"너는 내가 죽거든 절대 무리하지 말라. 너는 이제 이 나라의 주인이다. 아비의 치상을 한다고 네가 무리하다 또 쓰러질까 두렵다. 이제 네가 쓰러지면 나라가 어려워진다. 내가 죽거든 사흘 안에는 죽을 조금씩 먹고, 사흘 뒤에는 밥을 조금씩 먹어야 한다. 그래야 병이 더하지 않고 생명을 보전할 수가 있다. 기력이 있어야 등창이 나을 수 있어. 작년 겨울에 등창이 완쾌되었듯이 말이다."

작년, 즉 1449년(세종 31) 10월 15일경, 연부역강하여 별로 큰 병을 겪지 않던 세자에게 커다란 배창이 생겼다. 등에 난 종기로 등창이라고도 부르는 고약한 병이었다.

임금이 이미 고령에 여러 가지 병을 앓는 상황에서 보위를 이을 세자까지 덜컥 고약한 등창에 걸리자 임금은 물론 조정 안팎이 큰 걱정에 휩싸였다.

세자의 등에 난 종기는 길이가 한 자(1尺, 약 30cm)에 너비 여섯 치(6寸, 약 18cm)로 오른쪽 등판을 거의 다 차지할 정도로 큰 것이었다. 참으로 심각하고 위험한 것이었다. 의관들이 초비상 상태로 진료에 나서 온 정성을 다했다.

세자 자신도 처음 당하는 배창이기에 의관들의 진료 사항을 조심하며 잘 따랐다. 그러나 의관들의 진료만을 기다릴 수는 없었다.

조정에서는 명산대천에 있는 신당과 사찰로 신하들을 나누어 파견하여 기도를 드리게 했다. 처음에는 경기도에 한했으나 차차 전국 곳곳으로 넓혔다.

그것만으로 부족하다 여긴 임금이 형조에 사면령을 내렸다.

> 세자의 질환이 여러 날이 되도록 낫지 않으니 내가 심히 염려하는 바이다. 오늘 11월 초 1일을 기준으로, 이전에 범한 간도奸盜(간교하고 악독한 도둑) 이외의 도죄徒罪(도형에 처할 만한 죄) 이하는, 이미 발각되었거나 아직 발각되지 않았거나, 또는 이미 판결을 내렸거나 아직 내리지 않은 것을 막론하고 모두 사면케 하라.

의관들의 지극한 진료 덕택인지 전국에서 올린 정성 어린 기도 덕분인지, 등창이 생긴 지 한 달여 만에 종기의 뿌리가 빠져나왔다. 엄지손가락만한 뿌리가 여섯 개나 나왔다. 참으로 기세등등하고 위험천만한 종기였다. 왕실과 조정의 노심초사는 그만큼 컸기에 또한 쾌유의 기쁨도 그만큼 컸다. 11월 15일, 임금은 이조에 하달했다.

> 다행히 이제 종기의 근根이 비로소 빠져나와 병세는 의심할 것이 없게 되었다. 한 나라의 경사가 이보다 더할 수가 없다. 오늘 당상관 이하에게 한 자급資級씩 올려줌으로써 이 기쁜 경사를 함께 나누고자 하니, 집현전에 가서 모든 경사에 가자加資하던 예를 상고하여 아뢰도록 하라.

세자의 회복을 기뻐하여 세종은 당상관 이하의 신료들에게 한 자급씩 품계를 올려주는 조치를 취했다. 또한 여러 신하를 각 도에 보내 세자의 회복을 감사하는 제사를 올리게 했다.

그러나 그 기쁨도 잠깐이었다. 어이없게도 겨우 한 달여 후, 바로 그해 12월 19일, 세자의 등에 또 하나 배창이 자리를 잡았던 것이다. 이번에는 움직임이 많아서 치료가 더 어려운 곳인 허리 부위에 등창이 자리를 잡았다.

종기는 모양이 둥글하고 지름이 여섯 치였다. 전번 것보다 크기는 작았지만 사람이 거동하기에는 매우 불편한 것이었다. 게다가 거동은 또한 치료에 매우 위험한 것이었다. 세종은 그래서 세자에게 간곡하고 자상하게 몸조심할 것을 당부했다.

"명심하겠사옵니다, 아바마마."

"그리고 김종서는 아직도 아니 왔느냐?"

"예. 불일간 올 것이라 하옵니다."

"북쪽은 참으로 먼 곳이구나. 아직도 못 오다니……."

"아바마마. 소자에게 말씀하시오면 아니 되옵니까?"

"아니다. 김종서와 나만 알고 상의할 일이라고 하지 않더냐?"

"……."

"김종서를 기어이 못 보고 갈 모양이구나."

다음 날인 1450년(세종 32) 2월 17일 새벽, 눈을 감고 누워 있던 세종은 김종서를 기다리는지 그를 부르는 듯 입을 움직이다가 아주 조용히 숨을 거두었다. 향년 54세였다.

내관이 동별궁 지붕에 올라가 상위복上位復을 세 번 외쳤다. 세종의 승하가 알려지자 온 나라 백성들이 친어버이를 잃은 것처럼 땅을 치며 하늘을 우러러 통곡해 마지않았다.

세종의 시신은 바로 경복궁으로 옮겨져 장례 절차에 들어갔다. 임금의 승하가 선포되자 그날부터 왕세자 이하 신료들은 흰옷으로 갈아입고 사흘 동안 아무것도 먹지 않으며 오로지 애도만 했다.

그다음 왕의 시신을 염습殮襲(시신을 씻겨 옷을 입히고 염포로 싸는 일)하고, 소렴小殮(새 옷을 입히고 이불로 싸는 일)과 대렴大殮(옷을 거듭 입히고 이불로 싸서 베로 묶는 일)을 행했다.

그런 다음 그 시신을 관에 넣고, 그 관을 찬궁欑宮(집모양의 구조물)에 안치하고, 그 찬궁을 빈전殯殿(찬궁을 안치하는 전각)에 모셨다.

이렇게 5개월 동안 빈전에 모시고 나서 발인發靷(상여가 빈전을 떠나 묘지로 향하는 절차)을 했다.

빈전에 모시는 5개월 동안은 날마다 새벽 제사인 조전朝奠과 밤 제사인 석전夕奠을 올리고, 세끼 식사시간에는 상식上食을 올렸다. 조전과 석전을 올릴 때는 곡을 했다.

세종의 장례는 신미대사가 주관하여 전적으로 불교식으로 거행했다. 빈전에서는 법석法席이 시행되어 사흘간 계속되었다.

3월 19일에는 시호諡號를 올리고 묘호廟號를 세종世宗이라 정했다. 시호는 후에 명나라에서 받은 장헌莊憲을 합하여 장헌영문예무인성명효대왕莊憲英文叡武仁聖明孝大王이라 했다.

세종 승하 닷새 후 세자(문종)가 즉위했다.

세종의 장지는 4년 전에 먼저 간 아내 소헌왕후가 묻힌 대모산이었다. 능호는 영릉英陵이라 했다. 그곳은 부왕 태종과 모후 원경왕후가 묻혀 있는 헌릉獻陵이 있는 곳이었다.

승하한 지 일곱이레(49일) 되는 날에는 한강에서 수륙재를 지냈고, 이후의 소상小祥(만 1년이 되는 기일에 지내는 상례)과 대상大祥(만 2년이 되는 기일에 지내는 상례)도 모두 불교의식으로 치렀다.

지극한 효자였던 문종은 세종의 병간호를 위해 애를 썼기에 몸이 많이 쇠약해져 있었다. 그런데 부왕의 상을 당하자 너무 애통한 나머지 식음을 전폐하고 빈전에 머물며 상례를 일호의 소홀함도 없이 거행하느라 거의 빈사 상태에 이르렀다.

"내가 죽거든 사흘 안에는 죽을 조금씩 먹고, 사흘 후에는 밥을 조금씩 먹어야 한다."

유언처럼 세종이 한 말을 잊을 리가 없건만, 신왕(문종)은 죽도 밥도 먹지를 않았다. 겨우 물만 먹고 버티었다.

신하들은 이제 이 나라의 임금인 문종의 건강을 염려치 않을 수가 없었다. 황보인 이하 대신들이 나서 장례 참여를 극구 말렸다.

“전날의 종기가 다 아물지 않았는데 또 종기가 발생했으니 신 등은 참으로 놀라움을 이기지 못하겠습니다. 의서에서는 ‘대개 창구瘡口가 아물 즈음에는 서서 걸어 다니는 것도 삼가야 한다’고 했습니다. 빈객賓客을 읍揖하여 접대하시고, 대사臺榭(높이 세운 누대)에 오르내리시고 몸과 팔다리를 움직이시면, 추위에 피로하시고 고단하시게 됩니다. 마땅히 음식을 조절하시고 종기가 나아서 회복되기를 기다리셔서 정신이 그전과 같아지고 기력이 완전하게 회복되시면, 그제야 삼갈 것이 없게 될 것입니다. 지금 종기가 완쾌되지 않았는데 때마침 큰 변고를 당하시어 찬 곳에서 여막廬幕살이 하시고 빈전에 드나드시느라고 운신하시며 애통해 하시니, 의서에서 조심하라고 한 바를 지키지 않을 수가 없습니다. 전하께서는 이제 종묘사직과 살아 있는 백성들의 주군이 되셨으니 스스로 조심을 아니할 수가 있겠습니까? 부디 물러가 계시면서 조심하시기를 간청합니다.”

여막살이도 하지 말고, 빈소도 드나들지 말고, 빈객을 접대하지도 말고, 동궁전으로 물러가 조리하면서 치료에 힘쓰라고 계속 충간했다. 신하들이 이렇게 입을 모아 청할 정도로 문종의 상태는 심각했다.

그러나 아무리 병자의 몸이라고 하나 아버지의 장례의식을 제대로 치르지 못하게 되니 문종은 심한 자책감이 들었다. 그래서 문종은 빈전에 나가 의식을 치르고자 했다. 그러나 승지들을 비롯한 여러 신하들은 만류치 않을 수가 없었다. 승지들이 간청했다.

"신들이 듣건대 전하께서 또 빈전으로 나가시려 하신다는데, 지금 진물이 겨우 그쳤으니 당연히 거동하실 수가 없을 것입니다. 또 의서에 이르기를 '종기는 딱지가 생길 때 가장 조심해야 한다'고 했으니 삼가 조리하시기를 간청합니다."

그러나 임금은 듣지 않았다.

"내가 전에 빈전에 나가려 했지만 종기가 연이어 발생한 까닭에 나가지 못했다. 그런데 지금 조금 나아졌으니 나가야겠다."

승지들이 다시 간청했다.

"의서를 살펴보건대 '백일 안에는 모름지기 근신해야 한다' 하니, 바라옵건대 이달만이라도 나가시지 마시옵소서."

하는 수 없이 임금이 이를 따랐다. 그러다 문종이 또 빈전에 나가 조전과 석전, 그리고 상식을 친히 올리고자 하니 다시 의정부에서 간곡히 만류했다.

"승정원에서 아뢰기를 '신들이 듣건대 성상께서 조전과 석전, 상식을 친히 행하시려 하신다' 하는데, 내의內醫 말로는 전일의 종기에 창구가 아물지 않았으므로 오르내리시면서 행례하시는 일은 마땅히 금하셔야 된다 하니, 간원컨대 나오시지 마시고 조리하소서."

문종은 자식 된 도리와 만백성의 어버이 자리에 오른 임금의 책임감 사이에서 갈등을 겪다가, 결국은 빈전에 나가지 못하고 병의 조리에 더 힘쓰게 되었다.

아무튼 신하들의 간곡한 충간으로 5개월의 긴 장례 기간 동안 병의 악화는 면할 수 있어서 문종은 쓰러지지 않고 버티어낼 수가 있었다.

6

대자암

세종이 승하하자 문종은 신미대사의 주관으로 초재初齋(명복을 비는 첫 번째 불사)를 대자암大慈庵에서 베풀게 했다. 그리고 이어서 대자암의 중창보수를 하명했다.

문종으로서는 사실 불가피한 명령이었다. 승하한 세종의 뜻을 받들지 않을 수가 없었기 때문이다.

대자암(경기도 고양시 대자동 대자산에 있던 절)은 1418년(태종 18) 태종이 열네 살 어린 나이에 죽은 그의 넷째 아들 성녕대군을 위하여 세운 절로, 태종비 원경왕후가 자주 찾아가 아들의 명복을 빌던 원당願堂(죽은 이의 화상이나 위패를 모셔놓고 명복을 비는 법당)이었다.

1420년(세종 2) 세종은 모후 원경왕태후가 승하하자 여기서 재를 베풀었고, 보현사普賢寺에 있던 전단불栴檀佛(인도향나무로 조성한 불상)을 이 절로 옮겼다.

1446년 소헌왕후가 죽자 여기서 재를 지냈고, 이금사경泥金寫經(금박 가루로 쓴 불경)을 봉안토록 했다. 대자암은 사실상 왕실의 원찰이었다.

그러자 유신들이 반대하고 나섰다. 조선은 이미 억불숭유 정책의 기운이 한참 솟아오르던 때이기는 했다. 세종과 문종의 특별한 지우知遇를 받던 집현전에서조차 반대하고 나섰다. 사실상 행수行首인 부제학 정창손이 그 부당함을 주장하고 나섰다.

"왕가에서 불교를 숭상함이 이와 같으니, 지난 왕조 고려가 망한 전철을 밟으려 하시는 것이옵니까? 조선은 유교의 대경대법大經大法으로써 근본을 삼고 있사온데, 어찌 이와 같은 일이 빈번히 일어나는 것이옵니까? 대자암의 중창과 사경사업 등 불사를 즉시 중단하시옵소서."

장례 중에 조정과 왕실이 대립하는 양상도 보이기 시작했다. 양녕대군이 수양대군을 찾아왔다.

"그래, 대자암은 중수하게 되는가?"

"그리해야 하는 게 옳지 않겠습니까, 백부님?"

"중신들의 반대가 심하다지? 집현전에서조차 반대상소를 올렸다면서?"

"대행대왕(세종)께서는 금상의 부모님이 아니십니까? 부모님의 영혼을 천도하는 일인데, 중신들의 반대 따위는 염두에 두어서는 아니 될 것이옵니다. 제가 앞장서서라도 대자암 중수를 이루도록 하겠습니다."

양녕대군은 수양대군의 대답에 결기가 있음을 발견했다.

"여보게, 수양."

"예."

"바로 그거야! 중신들의 반대 따위는 개의치 않는 기개가 우리 왕실에 있어야 되네."

양녕대군이 세자 자리에서 물러나 경기도 광주에 부처되면서부터 조정중신들은 그를 계속 괴롭혀왔다. 아우 세종이 아니었으면 그의 생활은 참으로 비참할 수도 있었다.

"예, 그러하옵니다."

"선왕은 진정한 명군이셨네."

"예."

"왕실에 기개와 힘이 있어야 해. 그렇지 않으면 권신들의 세상이 되는 것이야. 내 아버님이신 태종대왕, 그리고 내 아우님이신 대행대왕께서 다져놓은 이 조선의 기초가 흔들릴까 염려가 되네."

"금상의 덕과 영명하심이야 따를 자가 없을 듯하옵니다."

"모르는 소리. 나라가 어디 덕과 영명함만으로 다스려지는가? 힘이 있어야지, 힘 말이야."

"……?"

"자네가 왕실의 힘이 되어야 할 것이야. 자네의 책임이 무겁다는 것을 자각해야 되네."

"……?"

"손 놓고 방관할 세상이 아닌 것 같으니, 자네의 역할을 곰곰이 생각해봐야 할 것이네."

호방한 기개와 풍류로 조선 삼천리를 주름잡았던 양녕대군이었지만 그 가슴에는 맺힌 한도 깊이 서려 있었다. 그래서 양녕대군이 아우인 대행대왕의 승하로 겪는 감회는 남다른 것이었다.

수양대군은 그러한 양녕대군의 말뜻을 알 것도 같고 모를 것도 같았다.

"백부님. 이 조카에게는 힘이 없사옵니다."

"힘을 길러야 하네."

"……!"

"힘을 길러야 해. 그 힘은 조카 개인의 힘이 아니라 우리 왕실의 힘이란 말이야. 알겠는가?"

"큰아버님, 말씀의 뜻을 이제야 알 것 같사옵니다. 왕실이 권신들에게 휘둘리는 일이 있어서는 아니 된다, 이 말씀이 아니옵니까?"

"바로 보았네. 그러니 힘을 길러야 한단 말이네."

"예, 명심하겠습니다."

세종이 그렇게 고대하던 김종서는 결국 세종 생전에 도착하지 못하고 말았다. 김종서는 세종이 자기에게만 부탁하고자 했던 그 유지를 짐작하고 있었다.

'착하나 외로운 금상과 총명하나 나이 어린 세자를 지켜달라는 부탁이었을 것이야.'

김종서는 도성에 들어 대행왕의 빈전을 찾아뵌 다음 수양대군저를 찾았다.

"아이고, 절제節齋 대감이 아니십니까?"

수양대군은 댓돌에 내려서며 반갑게 맞이했다.

"오랜만에 뵙겠습니다."

김종서는 미소를 머금으며 머리를 숙였다.

어느새 68세가 되는 김종서였으나 그의 모습은 여전히 백두산 대호大虎답게 강건하고 당당해 보였다.

"안으로 드시지요."

안으로 들어온 두 사람은 공손히 맞절을 한 다음 좌정했다.

"일찍 찾아뵙지 못해 죄송합니다."

"원, 당치 않으십니다. 어제야 귀경하셨다 들었습니다."

"빈전에 다녀왔습니다만, 아직 역강하오신 보령이신데 하늘이 어찌 이리 무심한신지 억장이 무너지옵니다."

"참으로 그렇사옵니다."

"심려가 얼마나 크시옵니까, 대군나리."

"저 혼자만의 슬픔이 아니지요. 온 나라 백성들의 슬픔이 아니겠습니까?"

"하긴 그렇지요. 한양까지 오는 동안 백성은 말할 것도 없고 산천초목도 통곡하는 것 같았습니다."

"그리 느껴질 것입니다."

"백성들, 신하들, 모두들 슬픔이 크다 하나 혈육이신 나리만큼이야 하겠습니까?"

"그럴듯합니다만……."

"하온데 나리의 기상은 여전하십니다."

김종서의 말은 계제에 맞지 않는, 엉뚱하기까지 한 말이었다. 수양대군은 무언가 이상한 느낌을 받았다.

"무슨 말씀이신지……."

"망극한 슬픔으로도 범 같은 나리의 기상은 덮지 못하는 듯하옵니다."

"허허, 그렇소이까? 범이야 대감이 아니십니까?"

"허허허, 저를 백두산 대호라 부르는 사람도 있는 모양입디다."

"대감."

"예, 나리."

"이제는 든든합니다."

"무슨 말씀이신지……?"

"백두산 대호께서 돌아오셨으니까 이제 든든합니다."

"그렇게 믿어주시니 고맙습니다, 나리."

"이 사람은 늘 기억하고 있습니다."

"무슨……?"

"북변에서 읊으신 대감의 시, 그것은 대호의 포효가 아니겠습니까? 제가 한번 읊어볼까요?"

"……!"

"'삭풍은 나무 끝에 불고 명월은 눈 속에 찬데, 만리변성에 일장검 짚고 서서, 긴파람 큰 한 소리에 거칠 것이 없어라.' 기상과 담력이 이만하면 변방을 호령하고도 남았을 것입니다."

"허허, 그저 송구할 뿐입니다."

"대감께서 조정의 중추가 되셔야 할 것입니다."

김종서는 순간 긴장했다. 정신을 가다듬어 평온을 유지했다.

"가당치 않소이다. 위로 세 분 정승이 계신데, 더구나 다 늙어빠진 이 사람이 무슨 소용이 되겠습니까?"

"다른 사람들은 어떨지 모르지만, 나는 대감의 강직한 성품을 잘 알고 있습니다."

"허허, 대군나리의 말씀만으로도 큰 보람이 되옵니다만……. 과찬이십니다."

"과찬이 아니라 사실은 존경을 드리는 것입니다."

김종서는 인사치레로 헛도는 대화를 그만두기로 했다.

"나리. 오늘 이 늙은이가 찾아온 것은 꼭 한 말씀드리기 위해서입니다."

"……?"

대군의 긴장하는 모습이 역력했다.

"조정의 앞날이 아무래도 걱정되옵니다."

"……!"

수양대군은 자신의 가슴이 덜컹거림을 느꼈다. 김종서의 냉철한 시각이 조정의 앞일을 내다보고 있다면 긴장하지 않을 수 없었다.

"주상전하께서 원래 강건하십니다만 자주 병고에 시달리시고……. 신하된 자로서 발설하기 민망한 일이오나 세자 되실 원자의 춘추는 어리시고……, 하오니 나리의 소임이 막중합니다. 조정의 앞날을 밝게 인도하는 등대가 되셔야 할 것입니다."

"……."

"물론 이 김종서도 목숨을 걸고 종묘사직을 지켜갈 것입니다만, 세상에는 더러 분수를 모르는 자들이 끼어들기도 합니다."

"과연……!"

"나리, 빈틈이 생기면 아니 되옵니다. 왕실에는 나리가 계시고 조정에는 미천하나 제가 있다면 누가 감히 분수 넘는 짓을 하겠습니까? 주상전하는 나리의 형님이시고 원자께서는 나리의 조카님이십니다. 이

점 유념해주시옵소서."

"그야……, 이 사람도 잘 알지요. 주상전하의 아우요, 원자의 숙부라는 것을 말입니다. 그러기에 형님을 보필하고 조카를 후원하는 것은 당연한 이치지요."

"고마우신 말씀입니다."

"대감, 경륜 높으신 대감께서 아녀자도 알 만한 일을 이 수양에게 굳이 말씀하시는 연유를 모르겠습니다."

"나리."

그 연유를 알 만한데 왜 묻느냐는 어조였다.

"대감, 이 수양이 있는 한 종사는 반석 위에 있습니다. 행여 왕실이 나약하다고 여기는 무리가 있을 때는 이 수양이 철퇴를 내릴 것입니다. 이 수양은 신하로서의 도리와 혈육으로서의 도리를 다 같이 소홀히 하지 않을 것입니다."

어떤 경우든 가만있지 않겠다는 수양대군의 강한 의지가 드러난 셈이었다.

"……."

김종서의 짐작대로였다.

"대감."

"예."

"나는 대감을 믿습니다. 어려움이 있을 때는 의논해주십시오. 최선을 다해 도와드리겠습니다."

"고맙습니다, 나리."

수양대군이 김종서의 손을 두 손으로 덥석 잡았다. 부탁한다는 뜻이었다.

“대감!”

내 편이 되어 달라는 뜻도 되었다.

“나리. 대행대왕의 시대에는 대호가 북변에 가 있었습니다만…….”

“……?”

“그 대호가 내일부터는 광화문 앞에 앉아 있을 것입니다.”

대궐 안의 일에 수양대군은 나서지 말라는 분명한 경고였다. 찾아온 뜻을 말한 셈이었다.

“당연하지요. 그런 대감의 기개를 늘 존경했습니다.”

“고맙습니다. 이만 물러가겠습니다.”

“국상 중이라 주안상도 내지 못했습니다.”

“나리의 환대가 고마울 따름입니다.”

중신들의 반대를 무릅쓰고 문종의 의지에 따라 대자암의 중수가 마침내 완료되었다. 1450년 4월 11일, 낙성식이 열리는 날이었다.

맑은 태양 아래 만산이 신록으로 싱그러웠다. 여름으로 계절을 물려주기 싫은 듯 봄바람은 다만 좀 드세었다.

사람들이 붐볐다. 승려들이 분주하게 움직였다. 왕실의 신임이 두터운 신미대사의 가사장삼이 이날따라 더욱 돋보였다.

수양대군 내외를 선두로 안평대군 내외, 다른 대군과 군들, 그리고 많은 종친이 뒤를 따랐다.

온화한 미소를 가득히 머금고 신미대사가 이들을 공손히 맞이했다.

“어서 오시옵소서.”

"훌륭합니다. 참으로 찬란합니다."

수양대군이 탄성을 지르자 많은 시선이 금채金彩로 빛나는 호화로운 전각들에 꽂혔다.

"모두들 얼마나 기뻐하시겠습니까?"

수양대군의 연이은 탄성이었다. 지금의 대자암은 승하하신 세종대왕과 소헌왕후의 영혼을 천도하는 곳으로 더 큰 뜻이 있었다.

아무래도 바람이 센 듯했다. 흙먼지를 일으키며 한바탕 바람이 불어오면 장간長竿이 흔들렸고 일산이 너울거렸다.

"물을 좀 뿌려야 할 것 같습니다, 대사."

"괘념치 마시옵소서. 일러두었습니다."

대군 일행은 대사의 안내로 불당에 들어 천도식에 참예했다.

천도식이 끝나고 시식施食(혼령에게 음식을 올리며 경전을 독송하는 의식)에 참예하기 위하여 수양대군 일행이 마당으로 내려설 때였다. 일산을 받치고 있던 장대가 부러지면서 수양대군의 이마를 때렸다.

순식간의 일이었다. 수양대군은 손으로 이마를 감싸며 쓰러졌고 손가락 사이로는 낭자한 유혈이 흘러내렸다.

"대군나리!"

"형님!"

"정신을 차리시옵소서."

안평대군이 서둘러 수양대군을 안아 일으키고 부축하여 승방으로 들었다. 사람들이 웅성거리고 승려들이 당황하여 오갔다.

"좀 어떠하십니까, 형님?"

안평대군이 불안을 누르며 물었다.

"견딜 만하네."

손에 흐른 피를 보며 수양대군은 눈을 찡그렸다. 피에 엉긴 채 맞은 부위는 부어오르고 있었다.

신미대사가 솜과 무명천을 들고 쫓아왔다. 솜으로 피를 닦아내고 무명천으로 대군의 머리를 동여맸다.

"부처님의 가피이옵니다, 나리."

"그런 것 같습니다, 대사."

이만한 게 다행인 듯했다. 수양대군은 애써 태연하려고 했다.

"어찌하시겠습니까? 나리의 분부를 받들겠습니다."

행사 계속 여부를 물었다.

"계속하셔야지요. 이만한 일로 중단해서야 말이 되겠습니까?"

"나무관세음보살."

신미대사가 합장을 하고 일어나 나갔다. 수양대군은 상처 난 곳을 손으로 자근자근 눌러보았다. 쓰리고 아팠다.

행사는 예정대로 진행되었지만 제대로 될 리가 없었다. 신미대사는 나머지 행사를 알아서 빨리 마쳤다. 수양대군 일행도 서둘러 돌아갔다.

임금 지친인 대군으로서는 불길하고 불행하기 짝이 없는 불상사였지만, 그러나 한편으로는 수양대군의 존재와 그 위치를 확인시켜주는 계기도 되었다.

이 소식을 들은 문종 임금은 깜짝 놀랐다. 즉시 내시 엄자치와 어의를 수양저로 보내 부상 정도를 파악하고 약을 내렸다. 의정부에서도 가만있을 수가 없었다. 서둘러 임금을 뵙고 주청을 드렸다.

"듣자오니 수양대군께서 대자암에서 상해를 입었다 하옵니다. 신 등은 이에 경악을 금치 못하는 바입니다. 관장한 자의 죄를 다스리지 않을 수 없으니 마땅히 문죄하고 처벌하시기를 청하옵니다."

문종은 우선 사건의 전말을 알아오도록 했다.

수양대군저는 내객들로 붐볐다. 영의정 이하 삼정승이 문병을 다녀갔고 우찬성인 김종서도 문병 차 또 다녀갔다. 내당은 종일토록 내객의 접대로 어수선했다.

"어머님, 사랑으로 납시지요."

"손님들이 다 돌아가셨단 말이냐?"

"예, 안평 숙부님만 계시옵니다."

며느리 한씨가 시어머니인 윤씨 부인에게 고했다.

수양대군 내외는 슬하에 아들 둘과 딸 하나를 두었다. 당시 열여덟 살 큰아들 장障보다 한 살 많은 한씨 부인은 판중추원사判中樞院事 한확韓確의 딸이 었다.

"오냐, 알았다."

"어머님. 이런 말씀 여쭙는 게 새삼스러운 듯하오나 주상전하 다음으로는 아버님 지위가 으뜸인 것 같사옵니다."

윤씨가 미소를 지으며 까닭을 물었다.

"왜 그렇게 생각하느냐?"

"삼공육판이 빠짐없이 다 다녀가셨사옵고, 좌우찬성도 다녀가셨습니다."

"그야 주상전하의 바로 밑 대군이 아니시냐?"

"대궐을 옮겨놓은 것 같았사옵니다."

"아니 대궐을……."

"항렬만이 아니옵고 지위와 덕망도 따르는 것으로 아옵니다."

"저런……. 누가 들을라."

말조심하라는 듯 윤씨 부인은 살짝 눈을 흘겼다.

"항간에 듣기 민망한 소문이 떠돈다 하옵니다, 어머님."

"민망한 소문?"

"주상전하께서 자주 환후가 계시고 원자는 아직 어리니……, 아버님과 안평 숙부님에게 사람들의 관심이 가 있다고 한답니다."

"그런 소문이……."

윤씨 부인은 공연히 가슴이 두근거렸다. 자기도 얼핏 들어본 소리인데, 막상 며느리 입으로 나오는 소리를 듣고 보니 모든 게 사실인 것 같이 느껴졌다.

"그런 소리 함부로 입 밖에 내지 마라. 겁난다."

"무이정사武夷精舍나 담담정淡淡亭에는 사람들이 들끓는다고 들었사온데, 여기도 오늘 비로소 생기가 도는 듯했지 않았습니까?"

"나도 그런 생각을 했다만……."

"분명히 사람들의 생각이 달라질 것이옵니다, 어머님."

며느리 한씨는 무언가 예견하고 있는 것처럼 단언했다.

"달라지다니……, 그게 무슨 말이냐?"

"아버님의 지위가 달라지신다는 말씀이옵니다."

"응……, 어떻게?"

"아버님의 학문도 높으신데 사람들이 마치 무인 기질만 계신 것처럼 여기는 것이 늘 못마땅했었는데, 오늘에서야 시원하게 풀린 것 같사옵니다."

"괄괄하신 성품 탓이었을 것이다."

"잘못 생각하는 사람들이 많은 듯하옵니다."

며느리 한씨는 시아버지인 수양대군을 안평대군과 비교하지 않았다. 서화를 좋아하고 다수의 궁녀를 거느린 안평대군의 주위에는 시인묵객이 많았다. 그런 연유로 사람들은 안평대군을 수양대군보다 한 수 위의 인물이라고 생각하고 있는 것 같았다.

한씨는 그 사실이 마땅찮았다. 사람은 겉으로 드러나는 것만으로 비교해서 우열을 정할 수는 없다고 생각했다.

'인각유소장人各有所長이라 했는데, 아버님이 안평대군보다 더 나은 점이 있다는 것을 사람들이 모를 뿐이다.'

며느리 한씨는 당시 여자들에 비해서 학문이 깊었다. 시아버지 수양대군이 남들이 갖지 못한 대단한 장점이 있다는 것을 이미 간파하고 있었다.

'아무렴. 두고 보라지. 아버님이 안평 숙부보다 그 지위가 더 높아질 거라는 것을…….'

대군부인 윤씨가 사랑으로 건너가려는 참이었다.

"어머님, 사랑에 건너가시면 손님이 많아야 사는 재미가 있다고 아버님께 말씀드리시옵소서."

"네가 그러더라고 말씀 올릴까?"

"아니옵니다, 어머님."

"네 뜻은 알겠다만 염려하지 마라. 사실 아버님은 겉모습과는 달리 속이 깊으신 분이 아니냐?"

"예, 어머님."

"다녀오마."

윤씨 부인이 안방을 나섰다. 며느리 한씨가 중문까지 따라갔다가 돌아왔다.

어느새 날이 저물고 있었다. 윤씨 부인이 사랑으로 들어서자 안평대군이 일어서며 형수를 맞았다.

"많이 놀라셨지요, 형수님."

"부처님의 돌보심이 계신 것 같사옵니다."

"저도 그 말씀을 드리고 있었습니다."

윤씨 부인은 미소를 머금고 수양대군에게 물었다.

"이제 좀 어떠십니까?"

"좀 우선한 것 같소. 그런데 참, 엄내관을 그냥 보내지는 않았소?"

"심려 놓으셔도 되옵니다. 하노라고 했습니다."

"모처럼 안평이 왔는데 주안상을 내지요."

윤씨 부인이 안평에게 시선을 돌렸다. 주안상을 받겠느냐는 물음이었다.

"아닙니다, 형수님. 일어서려는 참입니다. 국상중이 아닙니까?"

"이보게 안평. 국상이라 하나 우리에겐 친상인데 여기서 한잔하는 건 무방할 것이네."

"아닙니다, 형님."

이런 때가 아니더라도 안평대군은 형인 수양대군과 마주 앉아 즐거이 술잔을 기울이고 싶은 마음은 없었다.

예술가적 기질이 다분한 안평대군은 수양대군과 같은 부류의 사람을 얕잡아보려는 내심이 있었다. 반면 수양대군은 호남아 기질이 있어

남을 압도하려는 승벽도 드세었다. 언젠가 한자리에서 우연히 학문을 논하는 계기가 있었다.

"형님의 학문이야 아직은 학문이라 할 수 없을 것이오."

이 말이 떨어지기 무섭게 수양대군은 벌떡 일어서서 벽에 걸린 활을 꺼내 들고 화살을 재어 안평대군을 겨냥했다.

"네깐 놈이 얼마나 안다고 학문을 거론해?"

수양대군은 시위를 당기고 있었다. 동석한 사람들이 놀라 수양을 겨우 제지한 적이 있었다.

이 일이 있은 뒤로 안평의 존재는 수양의 심중에 몹시 껄끄러운 가시로 박혀 있었다. 또한 일종의 열등의식으로 인한 분기도 박혀 있었다.

"하루 종일 내 집에 있었네그려."

"당연한 일이지요."

"그 집에 찾아온 내객들이 헛걸음 했겠어."

"내일도 날입니다, 형님."

"조심해 가시게."

"예, 그럼 조리 잘하세요."

안평대군이 허리를 굽히고 돌아서 나가자 집안은 비로소 평온을 찾아 조용해졌다.

수양대군은 안석에 비스듬히 기대앉아 오늘 있었던 일을 되돌아보기 시작했다. 자신의 부상은 그저 바람 때문이었다. 어느 누가 잘못한 것도 아니었다. 뭐 그렇게 위중한 상처도 아니었다. 그런데 너무 떠들썩했다는 생각이 들었다. 임금이 내시와 어의를 보냈고, 삼정승을 위시하여 좌우찬성과 육조판서가 문병을 왔었다. 전에 없던 일이었다.

'나를 존중해서인가? 아니면 경계해서인가?'

쉽게 판단할 수가 없었다.

임금이 자주 환후에 시달리고 있으니 하나뿐인 원자를 잘 보살피라는 당부의 뜻인 것 같기도 했다. 임금이야 그런 바람이 있을 수도 있지만 삼공육판의 문병은 그런 것만은 아닌 것 같았다.

생각은 꼬리를 물고 이어졌으나 확연히 잡히는 게 없었다.

'내가 너무 과민한 탓인가?'

그때 밖에서 소리가 들렸다.

"접니다, 나리."

"드시오."

잠시 나갔던 부인이 며느리 한씨와 함께 들어왔다.

"아버님, 좀 어떠시옵니까?"

"괜찮다. 네가 애 많이 썼구나."

"당치 않으시옵니다."

"갑자기 손님들이 많아 접대에 너무 고단하지는 않았느냐?"

"아니옵니다. 아버님의 지위를 확인하는 것 같사와 접대하는 일이 즐거웠사옵니다."

"허허, 그랬더냐?"

며느리가 입을 가리고 대답을 못 하자 윤씨 부인이 끼어들었다.

"나리. 사랑에 손님이 많아야 사는 맛이 난답니다."

"아니, 그거 부인의 뜻이오? 내 마음은 편해지는 것 같소만……."

"호호, 사랑에 손님이 많을수록 신명이 날 것이옵니다."

"허허, 차분하던 부인이 변한 것 같구려. 오늘 그렇게 신명이 났습니까?"

"예, 그럼요."

"허허, 그럼 내가 가끔 부상을 입어야겠소그려."

"아버님, 앞으로는 부상을 당하시면 아니 되시옵니다. 부상을 당하시지 않으셔도 손님이 많을 것이옵니다."

며느리 한씨의 말이었다.

"그걸 네가 어찌 아느냐?"

"외람되오나 틀림없사옵니다."

"허……."

수양대군은 며느리가 남달리 총명한 것을 알고 있었다. 수양대군은 이번의 북적임이 도대체 무엇인가를 생각해보았으나 알아낼 수가 없었다. 그러나 이 총명한 며느리는 무언가를 알아냈고 또 무언가를 예견하고 있는 것 같았다. 기분이 썩 좋았다.

그러나 겉으로는 나무라는 척했다.

"함부로 속단해서는 아니 된다."

"예, 명심하겠사옵니다."

대행대왕(세종)의 재위 32년 동안 양녕대군은 100번도 훨씬 넘게 탄핵을 당했었다. 우애 깊은 세종이 얼음을 하사하면 그것이 부당하다 했고, 약주를 내리면 그것도 부당하다 했으며, 세종이 양녕을 잠시 입궐하게 하면 불가하다는 상소가 산처럼 쌓였다.

양녕이 술을 마시면 술을 마셨다고 해서, 기방 출입을 하면 또 그랬다 해서 귀양처를 옮겨 다녀야 했다. 그럴 때면 양녕대군은 너털웃음을 웃을 뿐이었다. 사람들은 그래서 허탈한 웃음을 '양녕 웃음'이라고

들 했다.

양녕대군은 아우인 세종이 자신에게 베풀어준 우애를 뼛속 깊이 고맙게 생각하고 소중하게 여기고 있었다. 그런 우애는 세종이 아니면 아마도 있을 수 없었을 것이라 양녕은 믿고 있었다.

나이로만 보면 세종은 세 살이나 아래인데 먼저 세상을 떴으니 그것도 양녕에게는 한스러운 일이 아닐 수 없었다. 양녕은 그런 세종이 세상을 뜨자 참으로 가슴이 미어졌다.

그래서 세종의 산릉수반山陵隨伴(반열에 서서 산릉에 따라 감)을 조카인 임금(문종)께 자청하고 나섰다. 그런데 살아서 못다 갚은 은혜를 조금이라도 갚아보려 한 양녕의 산릉수반을 조정 신하들이 또 반대하고 나섰다.

달포쯤 전이었다. 양녕대군의 셋째 아들인 서산군瑞山君이 강화부에 안치安置(귀양살이 죄인을 일정한 곳에 가두어두는 것)된 일이 있었다. 서산군의 성정이 광패狂悖하고 호색하여 아버지 양녕대군을 꼭 닮았다는 소문이 심심찮게 나돌고 있었다.

서산군은 전에도 사람을 때려 죽게 한 일로 귀양살이를 했었다. 양녕대군은 그 아들에게 학瘧을 떼었다. 양녕대군은 하는 수 없어 그 아들을 헛간에 가둬두었다. 그런데 그 아들이 몰래 빠져나가 금강산으로 달아났다.

양녕대군은 사람들을 시켜 그를 찾아 붙잡아 왔으나 며칠 못 가 또 달아났다. 이번에는 마전현(연천군 마전면 지역)의 객관에 머물며 스스로 머리를 깎고는 중이 되었노라 소동을 피웠다.

그러자 조정에서 서산군과 그의 가족을 강화도에 안치시켜 버렸다.

양녕으로서는 뼈를 깎는 아픔이었지만 조정의 조처를 받아들였던 것이다. 그래도 양녕대군은 세종대왕의 국상에는 참여할 수 있었다.

그런데 이번에 산릉에 수반하게 되자 사헌부의 장령掌令(종4품)인 신숙주申叔舟가 반대하고 나섰다.

"양녕대군은 수반할 수 없는 자이온데 지금 수반하였으니 신 등은 놀라움을 금치 못하옵니다. 의당히 수반하지 못하게 하시옵소서."

문종이 타일렀다.

"산릉으로 가는 일은 대사이므로 과인이 특별히 수반하게 하였을 뿐이다. 평상시에는 다르니 심려치 말라."

신숙주는 다시 반박했다.

"양녕대군은 종사에 득죄하였으므로 태종대왕께서 외방에 부처하였사온데, 대행대왕께서 비로소 도성에 살게 하셨사옵니다. 그때도 모든 신하가 부당함을 간쟁했으나 이루지 못하였사옵니다. 지금 양녕대군에게 수반을 명하시어 종친의 선두에 서게 하시는 것은 심히 불가한 줄로 아옵니다."

임금이 다시 타일렀다.

"이미 양녕대군은 전내殿內(궁전 안)에서도 수반할 때가 많았고, 또 지금은 대사의 마지막인데 그것이 무에 그리 부당하단 말인가?"

"이 일은 대행대왕께는 마지막 일이옵고, 전하께는 처음 일이오니 참으로 대사임에는 틀림없사옵니다. 그러나 대사이기에 더욱 절문節文(예절에 관한 규정)에 합한 연후에야 가할 것이옵니다. 원하옵건대 수반에서 제외해주시옵소서."

"늙으신 높은 어른이 충심으로 수반하고자 하기에 이미 허락하였는데 이제 와서 그만두게 하면 그 마음의 한을 어찌하겠는가? 마지막 대사인 산릉의 일마저도 수반하지 못하게 하는 것은 그대의 고집일 것이야. 물러가서 다시 생각해보도록 하라."

양녕대군은 여기까지는 참고 있었다.

이틀 후 신숙주는 다시 편전에 들어 아뢰었다.

"신 등이 반복하여 생각을 해보았사오나 양녕대군의 수반은 역시 불가하옵니다. 전에 사정전에서 수반할 때에도 그 불가를 주장한 바가 있었사옵니다. 양녕대군의 산릉 수반은 천부당만부당하오니 통촉하시옵소서."

이와 같이 반대 주청이 무려 엿새나 계속되자 양녕대군은 화가 치밀어 견딜 수가 없었다. 양녕은 부랴부랴 수양대군저를 찾았다.

"이 사람 수양, 집에 있는가?"

대군의 우렁찬 목소리가 수양저를 뒤흔들었다. 하인 종복들이 어쩔 줄을 몰라 어리둥절하고 있는 사이 양녕은 댓돌을 오르고 있었다. 수양대군이 문을 열고 나오자 양녕은 카랑한 목소리로 내뱉듯 소리쳤다.

"자네 대체 뭘 하고 있는 게야? 저따위 행패를 그냥 보고만 있을 참인가?"

"큰아버님, 갑자기 무슨 말씀이신지요?"

"허어, 이런 사람 보았나? 저 못된 놈들을 그냥 내버려둘 텐가?"

"아니, 큰아버님……."

"저들이 도대체 무엇이기에 나를 이렇게까지 또 탄핵을 하는가? 자식을 내 손으로 귀양살이 보냈는데 또 날 탄핵하다니……. 그리고 또 탄핵감이 되지도 않는 것을 탄핵하다니, 이 나라 왕실엔 그리도 사람이 없더란 말인가? 자넨 뭐하는 사람이야? 도대체 뉘 자손이냐 말이야?"
"큰아버님, 우선 고정하시옵소서."
"고정이라니? 신숙주 그놈은 어미 애비도 없는 놈이 아닌가, 응?"
"큰아버님, 죄송합니다."
"쓸어내야 해. 자네가 나서서 저 못된 것들을 당장 쓸어내야 해. 알겠는가? 한 놈도 남기지 말고……. 어이고……."
"……!"
사실 수양대군도 화를 끓이고 있는 중이었다.
"왕실에 힘이 없으니 저런 망둥이 같은 것들이 날뛰지……."
"모두가 이 조카가 못난 탓이옵니다. 우선 용서해주시옵소서."
수양대군은 우유부단한 형 왕 때문에 오히려 화가 치밀었다. 당당한 왕실의 일이었다. 이것은 나라의 일이기도 하지만 왕실 사가의 일이기도 했다.
그렇건 저렇건 임금의 뜻을 깡그리 뭉개고 덤비는 놈들을 우물쭈물 그냥 놓아두다니, 일국의 군왕으로서는 말이 안 되는 일이었다.
'어이구 못난이. 그런 놈은 단칼에 베어버려야지.'
"아무리 임금이 유순하기로서니 장령 따위가 종친의 우두머리를 이렇게 업신여겨서야 왕실이 무슨 낯으로 살아가는가?"
"……!"
"왕실에 힘이 있어야 해. 그래야 관원들이 임금을 깔보는 일도 없을 것이야."
"잘 알겠사옵니다."
"지금 왕실에 누가 있는가? 자네 말고 누가 있어? 자네가 나서야 해.

자네가 나서서 저 못된 것들을 패대기를 쳐서라도 버르장머리를 고쳐 놓아야 돼. 왕실의 위엄을 보여야 된단 말이야."

"……!"

"내버려두면 큰일 난단 말이야. 병이 잦은 주상이 잘못되기라도 하는 날이면 누가 보위를 이어가는가? 열 살 남짓 원자가 무얼 알겠는가? 자다가도 도깨비처럼 벌떡 일어날 일이 아닌가, 응?"

"……!"

수양대군은 등골이 오싹하고 진땀이 났다.

"수렴청정을 할 대비가 있나 대왕대비가 있나? 종사의 대들보가 흔들리는 판인데 자네는 오불관언에 주유산하란 말인가?"

"그럴 수야 없지요, 큰아버님."

"정신 단단히 차리게. 알겠는가?"

"예, 명심하겠습니다."

수양대군은 속에서 뜨거운 불기둥이 솟아올랐다.

'건방진 것들. 왕명에 토를 달다니?'

수양대군은 손을 뿔끈 쥐어보았다.

'어이구, 그저 병골에 용군이야. 토를 달게 그냥 놓아두어? 어유…….'

수양대군은 형인 지금의 주상이 탐탁지 않아 긴 한숨을 토해냈다.

'아니지, 가만. 잘못되기라도 하는 날이면? 음, 내가 섭정으로 나서야 하는 게 아닌가……? 허어, 주공이 따로 있나, 그리 되면 나도 주공 노릇을 해야 할 수밖에……. 왕실을 깔보는 건방진 것들은 다 패대기 치고……. 암, 암, 그래야지.'

무슨 대오각성처럼 갑자기 떠오른 생각이 다시 생각해도 신기했다.

수양대군은 길게 숨을 들이마셨다. 가슴이 꽉 차자 숨을 멈추고 갑자기 떠오른 자기 생각을 곱씹어보았다. 그리고는 숨을 길게 내쉬었다.

'그래, 큰아버님 말씀이 백번 지당하신 게야. 내가 섭정이 되어야 한단 말이야, 섭정.'

문종 임금은 병약하고 유약한 왕으로 잘못 여겨지기도 했지만, 사실은 선왕 세종 못지않게 의지가 굳고 현명했다. 문종 임금은 신숙주를 어르고 달래 양녕대군의 산릉수반을 관철시켰다.

문종은 대행대왕의 장례, 새로운 조정의 업무 등으로 자신의 건강에 신경을 쓸 겨를 없이 지내다 보니 등에 난 배창이 더 악화되었다. 욱신거리는 통증이 더 심해지자 낮에도 자주 강녕전을 찾아 누워 지냈다. 좌의정 황보인과 우찬성 김종서가 들어와 뵈었다.

"전하, 어의는 다녀갔사옵니까?"

"저녁에 들라 했소."

"옥체 보전이 우선이옵니다."

"고맙소."

"전하, 청하옵건대 현덕빈顯德嬪을 추숭하는 예를 거행하시옵소서. 왕후로 책봉하시어 위호位號를 정하게 하시옵소서."

황보인이 공손히 주청했다. 현덕빈은 원자(세손)의 생모 권씨를 말한다. 권씨는 원자를 낳은 다음 날 세상을 떴다. 이미 10년 전의 일이었다.

"원자께서 장성하시어 이미 취학就學에 계시옵니다. 또한 마땅히 세자로 책봉하시옵소서."

문종은 김종서에게 시선을 돌리며 그의 뜻을 눈으로 물었다.

"당연히 저위儲位(왕세자 지위)를 세워야 하옵고 그러기 위해서는 먼저 현덕빈을 추숭해야 하옵니다."

"고맙소. 그대로 합시다."

"편히 쉬시옵소서. 이만 물러가옵니다."

7

신미대사

물러나와 함께 걸으면서 황보인이 물었다.

"절재는 신미대사를 어찌 생각하시오?"

대행대왕의 장례로부터 대자암의 중수에 이르기까지 그의 입김이 두드러지고 그에 대한 임금의 신임 또한 두터워지고 있었다.

"수양대군의 비호를 받고 있는지도 모르겠습니다."

"수양대군의 숭불이야 세상이 다 아는 일이 아닙니까?"

"신미에 대해서는 중신들도 이런저런 말이 많습니다."

"그야, 가만있을 수가 없겠지요."

"내치는 게 좋을 것도 같습니다만……. 신미를 그대로 두면 전조(고려)의 전철을 밟을 수도 있습니다."

"지금이야 그렇게까지는 되지 않을 것입니다."

"그러나 환부임에는 틀림없습니다."

"글쎄요. 지켜보시지요."

"환부는 커지기 전에 처치해야 합니다."

"아직 환부라고 할 수야……."

"신미의 뒤에 수양대군이 있습니다."

"그렇긴 합니다만, 신미를 두둔하기야 하겠습니까?"

"그렇다면 다행입니다만……."

세종의 장례가 끝나갈 무렵인 7월 6일, 조정에서는 대폭적인 인사 이동이 있었다. 김종서가 의정부 좌찬성이 되고, 정분鄭苯이 의정부 우찬성이 되고, 정인지가 의정부 좌참찬이 되는 등 조금도 이상할 것이 없는 인사 조치였다.

그런데 신미대사에게 어마어마한 승직이 내려진 게 문제였다. 조선 건국 이래 처음 있는 파격적인 승직이었다.

선교종도총섭 밀전정법 비지쌍운 우국이세 원융무애 혜각존자

禪敎宗都總攝 密傳正法 悲智雙運 祐國利世 圓融無礙 惠覺尊者

일찍이 고려 말 중 신돈에게 내렸던 직명을 방불케 하는 것이었다. 그 직명이 요란스러울 뿐만 아니라 그것을 적은 교지 또한 호화스러웠다. 금란지金鸞紙(임금이 쓰는 종이)에 관교官敎(4품 이상 관리의 임명장)를 써서 자초폭紫綃幅(자주색 비단 천)에 싼 다음 사람을 시켜 보내주었다는 것

이다. 신하들이 이런 일을 보고만 있을 수는 없었다.

사헌부 장령 하위지가 주청했다.

"전하, 지금 중에게 직첩을 내리는 일은 천만부당하옵니다. 거두어 주시옵소서."

"대행대왕께서도 일찍이 말씀하신 바와 같이, 왕사라는 칭호를 주는 것은 불가하지만 그 밖의 것은 무방하오."

"비록 그것이 대행대왕의 유교라 하더라도, 만일 이치에 어긋난다면 다시 한번 생각하여 행하는 것이 대효大孝가 되는 것이옵니다. 그 교지를 거두어주시옵소서."

"이 일은 왕사가 아니고 다른 직인데 무엇이 불가하겠는가? 만일 대행대왕의 분부가 계셨더라면 비록 왕사라 해도 공경히 따라야 하지 않겠는가?"

"천부당만부당하옵니다. 거두시옵소서."

"장령은 더 이상 거론하지 말라."

문종 임금이 의정부의 우려에도 불구하고 이 일을 감행하게 된 것은, 오로지 승하하신 부왕에 대한 애끓는 사모의 정 때문이었다. 부왕 세종과 모후이신 소헌왕후가 생전에 총애하던 대사이며, 지금은 그 두 분의 명복을 빌기 위해 대자암을 중수하고 모든 불사를 주관하고 있는 사람이 바로 신미대사이다.

'신미는 사실 내가 못다 한 효도를 대신해주고 있지 않은가.'

비단 명칭에 불과한 존호뿐만이 아니라 가능하다면 어떤 직첩이라도 내려주고 싶은 것이 문종의 진심이었다.

하위지를 비롯한 대간들의 주청이 받아들여지지 않자 집현전 직제학 박팽년이 탄핵을 방불케 하는 강경한 주장의 상소를 올렸다.

신미는 간사한 중입니다. 일찍이 학당에 입학하여서는 함부로 행동하고 음란하고 방종하여 못하는 짓이 없었으므로, 학도들이 사귀지 않고 무뢰한으로 취급했습니다. 그 아비 김훈金訓이 죄를 짓게 되자 폐고廢錮(관원이 될 자격을 박탈하는 것) 된 것을 부끄럽게 여겨 몰래 도망하여 머리를 깎았습니다. 일찍이 그 아비는 감언이설로 속이는 신미의 말을 믿고 술과 고기를 끊고 지냈습니다. 늙고 병든 뒤에 어느 날 아비는 술을 마시고 고기를 먹었습니다. 때마침 더운 날인데, 이를 안 신미가 그 아비에게 참회하고 백 번 절할 것을 강권하여, 아비가 하는 수 없이 그대로 시행했습니다. 그러나 마침내 이로 인하여 아비가 죽게 되었습니다.《춘추》의 법으로 따진다면 이는 진실로 아비를 죽인 자이옵니다. 중 신미는 참을성이 많고, 사람을 쉽게 유혹하며, 속으로는 교활하고 거짓되나, 밖으로는 깨끗하고 맑은 듯이 꾸미며, 연줄을 타고 이럭저럭 궁금宮禁(대궐)에 허락되었으나, 이 자는 참으로 인군人君을 속이고 나라를 그르치는 간인奸人이 아닐 수 없습니다. 만일 이 자가 큰 간인이 아니라면 어찌 대행대왕을 속이고 전하를 미혹하게 하는 것이 이와 같은 데에 이르겠습니까?

그러나 문종의 비답은 한결같았다.

상소에서, 선왕을 속이고 전하를 미혹하게 했다 했는데, 속인 것은 무슨 일이며 또 미혹한 것은 무슨 일인가? 또 선왕을 속일 때는 어째서 간하지 않고 이제 와서 그런 말을 하는가? 또 신미가 아비를 죽였다는 말은 어디서 들었는가?

박팽년은 다시 상소했다.

> 신미로 인하여 그 아비가 죽었다는 사실은 춘추관의 여러 관원, 이개, 양성지, 서거정, 유성원 등이 다 알고 있는 사실이옵니다.

문종은 함원전含元殿에서 승지들을 불러 자신의 뜻을 전하고 단안을 내렸다.

"박팽년은 그 불온한 언사와 과격한 어투로 자신의 뜻을 어떻게든 이루려고만 했소. 이러한 불공不恭은 용서할 수가 없소. 박팽년을 파직하시오."

그러나 신미의 직첩을 거두라는 상소는 그치지 않았다.

승지 최항崔恒은 답답한 마음을 가눌 길이 없었다. 박팽년의 파직 때문에 더욱 그랬다. 그는 수양대군저인 명례궁明禮宮을 찾았다.

"아니, 정부貞夫(최항의 자)가 아니오? 아침 일찍부터 웬일이오?"

"나리, 말씀 들으셨지요?"

두 사람은 집현전에서 침식을 같이 하던 사이였다.

"아니, 무슨 말인지요?"

"박팽년의 고신告身을 거두셨습니다."

"……."

"중에게 직첩을 내리는 것도 부당한 일이며, 그 직첩에 우국이세祐國利世란 말이 있는데, 그 자가 종사를 위해서 무얼 했습니까?"

"……."

"나리, 입궐을 하시지요. 이 말씀을 드리려고 찾아왔습니다."

"허허, 그래요? 내가 입궐한들 무엇이 달라지겠소?"

"아닙니다. 나리의 말씀이라면 상께서 가납해주실 것입니다."

"글쎄올시다."

"나리, 보고만 계실 것이옵니까?"

"허허."

"나리, 웃고만 계실 일이 아니오이다."

"이보시오, 정부. 신미의 일이라면 나야 상의 뜻을 따라야 할 처지가 아니오?"

"……?"

최항은 순간 잘못 찾아왔다는 생각이 들었다.

"신미는 부왕께서 아끼시던 승려요, 또한 승하하신 내 어마마마께서 극진히 보살피던 승려입니다. 내 어머님이시면 물론 상께도 어머님이 되시지 않겠소? 상께서 두 분 웃전께 못다 한 효도를 하시고자 승직을 내리셨다면, 나야 마땅히 기뻐해야 할 일이 아니오?"

"물론 사사로운 정으로야 그렇지만 이 나라가 어찌 숭불하는 나라입니까?"

"그 직첩으로 무슨 나랏일을 하는 것입니까? 주상전하의 효심이거니 생각하면 될 일이 아니오, 허허."

"내불당의 일로 조정이 많이 시끄러웠던 일을 나리도 아시지요?"

"그때도 아바마마께서는 아무 말씀도 아니 계셨소. 반상을 막론하고 사가에도 사사로움이 있듯이, 왕실에도 사사로움이 있는 것이니까요."

"왕실은 사가와는 다릅니다. 왕실은 나라의 모범이옵니다. 왕실에서 불씨를 섬기는 것은 나라의 법을 어기는 것과 같습니다."

"허허허, 그렇지가 않아요. 대자암 중수가 끝나고 진관사를 고쳐 짓고 있습니다. 이게 모두 승하하신 두 분의 명복을 비는 일입니다. 신미가 승직을 가졌다고 해서 조정이 뒤집히겠소? 아니면 나라가 흔들리겠소? 그 직첩이 무슨 정사를 보는 것입니까?"

"……."

최항은 어이가 없었다. 대답할 말이 없었다.

"성리학이나 주자를 논하자면 지금의 주상을 따를 자가 없을 것이오. 경사經史(경서와 사기)는 물론이요 천문에까지 통달하신 주상이 아니시오?"

"……."

"중신들이 간일시사間日視事를 주청한 일이 있었지요? 옥체 미령하시니 하루씩 걸러서 정사를 보시라는 것이었지요. 그런 간일시사보다도 이런 때 아무 말 않고 있는 것이 열 배 이상 주상을 도와주는 일이 될 것이오. 이런 간단한 도리를 어찌해서 모른단 말이오?"

"……."

"정부貞夫가 앞장서서라도 말리시오. 쓸데없는 일로 상을 괴롭히는 것은 신하들이 결코 취해서는 안 될 것이오."

"알겠습니다, 나리."

"정부와의 정분을 생각해서 내 더 긴 말은 아니 하겠소."

최항은 뒤통수를 감싸고 나올 수밖에 없었다. 온몸에서 땀이 흐르고 있었다. 최항은 그 땀이 더위 때문만은 아니라는 것을 느끼고 있었다.

'어리석고 건방진 것들.'

수양대군은 은근히 화가 치밀었다.

"시건방진 것들, 왕실을 뭘로 알고……. 그저 패대기를 쳐버려야 지……."

수양대군은 우울했다.

세종대왕은 수양대군을 집현전의 일에 많이 참가시켰었다. 그런 이유로 최항은 물론이요, 성삼문, 신숙주, 박팽년 등등의 학사들과도 잘 아는 사이가 되었다. 부왕 가까이 있었던 탓에 김종서, 정인지 등과도 친숙하게 지낼 수 있었다. 그런데 그때는 세자의 그늘에 가려 있는 한날 제2왕자 이상으로는 대접받지를 못했었다.

그러나 지금은 어떤가? 부왕은 승하했고 금상인 형왕兄王은 병약한데, 자신은 종친의 우두머리가 되어 있었다. 시국이 자신을 종친의 가장 큰 세력으로 만들어놓았다는 것을 새삼 깨달을 수 있었다. 비록 신미의 일일망정 자신이 나서면 수습할 수 있으리라 중신들이 믿어준다는 사실이 꿈만 같았다.

'왕실에 누가 있는가? 자네 말고 누가 있어? 자네가 나서야 해. 나서서 저 버르장머리 없는 중신들을 패대기를 쳐서라도 짓눌러야 한단 말이야.'

양녕대군이 하던 말이 떠올랐다.

'내버려두면 큰일 나네. 병이 잦은 주상이 잘못되는 날이면 누가 보위를 이어가겠는가? 열 살 난 원자가 무얼 알겠는가?'

자신을 일깨워주던 양녕대군의 울분을 수양대군은 사실 그때부터 가끔씩 상기해보고 있었다. 수양대군은 설렁줄을 잡아채어 흔들었다.

노복 얼운이 달려왔다.

"부르셨는지요?"

"내당에 관복 차비하라 일러라."

입궐하고 싶었다. 중신들이 최항의 전언을 들었을 것이다. 그들이 자신을 어떻게 받아들일 것인가 하는 생각을 하자 자신도 모르게 입가에 웃음이 퍼졌다.

잠시 후 부인 윤씨가 관복을 받쳐 들고 사랑으로 나왔다. 머뭇거리는 윤씨를 눈치 챈 수양대군이 물었다.

"무슨 할 말이 있소?"

"저, 아녀자 된 처지로 나리께서 하시는 일에 어찌 관여하겠습니까만 한마디 올려도 되겠습니까?"

"괜찮소. 말씀해보시오."

"신미대사의 일로 반대 상소를 집현전에서 올린다고요?"

"그러는가 봅니다."

"그러니 걱정이옵니다. 박팽년, 이개, 신숙주 등 이렇게 이름난 분들이 아바마마의 총신들일진대, 조정의 동량들인 이들이 들고 일어난다면 환후 중이신 주상전하께서 괴로움이 크실 것이옵니다."

"허허, 부인."

"예, 나리."

"너무 심려 마시오. 아무리 경사에 통달한 박팽년이요, 시문이 뛰어난 이개, 박학하고 경륜 높은 신숙주라 해도 어찌 주상전하가 그들의 학문을 따르겠소? 비록 환후 중에 계시다 하나 집현전 학사 정도에 심기가 꺾일 분이 아니십니다."

"……."

"또 내가 주상의 편을 들면 들었지, 이 판국에 내가 학사들과 한통

속이 될 수는 없는 일 아니오."

"아녀자의 좁은 소견입니다만……."

"그래, 뭐요?"

"친구분들을 잃을까……."

"걱정된다 이 말씀이오?"

"그렇습니다."

"허허, 그 또한 심려할 일이 아닌가 하오."

"나리, 나리의 의향은 이미 최승지를 통해서 다 알려졌을 것이옵니다."

"그러면, 입궐을 그만두라?"

"그러하옵니다. 지금 입궐하시면 싫으나 좋으나 친구분들과 언쟁을 하셔야 합니다."

"음……."

"그분들이 찾아오실 것입니다. 그때 말씀하셔도 늦지 않을 것이옵니다."

'허어, 내가 현처를 두고 있었구먼…….'

수양대군의 얼굴 가득 화사한 미소가 감돌았다.

'그저 착하기만 한 줄 알았던 마누라가 세상을 볼 줄도 알다니. 이거, 참으로 대견하고 감탄스러운 일이 아닌가.'

"알겠소. 입궐을 아니 하겠소."

"나리, 고맙습니다."

윤씨 부인의 웃음 띤 얼굴이 상기되어 있었다. 괄괄한 성품임에도 처음으로 여쭌 충고를 스스럼없이 받아준 지아비가 무척 고마웠던 것이다.

"허허허, 부인."
"예, 나리."
"어찌하여 안 하던 일을 했소?"
"그저 그런 생각이 들었습니다."
"허허허, 듣고 보니 내가 아주 훌륭한 현처를 두고 있었구려. 앞으로도 자주 깨우쳐주시오."
"당치 않으시옵니다. 주안상 올리겠습니다."
'허허, 가까이에 참모가 있는 것을.'
지어미 윤씨가 자랑스러웠다.
'마누라 자랑하는 자는 팔불출이라 하지만, 혼자 생각하는 거야 무슨 상관인가.'
수양대군의 얼굴에서는 은근한 미소가 떠나지 않고 있었다. 원래 부인이 보통은 넘는 사람이라는 것을 짐작은 하고 있었다.
'원래 과인過人한 사람이라고들 했었지…….'

최항이 수양대군을 만나고 간 뒤에도 신미에 내려진 직첩을 거두라는 상소는 계속 올라갔다. 집현전 학사들의 상소는 더 늘어났다. 대사헌 이승손李承孫도 나섰다. 조정의 사정이 마치 벌집을 쑤셔놓은 형국이었다.
'내가 잘못 보았어.'
수양대군은 당황했다. 자신의 위치를 과신하고 있었음을 개탄했다. 그런데 또 언짢은 소식이 들려왔다.
"세자 책봉일이 스무날이나 미뤄졌다 하옵니다."

부인 윤씨가 알려주었다.

"아니, 그게 무슨 소리야?"

수양대군은 자신도 모르게 짜증을 냈다. 왕실의 일이 왕실 마음대로 되지 않는 것에 대한 반감인 듯했다.

"이현로李賢老가 일진日辰이 불길하다고 고했다 합니다."

이현로는 관상감의 관원이었다.

"그러면?"

"스무날로 미뤘다 하옵니다."

애초에 정해진 세자 책봉일은 7월 초하루였다.

"음……!"

수양대군은 어금니를 물었다.

수양대군은 책봉일의 연기가 이현로의 뜻이 아니라 안평대군의 뜻일 거라고 생각했다. 이현로가 안평대군의 손발과 같은 수하임을 알고 있기 때문이었다.

자신이 최항에게 전하여 기대했던 신미대사의 일은 무참하게 거절된 셈이었다. 그리고 이현로를 통한 안평대군의 뜻은 군소리 없이 이루어진 셈이었다. 안평대군이 자기보다 한 수 위에 있다는 생각이 들자 수양대군은 가슴이 쓰렸다.

7월 8일, 현덕빈 권씨를 왕비로 추숭하는 날이었다. 수양대군이 대궐에 들어섰을 때 안평대군이 만면에 웃음을 띠고 맞이했다.

"형님, 오랜만입니다."

"그런 것 같구먼."

수양대군은 안평대군의 격의 없는 웃음이 조소처럼 느껴졌다. 편전 앞에서 만난 최항의 모습도 수양대군에게는 불경스럽게 보였다.

행사는 경희전景禧殿에서 거행되었다. 비록 죽고 없는 사람에 대한 의식이었지만 옥책玉册(왕비의 존호를 올리는 문서)과 금보金寶(존호를 새긴 도장)가 내려지는 왕비 책봉식이라 모든 진행은 장중했다. 이날 현덕빈 권씨는 현덕왕후顯德王后로 추증되었고 능호는 소릉昭陵으로 높여졌다.

의식을 마치고 수양대군은 강녕전에 들러 형왕 문종을 배알했다.

"옥체를 보전하시옵소서."

"글쎄, 인명은 재천이라 했으니 하늘에 맡기는 수밖에……."

"진인사대천명이라 했으니, 대천명에 앞서 진인사로 더욱 옥체보전을 하셔야 합니다."

"고맙네."

강녕전을 나온 수양대군은 집현전으로 향했다. 수양대군이 들어서자 거기 있던 사람들이 자리에서 일어났다.

"오랜만이오."

"강녕하시옵니까?"

신숙주, 성삼문, 하위지, 유성원, 최항 등이 있었고, 박팽년은 보이지 않았다.

"지금 강녕전에서 나오는 길입니다만, 전하의 옥체가 뵙기조차 민망합니다."

"……."

아무도 대꾸하지 않았다.

"신미의 직첩에 관한 일입니다만……."

"나리, 그 말씀이라면 이미 의논이 끝났습니다."

말을 가로채며 하위지가 받았다.

"……?"

"저희로서는 용납할 수가 없습니다. 신미에게 내려진 직첩은 거두어야만 합니다. 이는 저희들만의 뜻이 아닙니다."

유성원이 강한 어조로 말을 이었다.

"뿐만 아니라, 인수仁叟(박팽년)는 마땅히 복직되어야 하지요."

"보한재保閑齋(신숙주)는 어찌 생각하시오?"

"최승지를 통해서 이미 나리의 뜻은 전해 들었소이다마는……, 이런 기회에 나리의 뜻을 확인하시는 것도 좋을 것입니다."

'이것들이 뻣뻣하기 짝이 없구먼.'

수양대군은 주먹을 들어 연상을 내려치고 고함을 지르고 싶었다. 그러나 꾹 참으며 잠시 울화를 삭였다. 그리고 조용히 입을 열었다.

"내가 왜 그대들의 충정을 모르겠소? 신미에게 비록 직첩이 내려졌으나 그것이 이 나라의 국법을 뒤집자는 것은 아니지 않소? 내 어마마마께서 승하하신 다음 내불당의 일을 두고 선왕께서 분부하셨지요. 내불당은 종사의 일이 아니라 왕실의 사사로운 일이라고 말입니다."

"그 일도 양해된 것은 아니었습니다. 그때도 중신들의 상소가 빗발쳤지요."

하위지의 대답이었다.

"그렇다면 대자암 중수나 진관사 보수에는 왜 가만히들 있는 거요?"

"그거야 절을 짓지 말라는 국법은 없기 때문이오."

유성원의 명쾌한 대답이었다.

"그러면《반야심경》을 금으로 사경하여 바친 안평의 일은?"

"그 또한 마찬가지입니다. 저희가 어디 절을 짓지 말라, 사경을 하지 말라, 불사를 행하지 말라 하는 것입니까? 중 신미에게 내린 직첩은 국법을 어긴 일이니, 이를 거두어야 한다는 것이 아닙니까?"

"……!"

"또 옳은 일을 주청한 인수의 고신은 되돌려주셔야 한다는 것이 아닙니까?"

수양대군은 할 말이 없었다. 예상치 못한 참혹한 패배였다.

"알겠소."

한마디 던지고 수양대군은 집현전을 나왔다. 분기가 치솟아 가슴이 막히고 다리가 후들거렸다. 정사에 관여할 수 없는 종친으로 태어난 게 오히려 야속스러웠다. 임금을 대신해서 싸울 수도 없으니 그저 안타까울 뿐이었다.

중신들의 상소는 계속 쌓이고 병중의 임금은 지쳐갔다. 마침내 임금이 타협안을 내놓았다.

"경들의 의사가 그러하다면 존자尊者라는 두 글자만을 제거하는 것이 어떤가?"

중신들은 우국이세祐國利世라는 네 글자도 삭제할 것을 주장했고, 박팽년의 복직도 주장했다.

"상고해보리라."

중신들은 조용히 기다리는 수밖에 없었다. 당분간 휴전인 셈이었다.

그사이 미뤄졌던 원자의 세자 책봉식이 거행되었다. 세자 책봉식이 끝나자 하위지가 다시 상소를 올렸다.

박팽년의 뜻은 어디까지나 임금의 덕을 돕고자 한 것이옵니다. 선왕을 속였다는 말이 지나치다는 전하의 상교上教(윗전의 가르침)는 온당하옵니다. 하오나 간쟁諫諍(잘못을 고치도록 간절히 말함)하는 말은 모두가 지성을 다하려다 그리 된 것이었습니다. 성군으로서는 요순보다 더한 이가 없는데, 순임금은 즉위한 후에 사흉四凶(사람을 해치는 네 가지 흉물)을 베었습니다. 사흉이 요임금을 속인 것이 분명하기 때문이었사옵니다. 그러나 그 사실이 요임금의 성덕에는 아무런 영향을 주지 못했습니다. 신미가 선왕을 속인 것은 사흉이 요임금을 속인 것과 같으니, 박팽년의 말은 사실 지나친 것이 아니옵니다.

8월 7일, 문종은 중신들이 문제 삼았던 '존자'와 '우국이세'의 여섯 글자를 빼는 것으로 중신들과 합의를 보았다. 그러나 박팽년의 고신을 돌려준다는 말은 없었다. 문종의 노여움이 얼마나 깊었는가를 보여주는 일이었다.

날씨가 차가워지고 있었다.

군신 사이에도 곤혹스러운 불씨는 여전히 남아 있었다. 그것은 많은 사람들을 곤혹스럽게 했고 또한 수양대군을 그렇게 만들었다.

집현전 학사들과의 입씨름에서 참패를 당하다시피 물러난 수양대군은 한층 더했다. 마음이 우울하고 허전했다. 암암리에 드러나는 대군의 이런 심사는 또한 부인 윤씨나 며느리 한씨를 곤혹스럽게 했다.

어느 날 며느리 한씨가 조용히 시어머니에게 말했다.

"아뢰옵기 송구스럽습니다만, 친가에 좀 다녀왔으면 하옵니다."

"왜, 무슨 일이 있느냐?"

"어머님이 많이 편찮으시다는 전갈이 있었사옵니다."

"아니, 저런. 늘 정정하시다 하더니만……. 서둘러 다녀오도록 해라."

"예, 어머님."

한씨는 가마를 탄 채 수양저의 대문을 나섰다.

한씨가 친정을 찾는 것은 친정어머니의 문병에도 목적이 있었지만 그보다는 친정아버지께 의논드릴 일이 있는 데에 더 큰 목적이 있었다. 한씨는 그래서 내당에 들기 전에 먼저 사랑으로 들었다.

유가의 법통을 잘 아는 친정아버지 한확韓確은 반가움보다는 책망으로 맞았다.

"허어, 이 무슨 괴이한 일인고?"

"아버님, 어머님 문병보다 아버님께 의논드릴 일이 있어서 이렇게 찾아뵈었사옵니다."

"의논……?"

"저, 아버님께서 저희 시아버님을 좀 찾아뵈었으면 해서요."

"사돈께 무슨……?"

"신미대사의 직첩에 대한 논란이 있고 난 뒤에 시아버님께서 마음 둘 곳을 몰라 하시는 것 같사옵니다."

한확도 물론 알고 있는 일이었으나, 한씨는 그간의 일들을 소상히 알려드렸다.

"제게서 들었다는 말씀은 하시지 마시구요."

"……."

딸의 학문이 남다르다는 것을 잘 아는 한확이었다. 시아버지 수양대군을 위하여 뭔가 힘이 되려 하는 딸의 마음이 대견하기도 했지만 염려스럽기도 했다.

"아버님, 웬만하시면 좀 서둘러주셨으면 하옵니다."

"알았으니 그만 물러가거라."

한확은 풍채가 수려하고 사리에 통달한 사람이었다. 비록 과거급제자는 아니었지만 학문이 깊고 경국제세의 역량이 있는 사람이었다. 누나와 누이동생이 명나라의 성조成祖와 선종宣宗의 총애를 받음을 계기로 현달했지만, 결코 오만하지 않고 겸손 정중하여 상하의 신망이 두터웠다. 결코 아부하고 편당 드는 따위와는 거리가 먼, 사심 없는 사람이었다. 명나라에 다녀온 뒤로 판서와 관찰사 등 내외직을 두루 거쳐 지금은 판중추원사로 있었다.

그는 수양대군보다 무려 17세나 나이가 많은 손윗사람이었다. 비록 사돈이긴 하지만 나이 차도 많고, 또 임금의 제1친제라는 지위 때문에 한확이 수양저를 찾는 일은 드물었다.

그러면서도 딸의 소청을 선뜻 받아들인 것은 암울하고 정체된 시국에 대한 불안을 염려했기 때문이었다. 예고 없이 한확이 찾아오자 수양저는 전에 없이 웅성거렸다. 수양대군이 황망히 사돈을 맞아들였다.

"전언도 없이 이 어인 행보이십니까?"

"뵌 지가 오래 되지 않았습니까?"

"사실은 일간 한번 찾아뵈려던 참이었습니다."

"허허, 그렇다면 더욱 잘되었소이다."

잠시 후 주안상이 들어왔다. 수양대군이 먼저 한확의 잔을 채웠다. 서로 한두 잔 목을 축이고 나서 한확이 먼저 입을 열었다.

"불충한 말씀이오만 전하의 환후가 걱정입니다. 나리께서도 심려가 크실 줄 압니다."

"이를 말씀입니까? 집현전 쪽이 좀 과도한 탓도 있을 것입니다."

수양대군은 금방 화제를 좁히고 있었다. 한확은 수양대군의 심란함을 바로 느낄 수 있었다.

"제 생각으로는 집현전 쪽 주장이 틀리진 않았습니다."

"……?"

"신미의 직첩은 고치는 게 좋아요."

"그게 무슨 큰일이라고 달포의 세월을 입씨름으로 보내야 합니까? 그런 일보다는 환후에 계신 상의 심기를 편하게 해드리는 것이 더 급하지 않습니까?"

"나으리."

한확은 온화한 목소리로 조용히 불렀다. 아랫사람을 다독여주듯 은근히 불렀다.

"예."

"나리께서 인수(박팽년)의 고신을 돌려주는 일에 앞장서시면 어떨까요?"

"……."

"승하하신 대행대왕께서는 집현전에 성념聖念을 참 많이 할애하셨습니다. 크게 확장하시고 전적도 많이 간행하셨습니다. 그리고 무엇보다도 중요한 것은 거기에 많은 인재들이 모였다는 점입니다. 학문으로 보나 인품으로 보나 버릴 사람이 하나도 없질 않습니까? 지금의 이 학사들이 장차에는 나라의 동량이 될 것입니다. 나리께서 인수를 구해야 할 것으로 여깁니다만……."

"알고는 있습니다만……."

집현전 학사들과의 입씨름이 생각났다. 비록 자기들의 주장이 옳았다고 할지라도 명색이 제1왕제인 사람의 의견을 아예 깡그리 깔아뭉개던 학사들의 모습이 떠올랐다.

한확은 딸에게서 들었기 때문에 수양대군의 심정을 알 만했다.

"그것을 말다툼으로만 여길 수야 없지요."

"……."

"정승들이 나이가 많아요. 노쇠해졌다는 말이지요. 대행대왕 때와는 다릅니다."

통찰력이 있는 한확이었다.

"무엇이 다르다는 말씀입니까?"

"앞일이 분명치가 않습니다."

한확의 안목으로는 장차 시국이 염려되었다.

"좀 더 소상히 말씀해주시지요."

"나리께서도 짐작하시는 일로 봅니다만……."

사심이 없는 한확은 수양대군에게 말려들지 않았다.

"……."

"나리께서 인수를 구하십시오."

"그렇다면 그걸 누구와 의논을 해볼까요? 아니면 주상께 바로 주청하는 것이 좋을까요?"

자신이 병을 달고 있다는 것을 생각할 때마다 문종은 어린 세자가 걱정되었다. 그 때문에 마음이 약해지기도 했다. 수양대군이 박팽년의 복직을 주청한다면 어린 세자를 생각해서라도 문종은 십중팔구 가납할 것 같았다.

"절재節齋(김종서)대감과 의논하는 게 좋겠습니다."

그러나 한확은 뜻밖의 건의를 했다. 사심 없고 파당심 없는 한확의 우국충정이 또 한줄기 빛을 발하는 순간이었다.

종친의 대표는 당연히 수양대군이었다. 제1왕제라는 서열이 그랬고 호방한 성품과 감춰진 야심, 만만찮은 배짱이 그랬다.

조정의 형편을 보자면 김종서가 단연 돋보였다. 영상 하연, 좌상 황보인, 우상 남지 등의 정승이 있었으나 어찌 김종서의 인품과 경륜, 결단력을 따를 것인가.

'수양대군과 김종서가 반드시 손을 잡아야 한다. 그렇게 되어야 연이어 세종시대의 태평성대를 누릴 수 있을 것이다.'

한확은 그런 신념에서 두 사람의 유대를 시도해보는 것이었다.

"절재대감께서도 집현전을 소중히 여긴다는 말씀입니까?"

"그야 이 나라의 중신이라면 다 마찬가지지요. 달리 사심이 있다면 모르겠지만……."

'달리 사심'이란 말은 사실 수양대군의 각성을 촉구하려는 의도가 있기 때문이었다.

"절재께서 수긍하실까요?"

"나리께서 말씀하시면 응하실 것입니다. 분별이 있으신 분이 아니오?"

"집현전과 거기 있는 인재들에게 앞날을 거십니까?"

좀체 드러나지 않는 환확의 저의를 캐내고자 하는 수양대군의 모색이었다.

"그렇다고 보는 게 옳지요. 지금의 학사들은 이제 조정에 나아가 일을 살필 나이가 되었질 않습니까? 또 다른 인재들이 집현전에 들어와 대를 이을 것이고……. 집현전은 이 나라 동량의 산실인 셈이지요."

"……."

"나리께서도 집현전의 인재들과 늘 가까이 하는 게 좋습니다. 인수의 고신을 회복시키는 일에 앞장서는 것도 그 때문이지요."

"예……."

수양대군은 뭔가를 깨닫고 있었다. 그리고 야심의 한 가닥도 뻗치고 있었다.

'그렇다면 집현전에 나의 심복이 있어야 하는 게 아닌가. 내 수족처럼 움직여줄 인재 말이다.'

한확이 돌아간 후 수양대군은 우선 자기 수족이 될 만한 인재부터 곰똘히 생각해보았다. 그러나 지금 집현전에 있는 인재들 중에는 단 한 사람도 자신의 심복은커녕 우군이 될 만한 자도 없었다.

자기에게 사람이 도무지 없다는 것을 깨닫는 순간 수양대군은 깊은 구렁텅이에 혼자 빠진 것처럼 모진 외로움과 두려움에 떨었다. 동시에 안평대군저에 들랑거린다는, 이른바 인재들이란 자들의 면면이 주마등처럼 눈앞을 스쳐갔다.

하연, 박연, 김종서, 정인지, 안견, 신숙주, 이개, 이현로, 최항, 박팽년, 서거정, 성삼문 등 희미한 늙다리들로부터 다부진 팔팔이들까지 다 같이 자신을 깔보며 웃고 있는 것 같았다. 아내는 친구분들이 찾아올 것이라고 말했지만 단 한 사람의 코빼기도 비치지 않고 있었다.

'나를 경원하는 것이렷다……. 왕제로는 보지만 상종하기는 싫단 말이지……'

수양대군은 우선 집현전에 자기 사람을 박아놓고 싶었다. 비록 가끔 일지라도 안평대군저가 아니라 자기 집을 찾아주는 사람들도 있긴 있었다. 조정에 있는 사람으로서는 이사철李思哲, 강맹경姜孟卿이 있고, 아직 등과를 못한 백두지만 학문과 수완이 집현전 학사들과 비견해도 떨어지지 않는 명문대가의 자손 권람權擥도 있었다.

'그래, 무엇보다도 나이가 엇비슷해야 하니 권람이 딱 알맞긴 한데……. 권람 정도만 집현전에 박아놓아도……!'

권람은 몇 번 과거에 응시했지만 계속 떨어진 낙방거사였다. 그는 조선 초기 좌명공신인 권근의 손자이자, 문경공 권제의 아들이었다. 그러므로 당연히 음서蔭敍로 벼슬에 나아갈 수 있었지만, 아버지 권제가《고려사》편찬 과정에서 잘못을 저지른 일로 사후에 고신을 박탈당했기 때문에 음서의 자격도 잃고 말았다.

'정경正卿(권람의 자)의 실력이면 충분해. 됐어. 다시 과거를 보게 하면 되는 거야.'

수양대군은 마음을 정한 뒤 제법 유쾌한 기분이 되어 이제는 김종서의 집으로 자비를 몰았다. 수양대군이 찾아왔다는 전갈을 받자 김종서는 댓돌까지 내려와 반갑게 맞았다.

"전언도 없이 이 우거에 어인 일이십니까?"

"느닷없이 찾아와 죄송합니다만, 못 올 데 온 것은 아니지요?"

"영광입니다. 어서 오르시지요."

수양대군이 김종서의 집에는 처음 온 것이었다.

사랑에 들어서자 깔끔하게 정돈된 널따란 거처가 눈에 들어왔다. 보료 오른쪽에 단정하게 놓인 백전노장의 투구가 경외심을 불러 일으켰으며, 왼쪽 벽에 묵중하게 걸려 있는 철궁과 장검은 엄숙한 분위기를 자아냈다.

대좌해서 인사말을 이어가는 사이 주안상이 들어오고 김종서의 아들 승규承珪가 따라 들어왔다.

"오랜만에 뵙겠습니다, 나리."

승규가 수양대군에게 정중하게 예를 올리고 앉았다. 승규는 형조정랑刑曹正郎(정5품)을 거쳐 호군護軍(정4품)이 되었고 의주성義州城 성벽 축조의 감독을 하다가 돌아와 있었다. 승규는 아버지를 닮아서 그런지 빈틈없이 단정하면서도 패기가 넘쳐나는 모습이었다.

승규가 먼저 수양대군의 잔을 채우고 다음 김종서의 잔을 채운 뒤 조용히 일어났다.

"말씀들 나누시옵소서."

승규가 나가자 잔을 들며 수양대군이 내방의 목적을 말했다.

"대감, 실은 박팽년의 복직을 주선해주셨으면 해서 이렇게 찾아왔습니다."

"……."

김종서는 짐작하고 있었다는 듯 고개를 끄덕였다.

"저도 집현전 출입을 자주 했습니다만 박팽년, 신숙주, 유성원, 성삼문, 이개 등등 이들 학사들이야말로 이 나라의 장래를 이끌어갈 동량들이 아닙니까? 박팽년을 구해야 할 줄로 압니다."

김종서는 더욱 크게 머리를 끄덕였다.

"옳은 말씀이외다."

"의정부에서 힘을 좀 써주십시오. 저도 돕고자 합니다."

"그리 해봅시다. 저도 애를 쓰겠습니다만 나리께서도 힘을 보태주십시오."

"참으로 고맙습니다. 이 나라의 인재를 아끼는 대감의 충정을 잊지 않겠습니다, 대감."

수양대군이 김종서의 손을 덥석 두 손으로 감싸 잡았다.

"나리, 저야말로 감복했습니다. 나리께서 이런 일에 나서주시는 높은 도량을 존경합니다."

김종서도 수양대군의 손을 맞잡고 힘을 주었다.

두 사람이 잠시 만나 맞잡은 그 유대의 손에서 나온 힘의 결과로, 마침내 9월 22일 문종은 이조에 전지傳旨하여 박팽년의 고신을 돌려주도록 했다.

이로써 신미의 직첩 때문에 야기된 조정의 분란은 두 달여 만에 가라앉게 되었다.

8

가을 과거

권람의 사랑에서는 주안상에 둘러앉은 세 사람 권람, 한명회, 홍윤성이 신변잡사에서부터 조정의 일에까지 화제를 돌리며 환담의 꽃을 피우고 있었다.

권람, 그는 명문가의 자손이지만 몇 번의 과거에 실패하다 보니 낙방거사의 신세로 어느새 35세였다.

한명회, 그 역시 명문의 후예였다. 미숙아 태생에 조실부모하여 곤핍의 초년을 보냈으나 학문은 익히게 되어 과거도 여러 번 보았다. 그러나 또한 낙방거사로 세상을 떠돌다 보니 어느새 36세였다.

권람과 한명회는, 세종대왕이 집현전에서 어려운 일이 있을 때면 자문을 구했을 만큼 학덕 높은 태재泰齋 유방선柳方善을 스승으로 모시고 동문수학한 오랜 친구였다. 게다가 같이 낙방거사의 신세다 보니 아주 절친한 사이가 되었다.

홍윤성 역시 명문가의 후예였다. 그는 어려서부터 덩치가 우람하고 힘이 장사인 데다 성정이 광포했다. 그러면서도 글을 읽어 장래를 기약하고자 했다. 고향인 충청도 보은에서 살다 음보蔭補로 공주감영의 토포군관이 되었다.

그 무렵 그의 형인 홍대성洪大成이 어느 주점의 데릴사위로 살고 있었는데, 어떤 자의 유혹에 넘어간 형수가 형을 독살하자, 그 자와 형수를 때려죽여 형의 복수를 하고 몸을 피했다. 그러나 곧 잡혀와 심문을 받고 양산梁山으로 유배되었다. 양산에서는 민심을 현혹해 사익을 취하던 통도사의 괴승을 처단하는가 하면, 사람들의 욕을 먹던 어느 술청을 때려 부수기도 했다. 그 후 충청도 황간黃澗의 당숙 집에 의지하고 있었으나 곧 뛰쳐나와 떠돌다 출셋길을 엿보고자 도성으로 올라왔다.

그가 제천정濟川亭(왕실 소유의 한강변 정자)이 있는 한강도漢江渡의 나루에 이르렀을 때 십여 명의 불량배들이 배를 차지하고 사공을 괴롭히고 있었다. 홍윤성이 그 불량배들을 모조리 후려쳐서 강물에 내던지고 사공을 구출하여 홀로 배를 타고 건너왔다. 때마침 제천정에 놀러왔던 수양대군이 이를 보고 홍윤성을 가까이 불러 등을 다독이며 칭찬해주었다.

홍윤성은 도성에 들어와 떠돌다 권람을 사귀어 권람의 집에 들랑거리기도 했으나, 권람의 가세와 학식에 눌리고 아홉 살이나 연상인 나이에 치어 아직은 수하노릇을 할 뿐이었다.

홍윤성은 피 끓는 26세였다. 그는 과거시험을 거쳐 출사하는 일을 탐탁찮게 여기고 있었다. 안평대군과 수양대군, 둘 중 한 사람이 앞으로 조정의 실권을 잡을 것이라는 항간의 소문을 듣고, 어느 쪽 줄에 서야 좋은가 암중모색을 하는 중이었다.

"이보게 자준子濬(한명회), 대군께서 내달에 추장과거秋場科擧가 있으니 나더러 거기 나가라고 하시네."

권람의 말이었는데, 대군은 곧 수양대군이라는 것을 한명회는 알고 있었다.

"그럼 나가봐야지. 나가면 이번에는 자네가 장원급제할 것이네."

"허허허, 말이라도 기분은 썩 좋구먼."

"아니, 권생원께서 과장에 나가십니까?"

홍윤성이 긴장하며 물었다.

"글쎄, 나가보라니까 나가볼까 하고……. 대군께서 권하시니 말이야."

"나가게. 나가란 말이야. 자네가 나가면 장원이라는데……."

"허허, 꼬드기는 건가?"

"좀스럽게 꼬드기다니? 내가 누군가? 천하의 한명회 아닌가? 하하. 내가 하랄 때 하는 것이 좋아."

"좋아. 그럼 나가지. 사실은 대군께도 나가겠다고 했네."

"잘했어. 나가면 장원인데 망설일 게 뭐 있어?"

한명회가 무얼 보고 장원이라 하는지는 몰라도 권람은 은근히 기대도 되었다.

동문수학 시절부터 한명회가 앞을 내다보는 어떤 능력이 있다고들 했다. 무언지는 몰라도 하여튼 그런 게 있다고들 했었다.

중년에 이르도록 함께 떠돌며 지내면서도 권람은 한명회가 통찰이라고 할까, 권모라고 할까, 담력이라고 할까, 아무튼 그와 같은 것에서 자기보다 더 앞선다는 것을 늘 느끼고 있었다.

"알겠네. 어차피 나갈 수밖에 없네."

그때 홍윤성이 갑자기 끼어들었다.

"권생원께서 과장에 나가신다면 나도 나가겠소이다."

한명회가 또 당연하다는 듯 받았다.

"암, 자네도 나가야지. 나가면 등과인데 망설일 게 없지."

"아니, 비웃으시는 겁니까?"

"비웃긴? 이 한명회의 말이란 말이야. 나가면 등과야. 장원은 못 해도……."

이때 권람이 한명회를 다그쳤다.

"자준이, 자네도 나가야지. 우리가 나가는데 자네가 빠져서야 되겠나."

그러나 한명회는 허탈하게 한번 웃고 나서 대꾸했다.

"허허허, 과거? 그까짓 과거, 내게는 이제 일없네. 그리 알고 자네들이나 꼭 나가게."

"거, 그러지 말고 함께 나갑시다."

홍윤성이 통방울 같은 소리를 냈다.

"허허, 자네들이 등과하면 되었네. 나야 어차피 그만둔 사람이니까 내 걱정은 말게. 나는 나대로 또 살 방도가 있겠지."

한명회도 초년에는 등과에 뜻을 두고 있었다. 그러나 낙방거사로 세상을 떠돌며 나이가 들고 보니, 과거라는 게 별것도 아닌데 기를 쓰고 가슴 조이며 매달릴 필요가 없다는 것을 깨닫게도 되었다.

깨달음의 첫째는 이제 과거에 뽑혀보았자 어느 천년에 떵떵거릴 만한 권부에 들겠나 하는 것이었다.

깨달음의 둘째는 세상엔 벼슬살이 말고도 떵떵거리고 살 만한 여러 가지 방도가 있다는 것이었다.

"이보게, 자준이. 그러지 말고 같이 나가세. 나가면 장원은 자네 차지가 아닌가?"

권람이 다시 한번 다그쳐보았다.

"자자, 그 이야기는 이제 그만하고 술이나 더 드세."

한명회는 한 손을 내젓고 나서 술병을 들었다.

그해(1450년, 문종 즉위년) 10월 9일에 추장秋場이라는 가을 과거가 실시되었는데, 문과의 과장은 근정전이었으며, 무과의 과장은 경회루 아래였다.

권람과 홍윤성은 함께 근정전 뜰에서 시험을 보았다. 다 끝난 뒤 두 사람은 나란히 대궐문을 나왔다. 한명회가 궐문 밖에서 기다리고 있었다.

"허허허, 장원급제 나오시는구먼."

권람 쪽을 향하여 한명회가 가볍게 손뼉을 치며 반겼다.

"저는 어떻습니까?"

홍윤성이 손으로 자기를 가리키며 물었다.

"등과라니까, 걱정 말게."

한명회의 대답은 마치 급제자 발표를 본 사람처럼 확신에 차 있었다.

"자준이, 끝나고 나서 생각해보니 아무래도 꺼림칙하네."

"뭐가 말인가?"

"신미대사를 아주 망국의 흉물이라고 욕했거든."

홍윤성이 깜짝 놀라 외쳤다.

"거 왜 쓸데없는 짓을 하셨습니까? 아니, 왜 신미는 건드려요?"

"괜찮네. 꺼림칙할 거 하나도 없어. 선비의 기개를 보인 거야. 거리낌 없이 할 소리 하고 사는 게 선비 아닌가."

전혀 걱정할 필요가 없다는 한명회의 말을 들으면서도 권람은 개운치가 않았다. 얼굴을 펴지 못하고 있었다. 아무래도 후회막급이었다.

과장에서 쓴 권람의 답안은 발군의 명문이었으나 신미에 대해 험담한 구절이 문제가 되었다.

> 옛날 신돈이란 중 하나가 오히려 고려 오백 년의 왕업을 망치기에 족했는데, 하물며 지금의 이 두 중에 이르러서야 말해 무엇 하랴.

두 중이란 신미와 또 한 사람의 이름난 중 학열學悅이었다.

예조판서 허후許詡는 이 구절이 매우 불경스럽다고 여겼다. 임금이 신미에게 직첩을 내린 지 얼마 되지도 않았는데, 신미를 비방한다는 것은 임금의 처사도 싸잡아 비방하는 것과 같았던 것이다.

생원 김의정金義精이란 사람이 장원에 올라 있었다. 이를 임금에게 올리기 전에 심사관들 사이에서도 말이 많았다.

문종 앞에 나선 예조판서 허후는 조심스럽게 여쭈었다.

"모든 것이 나무랄 데가 없사오나 시폐時弊를 지적한 것이 지나친 듯하옵니다."

"어디 좀 봅시다."

문종은 권람의 답안을 묵묵히 읽어 내렸다.

"권람은 회시會試(초시 다음 중앙에서 보는 시험, 복시)에 장원을 했고 가문도 훌륭하지 않소. 또 이만큼 적을 수 있는 것도 선비의 기품이 아니겠소. 어떻소? 권람을 장원으로 뽑는 게 말이오."

"시폐의 지적이 불공한 듯싶어 4등에 두었습니다만, 전하께서 결정하여 주시옵소서."

"그럼, 권람을 장원으로 뽑으세요."

발표는 사흘 뒤 10월 12일에 있었다.

이날 등과한 사람은 문과에서 33인, 무과에서 28인이었다. 권람이 문종의 덕분으로 당당히 장원급제의 영광을 차지했다. 홍윤성도 병과로 등과했다.

권람의 장원은 세상을 떠들썩하게 만들었다. 부자장원父子壯元이란 영광스러운 명성이 더욱 그렇게 만들었다. 일찍이 권람의 아버지 권제도 장원급제를 했기 때문이었다.

영광은 그것으로 다가 아니었다. 권람은 등과한 그날로 사헌부 감찰監察(정6품)이란 벼슬을 받는 영광이 더해졌던 것이다.

그날 저녁 권람은 수양대군저를 찾아 감사의 인사를 드렸다.

"권생원께서 장원하시고 당일로 사헌부 감찰에 제수되었다 하옵니다."

며느리 한씨의 전언을 들은 부인 윤씨는 너무나 놀랍고 기뻐서 가슴이 꽉 막힐 지경이었다.

"그게 정말이란 말이냐? 꼭 꿈만 같구나. 틀림없는 사실이란 말이지?"

"예, 어머님. 지금 큰사랑에 납시어 계시옵니다. 아버님도 크게 기뻐하시고 계시옵니다."

"이렇게 기쁠 데가 있나. 집현전에 사람을 넣으시고자 하시더니……."

"정말 그렇사옵니다. 어머님께서도 어서 큰사랑으로 납시옵소서. 저는 주안상 마련하여 대령하겠사옵니다."

"오냐, 그래라. 그래야 되겠다."

며느리 한씨는 들뜬 마음에 일손이 제대로 잡히지 않았다. 여자로서도 남자들 못지않은 학식이 있는 데다 세상일에 대한 감수성이 예민했기에 통찰력 또한 남다른 편이었다.

'아버님께 서광이 비쳐오는 게야.'

며느리 한씨는 예감하고 있었다.

추녀 너머로 하늘 가득 빨갛게 타오르는 저녁노을 또한 온통 이 집안을 비추는 서광이었다.

9

환후 쾌차

권람이 궐내에 들어서다 우연히 홍윤성을 만났다. 홍윤성은 권람을 보자 다가오며 킥킥거리는 웃음을 그치지 않았다.

"이 사람, 아침부터 무슨 방정맞은 웃음인가?"

권람이 나무라며 입을 열었다.

"아, 그렇지 않습니까? 천하가 자기 손 안에 있다 큰소리치며 손바닥을 쥐락펴락하던 사람이 겨우 궁직宮直에 발을 들여놓았으니, 어느 천년에 천하를 쥐락펴락합니까? 하하하."

홍윤성은 배를 잡고 웃으며 한명회의 궁직 출사를 비웃었다.

"이 사람, 자네 지금 그 사람을 깔보는 것인가? 내가 보냈어, 이 사람아."

"하하, 누가 보냈든 상관없지요. 궁직이 무슨 벼슬이라고 쫓아간 사람이 웃기는 게지요."

"함부로 입 놀리지 말게. 자네 벼슬인들 무슨 대수인가?"

"허허, 이 사람이야 당당히 종6품직에 있지 않습니까?"

홍윤성은 사복시司僕寺 주부主簿에 임명되었다. 사복시는 대궐에서 쓰는 탈것이나 마필 또는 목장을 관리하는 곳이었다.

"말똥이나 치우는 주제에 무슨 대단한 벼슬을 한다고 거들먹거리는가?"

"아니, 말똥?"

"사람이 덩칫값도 못하는가? 그렇게 경망해서야 원……. 자네 그 알량한 벼슬로 감히 한명회를 우습게 보다니……. 그 마음보부터 고쳐야겠네."

"그게 아니라……."

"연작안지홍곡지지燕雀安知鴻鵠之志(제비나 참새가 어찌 기러기나 고니의 뜻을 알겠는가)라더니……. 참새 따위가 대붕大鵬(하루에 구만 리를 날아간다는 매우 큰 상상의 새)의 뜻을 어찌 짐작이나 할꼬! 자네 따위가 어떻게 자준이를 비웃어?"

"대붕이라고요?"

"그렇지. 대붕이지. 자준이에게 비하면 자네는 참새나 되면 다행이지……. 또 보세."

권람은 야멸찬 한마디를 던지고는 바삐 용성문用成門 안으로 사라졌다.

"참새나 되면 다행이지? 허 참. 기가 막혀."

한 대 얻어맞은 것처럼 멍하니 서 있던 홍윤성은 이를 악물고 권람을 쫓아 잡으려 내달렸다.

'아무리 친한 사이기로 이렇게 얕잡아볼 수가 있단 말인가.'

그가 헐레벌떡 뒤쫓아 달려갔으나 홍례문弘禮門 앞쪽에 이르러서는 그만 발길을 멈추고 얌전하게 허리를 굽혀야 했다. 경혜공주와 부마 영양위가 나란히 다가오고 있었다. 이 두 사람은 문종의 환후가 쾌차하고 있다는 소식을 듣고 입궐하고 있었다.

두 사람은 문종을 강녕전에서 뵈었다. 임금은 곤룡포에 익선관을 쓰고 있었다. 환후의 기미가 전혀 보이지 않는 용안은 그 잘생긴 모습이 어느 때보다도 더 화사하게 보였다.

"아바마마, 쾌차하시어 강녕하신 용체를 뵈오니 광명천지를 다시 찾은 듯하옵니다."

"허허, 네 효성이 지극했음이니라."

"당치 않사옵니다. 종사의 홍복이옵니다."

"고맙구나. 그러고 새 집은 마음에 들더냐?"

영양위 정종이 대답했다.

"신의 사저로는 너무 과분하옵니다. 더구나 그간의 우여곡절을 생각하면 황감惶感하기 그지없사옵니다. 모두가 우악優渥하신 성은인가 하옵니다."

"영양위는 과히 괘념할 것 없다. 그저 왕실의 법도일 뿐이니라."

문종은 부마인 영양위 정종에게 집을 한 채 지어 하사했다. 그런데 그것으로 인해 조정에서 말썽이 생겼다. 딸과 사위가 사는 집을 이왕이면 가까이 두고 싶어서 경복궁과 창덕궁의 중간 지점인 양덕방陽德坊

에다 집을 한 채 마련해주려 했다. 그런데 그러기 위해선 민가를 서른 채 넘게 헐어내야 했다. 민가를 헐어내는 일도 문제였지만 농번기에 백성들을 사역시킨다 하여 사헌부 지평 윤면尹沔이 상소를 올렸다. 문종은 윤면을 불러 사정을 말해주었다.

"지금 영양위가 살고 있는 집은 사가이긴 하나 웬만하면 그냥 쓰도록 하려고 했었다. 그런데 그 집이 너무 낡았고 또 부마에겐 으레 집 한 채를 지어 하사하는 것이 왕가의 법도이니라. 그런데 서른 채의 민가를 헐었다니 금시초문이다. 내가 알기로는 일고여덟 채를 헐게 된다는 것이었는데, 서른 채가 넘는다니 놀랍기 그지없다. 허나, 이왕 일이 시작된 것이니 민폐를 되도록 줄여가면서 짓도록 할 것이니라."

세종 말엽부터 대군들의 집이 과도히 장엄하고 호화롭다 하여 말썽이 많았었다. 그래서 문종은 영양위의 집을 수리해서 살도록 하려고 했었다. 그런데 수리를 다 마칠 즈음 그 집이 기울어져 위태로운 지경이라는 보고가 들어왔다. 문종은 그래서 집을 하나 짓도록 했던 것이나 민가 서른 채를 헐어낸 것은 모르고 있었다. 이런 곡절을 거쳐 지은 집이라는 것을 영양위도 잘 알고 있었다.

"이제 다 지나간 일이니 마음 놓고 편히 살도록 해라. 나도 한번 구경을 나가야겠다."

"아바마마, 성은이 망극하옵니다."

경혜공주는 감사하면서 눈물을 글썽거렸다.

문종은 세자 생각이 났다.

"밖에 누구 있느냐?"

"예. 대령해 있사옵니다."

"어서 가서 세자를 데려오너라."

내관은 곧바로 혜빈 양씨의 처소로 달려갔다. 문종의 전언은 먼저 혜빈 양씨에게 전해지곤 했다.

현덕빈 권씨가 세자를 낳고 곧 세상을 떠나자 세종은 혜빈을 불러 세자의 양육을 당부했었다. 내관의 전언을 받은 혜빈은 즉시 동궁으로 달려갔다.

"저하, 경혜공주께서 입궐해 계시다 하옵니다."

"누님이 오셨다구요?"

"지금 강녕전에 드셔 계신다 하옵니다."

"영양위와 함께요?"

"그러하옵니다."

"그래요? 얼른 가요."

혜빈 양씨는 세자의 손을 잡고 동궁을 나섰다. 세자는 몹시 기뻤다. 세자에게는 친구라 할 사람이 사실상 손위 매부인 영양위 한 사람뿐이었다. 공주와 어린 나이에 결혼한 영양위는 대궐에서 기거하는 날이 많았다. 그러는 사이 세자는 영양위와 친구처럼 가까워졌다.

나이 들어 공주와 부마는 출합出閤(왕자나 공주가 궁밖에 집을 지어 나가 사는 일)의 절차를 밟고 나면 대궐 밖 사가로 나가 살아야만 했다. 늘 함께 지내던 공주와 영양위가 이때부터 떨어져 나가 살게 되었기에 세자는 늘 그들이 그립고 허전했다.

"누님, 보고 싶었어요."

세자는 강녕전에 들어서자 환하게 웃으며 외쳤다.

"오, 세자."

경혜공주는 어른스럽게 세자를 맞으며 그 손을 꼭 잡아주었다.

"영양위! 보고 싶었어요."

세자가 영양위를 보며 더욱 환하게 웃었다.

"저하. 신이 드리고 싶은 말씀이옵니다."

문종이 이들을 흐뭇한 미소로 보다가 혜빈을 향해 말했다.

"앉으세요."

"황공하옵니다, 전하."

"혜빈의 노고가 크셨습니다."

"당치 않사옵니다, 전하."

"세자나 공주가 다 같이 오늘에 이르렀음은 모두가 혜빈의 보살핌 덕택입니다."

"망극하옵니다, 전하."

문종은 세자와 경혜 내외를 보며 조용히 일렀다.

"너희 모두는 혜빈마마의 은혜를 결코 잊어서는 아니 된다. 혜빈마마의 손길은 바로 할아버님의 손길임을 알아야 한다. 알겠느냐?"

문종은 혜빈의 노고와 그 고마움을 잘 알고 있었다.

"예, 알고 있사옵니다."

세자와 경혜 내외는 혜빈을 향해 다소곳이 고개를 숙였다.

어리고 철없던 사람들이 이제 이만큼 의젓하게 성장하여 있었다. 혜빈은 안도의 감격으로 가슴이 벅차오르며 동시에 눈물이 쏟아지려 했다. 갓난이로부터 시작된 세자의 보육, 밤낮 없이 조마조마 가슴 조이며 살아온 그 10여 성상을 어찌 몇 마디 말로 표현할 수 있으랴.

문종은 오래 자신을 괴롭히던 배창이 완쾌되자 훨훨 날아갈 듯 심신이 상쾌했다. 의당 해야 할 일을 했지만 그 노고를 칭찬하며 전의감 의관 전순의全循義에게 나의羅衣(얇은 비단 옷) 한 벌을 하사했다.

그리고 예고는 했었지만 미뤄 왔던 증광시增廣試(문종 등극을 축하해 열린 과거시험)를 실시해 문과 41명, 무과 40명의 인재를 얻었다.

작년 가을 추장과거에는 권람의 권유를 뿌리치고 응시하지 않았던 한명회가 이번 증광시에는 집안사람도 모를 만큼 암암리에 응시했다. 장원이 아니면 등과라도 해서 권람 등을 놀라게 하고도 싶었지만 장원은커녕 말석 등과도 못하고 말았다. 권람은 이 사실을 바로 알았지만 일부러 모른 체했다.

문종은 제대로 국사에 전념하게 되었다. 단 하루도 경연을 거르지 않았다. 때로는 사정전에서 몸소 경서를 강론하기도 했다.

문종의 학문은 세종을 능가했다.

"마치 선왕마마를 뵙는 듯 가슴이 시원합니다."

좌의정 황보인이 공조판서 정인지를 보며 말했다.

"그러하옵니다. 하늘 같이 넓고 깊은 학문이옵니다."

"앞으로 학역재의 책무가 막중합니다. 모든 것을 학역재가 이끌어 가야 할 것입니다."

"과분하신 말씀이옵니다. 그저 힘에 부칠 따름이옵니다."

지금 조정을 이끌어가고 있는 중신들은 나이가 든 사람들이었다. 영의정 하연, 좌의정 황보인, 우의정 남지, 좌찬성 김종서 등 이들 나이 든 사람들을 제외한다면 정인지가 홀로 거목장송처럼 보였다.

정인지의 학문과 지략은 남이 따를 수 없을 만큼 출중했다. 큰 강물처럼 막힘없이 도도한 학문으로 그는 세종대왕의 총애를 받았다. 그가 주로 집현전에서 대소사를 주도해왔기 때문에 그의 휘하에는 신숙주, 성삼문, 이개, 유성원, 하위지, 박팽년, 최항 등 기라성 같은 인재들이 있었다.

정인지는 그러나 자신의 속내를 잘 드러내지 않는 사람이었다. 또한 시세와 상황의 변화를 파악하여 자신에게 유리하게 잘 대처해가는 매우 영악한 사람이기도 했다.

언젠가 김종서가 정인지의 속내를 떠본 적이 있었다.

"이보 학역재, 입이 무거운 것은 좋으나 일이나 소신은 분명히 밝히는 게 선비의 도리가 아니겠소."

"글쎄요, 원체 소심한지라……."

"허허, 신중한 것도 좋으나 지나치면 오히려 흉하게 보이지요. 이 김종서의 충고라 생각해두시오."

"예, 감사합니다."

"앞으로 학역재의 두 어깨에 나라가 얹혀 있다는 것을 명심하시기 바라오."

"과분하신 말씀이옵니다."

이즈음 수양대군은 절을 찾아다니는 일이 잦았다. 대자암과 진관사에 들렀다가 늦게 돌아온 날 오랜만에 권람이 찾아와 있었다.

"일찍 와 있었소?"

"나리께서 좀 늦으신 듯하옵니다."

"대감들이 요즘 내 얘기를 한다는데, 무슨 일이 있소?"

수양대군은 자리에 앉으면서 궁금증을 드러냈다.

"불사에 관한 일이옵니다만 별로 심려하실 일은 아니옵니다."

"내 지난번에 상께 말씀드렸듯이 난 절에 간 일은 있지만 절에서 잔 일은 없다는 데도……."

"상께서도 그런 말씀을 하셨사옵니다."

"그거참. 그들이 날 거론해서 무슨 소득이 있단 말인고?"

수양대군의 말투에는 짜증이 섞여 있었다.

그때 부인 윤씨가 손수 주안상을 들고 들어왔다.

부인은 먼저 권람의 잔에 술을 따르며 하소연 같은 한마디를 했다.

"기왕 오셨으니 한 말씀 부탁드리겠습니다. 우리 나리께서 요즘 짜증이 부쩍 많아지셨습니다. 그 짜증부터 풀어주시고 가십시오."

"허허허, 그렇사옵니까?"

권람은 그저 웃을 뿐이었다.

"요즘 세자는 어찌 지내는고?"

"늘 그렇지요. 혜빈 양씨의 치마폭에 싸여 있지요."

"쯧쯧쯧, 쯧쯧쯧……."

세자를 혜빈 양씨가 아닌 딴 사람이 돌보아야 한다는 것인지, 아니면 이제 열 살쯤 되었으니 여인네가 돌보지 말아야 한다는 것인지, 수양대군은 심하게 혀를 찼다.

"……?"

"일국의 세자가 비록 나이가 어리다 해도 후궁들 치마폭에서만 지낸대서야 말이 되나? 그렇게 자라나면……, 참 꼴좋은 군왕이 되겠구먼."

수양대군은 단숨에 잔을 비우고 딱 소리가 날만큼 세차게 잔을 내려놓았다.

"나리. 그래도 혜빈 양씨가 소임을 다하고자 한 노고만은 가상한 일이 아니옵니까?"

부인 윤씨가 조심스럽게 자기 생각을 내보였다. 부왕이신 세종대왕께서 혜빈 양씨에게 세자를 부탁한 일이었음을 상기시키고자 함이었다.

"거 무슨 소리? 소임을 마쳤으면 냉큼 물러나야지. 그 아낙 때문에 세자가 계집아이처럼 나약해졌단 말이오. 세자를 혜빈에게 맡기는 것은 조정에 사람이 없기 때문이란 말이오."

수양대군의 짜증은 더 심해지고 있었다.

'무언가 마땅찮은 게 있구나.'

권람은 수양대군의 진의가 궁금했다. 권람은 수양대군의 마음을 탐색해보고자 했다.

"영양위께서도 자주 입궐하신다 하옵니다."

"그 아이 때문에도 세자가 철들지 못하는 게야."

부왕 세종의 후궁을 '그 아낙'이라 부르고 형왕 금상의 부마를 '그 아이'라 불렀다. 나라의 주인인 지존에 대한 예도禮度는 고사하고 평민도 지키는 부형父兄에 대한 예도마저도 없었다.

권람은 수양대군의 그 짜증의 깊이는 알 수 있었다. 그러나 그 근원은 알 수 있었다.

말없이 한동안 술잔만 오갔다. 부인 윤씨는 권람에게 자꾸 눈짓을 했다. 대군의 짜증을 풀어보라는 눈짓이었다.

"나리, 나리께 한 사람 추천했으면 합니다만……."

"쓸 만한 사람이 있소?"

"예, 허나 쓸 만한지는 나리께서 판단하실 일입니다."

"누구요?"

"저와는 둘도 없는 막역지우입니다. 동문수학 시절부터 문장은 권람, 경륜은 그 사람, 뭐 그런 평판이 있었습니다만……."

"그게 누구란 말이요?"

수양대군의 찌푸린 눈썹이 펴졌다. 분위기는 갑자기 활기로 채워졌다. 부인 윤씨가 호기심에 떠 있었다.

"한명회라고 하는데 칠삭둥이라고들 놀리지요."

"칠삭둥이라니? 그러면 일곱 달 만에 나온 사람이란 말이오?"

"말하자면 그렇지요."

"이보, 정경正卿(권람의 자). 나더러 칠삭둥이를 동지로 삼으란 말이오?"

"나리께서 제갈공명 한 사람쯤은 거느리셔야 할 것 같기에 말씀드렸습니다만……. 싫으시다면 그만두지요."

권람은 술잔을 비웠다.

"권학사님, 좀 더 소상히 말씀해주시지요."

부인 윤씨가 재촉했다.

"나리께서 시큰둥하신데 더 말씀드려 뭘 합니까?"

"제가 묻질 않습니까? 한씨면 청주 한씨입니까?"

"물론이지요. 예문춘추관태학사藝文春秋館太學士를 지내고 명나라에 가서 조선이라는 국호를 받아오신 문열공文烈公 한상질韓尙質이라는 분을 아시지요? 바로 그분의 친손자입니다. 아버지도 사헌부감찰司憲府監察을 역임하셨으나 일찍 돌아가셨지요."

수양대군의 표정이 좀 달라졌다.

"아, 그래요? 그럼 나이는요?"

부인이 다시 물었다.

"저보다 한 살 위니까 서른일곱입니다."

"뉘 문하에서 공부를……? 아 참, 동문수학하셨다 했지요."

"유방선 스승님이지요. 서거정도 동문입니다."

"등과는 했습니까?"

"그 사람, 등과 같은 것은 초월한 사람입니다."

"……."

이제 수양대군이 입을 열었다.

"그 사람 지금 뭘 하고 있소?"

"능침陵寢(임금이나 왕후의 무덤)과 가항街巷을 떠돌며 낚시질을 하고 있는 셈이지요."

"낚시질? 아니, 그런 데서 도대체 무얼 낚는단 말이오?"

"말하자면 강태공의 곧은 낚시와 같은 것이지요."

"지금이 어느 세상이라고……. 참으로 허랑한 한량이 아니오?"

"……."

"이보시오, 정경. 사람을 추천하려면 좀 가려서 해야지, 동문수학에 막역지우라 해서 그냥 추천하는 게요? 칠삭둥이로 태어나서 그 나이에 아직도 거리를 떠도는 한량이라니……."

대군은 잠시 말을 멈추고 술잔을 기울였다가 다시 정색하는 목소리로 말을 이었다.

"사람을 추천하는 일은 따지고 보면 목숨을 담보로 하는 일일 것이오. 칠삭둥이 떠돌이를 제갈공명이라 하니……, 그런 사람으로 정경이 목숨을 담보하겠단 말이오? 이왕 사람 추천 얘기가 나왔으니 말이지만 아무리 못해도 학역재 정도는 돼야 할 것이오."

'음, 대군이 학역재를 욕심내고 있구나. 그러나 어림없는 생각. 지금은 절대로 한명회밖에 없는 것을…….'

권람의 입가에는 쓴웃음이 감돌았다.

"나리, 정인지와 한명회를 놓고 하나를 선택하라면 저는 서슴없이 한명회를 택할 것입니다."

"그거야 정경이 정인지를 모르니까 그럴 게요."

"그야 나리께서도 한명회를 모르시니까 그러실 테지요."

"……."

"능침을 다니며 왕조의 역사를 회고하고, 가담항설을 들으며 인심의 향배를 탐지하는 이런 사람의 포부를 정인지가 어찌 상상이나 해볼 수 있겠습니까?"

"그거야 처지가 다르니까 상상해볼 필요도 없지……."

수양대군은 권람의 말을 말장난쯤으로 여기는 모양이었다. 그러나 윤씨 부인은 진지했다.

"나리, 한번 만나보시지요. 그런 연후에 내쳐도 될 게 아니옵니까?"

"일없소. 문일지십聞一知十이라 했으니……."

권람은 이제 말의 단계를 높일 때라 생각했다.

"나리. 없던 일로 하겠습니다."

호기심을 잔뜩 부풀려놓았으니 없던 일로 한다고 없어질 일은 물론 아니었다.

"마님, 혹시 당나귀를 보셨는지요?"

"느닷없이 웬 당나귀입니까?"

"한명회라는 사람 상相이 영락없는 당나귀상입니다. 보기만 해도 웃음이 절로 나옵니다. 허허."

"호호호……."

부인은 입을 손으로 가렸다. 웃지 않을 수 없어서였다.

"나리께서 요즘처럼 짜증나실 때 그 사람이 곁에 있으면 얼굴만 봐도 심기가 풀어지실 텐데요. 아무튼 나리께서 신통찮게 여기시니……, 그렇다고 그냥 둘 수는 없고……. 담담정淡淡亭의 사인使人(심부름꾼)으로라도 보내야겠습니다."

담담정은 마포강가에 있는 안평대군의 별장이었다. 수양대군의 표정이 굳어지는 순간을 권람은 놓치지 않았다.

'이만하면 된 게야.'

권람은 자신이 웬만큼 취한 것을 느끼자 많이 취한 척 작별인사를 하고 대군의 집을 나왔다. 더 취했다가는 말실수를 할 위험도 있었다.

그러나 권람은 한편으로는 안심하고 있었다. 그건 수양대군의 심기에 비수를 꽂아놓았기 때문이었다. 안평대군에 대한 수양대군의 시샘이 얼마나 지독한가를 권람은 잘 알고 있었다.

밤길, 바람은 살가웠으나 시야는 몹시 어두웠다. 어느새 4월도 그믐을 보내고 있었다.

'자준이, 좀 기다리게. 수양대군이 곧 부를 걸세.'

긴 세월 불우했으나 여전히 넉살 좋게 살고 있는 당나귀상을 그리며 권람은 조심조심 천천히 걸었다. 그러면서 요즘 대궐의 분위기도 훨씬 밝아졌는데 수양대군이 전에 없이 드러낸다는 짜증을, 그리고 그 원인을 곰곰이 생각해보았다. 그러나 확실히 짐작되는 게 없었다.

거나해진 눈에 밤하늘의 별들은 더욱 찬연하고 고혹적이었다.

10

낮은 곳에 엎드려

양녕대군의 집안이 시끄러워지고 있다는 소식이 들렸다. 강화도에 부처되었던 아들이 쇠못으로 여비를 찌른 뒤 거처하던 집에 불을 지르고 줄행랑을 쳤다는 풍문이었다.

'종실의 불행을 알리는 서막일 수도 있지…….'

차가운 바람이 가시고 날씨가 훈훈해지자 한명회는 나들이가 잦아졌다. 아무도 그의 행선지를 알 수 없었다. 어디든지 길거리, 그것도 뒷골목을 돌아다녔다. 부랑배들과도 잘 어울렸다. 며칠이고 몇 달이고 기약 없이 떠도는 그의 버릇이 또 도진 셈이었다.

느닷없이 검암산儉岩山(경기 구리시 동구릉)에 있는 이태조의 건원릉健元陵을 찾아가기도 했다. 봉분에는 잔디가 아니라 함길도에서 날라다 심었다는 억새가 빽빽했다.

'쏘아 죽이고 싶은 자식 놈에게 결국은 옥좌를 물려줄 수밖에 없었지…….'

한명회는 중얼거리며 봉분 주위를 몇 바퀴 돌았다.

그리고 어떤 때에는 한강을 건너 헌릉獻陵(서울 서초구 내곡동)을 찾았다. 헌릉은 조선 제3대왕 태종과 그의 정비인 원경왕후의 능침이었다.

'풍운아였어. 암, 난세의 풍운아……. 그러나 힘과 의지가 없었던들 어찌 대망을 이룰 수 있었겠는가?'

봉분 주위를 몇 바퀴 돌며 중얼거렸다.

'세종의 태평성대는 갔어. 법도와 예절에 덮여 가지런하던 세상, 그런 세상은 이제 갔어. 다시 풍운의 시대, 분명 그 풍운의 바람 냄새가 나고 있단 말이야.'

'풍운의 시대였기에 시정잡배였던 이숙번이 공신이 되고, 이서吏胥(하급관리)의 무리였던 전흥田興도 영화를 누렸던 것이지.'

돌아와 한명회는 사랑에 벌렁 누워서 《춘추좌전》이나 《자치통감》의 구절들을 중얼거리곤 했다.

한명회는 권람과 동문수학하던 시절 역사서에 특히나 열성을 보였다. 여전한 백수건달 신세일 뿐이었지만 그러나 그는 세상의 냄새가 분명 이전과는 다르다는 것을 어렴풋이나마 감지하고 있었다.

떠돌다보니 준비 없이 치른 과거도 낙방이 당연지사였다.

'강태공은 궁팔십窮八十에 달팔십達八十했다 하지 않던가. 그가 언제 과거로 출세했던가? 서른일곱쯤이야 아직 팔팔한 나이지.'

훈풍이 완연하던 어느 날이었다.

"나리, 사랑에 계시옵니까?"

가복 만득이가 목청을 돋웠다.

"오냐. 무슨 일이냐?"

"권학사님 오셨습니다."

"그래, 어서 모셔라."

한명회가 내다보니 권람이 관복을 입고 들어서고 있었다.

"허허, 이제 제법 벼슬아치 틀이 잡혔네그려."

"그런가, 자, 들어가세."

둘은 들어와 앉았다.

"자리를 옮기니 어떠하든가?"

권람은 수양대군의 배려로 집현전으로 옮겨와 있었다.

"아직은……. 하여튼 분위기는 좋아."

"그럴 테지. 학구적인 데니까……."

"자준이. 실은 자네 일자리를 하나 마련해 왔네만……."

"일자리라고? 허허허. 정승자리라면 모를까."

한명회의 반응은 시큰둥했다. 예상대로였다.

"식솔들의 고초도 생각해야겠지만 그보다는……."

"산 입에 거미줄이야 치겠는가?"

"이 사람, 식솔들도 그렇지만……."

"허허, 어디 들어나 보세. 자네가 애썼다니 들어는 봐야지. 무언가? 내 일자리라는 게……."

"일자리야 별로 신통치는 않네. 하지만 나도 생각이 있어 부탁이네만, 내 정성이거니 하고 눈 딱 감고 한 일 년만 참고 견뎌주게."

"허 참, 글쎄. 내 일자리가 무어냐고? 그것부터 말을 해야지."

"자네는 나의 둘도 없는 벗이야."

"그러니까 어서 뭔지 말을 해야지."

"자네, 경덕궁敬德宮 알지?"

"송도松都에 있는 경덕궁? 알다마다."

"거기야. 경덕궁직이야. 집사 겸 문지기라네."

한명회는 순간 얼굴색이 확 달라졌다. 입을 악물고 뚫어져라 권람을 노려보았다. 무시무시한 안광이었다. 권람이 흠칫 몸을 젖혔다.

한명회는 그러다 갑자기 가가대소를 폭발시켰다.

"우아하핫, 핫, 핫, 핫……."

개경에 있는 경덕궁은 고려 말 이성계가 살던 집이었다. 조선왕조가 창업되고 나서는 태종 이방원이 살던 집이었다. 사람들은 개경의 추동楸洞에 있다 하여 추동궁이라고도 불렀다. 새 왕조가 들어선 뒤 태조의 잠저라 해서 개수 증축하여 경덕궁이라 명명하고 궁직을 두어 관리해 오고 있었다.

권람 역시 한명회가 놀라 자빠지지 않으면 다행이라고 생각은 하고 있었다.

"미안하이, 하지만……."

"야, 이놈아. 네가 정신이 있는 놈이냐? 네놈은 집현전에 들어앉아 고담준론에 거들먹거리고, 나더러는 궁직 노릇이나 하라고? 그것도 송도에 가서……?"

"자네한테 어울리지 않는 것은 내가 더 잘 알아. 호구지책이기도 하지만 그보다는 생각한 바 있어 내가 부탁하는 거란 말이네."

"부탁이고 목탁이고 염불을 해도 나는 못 간다, 이놈아."

"누가 평생 궁직을 하라는 건가? 이렇게 방바닥에 드러누워 기다리나, 송도 바닥에 가 엎드려 기다리나, 때를 기다리기는 마찬가지 아닌가? 그렇다면 무엇 하나라도 생기고 콧바람이라도 쏘이며 기다리는 게 낫지……."

"야, 이놈아. 궁지기 하던 놈은 평생 궁지기 신세밖에 안 된다고……. 그리고 또 거기에서 생기는 게 무에 있어? 기왓장이나 벗겨 먹으면 모를까……."

"허, 참. 자네 그 잘난 체면 때문에 그러는가? 식솔들의 일도 좀 생각을 하고……. 그리고 지금 말할 수는 없지만 내가 생각하는 것도 있고 하니 제발 한 일 년 꾹 참고 가 있게나. 부탁이야."

"싫다. 나더러 송도 유수를 하라 한들 반길 내가 아니다 이놈아. 오죽 못났으면 그 따위 외직으로 밀려다니겠냐고. 사람 취급도 못 받을 짓을 내가 왜 하겠냐, 이놈아."

지금 처지로야 외직 내직 가릴 형편은 아니지만 무슨 자리든 그래도 내직에 있어야 앞날을 꾀할 수 있다는 게 한명회의 신념이었다.

"여보게, 첫술에 배부를 수야 없지 않은가?"

"배부를 수 없으면 구미라도 당겨야지……."

권람은 입이 아파서도 더 이상 말할 수가 없었다.

한명회의 마음은 충분히 이해하고도 남았다. 천하의 명문 소리를 듣는 청주 한씨 집안이었다. 더구나 문열공文烈公 한상질韓尙質의 손자다. 그의 성품과 야망은 권람이 누구보다도 더 잘 알고 있었다.

한명회의 나이 이제 서른일곱, 중년이었다. 경덕궁직이란 말에 화가 날만도 했다. 이렇게 되고 보니 권람은 미안한 마음도 들었다.

"미안하이. 없던 일로 하세."

사죄의 뜻이 담긴 권람의 포기였다.

"그런 말 내가 귀담아 듣던가? 거절해서 미안하이."

한명회 역시 미안하긴 했다.

그때였다. 밖에서 노복이 불렀다.

"나리."

"무슨 일이냐?"

"사돈마님께서 찾아계시옵니다."

한명회는 몸을 곧추 세우며 다시 물었다.

"언제 오셨느냐?"

"한참 되셨습니다."

"그래, 알겠다."

한명회는 인상을 잔뜩 찌푸린 채 일어섰다. 사랑방에서 주고받은 대화를 장모님이 알고 있다면 그 앞에서 다시 한번 곤욕을 치러야 할 판이었다.

사랑을 나와 내당으로 가면서 한명회는 두근거리는 가슴을 가다듬고자 심호흡을 몇 번이고 되풀이했다. 내당에 들어서니 장모 허씨 부인이 사천왕상처럼 잔뜩 인상을 찌푸리고 앉아 있었다.

"빙모님, 오랜만에 뵙습니다."

한명회가 넓죽 엎드려 절을 하고 앉자마자 장모의 불호령이 떨어졌다.

"내 다 들었네. 무에 잘났다고 거절인가? 내일 당장 경덕궁으로 떠나게."

"그게 무슨 말씀이신지요?"

"권학사에게 고맙다 하고 당장 떠나란 말이네."

"빙모님……."

"여러 소리 말고, 경덕궁으로 가란 말이네."

"그렇게는 못합니다."

"경덕궁직은 벼슬이 아닌가?"

"빙모님. 경덕궁이 어디에 있는지 아십니까? 송도에 있습니다. 예전에 태조대왕께서 기거하시던 고가일 뿐이지요."

"이 사람이, 송도면 어떻고 평양이면 어때? 궁이 아니라 당堂을 지키는 일이라 해도 고맙게 여겨야지. 자네 주제에 지금 벼슬자리 타령하게 생겼나? 사람이 염치가 있어야지."

"아무튼 못합니다."

한명회가 열을 받았는지 얼굴이 상기되어 붉어졌다.

"이 사람이 그래도……."

허씨 부인의 얼굴은 더 시뻘겋게 달아올랐다.

"자네가 식솔들을 위해서 무얼 했는가? 솔직히 말해서 자네가 식솔들 위해서 쌀 한 톨 마련해본 적이 있는가? 사람이 주제를 좀 알아야지 원……. 어쩔 텐가? 궁직으로 가겠는가, 아니면 끝까지 거절하겠는가? 가겠다면 자네 집 살림을 좀 더 돌봐주겠으나, 끝내 아니 가겠다면 이제는 쌀 한 톨도 돌봐줄 수가 없으니 그리 알게."

한명회는 고개를 옆으로 돌리고 피식 웃었다.

"허 참, 이 한명회가 경덕궁직이라니……."

"권학사가 있으니 그나마도 되는 게야. 권학사의 정성을 생각해서라도 가야 하는 게 사람의 도리지."

"형님, 식솔들을 위하는 일이라 생각하시고 한번 가보시지요."

동생 명진明溍이도 한마디 거들었다.

"아니, 이제는 너까지 그러냐?"

"사돈마님의 말씀이나 권학사님의 말씀이나 다 형님을 위하시는 고마우신 말씀이 아니십니까?"

한명회는 고개를 돌려 근심스러운 얼굴로 자기를 지켜보고 있는 부인 민씨에게 물었다.

"임자는 어찌 생각하오?"

민씨는 고개를 떨구고 울먹였다.

"다 제가 모자란 탓이옵니다."

"임자도 가라 그런 말이구려. 허, 이거야 원. 식솔들까지도 이렇게 괄시를 하니……."

한명회가 풀죽은 모습을 보이자 장모 허씨 부인이 목소리를 낮춰 달래듯 말했다.

"이 사람, 괄시가 아닐세. 오죽하면 그러겠나 생각을 해봐야지. 우선 거기라도 가 있다 보면 차츰 나아지지 않겠나."

"말씀은 고맙습니다만 그만두겠습니다, 빙모님."

허씨 부인은 화가 치밀었다.

"사람이 이럴 수가 있나? 이제부터 자네 집에 발을 딱 끊어도 되겠는가?"

"그렇게 하시지요. 저는 굶어죽을지언정 제 인품을 팔지는 않겠습니다."

"아니, 형님……."

"명진이 너도 알아두어야겠다. 사나이 한평생이란 말이 있다. 사나이는 자신의 뜻과 길이 있다는 말이다. 내가 궁지기를 해서 입에 풀칠은 할 수 있을지 모르겠으나 그것이 내 뜻도 아니요 내 길도 아닌데, 내 어찌 그곳에 발을 들여놓겠느냐? 그러고 임자……."

"예."

"이왕 하던 고생이니 좀 더 견뎌봅시다. 세상사가 매양 지금 같지는 않을 것이오."

한명회는 장모 허씨 부인 쪽으로 다시 고쳐 앉았다.

"빙모님, 고집 부려 죄송합니다만 제 길이 아닌 걸 어찌합니까? 너그러이 용서하시옵소서. 저는 이만 물러가옵니다."

"저, 저 사람이, 한서방……!"

허씨 부인의 날카로운 목소리를 못들은 체 한명회는 바깥사랑으로 돌아와 벌렁 드러누웠다.

사실 한명회는 어려서부터 생김새가 기괴해서 놀림감이 되었다. 이목구비는 큼직한 편으로 그런대로 분명하게 제자리에 붙어 있었으나 얼굴은 아래가 퍼지고 위 머리통 쪽은 잡아 뽑아놓은 듯 뾰죽했다. 언뜻 보면 당나귀의 생김새와 흡사했기 때문에 사람들이 당나귀라고 놀려댔다. 비록 생김새는 그랬으나 자라면서 보니 재주도 있고 엉큼하기도 하며 비위도 좋고 배짱도 있었다.

아들이 없던 그의 종조부 한상덕韓尙德이 데려다 길렀는데 한명회에 대하여 이렇게 말하곤 했다.

"이 아이는 우리 집안의 천리구千里駒(하루에 천리를 달리는 훌륭한 말)이니라."

못생겼다 해서 온 집안이 반대하는 것을 무릅쓰고 그를 사위로 맞은 장인어른 민대생閔大生 또한 그가 범상치 않은 인물이 될 것이라 믿었다. 한명회의 처가에서는 오로지 한 사람 장인 민대생만이 우군이었다.

민대생은 사위가 넷이었는데 옥관자玉貫子(1품과 3품 벼슬아치가 사용한 망건 관자)를 단 사위도 있었다. 한명회는 셋째 사위로, 가장 예쁜 딸을 차지한 사위였다. 하지만 한명회는 동서들이나 처남들에게도 괄시를 받았다.

그러니 장모가 귀애할 리가 없었다. 그래도 백수건달 사위 때문에 어렵게 사는 딸이 불쌍해서 지금껏 돌봐온 것은 장모 허씨 부인이었다. 궁지기 자리라 해서 하찮게 여기는 사위에게 화가 나지 않을 수 없었다.

'자네 집에 발을 딱 끊어도 되겠는가?'

한명회는 갑자기 벌떡 일어나 앉았다.

'지금 말할 수는 없지만 내가 생각하는 것도 있고 하니…….'

권람의 말 가운데 이 한마디도 마음에 걸렸다.

한명회는 즉시 일어나 집을 나왔다. 권람의 집을 찾아갔다. 권람의 집이야 내 집 드나들 듯 다니는 집이었다.

"갑자기 어쩐 일인가?"

권람은 사뭇 의외라는 듯 말했지만 반갑긴 했다.

"내가 언제는 기별하고 왔는가?"

한명회는 피식 웃고 자리에 앉았다.

권람이 노복을 시켜 저녁상을 내오라 했다.

"자네 속도 모르고……, 송도 얘기는 미안하게 되었네. 내 다시 자네 일거리를 찾아보겠네. 대군에게라도 부탁을 해볼 생각이네."

권람이 사과했다.

"아니야. 대군에게는 절대로 그런 부탁을 하면 안 되네."

"아니, 왜 안 되나?"

"겨우 밥벌이 부탁하는 놈으로 보이면 되겠는가?"

"하긴……."

"내가 건원릉과 헌릉을 다녀왔네."

"엉? 태조대왕릉과 태종대왕릉을 다녀왔다고?"

"그래. 자네 아까 내 집에서 말하다가 '지금은 말할 수 없지만 내가 생각하는 것도 있고 하니' 했는데, 그게 무슨 말인가? 그게 궁금해서 온 걸세"

"그거야 지금 말할 수가 없는 것이니 그리 알게."

"이보게 정경, 그게 아무래도 내가 왕릉을 다녀온 일과 무슨 연관이 있을 것 같다는 생각이 들어서 찾아온 걸세."

"태조대왕과 태종대왕과 무슨 연관이 있다?"

"……."

"과연 그렇다면……."

"과연 그렇다면……? 실토하게. 나에게 못할 말도 있나, 이 사람아?"

그때 반주가 곁들인 저녁상이 들어왔다.

"자, 우선 들면서……."

"그래. 내가 먼저 말해볼까?"

한명회가 싱긋 웃으며 말했다.

"자네가 내 생각을 말한다고? 하기야 내 속을 들여다본 게 어디 한 두 번인가……."

권람이 피식 웃으며 대답했다.

"자네 수양과 안평 중 누가 실권을 잡을 것인가 이걸 생각하고 있었지?"

"실권을 잡다니 무슨 실권을?"

"빤하지 않은가? 병골인 금상이 곧 죽게 되면 수양과 안평 중에 한 사람이 섭정을 맡을 게 아닌가?"

"쉿, 말소리를 낮추게. 그야 누구나 다 짐작하는 일이고……. 둘 중에 누가 맡게 되는가가 문제지."

"그것도 빤하지. 안평이지."

"아니 왜 안평인가?"

"안평대군이야 조정에 사람들도 많고 명망도 높지만, 수양대군이야 사람도 명망도 없지 않은가?"

"그러면 우리도 안평을 좇아야 하는가?"

"여보게 정경, 자네 지금 안평에게 가고 싶은가?"

"무슨 소리? 가고 싶지도 않을뿐더러……."

"또 뭔가?"

"가봤자……."

"대접받기는 틀렸다 이건가? 장원급제를 했는데도?"

"이보게 자준이. 바로 그거야. 자, 한 잔 더 들고……."

"바로 그거라니?"

"안평대군에겐 가까운 사람들이 많지만, 수양대군에게는 사실상 나 한 사람, 아니 우리들뿐이야."

"그래서……?"

"그것 때문에 내가 자네더러 꼭 참고 송도에 가보라는 것이었네."

"그것 때문에 송도에 가라?"

"자네 무엇 때문에 건원릉, 헌릉을 다녀온 것인가?"

"그분들을 상기해보고자 함이었지. 풍운의 시절을 어찌 지냈는지 돌이켜 보았지."

"이성계는 최영을 물리쳤기에, 이방원은 정도전을 때려잡았기에 권좌에 오를 수 있었네. 최영이나 정도전은 사람이 많았고 명망이 높았지만 그들은 당했어. 지금은 안평대군이 인재가 많고 명망이 높은데 어찌해야 수양대군이 이길 수 있겠는가? 자네도 잘 알겠지만 뜻과 힘이 있어야 해. 알겠는가? 뜻과 힘. 수양대군의 뜻, 다시 말하면 그 야심이야 안평대군과 비교할 바가 아니지. 내가 잘 알아. 그러니 힘만 기르면 된다고……. 내가 말하는 힘이란 용력을 포함한 세력이란 말이네."

"……!"

"저 낮은 곳에 엎디어서 밑바닥 인심도 살펴보고, 불우하지만 용력이 있는 자들, 그런 사람들이 사실 중요한데……. 그런 사람들을 사귀기 위해서는 오히려 그런 자리가 좋을 것도 같아서 자네에게 권했던 것이야."

"한 잔 더!"

"겉으로는 물론 식솔들을 위해서 가는 것이고……. 나처럼 전적에 묻혀 사는 집현전에 있고서야 어떻게 용자勇者를 구경이나 할 수 있겠나?"

그때 권람은 사헌부감찰(정6품)에서 집현전교리(종5품)로 옮겨 수양대군이 총재관摠裁官으로 주관하고 있는 《역대병요歷代兵要》의 편찬 작업에 합류하고 있었다.

《역대병요》는 세종 32년에 왕명으로 시작하여 단종 1년에 완성 간행된 동국전쟁사서東國戰爭史書였다. 이 책을 편찬하면서 수양대군과 권람은 더욱 가까운 사이가 되었다.

"음. 알겠네, 알겠어. 내일 당장 떠나겠네."

"자준이, 고맙네. 오래 가지 않을 것이야. 그리고 잠깐."

권람은 목소리를 낮춰 한명회의 귀에 대고 속삭였다.

"우리가 조용히 용력 있는 자들만 구하면 수양대군이 이기는 것이야. 알겠지? 그리고 급한 일이 있을 때는 우리 집 차돌次乭이를 보내겠네."

차돌이는 권람의 집 가노였다. 바람쇠라고도 부를 만큼 발걸음이 빨랐다. 한명회는 고개를 몇 번이고 끄덕였다.

"이 술, 마저 드세."

땅거미가 다 가신 다음에야 한명회는 자기 집 대문을 발로 걷어찼다.

"뭣들 하느냐? 경덕궁직 납신다."

반주에 제법 거나해졌다. 집안사람들이 모두 달려 나왔다. 한명회는 그들을 새삼스럽게 하나하나 들여다보았다. 그리고는 그들 앞에 양팔을 허리에 짚고 버티어 섰다.

"허허, 어떠냐? 이만하면 경덕궁직 감으로 보이느냐?"

동생 명진이 나섰다.

"예, 형님. 아주 당당하십니다."

저만큼 떨어져 서 있는 부인 민씨의 얼굴에 눈물이 흘러내리고 있었다.

"그럼 됐다. 만득이는 내 길 떠날 차비를 서둘러라"

이 한마디 던지고선 한명회는 휘적휘적 사랑으로 들었다.

'이제 홀로 밀려나는구나.'

등골이 차가워지며 몸서리가 쳐졌다.

"나리."

부인 민씨의 젖은 목소리가 방 앞에서 들려왔다.

"들어가시오. 내일 봅시다."

대범하고 태평하기로 스스로 자부해온 한명회였지만 조여드는 가슴이 펴지지가 않았다. 두 팔을 뒤로 젖히며 몇 번이고 큰 숨을 쉬어 보았다. 그러다 누워서 잠을 청해보았다. 잠이 오지 않았다. 이리 뒹굴 저리 뒹굴 구르다 엎디어보기도 했지만 잠은 도대체 오지 않았다.

어느새 첫닭이 울었다. 조용히 가노 만득이를 불러들여 괴나리봇짐을 꾸렸다. 그리고 혼자서 새벽길을 나섰다.

홍제원弘濟院을 지나고 있을 즈음 뒤에서 만득이 소리가 들렸다.

"나리, 나리!"

"아니, 이놈아! 왜 따라온 것이냐?"

"안방마님께서 따라가 뫼시라 했습니다요."

"아니다, 돌아가거라."

"나리……."

"썩 돌아가지 못하겠느냐?"

만득이가 머뭇거리면서 뒤처져 따라오려는 듯 보였다.

"야, 이놈아. 너는 집에 가 있으면서 할 일이 있느니라."

"할 일이라니요?"

"그래. 아주 중요한 일이야. 너는 권학사 댁에 하루에 한 번씩 들려서 내게 전할 말이 있는지 알아보고, 권학사께서 내게 다녀오라 하시면 단박에 달려와야 할 것이고……, 쓸데없이 집을 비우면 안 될 것이고……. 알겠느냐?"

"예, 나리"

"알았으면 냉큼 돌아가렸다."

"소인이 송도로 달려가면 어디로 가야 나리를 뵈올 수 있을까요?"

"이런 얼간이가 있나? 내가 경덕궁으로 가지 않느냐, 이놈아. 송도에 와서 경덕궁을 물으면 코흘리개도 다 알 것이다."

"예. 그럼 소인 물러갑니다. 평안히 가십시오."

한명회는 돌아서 다시 걸었다.

따사로운 햇볕 아래 들판은 아지랑이 어른거리는 봄빛으로 물들었다. 스치는 바람에도 진한 봄 냄새가 묻어왔다. 걷는 몸의 옷자락이 제법 휘날렸다. 기분이 상쾌해졌다. 그러나 갈 길은 아득히 아직 끝이 보이지 않았다.

'허어 어느새 나이가 서른일곱인가. 이 나이에 이제야 갈 길이 시작되었구나. 이제야 갈 길이 바빠진 셈이구나.'

초년에 열심히 외우던 주자의 시 한 구절이 퍼뜩 떠올랐다.

'미각지당춘초몽 계전오엽이추성未覺池塘春草夢 階前梧葉已秋聲이라, 연못 가 봄풀의 꿈이 채 깨지도 않았는데 섬돌 앞 오동잎에선 벌써 가을 소리 들리네.'

11

경덕궁직

"헤헤헤 흐흐흐……."

한명회의 이름은 금방 송도 바닥의 골목골목으로 퍼져나갔다. 당나귀상에 헤벌쭉한 입을 반쯤만 벌리고 웃어대는 그 기묘한 모습은 송도에는 전혀 어울리지 않았기에 더욱 잊히지 않았을 것이다. 고려는 망했으나 오백년 도읍의 긍지가 여전히 높은 송도 사람들은 태도가 분명하고 깔끔하기로 팔도의 으뜸이라 했으니 그럴 만도 했다.

경덕궁은 이름만 궁이지 그냥 여염집이었다. 그래도 궁지기는 몇 사람이 번을 바꿔가며 서고 있었다.

할 일이 없었다. 그러니 싸돌기로 이골이 난 한명회는 벙거지 쓰고 창대 잡고 얌전히 번을 서야 할 날에도 궁에 붙어 있지 않는 때가 더 많았다. 그래도 오자마자 궁직들의 대장이 되었다. 집사執事(품계 없는 군관)를 맡은 책임자이기도 했지만, 나이도 많고 또한 넉살과 수완이 좋기 때문이었다.

그새 한명회는 벌써 송악산도 두어 번 오르내렸다. 골짜기마다 흐르는 물줄기에 힘줄이 섰다.

'다가오는 세월의 물줄기도 힘줄이 서야 할 텐데……'

> 오백년 도읍지를 필마로 돌아드니
>
> 산천은 의구한데 인걸人傑은 간 데 없네
>
> 어즈버 태평연월이 꿈이런가 하노라
>
> -길재吉再

'인걸이야 아무나 인걸인가?'

'물줄기에 떠밀려 흘러간 자는 인걸이 아니지. 그 위에 올라타 물결을 다스리는 자만이 인걸인 게야.'

한명회는 무언가 느끼고 있었다. 자신이 올라탈 세월이 아주 멀지만은 않은 저쪽 끝에서, 번쩍번쩍 섬광을 내뿜는 천둥번개와 함께 다가오고 있다는 것을.

'그래, 틀림없어. 오직 그 한 사람만이 내가 탈 세월이야. 그 세월엔 다른 사람이 없으니 참으로 잘된 일이야. 이 기막힌 세월이 나를 기다리고 있는 것이야. 웅크리고 있는 그 사람을 찔러 일으키기만 하면 되는 게야.'

한명회는 그를 찔러 일으킬 아주 날카롭고 뺏센 극침棘針을 가슴 속에 단단히 간직하고 있었다. 그러나 그는 '칠삭둥이에 당나귀 대가리'로 헤픈 웃음을 헤벌쭉거리며 자신을 철저히 가리고 돌아다녔다.

"헤헤헤 흐흐흐……."

한명회는 누구라 할 것 없이 사람만 만나면 헤벌쭉거리며 그렇게 넉살 좋게 웃어댔다.

한명회가 번을 서는 날이면 경덕궁 대문 앞은 장기판이 펼쳐졌다. 한명회의 적수는 유수柳洙였다. 경덕궁지기 선배들 중에서 가장 덩치가 큰 거한이었으나 성품은 순박하고 우직했다. 덩치가 우람하고 힘이 장사인 것은 홍윤성보다 훨씬 더한 것 같았다.

"장이야! 장 받지 않고 뭘 꾸물대고 있어?"

"이거 한 수만 물립시다, 형님."

"물리면 뭘 해? 다 진 장기판 아니야?"

"한 수만이요, 형님."

"한 수 가지고 되겠나? 아예 세 수 물려주지."

한명회는 유수를 데리고 노는 셈이었다. 유수는 또 생긴 대로 그렇게 우직했다.

구경꾼들은 다 유수의 훈수를 들었다. 유수가 다 이길 것 같은 판도 막판에는 묘하게 뒤집어져 한명회가 늘 이겼다. 구경꾼들은 그런 한명회의 묘수에 감탄을 금치 못했다.

"형님, 한 판만 더 둡시다."

"자네 지금 세판 째야. 세 판이나 졌으면 됐지 뭘 또 두어? 다른 날 두세."

한명회는 일어나 엉덩이를 털었다.

"자네는 윤이하고나 두게."

윤이는 최윤崔閏의 이름으로 그 또한 궁직이었다.

유수 또한 얼굴 보기가 힘들었다. 궁직은 자기 동생을 데려다 세워 놓고 어딘지 싸돌아다니는 게 일이었다.

한명회는 벙거지를 머리에 얹고 창을 잡고 대문 앞에 궁지기 자세로 섰다. 이렇게 제대로 번을 서고 있을 때는 지나가는 사람마다 부르는 게 또한 일이었다.

"여보슈. 뭘 하시는 분이시오? 어딜 가시는 길이오?"

한명회가 이렇게 나올 때 사람들은 대개 피하듯 달아나곤 했다.

장기판을 안에 갖다 두고 나오다 유수가 곁으로 다가왔다.

"형님, 거 홍윤성이란 사람 말이요……."

"글쎄. 꼭 자네 같은 사람이라 하지 않았던가?"

"동이로 술을 마신다고 하니, 그거 정말이오?"

"헤헤, 그것도 한 번에 서너 동이를 마신다 하지 않았나?"

유수는 홍윤성의 이야기를 들을 때마다 재미있고도 신기했다.

"그래, 그러고도 등과를 했답니까?"

"그랬다지 않았나? 그것도 문과로 말이야."

"그런데 등과한 사람이 왜 말똥을 치웁니까?"

"그냥 말똥인가. 대궐 안에 있는 말똥이야."

"아이고, 그래도 우리만도 못하오."

"우리 궁직이 따위하고는 비교도 안 되는 높은 벼슬이라고……."

"얼마나 높은데요?"

"종6품."

"우리는요?"

"종9품."

"아이고, 한참 높네요. 대궐 안에서는 말똥만 치워도 그렇군요."

"이 사람. 그러니까 내 말 잘 들어. 그래야 내 자네를 대궐에다 넣어 주지."

"그나저나, 형님. 한양은 언제 가십니까?"

"궁지기가 마음대로 자리를 뜰 수 있는가?"

"이번 단오절에도 안 가십니까?"

"단오절?"

"금방 다가오지 않소."

"응, 그렇지……."

"아니 가십니까?"

"내 대신 좀 서주겠는가?"

"어딜 가시게요?"

"꼭 가야할 데가 있어."

한명회의 벙거지는 이미 유수의 머리 위에 얹혀 있었다.

"이따 저녁에 보세."

창을 유수의 손에 옮겨주면서 한명회는 자리를 떴다.

어디 꼭 갈 데가 있어서 자리를 뜬 건 아니었다. 궁지기로 대못 박혀 서 있을 때면 문득문득 치솟는 열화 때문에 그냥 자리를 박차는 것일 뿐이었다.

한명회는 박연폭포로 달렸다. 벌써 몇 번 다녀간 곳이었다. 송도팔경 중 으뜸이었다. 그래서 달리는 것이 아니었다.

폭포에 이르면 한명회는 옷을 다 벗어 던지고 폭포 아래 용탕(웅덩이)으로 내려갔다. 한여름 땡볕도 아닌데 한명회는 더위에 쫓기듯 물속으로 뛰어들었다. 물은 아직도 얼음 같았다.

전신을 푹 담갔다 나왔다 그렇게 몇 번이고 하고 나면 정신이 개운해 지고 생각이 모아졌다. 한명회식 화풀이였다. 송도에 온 다음에 생긴 화풀이였다.

"여보시오."

폭포소리에 섞여온 목소리였다.

저만큼 위쪽 바위 위에 남루한 복색의 중 하나가 서 있었다. 어깨에 매달린 표주박에 아무래도 곡차가 들어 있을 듯했다. 괴승인지 땡중인지 알 수가 없었다.

"좀 나오실 수 있소?"

"무슨 일이시오?"

"좀 나와보시오."

한명회는 물 밖으로 나와 벌거벗은 채 괴승을 바라보았다. 한명회의 몸은 온통 빨갛다 못해 푸르뎅뎅했다.

"나왔소. 되었소?"

위아래 이빨이 맞닥뜨리는 소리 사이로 나온 말이었다.

그 중은 한참 만에 소리를 질렀다.

"허, 틀림없소. 일문一門의 천리구千里駒가 맞소."

"헤헤, 고맙소. 그런 소리 벌써 옛날에 들었소만 아직도 고달픈 당나귀요."

한명회는 어려서부터 그 생김이 괴상하여 누구에게나 놀림감이 되어 천대를 받았다.

"이 아이는 우리 집안의 천리구이니라."

종조부 한상덕이 하던 말이 떠올랐다. 중이 좀 더 큰소리로 천천히 말했다.

"옥침관玉枕關(뒤통수)에 서광이 어렸소. 미년彌年(1~2년 또는 몇 년)에 발복發福 영달榮達할 것이오."

"그렇소이까? 스님께서는 영통사靈通寺에 계십니까?"

전에 영통사의 노승으로부터 '뒤통수에 빛이 서려 있다'는 말을 들은 적이 있었다.

"그저 운수납자일 뿐이오. 발복 영달하시면 선행을 많이 하시오. 시주도 많이 하시고……. 아니면 자손을 낳는 족족 앞세울 것이오."

'저런 땡중 같으니라고……. 남의 집 대를 끊으려고…….'

한줄기 바람이 소용돌이쳤다. 중은 삿갓을 다잡고 돌아서며 중얼거렸다.

"천망회회 소이불루天網恢恢 疏而不漏(하늘 그물은 엉성해 보이나 악행을 저지르면 반드시 걸린다)라."

한명회는 그제야 주섬주섬 옷을 집어 입었다.

"미년에 발복 영달이라……."

한명회는 돌아가며 자꾸 중얼거렸다.

'일, 이 년이면……, 늦어도 한 삼 년이면 한자리 차지한다 이 말이 아닌가.'

한명회는 저잣거리에 맡겨놓았던 망태를 찾아 짊어졌다. 망태 안에는 쌀말이 든 마대와 7새(베올의 굵기, 숫자가 클수록 가늘다) 면포 한 필이

들어 있었다.

그는 곧장 정녀鄭女 댁으로 갔다. 경덕궁에서 머지않은 곳에 있는 여염 기와집이었다.

"이리 오너라."

한명회가 대문간에서 부르자 금방 젊은 아낙이 나타났다.

"나리, 어서 들어오세요."

한명회는 사랑채로 들어가 마루에 걸터앉았다.

"모친께서는 잘 계신가?"

"예, 나리. 오라버니는 아직 안 들르셨습니다."

오라버니란 정몽주鄭夢周의 손자 정보鄭保였다. 한명회가 송도에 오자마자 만나 친해진 떠돌이 한량이었다.

한명회가 찾아온 이 집은 정보의 아버지 정종성鄭宗誠의 첩실의 집이었다. 그러니까 한명회를 맞아준 정녀는 정보의 서매庶妹(아버지는 같으나 어머니가 다른, 첩에게서 태어난 누이)였다.

우연히 만난 한명회와 정보는 금방 죽이 맞아 송도 유람도 하고 시국 얘기도 하며 친해졌다.

"부친께서 안 계시니 서모 모녀가 궁색을 면치 못하는 모양이오. 나야 도와주고 싶어도 백두白頭(벼슬 없는 사람) 한량이니 내 한 몸 떠돌기도 팍팍하오."

말하자면 정보의 넋두리였다.

"정공은 너무 걱정 마시오. 충신의 후예를 못 본 척할 수야 없지요. 이 사람이 여기 있는 한 의식은 물론 모든 것을 돌볼 것이오."

궁지기 한명회의 호언장담은 자색이 반반한 서매를 차지하고픈 오로지 그 한 욕심에서 비롯되었다. 정보의 서매는 정혼한 사내가 죽는 바람에 시집도 못 가본 채 과부가 되었다.

"한공이 그렇게만 해준다면 이 사람의 매부로 삼겠소."

정보는 한명회의 넉살에 넘어가 서매를 떠맡긴 셈이었다. 그 뒤 한명회는 어디서 무슨 재주를 부리는지 하여튼 때때로 그 집에다 뭐든 디밀곤 했다.

서울에 촉각을 곤두세우고 있었지만 제집 생각할 겨를은 없었다. 한명회는 정녀의 집에서 나와 곧장 경덕궁으로 돌아와 행랑방에 벌렁 드러누웠다. 저녁 먹을 때가 지났으나 배는 고프지 않았다. 금관조복金冠朝服을 입고 근정전 앞 정일품이라고 새겨진 품석品石 옆에 의젓하게 서 있는 자신의 모습을 상상해보았다.

"형님, 돌아오셨수?"

장지문이 벌컥 열리더니 유수가 장기판을 들고 들어섰다.

"형님, 장기 한 판 둡시다."

"이보게, 나 좀 보세."

한명회가 갑작스러운 소리를 지르며 벌떡 일어나 앉았다.

"……?"

"거기 앉아서 내 머리 뒤를 찬찬히 보아보게."

한명회는 돌아앉았다.

"머리 뒤를 보라고요?"

"그래. 허, 저만큼 똑바로 앉아서 바라보라니까."

유수는 자세를 바로 잡고 앉아서 한명회의 뒤통수를 뚫어지게 쏘아보았다.

"보이는가?"

"뭐가 말이오?"

"안 보이는가?"

"글쎄, 뭘 말씀하시오?"

"뭐 어른거리는 게 없는가?"

"어른거린다고……?"

유수는 고개를 갸웃거리며 다시 보았다.

"자세히 살펴보게. 내 머리 뒤쪽을 말이야."

"예, 뚫어지게 쳐다봅니다만……."

"뭐가 안 보이나?"

"예, 보입니다."

"뭔가?"

"흰 머리카락이 몇 가닥 보입니다."

"거기에 빛이 돌지 않는가?"

"엣? 빛이라고요?

"그래."

"빛이요? 빛은 고사하고 빛 비슷한 것도 안 보이오."

"하기야 자네 눈이 스님 눈만이야 하겠는가?"

한명회는 다시 벌렁 드러누웠다.

"형님, 장기나 한 판 둡시다."

"오늘은 생각 없네. 윤이하고나 두게."

한명회는 벽 쪽으로 돌아누웠다.

그는 요즘의 소문을 떠올렸다. 금상의 환후가 쾌차되었다는 소문이었다.

유수와 최윤이 잘 아는 패거리들이 경향 각지에 떠도는 모양이었다. 강원도 양양의 산속에는 그런 패거리들의 소굴도 있다고 했다. 그 소굴의 대두령은 서울 장안의 고루거각高樓巨閣에 거처하면서 많은 처첩과 노비들을 거느리며 호사를 누린다고도 했다.

유수와 최윤이 한명회에게 은근히 권한 적도 있었다.

"이 따위 궁직 같은 거 다 때려치우고 양양 산속에 들어가 터를 잡읍시다. 형님이 대두령을 하면 우리 산채는 아마도……, 웬만한 왕국이 될 것이오. 형님이 왕 노릇을 하시고요……."

'흠, 웬만한 왕국이라…….'

패거리들이 물어온 소문 중에서 한명회를 낙담시킬 만큼 불길한 소문은, 금상의 환후 쾌차였다. 세상 사람들이 다 천만다행이라고 기뻐하는 소문이었다.

'미년에 발복 영달이라……. 암, 그래야지. 후두에 서기 어린 내가 낙담을 해서는 안 되지. 좀 더 기다려보자.'

한명회는 벌떡 일어났다.

"유수 있는가? 장기판 이리 놓게."

"예, 형님."

유수는 얼른 대답하고는 장기판을 들고 왔다.

"지금부터는 내기 장기야. 세 번까지는 물려주겠네."

"몇 판 두실 겁니까?"

"내기니까 삼세판 아닌가?"

"예, 그럼 무얼 내기 할까요?"

"가만있자……. 아, 그래. 이번엔 소금 한 가마."

"엣? 또 그 집 갖다 주려고요? 한 가마씩이나요?"

"당연하지. 장도 항아리로 담가야지……. 조금 있으면 자네도 충신의 집 사랑에 드나들 수 있단 말이야."

"형님이 지시면?"

"허, 내가 지는 일도 있던가?"

"하, 질 수도 있지요."

"그럼, 자네 소원대로 다 들어주지."

"좋습니다. 그럼 제가 먼저……."

유수가 코피 나게 세 판 깨지고 난 뒤에 최윤이 거나하게 취해서 들어왔다.

"단옷날에 모인답니다. 한양에서 온 벼슬아치들이 다 모여 계契를 한답니다."

최윤이 한명회에게 말했다.

"엉, 어디서?"

"만월대滿月臺에 있는 궁전이라 하는데 아마 대관전大觀殿일 것이오."

"한양 사람들이 모인다면 형님도 가셔야지요."

유수가 거들었다.

"암, 가야지."

단옷날이 되자 한명회는 오시午時(오전 11시~오후 1시)쯤 되어 송악산 아래 만월대를 찾아갔다.

사방이 확 트인 어느 높다란 전각에 수십 명 사람들이 모여 시끌벅

적했다. 한명회가 전각 앞에 이르러보니 웃음이 절로 나왔다. 모여 있는 자들의 꼬락서니들을 훑어보니 그럴듯한 사람이라고는 눈에 띄지 않기 때문이었다. 그래도 술상들은 거판했고 기생들도 사이사이 끼어 있어 언뜻 보기엔 호화판 같긴 했다.

좀 더 가까이 가서 모인 사람들의 몰골들을 보니 정말 그렇고 그랬다. 노복들이 전각 아래에 모여 심부름을 하고 있었다.

한명회는 바로 전각에 오르지 않고 잠시 지켜보기로 했다.

유수留守인지 계주契主인지 좌장으로 보이는 자가 제법 호기롭게 말문을 열었다.

"우리는 다 한양에서 온 사람들이오. 비록 고관대작은 아니나 모처럼 송도까지 와서 벼슬살이를 하고 있으니 앞으로 더욱 상호 존중하고 협조하며 우의를 돈독히 합시다."

"옳소."

"좋소."

"앞으로 벼슬이 높아져 송도를 떠나더라도 오늘의 우의를 잊지 말고 서로 도울 것이며, 앞으로 우리 자손들끼리도 서로 우의를 갖고 지내도록 합시다."

"그렇고 말구요."

"지당하신 말씀이오."

모인 사람들은 고개를 끄덕이기도 하고 무릎을 치기도 하며 동조했다.

"흥, 잘난 양반들 사돈 맺는 꼴이군."

중얼거리며 한명회는 연회장 가까이 다가섰다.

이 정도 모임이라면 내키는 대로 수작을 걸어볼 수 있을 것 같았다.

"허음, 여기도 한양 사람 하나 있소."

의젓하게 큰소리 한 번 내지르고 연회장으로 올라섰다. 그리고 거드럭거리며 걸어가 미색이 두드러진 기생의 옆으로 가 앉았다.

"거, 누구요?"

"저런 무엄한 자가 있나?"

"처음 보는 작자일세."

좌중은 눈살을 찌푸리며 한마디씩 했다.

한명회는 기생 앞에 놓인 술잔을 들어 마시고 나서 좌중을 한 바퀴 돌아보았다.

"헤헤헤. 뭐 그렇게 고까운 눈으로 보지 마시오. 나도 한양에서 온 벼슬아치인데 무슨 심사로 나를 빼고 계를 한답니까? 나도 한몫 들고 싶어 왔소이다."

그런 뒤 한명회는 왼손으로 기생의 어깨를 다독이며 오른손으로는 안주를 집어 입에 넣고 우물거렸다.

개성유수開城留守인 듯 보이는 좌장의 옆에 앉은 자가 손을 들어 한명회를 가리키며 제법 호통을 쳤다.

"네 이놈. 여기가 어떤 자리인데 함부로 나대느냐?"

좌장 옆에 앉은 것으로 보아 개성유수(종2품)의 판관判官(종5품)쯤 되는 것 같았다.

"헤헤, 나대다니요? 나도 한양 사람이라 하지 않았소?"

"그럼, 송도에서 벼슬살이를 하고 있단 말이냐?"

"그렇다지 않았소? 그리고 말씀을 좀 삼가시는 게 어떻겠소? 뉘 집 노복도 아니고……."

한명회는 옆자리에 있는 술잔을 들어 단숨에 비우고 쾅 소리가 나게 상을 치며 내려놓았다.

"무슨 벼슬이냐?"

"경덕궁직이다."

하대말로 맞받았다.

"뭐라고? 궁직? 으하하하……."

"핫핫핫……."

갑자기 좌중에 폭소가 터졌다. 기생들도 입을 가린 채 고개를 젖혀가며 웃었다.

"호호호, 하하하……."

"핫하하하……."

한명회도 웃었다. 누구 못지않게 큰 소리로 웃었다.

"궁직도 벼슬인가? 하하하."

"벼슬이야 벼슬이지……. 허허허."

"좀 모자라는 사람인가 봐. 으하하하"

"참, 별꼴 다 보겠구먼. 허허허."

"저 몰골 좀 보게나, 영락없는 당나귀야, 당나귀……."

"당나귀. 으하하하……."

비아냥거림도 웃음에 섞여 여기저기서 들렸다.

"으핫하하하……, 으핫하하하……."

한명회는 더 큰 웃음소리로 좌중의 웃음소리를 한바탕 앞질렀다. 그리고는 천연덕스럽게도 계속 술잔을 비우며 안주를 우적거렸다. 좌중은 한명회의 그 몰골과 행색이나 행티를 보며 닳고 닳은 비렁뱅이나 양아치로 아니 여길 수가 없었다.

"이놈! 썩 물러가지 못하겠느냐?"

판관이 분기 어린 목소리로 엄포를 놓자 좌중의 시선은 일제히 한명회에게 꽂혔다. 그래도 한명회는 여전히 태연자약하게 주안을 즐기고 있었다. 판관이 몸을 벌떡 일으켰다. 술상을 뒤집어엎기라도 할 기세였다.

"허어, 그만하게."

유수가 판관을 말렸다.

"아니옵니다. 저런 무례한 놈은 혼을 내야 합니다."

한명회가 판관을 보며 손을 들어 저었다.

"좀 참으시고 앉으시오."

"당장 물러가라 했느니라."

"앉으시오. 이 사람도 분명히 한양 사람이라 하지 않았소?"

말리는 좌장을 생각해서 나오려는 막말은 꾹 참았다.

"이놈아. 궁직 따위가 감히 어디를 끼어들어?"

"허 참, 궁직도 나라에서 내린 벼슬이오. 정승까지도 올라가는 벼슬이란 말이오."

판관이란 자가 아니꼬워서 저도 모르게 정승 소리가 나왔다. 송도의 벼슬아치들이라고 해봐야 개성유수 한 사람 정도가 대감 소리도 못 듣는 종2품관일 뿐이요, 높아 보았자 판관, 경력經歷(종4품), 도사都事(종5품) 한두 사람이요, 대개는 종9품인 검율檢律, 훈도訓導, 역승驛丞 나부랭이 들이었다.

"얘들아, 뭣들 하고 있느냐? 당장 이놈을 끌어내지 않고!"

판관이 호통을 치자 전각 아래에 있던 하인배들이 서슬 퍼런 기세로 한명회 앞으로 다가왔다.

"물러서라."

한명회도 한마디 호통을 치자 하인배들이 주춤 멈칫했다. 한명회는 천천히 일어나 좌중을 둘러본 다음 입을 열었다.

"여기가 정녕코 내가 낄 자리가 아닙니까?"

그러자 좌중이 웅성거렸다.

"허어, 그래도 저놈이……."

"저것도 사람이라고……."

"정말 꼴불견이구만……."

한명회가 다시 좌중을 향해 몇 마디 부연했다.

"헤헤. 나도 분명히 한양에서 온 사람이오. 그리고 경덕궁직 또한 엄연한 벼슬이오. 아니, 그런데 나를 이리 홀대할 수가 있소? 검률, 훈도, 역승 따위가 무슨 큰 벼슬이라고 잘난 체를 하고 싶은 거요? 종9품이긴 마찬가지인 주제에 뭐 그리도 유세를 떨고 싶은 거요? 지나가는 개가 다 웃을 일이오."

"저, 저놈을 당장 끌어내지 못하느냐?"

판관이라는 자가 소리치자 하인배들이 다시 다가섰다. 한명회는 팔을 들어 물러서라는 동작을 취했다.

"다가올 것 없다. 내가 내려갈 것이니라."

그리고는 다시 점잖게 타이르듯 말을 이었다.

"애당초에 직첩을 정해놓고 하자던 계는 아니었지 않소? 송도 땅에 밀려와 고생하는 것도 다 같지 않소? 그리고 벼슬도 대개는 다 비슷한 처지들이 아니오? 사람 함부로 멸시하고 살다가는 후회할 날이 있을 것이오. 내 이름은 한명회요. 잘들 기억해두시오. 언젠가는 그 이름이 아프게 기억될 날이 있을 것이오."

그리고 한명회는 천천히 내려와 가야 할 길로 되돌아갔다. 이를 갈며 되돌아갔다.

한명회가 만월대에서 쫓겨난 분한을 삭이며 터덜터덜 경덕궁에 돌아오자 또 장기판이 벌어지고 있었다. 구경꾼들도 평소 때보다 많은 것 같았다.

뒤에서 꺽다리 한 사람이 구부정하게 서서 판을 내려다보고 있었다. 보아하니 정보가 틀림없었다. 한명회가 살그머니 옷자락을 잡아끌자 정보가 고개를 돌렸다.

"헤헤, 정공. 오랜만입니다."

"허, 한공. 어디를 다녀오시오?"

둘은 행랑방으로 들었다. 정보가 너털웃음을 웃으며 한명회를 칭찬했다.

"하하하, 한공은 참 재주가 좋소. 내 서매의 집에 들려왔소만, 궁지기 녹미祿米로야 어림도 없었을 텐데 서매의 집에 기름기가 돌 지경입디다. 허허."

"깜냥에 보살핀다고 했습니다만 어디 그쯤으로야 거론할 일도 못되지요."

"한공을 달리 본 내 눈이 맞아요. 내 그들 모녀에게 일러놓고 왔소. 광영으로 알고 한공을 잘 모시라고 말이오. 오늘부터 서매더러 한공을 모시라 했으니 그리 알고 이따 저녁에 거기 들리시오."

"헤헤. 염치없소만 고맙소이다. 덕분에 객향의 처량한 신세를 면하게 되었소이다."

"나는 또 가볼 데가 있어 바로 떠나야겠소. 언젠가는 또 들를 날이 있을 것이오."

"아니, 그래도 단오주 한잔이라도 들어야지요."

"괜찮소. 언젠가 한잔 들 날도 있을 것이오."

정보는 그 길로 일어서 깡마른 몸을 휘적거리며 기우는 해를 따라 사라져 갔다.

그날 이후 한명회는 정보 서매의 집주인인 동시에 사랑방 마님이 되었다. 서매의 집 사랑방은 최윤, 유수와 그들을 따르는 패거리들의 모임 장소가 되었고, 한명회가 그들 패거리들에게 주안을 내려주는 잔치마당이 되기도 했다.

한명회에게 있어서 이 단옷날은 하루의 희비가 기막히게 엇갈린 날이기도 했고, 또한 머지않은 앞날에 세상의 희비가 기막히게 엇갈리는 기약의 날이기도 했다.

한여름 땡볕도 이제 막바지를 넘기고 있었다. 털벙거지 밑으로 흐르는 땀을 연방 훔쳐내는 지겨움도 곧 가실 것 같았다.

한명회는 번을 서기 위해서 정녀의 집을 일찍 나서 경덕궁으로 향했다. 그가 경덕궁에 막 도착하려는데 경덕궁으로 통하는 오른쪽 길에서 다가오며 부르는 자가 있었다.

"나리, 소인 차돌이옵니다."

쳐다보니 한명회도 잘 아는 권람의 집 노복이었다.

"아니, 너 차돌이 아니냐? 반갑구나, 어서 오너라."

"나리, 기체후 강녕하시온지요? 학사님의 서찰을 가져왔습니다요."

차돌이는 뛰어서 다가오더니 꾸벅 절을 하며 헐떡거리는 숨소리 사이로 문안 인사를 했다.

"아니, 이 새벽에 여기 이르다니 그럼 어제 아침쯤 집에서 떠났더냐?"

"아닙니다요. 어제 저녁 먹고 나서 떠났습지요."

"엥? 어제 저녁 먹고 떠났다고? 그럼 밤새 달려왔단 말이냐?"

"낮에 달리기에는 아무래도 더울 것 같아서 그냥 밤새 달렸습지요."

"그래? 허허, 그렇다면 날아온 셈이구나."

"그래서 소인이 바람쇠가 아니옵니까?"

한양에서 송도까지는 대략 180리(약 71킬로미터)였다. 대개 이틀의 기한으로 오기도 하고 가기도 했다. 그런데 그 길을 차돌이는 하룻밤 새에 달려온 셈이었다. 과연 바람쇠였다.

바람쇠가 품에서 땀이 밴 서찰을 내주었다. 한명회는 바람쇠를 정녀의 집으로 데려가 밥부터 먹였다.

"나리의 서찰을 받아가지고 오늘 해질녘까지는 돌아오라 하셨습니다요."

"음, 알았다. 어서 천천히 먹어라."

한명회는 권람의 서찰을 읽었다.

한양의 집들, 말하자면 권람의 집, 한명회의 집, 그리고 수양대군의 집 등은 다 별일 없이 잘 지내고 있다고 했다. 금상의 환후 쾌차로 조정의 분위기도 활기에 차 있고, 육조를 비롯한 각 부서의 소관 업무도 원활하여 상하, 상호간 모두 전에 없이 돈목이 두드러진다고 했다. 그거야 다 그럴 수 있는 일이었다.

그런데 한 가지 상당히 심각한 질문이 하나 있었다. 근간에 만난 수양대군의 심사에 관한 것이었다.

> "(…) 수양대군의 전에 없던, 이 '공연한 짜증'의 속내가 무엇인지 자네가 짚어보게. 물론 내게만 암시를 해주게. (…)"

노상 병고에 시달리며 매사 힘겨워하던 금상의 우울도 깨끗이 가시고, 그에 따라 온 왕실, 온 조정은 물론이요 온 백성들 또한 태평성대를 기대하는 쾌심으로 살고 있는데……. 유독 수양대군 홀로 그럴듯한 사달도 까탈도 없는데 '공연한 일을 거론하며' 짜증을 내다니…….

한명회는 당장 알 수 있었다.

자기 존재의 기대치에 대한 좌절. 바로 그것임에 틀림없었다.

'환후가 완쾌되어 앞으로 금상이 환후 없이 부왕 못지않은 태평성대로 왕업을 이루어간다면……. 그리고 그사이 부왕이나 형왕 못지않은 총명과 도량이 보이는 세자가 그대로 장성한다면……. 그래서 왕실의 어느 누구 못지않게 능력과 패기가 있다고 올연히 자만하는, 자신의 웅혼한 야심을 구가할 날이 결코 오지 않는다면…….'

'공연한 일은 그냥 얻어걸리는 핑계일 뿐, 저절로 뿜어져 나오는 짜증의 까닭이야 아주 빤하지 않은가.'

"내 금방 써주마."

한명회는 바람쇠에게 이르고 붓을 잡았다. 그리고 단 한마디를 썼다.

다시 아프면 짜증은 없다는 말이었다. 그리고 접어서 봉투에 넣었다.

조반을 마친 바람쇠는 한명회의 서찰을 받아 품에 넣고 금방 출발 준비를 했다.

"나리, 고맙습니다. 소인은 이만 가보겠습니다요."

"그래, 조심히 가거라."

그날 석양 무렵 바람쇠는 권람의 집 대문을 들어섰다. 한명회의 서찰을 받아든 권람은 어이없다 여겨지는 한마디 글을 읽으며 고개를 모로 꼬았다.

'다시 아프면 짜증을 안 낸다? 아니 이게 무슨 말인고?'

권람은 고개를 반대편으로 꼬았다. 몇 번을 이리 꼬고 저리 꼬았다. 그러다 손바닥으로 무릎을 탁 쳤다.

'오라. 그런 말이로구나. 과연 자준이로구먼……. 하지만 정말 그럴까?'

'아무리 섭정을 하고 싶다 해도 사람으로서 차마…….'

'아무래도 수상한 예감이 드니……, 허 참.'

12

모살 음모

서늘한 바람이 으스스해지고 만산청록滿山靑綠이 천자만홍千紫萬紅으로 물들어갈 때쯤 안타깝게도 금상의 환후가 다시 시작되었다.

그러나 문종 임금은 크게 걱정을 하지 않았다. 선대왕 때부터 왕실의 주치의가 된 이후 신망이 두터운 전의감의 명의 전순의全循義가 치료를 맡고 있기 때문이었다. 그 전순의가 안심되는 한마디를 했다.

"전하, 심려 놓으시옵소서. 이번의 환후 또한 불원간에 쾌차되실 것이옵니다."

임금은 믿었고 그래서 안심했다. 임금 문종은 여름 동안 매달렸던 《신진법新陣法》의 교정校正을 마치자 곧바로 《고려사》의 마지막 개수에 매달렸다.

《고려사》 발간은 장장 60여 년에 걸친 대사업이었고, 선대왕 세종 말년에 김종서를 책임자로 정해 최종 개수를 해오던 것이었기에, 재발의 환후에도 불구하고 문종은 어의의 독려로 마침내 그 완성을 보았다.

문종이 강녕전에서 잠시 쉬고 있을 때 수양대군이 들렀다.

"전하, 환후가 어떠하신지요?"

"신열이 좀 있고 허리가 다소 뻐근할 뿐이네."

말은 그랬으나 보기에 몹시 괴로운 듯했다.

"걱정이 되옵니다. 환후 쾌차에 성념을 두시옵소서."

"걱정하지 말게. 의관들이 늘 잘하고 있지 않은가."

"예, 옥체 미편하실 때에는 요양을 하심도 좋을 것이옵니다."

"그럴 겨를이 있는가? 그나저나 자주 들려 중신들의 힘이 되어주게."

선대왕처럼 문종도 수양대군을 조정에서 행하는 사업들의 감관으로 참여시키고자 마음먹고 있었다.

"예, 명심하겠습니다."

"내 좀 쉬어야겠네."

"옥체 보중하옵소서."

수양대군은 물러 나왔다. 그리고 동궁으로 향했다. 세자를 보고 갈 요량이었다.

"저하께서는 아니 계시옵니다."

동궁 내관이 허리를 굽혔다.

"웬일이냐?"

"간밤에 영양위저에서 침수 드신 것으로 아옵니다."

"어허. 당장 가서 모셔오너라. 상이 환후 중이신데 동궁을 비운단 말이냐?"

호통을 치고 돌아섰다.

대궐 안 숲도 어느새 단풍 옷으로 갈아입고 있었다.

'허, 또 한 해가 가는구나……. 내년이면 서른여섯…….'

수양대군은 왠지 모르게 초조해졌다. 동시에 의욕이 또한 꿈틀거렸다.

대군저인 명례궁 앞에 이르러 자비를 내리니 얼운이가 쫓아 나왔다.

"권학사님 납시어 기다리십니다."

우렁한 목소리가 뒤를 따랐다.

"주안상 내오라 일러라."

그리고 사랑에 들어가 앉자마자 권람은 다급하게 말했다.

"절제대감께서 우상에 제수되셨습니다."

"……!"

순간 수양대군의 가슴 속에서 덜컹 하고 뭔가 내려앉는 듯했다. 조금도 이상할 게 없는 승진 소식인데 스스로 생각해도 이상한 반응이었다.

"좌상께서 영상에 오르시고요."

10월 27일, 정승들의 자리바꿈이 있었다. 영의정 황보인, 좌의정 남지, 우의정 김종서. 누구나 당연한 인사라고 여겼다.

"새 정승들, 아무 말 없이 받아들였다던가요?"

수양대군이 물었다.

"좌상과 우상께서는 노쇠하심을 연유로 극력 사양하셨다 합니다."

"상께서 윤허하시겠소?"

"물론, 불윤하셨습니다."

문종의 생각으로는 최선의 인사였다. 특히나 김종서에게 거는 기대가 지대한데 사임을 윤허할 리가 없었다.

"이 인사를 어찌 보십니까, 나리?"

"내가 했어도 그리 했을 것이오."

"예……."

"김종서의 어깨가 무겁게 되었소."

"……?"

"아무래도 장상將相(장수와 재상)의 양면을 다 감당해야 할 게 아니오?"

"그렇겠습니다."

"상의 환후를 어떻게들 보고 있는지……?"

"차도가 없으신 모양입니다만……. 상께서는 정사에 열심이시고 경연에도 꼭 나가신다 하옵니다."

"참으로 환후가 큰 걱정이오."

수양대군의 말이었다. 그러나 표정에서는 걱정이나 근심의 티는 보이지 않았다.

"환후가 완쾌되지 않으시니 그 고충이 얼마나 크시겠습니까?"

"그래도 의관들을 신뢰하고 계셔서인지 성념은 그런대로 편하신 모양이오만……. 하루빨리 다시 쾌차하시는 일밖에 무슨 더 큰일이 있겠소."

"예……."

"정경, 무얼 그리 생각하시오? 자, 한 잔 더 드시오."

"예……."

권람은 한명회의 답찰을 떠올리며 놀라고 있었다.

'자준子濬(한명회)이는 수양대군을 보지 않고도, 그리고 멀리 떨어져

있으면서도 귀신 같이 그 속내를 짚어보고 있구나.'

'상이 다시 환후에 들어 계시니까 더 걱정하고 짜증내야 할 판인데 오히려 더 편안해지고 눈살이 펴지다니…….'

수양대군은 잔을 비우며 다시 환후 걱정을 했다.

"왕실 사람이 자주 궁에 들어가는 것도 그렇고 금상을 자주 뵙는 것도 그렇고……. 마음 같아선 날마다 들어가 형왕의 병구완이라도 해드리고 싶소만……."

"나리께서야 뭐 어떻습니까? 자주 입궐하시지요. 그래서 의관들 독려도 하시고, 쾌차되시는 정황도 살펴보시고……."

"그럴 수도 없는 일이고……. 가만, 그렇지. 요번 그믐날 말이요. 내 집에 잠깐 다녀가시라고 정경이 좀 전해주시오. 평복으로 말이오."

"누구 말씀이옵니까?"

"참, 그렇지. 거 예판대감이 종실이 아니오? 그분 말이오."

예조판서 이사철李思哲은 가까운 종실이었다. 그는 태조 이성계의 사촌형 이천계李天桂의 손자였다.

"예, 알겠습니다. 제가 전언을 드리지요."

전의감이나 내의원은 예조가 관장하는 기구였다.

'아, 그렇지. 예판이 나서서 의관들의 분발을 독려하는 게 더 자연스럽고 온당한 일이 아닌가.'

그믐날 저녁 땅거미가 가신 뒤 종실 이사철이 평상복에 종자 하나만 데리고 물론 자비(탈것)도 없이 수양저를 찾았다. 얼운이의 안내를 받아 들어가자 수양이 버선발로 내려와 맞았다.

이사철은 수양대군의 숙항叔行 어른에다가 나이도 예닐곱 살 위였다. 종자는 바깥사랑의 행랑채에 머물고 두 사람은 중문 안에 있는 안 사랑으로 들었다. 매우 소중한 귀빈의 대접이었다.

"제가 대감을 찾아뵈어야 하는 것을……. 실례를 범했소이다."

수양의 인사였다.

"무슨 말씀이십니까? 제가 나리를 찾아뵙는 게 도리이고 또 자연스럽지요."

"살펴주셔서 참으로 고맙습니다. 흥천사에서 함께 모신 이후 대궐에서 잠깐씩 뵙기는 했으나 이렇게 편안히 뵙기는 처음인 것 같소이다."

세종 만년이던 1449년(세종 31)에 가뭄이 심했다. 당시 도승지였던 이사철과 수양대군은 왕명으로 대가람 흥천사興天寺(태조의 제2왕비 신덕왕후의 원찰)에서 기우제를 지냈다. 그때부터 두 사람은 더욱 친밀해졌다.

저녁밥상이 들어왔다. 반주가 곁들인 진수성찬이었다.

"때가 좀 늦었습니다. 어서 드시지요."

"예, 고맙습니다."

"자, 제가 한 잔 올리겠습니다."

"아니오이다. 제가 먼저 올려야지요."

"저희 집에 오셨으니 제가 올리는 게 도리입니다. 자, 자."

"예. 그럼……."

"저희 집은 조용해서 좋습니다. 안평저와는 달리 번잡하고 소란스럽지 않아 술맛을 음미하는 데는 오히려 좋을 것입니다. 천천히 맛을 보시지요."

"예, 고맙습니다. 그나저나 상께서 다시 환후에 계시니까 조정의 분위기도 다시 우울해지고……, 모든 정사가 불안 불안한 가운데 진행되고 있으니 사실 마음 펼 날이 없습니다. 대군나리께서도 자주 입궐하셔야 하겠지요?"

"예, 사실 그렇긴 합니다만……. 중신들의 괜한 눈총이 불편해서 그도 마음 같지 않습니다. 그래서 말씀인데요, 실은 대감께 부탁 말씀을 드리고자 이렇게 모셨습니다."

"제가 뭘 알겠습니까만 뭐든 말씀하시지요. 제 능력에 닿는 일이라면 무엇이든 도와드리겠습니다."

안사랑 섬돌 아래에서는 얼운이가 버티어 서서 모든 근접을 차단하고 있었다.

"금상의 환후에 관한 일이옵니다. 제가 자주 드나들 수가 없으니 대감께서 대신 환후 쾌차를 위해 애써주십사 하는 것입니다."

"그야, 마땅히 해야 할 일이 아니겠습니까?"

"의관들 말입니다……. 선대왕 때부터 신임을 받아온 전순의 의관이 금상의 주치의가 된 것은 당연하고도 다행한 일입니다만, 금상이 저렇듯 오래 환후에서 벗어나지 못하시는 것은 참으로 답답한 일입니다."

"일을 미루지 못하시는 천품에 환후가 계속되니……, 금상께서도 오죽하시겠습니까?"

"그러니까 하루라도 빨리 환후에서 벗어나시도록 우리가 도와야 합니다."

"예, 성심을 다하겠습니다."

"그리고 성상을 늘 가까이에서 보필하는 승정원 사람들의 도움도 긴요합니다. 예조 담당은 우승지입니다만……, 우부승지로 있는 강맹경姜孟卿의 협조를 얻어도 상관없을 것입니다. 가까이에서 성상의 용태를 살피는 일이야 어느 승지든 뜻이 깊은 사람이 좋겠지요. 강승지는 우리 왕실에 극진한 분이지요."

"예……, 거 잘되었습니다."

"제 대신 열성을 다해주시면 제가 어찌 그 은혜를 잊겠습니까?"

"무슨 과분하신 말씀이옵니까? 당연히 해야 할 일이 아니옵니까?"

"고맙습니다. 그래서 말씀인데……, 금상께서 너무나 큰 병고를 계속 겪으시니 참으로 안타깝고……, 하루라도 편히 모시는 게 도리인데……."

수양대군은 말소리를 낮추었다.

"물론이지요. 금상을 위해서도……."

"이해해주셔서 고맙습니다. 은혜는 꼭 보답하겠으니……, 아무튼 끝까지 보살펴주시기 바랍니다."

귓속말처럼 낮은 소리로 천천히 말하면서 수양대군은 지필묵을 가까이 끌어왔다. 그리고 수양은 이제 말을 하지 않고 종이에 글을 써서 이사철에게 보여주며 필담으로 이어갔다.

붓을 들어 수양이 종이에 무언가 쓰니 이사철이 찬찬히 몇 번 읽고는 고개를 끄덕였다. 그러자 수양이 그 종이를 촛불에 살랐다. 그리고 이사철이 종이에 뭐라고 쓰자 수양이 끄덕였다. 그리고 이사철도 그 종이를 살랐다.

쓰고 끄덕이고 사르고, 바꾸어 쓰고 끄덕이고 사르고……. 두 사람이 번갈아 가며 그렇게 필담을 이어가는 동안 서로 고개를 끄덕이는 빈도가 잦아지고 속도가 빨라졌다. 그러다 밤이 꽤 깊어서야 이사철은 종자를 데리고 그 집을 나왔다.

그는 밤길을 걸으며 이제 다 소용없는 먼 옛일을 다시 또 떠올렸다. 왜 그 생각이 또 떠올랐는지 마땅찮기도 했지만, 그러나 아무래도 내림으로 이어오는 여한의 끝자락인 것도 같았다.

이사철의 조부 이천계李天桂는 어린 시절, 집안의 장남이자 그의 아버지인 이자흥李子興을 일찍 여의었다. 그래서 차남인 이자춘李子春(이성계의 아버지)이 그들(이자흥, 이자춘 형제)의 아버지인 이춘李椿의 벼슬과 세력기반을 이어받았다. 그때 이춘이 차남 이자춘에게 다짐을 받아두었다.

이춘이 이자춘에게 말했다.

"내 지위는 네 형(이자흥)이 받아야 할 것이나 병이 심해 아무래도 곧 일어날 수 없을 것 같으니, 이제 네(이자춘)가 받아 맡았다가, 장손인 '이천계'가 자라면 그에게 이 벼슬과 세력기반을 반드시 넘겨주어야 한다. 네 아들(이성계)에게 물려주어서는 아니 된다. 무슨 뜻인지 알겠느냐?"

이자춘이 대답했다.

"예. 잘 알겠사옵니다. 명심하여 이천계에게 넘겨주겠나이다."

그리고 세월이 흘러 이춘이 죽고 이자흥도 죽고 이천계는 장성했다. 그런데 이자춘은 그 벼슬과 세력기반을 장손 조카인 '이천계'에게 물려주지 않고, 자기 자식인 '이성계'에게 물려주었다. 그리고 뒷날의 소문은 이천계가 결코 받지 않으려 했다는 것이었다.

'어차피 불의不義의 집구석인데……. 이쯤 또 한번 더 불의한 행사行使를 한들……. 허, 참.'

이사철은 마음이 무겁지 않았다.

'수양이 이미 생사를 걸고 발설한 일이니 만약 거절한다면……. 수양은 화가 나서든 탄로가 두려워서든, 나를 죽여 입을 막을 수도 있으니……. 나 또한 생사를 걸지 않을 수 없지 않은가!'

'그냥 편하게 사는 게야. 어차피 불의의 집구석인 걸…….'

희미한 별빛을 향해 얼굴을 쳐들고 씁쓸한 고소苦笑를 날리며 이사철은 걸어갔다.

이사철은 그 뒤 소관기구인 내의원 및 전의감과 문종의 주치의관인 전순의를 내밀히 장악하여 잘 따르도록 했고, 승정원의 강맹경과도 호흡을 잘 맞췄다.

심신을 곤고하게 압박하는 배창은 낫지 않고 여전한데 문종은 할 일을 미루지 않았다. 온 천지가 다 얼어붙은 삭막한 겨울에도 문종의 정열은 얼어붙지 않았다. 그건 아무래도 타고난 성품이었다. 또한 눈물겨운 집념이기도 했다.

그러나 그런 집념의 가운데 도사린 서글픈 두려움이 날이 갈수록 커가고 있음을 스스로도 외면할 수가 없었다. 그건 주로 세자 때문이었다. 소임을 다하다 일찍 죽는 것 따위는 두렵지 않았다.

'내가 십 년 정도만 더 살 수 있다면……. 안 되면 칠팔 년만 더 살아도…….'

희망은 있었다. 명의 전순의가 있고, 그리고 자기가 앓은 배창은 항상 쾌차했었다.

'세자가 스무 살만 되면…….'

그저 칠팔 년 정도였다.

'내 몸이 부실할 때에는 어린 세자를 어디에 부탁해야 하는가?'

'아우들이 있지.'

'수양이 있는데, 다른 아우들에게 부탁할 수는 없는 일이 아닌가?'

'수양에게 부탁해야 할까?'

일 푼의 믿음도 가지 않았다.

'뭐, 부탁할 필요도 없겠지. 내가 쾌차하면 그만이지.'

공연히 세자가 자꾸 마음에 걸렸다.

가끔 몰아치는 엄동의 한풍을 일깨우듯 문풍지가 울어서만은 아니었다. 아무래도 자주 겪는 자신의 병 때문인 것 같았다. 세자만 아니라면 당장 죽는다 해도 무슨 여한이 있으랴만…….

'몸이 자꾸 이렇게 환우에 들 줄 알았다면 아바마마의 뜻을 따를 것인데……. 정비正妃(정식 왕비)를 맞았어야 했는데……. 세자의 울타리가 될 것이고……. 그거참. 아무튼 내가 쾌차하기만 하면 되는 일이야. 전순의가 있으니 곧 쾌차하겠지.'

문종은 세자 시절 벗처럼 지냈던 집현전 학사들이 보고 싶었다. 저녁 무렵 이미 퇴청했을 몇 사람을 내관을 시켜 불러들였다. 성삼문, 박팽년, 신숙주, 이개, 하위지, 유성원 등 지금은 집현전을 떠나 있는 사람들도 있었지만 즉시 입궐하여 강녕전에 들었다.

"학사들이 보고 싶어 불렀소. 전에는 생각나면 마음대로 집현전에 나가 만났는데, 임금이 된 뒤로는 보고 싶어도 마음대로 되지가 않소그려."

"황공하옵니다, 전하."

"전하께서는 오로지 성궁聖躬 보전에 전심하시옵소서. 미력하오나 신 등은 학문으로써 나라를 도와 빛내고자 하옵니다."

성삼문이 국궁하며 인사말을 한 셈이었다.

문종과 이들 학사들이 만나자 여러 지난 이야기들이 쏟아지고 그런 환담으로 시간 가는 줄을 몰랐다.

"미안하지만 내 좀 기대겠소."

임금이 비스듬히 누우면서 말했다.

"황공하여이다, 전하. 신 등이 미련하여 무리하시게 하였사옵니다."

"예, 그러하옵니다. 신 등이 그만 물러가겠나이다."

"아, 아니오. 그대들이 물러가겠다면 내 다시 일어나 앉겠소."

"황공하옵니다. 그냥 그대로 누워 계시옵소서."

"그러니까 가지들 말고 앉아서 더 이야기합시다."

"예, 전하."

"여봐라, 동궁에 가서 세자를 불러오너라."

"예, 전하. 분부 거행이오."

내관이 대답하고 나갔다.

이윽고 세자가 불려왔다. 이때 세자 나이 12세였다.

"아바마마. 신 소자 소명받자와 입시이옵니다."

"오냐. 이리 가까이 와 앉아라."

세자가 문종 가까이에 와 앉았다.

"세자야."

"예, 아바마마."

"여기 앉아 계신 선비들이 후일 너를 보살펴줄 학사들이다. 너는 아직 어려서 모르지만, 후일 네가 임금이 되면 이 학사들을 소중히 여겨야 하느니라."

"예, 명심하겠나이다. 아바마마."

"그러면 이 학사님들에게 네가 인사를 올려라."

"예, 아바마마."

세자는 일어나 일일이 학사들 앞에 나가 절을 했다. 깜짝 놀란 학사들이 일어나 맞절을 하면서 말했다.

"저하, 저하께서는 그대로 앉아 계십시오. 신들이 먼저 저하께 절하고 뵈어야 합니다."

비스듬히 누워 있던 임금이 일어나 앉았다.

"아니오. 여러 학사님들은 지금 세자의 스승으로서 이곳에 온 것이오. 세자가 스승을 뵐 때는 맞절이 맞지 않으니 그대로 앉아서 받으시오."

"황공하여이다, 전하. 하오나 세자저하와는 군신지간이오니 맞절은 옳지 않사옵니다."

"아니오. 오늘만은 그대들이 앉아서 세자의 절을 받으시오. 세자가 학사들을 소중히 받드는 마음을 가지도록 하려는 것이오."

임금은 다시 보료방석에 기댔고 세자는 선비들에게 절하기를 계속했다. 절이 끝나자 임금은 세자를 불렀다.

"세자야, 이리 가까이 와 앉아라."

세자가 임금 옆에 와 무릎 꿇고 단정히 앉았다. 그러자 임금은 어린 세자의 등을 어루만지며 학사들에게 말했다.

"나는 암만해도 건강을 회복하여 오래 살지는 못할 것 같소. 내가 이제 멀지 않아 죽으면 어린 세자만 남을 텐데……, 눈이 감기지 않을 것 같소. 그러니 내가 죽은 뒤에라도 그대들은 오늘의 이 자리를 저버리지 말고 이 아이를 부디 돌봐주시오."

수심으로 가득 찬 임금의 표정을 차마 마주볼 수가 없었다. 박팽년이 국궁하고 아뢰었다.

"전하, 약한 말씀은 거두시옵소서. 절대로 오래 사셔야 하옵니다. 성체를 더욱 보중하시면 되옵니다. 그리고 신등이 전하의 천추만세 이후에도 어찌 세자저하를 잊겠나이까? 일호의 괘념도 불요하옵니다."

"고마운 말이오. 고맙소."

임금은 학사들에게 어주를 하사했다. 궁녀들이 주안상을 차려 들고 왔다. 임금이 일어나 앉아 술잔을 들었다. 궁녀가 따르자 그 술잔을 먼저 성삼문에게 권했다. 성삼문이 황망히 꿇어앉아 잔을 받았다.

"근보謹甫, 오늘은 그렇게 받지 마오. 우리 지난날의 집현전 친구로 돌아가 그대로 앉아서 술잔을 주고받도록 하지."

임금이 웃으며 말했다.

"황공하여이다."

"그 소리도 이 자리에서는 접어두었다가 나중에 실컷 쓰도록 하지."

"황공하여이……."

"하, 그래도 이 사람이……."

성삼문이 꿇지 않고 정좌한 채 술잔을 받았다. 다른 사람들도 꿇지 않고 그대로 앉은 채 술잔을 받았다. 임금이 내리는 술이 한 순배 돌아가자 이번에는 세자에게 시켰다.

"세자야, 이제 네가 돌아가면서 한 잔씩 부어 올려라."

"예, 아바마마."

세자가 술을 부어 올릴 때는 그 여린 손이 가냘프게 떨렸다. 세자가 한 순배 돌린 다음은 임금이 또 돌렸다. 임금은 환후로 들지 못했으나 신하들에게는 자꾸 권했다.

이윽고 술기운이 돌자 학사들은 자연히 말수가 많아졌다. 술이 제일 센 신숙주도 말이 많아졌다.

"전하, 지금도 승하하신 왕후 생각을 하시옵니까?"

왕후란 일찍 죽은 세자빈 권씨를 말함이었다.

"요즈음은 아니 하네. 아마 멀리 가버린 모양이야. 꿈에도 안 보이니 말이야."

"하하하. 그러시옵니까? 거 듣기에 민망하옵니다."

"사람의 정이란 마음만으로는 어찌할 수 없는 것인지……. 범옹(신숙주)은 단심丹心이를 많이 아껴주게."

단심이는 신숙주의 측실이었다.

"황공하옵니다, 전하."

분위기가 무르익자 임금도 술을 마셨다. 그러나 대부분 마시는 척만 하고 자꾸 권하기만 했다.

"여보게들!"

"예, 전하."

"오늘은 내가 집현전 옛 친구들에게 내는 술이니 조금도 사양치 말고 실컷 마시게. 비록 술에 취하여 쓰러져 못 일어나도 좋으니 염려 말고……."

"예, 황공하옵니다. 내려주시는 대로 받아 마시겠나이다."

"여봐라. 제조상궁提調尙宮(가장 높은 상궁) 게 있느냐?"

"예, 여기 대령이옵니다."

"거 내전에 가서 참한 궁녀들을 몇 명 차출하여 데려오너라. 선비님들 취흥을 돋우어 드리게 말이니라."

"예, 분부 거행이오."

잠시 후 궁녀들이 들어왔다. 선비들 옆에 하나씩 앉아 향내를 풍기고 미소를 지으며 잔에 술을 부어 자꾸 권했다. 술을 들지 못하는 학사들이 없는지라 권하는 대로 잘도 받아 마셨다. 그중에서도 술이 가장 센 신숙주가 가장 센 만큼 가장 좋아하더니 그만 곯아떨어지고 말았다. 술이 가장 센 신숙주가 곯아떨어졌으니 다른 사람들이야 어찌 더 버티겠는가. 박팽년, 성삼문이 꼬꾸라지더니 뒤따라 줄줄이 다 곯아떨어지고 말았다.

임금은 그제야 술상을 치우게 했다. 그리고 중관中官(환관)들을 불러 학사들을 한 사람씩 업어다가 집현전 숙직청에 재우도록 했다. 업혀가는 선비들은 더러 무언가 중얼거리기는 했지만 아무것도 모르고 있었다.

임금도 따라 나와 그들이 누워 자는 모습을 보았다. 그리고는 자기가 덮고 자는 수달피 이불을 갖다 그들을 덮어주라 일렀다.

다음 날 아침 갈증이 심하여 눈을 뜬 학사들은 적이 놀랐다.

"아니, 이게 사향麝香 냄새가 아니오?"

"성상의 수달피 이불이 틀림없소."

"간밤에 우리가 어찌 된 게요?"

"모두 쓰러져서 업혀 왔던 것이오."

"허어, 성상 앞에서 모두 술에 취해 큰대자로 뻗어버렸단 말이 아니오? 이런 불경이 있나……."

"허어, 모두 큰대자로……?"

"이렇게까지 보살펴주시는 성념에 어찌 보답을 해야 하오?"

"선왕 못지않으신 성군이시오. 환후만 쾌유되시면 오죽이나 좋겠소."

그랬다. 문종은 사실 모든 점에서 선왕 세종 못지않은 성군의 자질을 갖추고 있었다.

겨울이 가고 새해(1452년)가 왔다. 정월부터 궐 안은 분주했다. 세종대왕의 대상大祥이 닥쳤기 때문이었다. 대상일을 며칠 앞두고 임금은 영릉 참배를 다녀왔다. 2월 17일, 문종은 궤연几筵(신위를 모신 자리)이 차려진 휘덕전輝德殿에 나가 장중하게 대상제를 지냈다.

정초의 행사와 대상제를 지내고 나자 문종의 병세는 더 심해지는 것 같았다. 고름을 짜고 나면 하루쯤 몸이 좀 가벼워지고 심기도 좀 편안해졌지만 다음 날이면 다시 신열이 나서 심신이 괴로웠다. 문종은 자신의 병이 점점 더 깊어진다고 여겨지자 마음이 몹시 무거워졌다.

문종은 작금의 배창이 있기 전까지는 별다른 환후가 없던 건강체였다.

일찍이 세종은 세자의 건강을 위해서도 많은 노력을 기울였다. 그런 덕분에 세자는 여러 차례의 강무講武(군사훈련을 목적으로 임금이 주관하는 사냥 행사)를 장수 같은 용력으로 이끌었으며, 사구射毬(털가죽 공을 말 달리며 끌고 가면, 여러 사람이 말 타고 뒤쫓으며 촉 없는 화살로 쏘아 맞히는 운동)라는 운동을 열심히 하여 모구毛毬(사구에 쓰이는 털가죽 공)를 가장 잘 맞히는 일류 선수가 되었으며, 훈련관(훈련원의 전신)에 나아가 늘 습사에 열심히 임하여 웬만한 장수가 따르지 못하는 명궁이 되었다.

그런 단련이 아니더라도 세자는 세종보다는 훨씬 더 건강했고 체신도 더 건장했다. 성품과 성정은 물론이요 학구적이며 창의적인 면도 세종 못지않았다. 《신진법》을 편찬하는 등 군제 개혁도 단행했고, 신기전神機箭(로켓의 원조)과 그 발사대인 화차를 개량 발전시켰으며, 측우기를 발명하기도 했다.

그는 자신의 건강에 대해 특별한 염려를 가질 이유가 없었다. 누구나 다 한두 번 겪을 수 있는 종기 따위로는 사람이 쓰러지지 않는다는 것도 그는 잘 알고 있었다. 더구나 명의 전순의가 주치의로 돌보고 있었음에랴.

그런데 그 명의가 돌보고 있는 종기인 배창이 잘 낫지 않고 있었다. 좀 시일이 걸릴 수도 있겠지 여기기는 했지만 그 환후가 오래되다 보니 다소 걱정이 되긴 했다. 그러나 명의 전순의가 있는 한은 그 걱정도 틀림없이 극복되리라고 문종은 물론 다른 모두도 믿고 있었다.

그런데 어찌 된 일일까? 모두가 믿고 있는 명의 전순의가 주치 의관으로 보살피고 있음에도 문종의 환후는 좀체 차도를 보이지 않은 채 봄도 다 가고 있었다.

경덕궁 뒤쪽의 기왓장이라도 팔아서 주머니가 차는 날이면 한명회는 유수와 최윤 그리고 그 패거리들을 정녀의 집으로 초대해서 술잔치를 벌였다.

"그래, 오늘은 무슨 좋은 소식 좀 물어 왔는가?"

그렇게 묻지 않아도 패거리들은 별별 소식을 먼저 전해주곤 했다.

"형님, 좋은 소식은 없고 아주 나쁜 소식이 있는데요……."

"나쁜 소식?"

"예. 곧 국상이 일어난다고 한답니다."

한명회는 가슴이 덜컹 소리가 날 정도로 내려앉았다. 몽둥이로 한 대 세게 얻어맞은 듯 머리가 아찔했다.

"어디서 들은 소린가?"

한명회는 마음속 소용돌이를 꽉 누르고 대수롭지 않게 물었다.

"한양에 들어가 지내다 돌아온 무리들이 한결같이 하는 소립니다."

"음, 금상께서는 강건하신 분이네. 곧 쾌차하실 걸세. 그런 소리는 함부로 하지 않는 게 좋아."

"아 참, 좀 특이한 소식도 있습니다."

"무슨 소식인데?"

"안평대군이 요즘은 강변인 담담정에는 잘 안 나가고 산속인 무이정사武夷精舍에만 박혀 있다는 소문도 있습니다."

한명회는 머리칼이 쭈뼛 솟을 만큼 놀랐다. 그러나 태연히 말했다.

"그야 그 사람 재미 붙이기 나름이겠지……. 헌데 무이정사에 무슨 꿀단지를 갖다 놓았나?"

"그리고 또 있습니다. 종성부사 이경유가 이번에 서울 올라오는 길에 함길도절제사 이징옥의 심부름으로 우의정 김종서에게 야인이 쓰던 활 하나와 칼 하나를 갖다 주었다고 하는 소문입니다."

이 말에 한명회의 가슴 속이 또 덜컹거렸다. 그러나 또 태연히 말했다.

"그야, 상관으로 모시던 분이기에 진기한 물건을 만난 김에 선물로 보낸 것이겠지. 정리를 아는 사람이구먼. 괜찮은 사람이야."

그날 술자리가 끝나고 패거리들이 돌아간 다음 한명회는 혼자 사랑방에서 권람에게 보내는 서찰 한 통을 썼다. 금명간 차돌이든 만득이든 송도로 달려올 것만 같았다. 썼다가 구겨 촛불에 태우기를 몇 번, 제법 많은 시간을 보내고서야 편지 한 통이 완성되었다.

시세여차時勢如此 안평비예신기安平誹譽神器 화란지작禍亂之作 비조즉석非朝則夕

지금 세상 돌아가는 형편이 이러하니, 안평대군이 옥좌를 노리고 있어서, 변란의 시작이 아침 아니면 저녁이란 말이었다.

군독무일년급차평君獨無一念及此平 평정화란平定禍亂 비제세발란지주불가非濟世撥亂之主不可

그런데 자네 홀로 아무 생각 없이 이렇게 태평한가, 이 화란의 평정은 세상을 구하고 난리를 평정할 만한 영주가 아니면 아니 된다는 말이다.

수양대군首陽大君 활달동한조豁達同漢祖 영무류당종英武類唐宗 천명소재天命所在 소연가지昭然可知

수양대군은 활달하기가 한고조와 같고 영용英勇하기가 당태종과 같으니 천명이 있는 곳을 환히 알 수 있다는 말이다.

금자시필연今子侍筆硯 하불종용건백단지어조호何不從容建白斷之於早乎.

지금 자네가 가까이 모시거늘, 어찌 차분히 건의하여 늦기 전에 결단토록 하지 않는가라는 말이다.

이것은 권람이 보면 틀림없이 너무 놀라 그냥 나자빠질 편지였다. 수양대군으로 하여금 장차 왕위를 찬탈하도록 부추기는 것이니, 권람으로서는 감히 생각지도 못한 경천동지할 내용이기 때문이었다.

그러나 이 편지를 보면 권람도 크게 깨닫고 앞으로 할 일의 방향을 잡을 것이라고 한명회는 확신했다. 수양대군도 이렇게까지는 생각지 않고 있을지 모르지만, 이 편지를 접하게 되면 틀림없이 그는 자기의 검은 야심에 불을 붙일 것이라고 한명회는 확신하고 있었다.

이 편지는 물론 권람에게 보내는 것이었다. 그러나 권람이 반드시 수양대군에게 보일 것이라 믿어서 쓴 편지였다. 수양대군이 정상적인 사람이라면, 이 편지를 보는 즉시 한명회를 잡아다 능지처사에 처해야 마땅하다고 여겨, 즉시 그런 조처를 취할 만한 무서운 편지였다.

그러나 한명회는 자기 죽을 편지를 쓸 만큼 그렇게 우둔한 위인은 물론 아니었다. 아주 간단한 이 편지에는 한명회가 바라는 세 가지가 다 들어 있었다.

첫째, 그를 한고조와 당태종에 비긴 것은 완전히 아부하는 거짓 찬사였다. 그러나 수양대군이 그 찬사에 고무되어 자부심을 가지고 찬탈을 결행하도록 만드는 것이었다.

둘째, 안평대군이 신기를 엿본다고 한 것은 물론 한명회가 꾸며낸 말이었다. 그러나 그것은 안평대군을 극도로 미워하는 수양대군을 자극해서 움직이게 하려는 것이었고, 거사할 때 내세울 최적의 핑계, 즉 안평대군이 반역을 도모한다는 구실을 마련해주는 것이었다.

셋째, 수양대군이 한명회를 장량이나 제갈량 같은 책사로 맞아들이도록 하는 것이었다.

다음 날, 한명회가 번서는 일을 마칠 즈음이었다. 아니나 다를까 권람의 가복 차돌이가 찾아왔다. 한명회는 차돌이를 정녀의 집으로 데리고 갔다. 저녁을 먹이며 권람이 보낸 편지를 읽어보았다. 금상의 환후가 너무 오래가는 것이 심상치 않다고 했다. 만일의 경우 어찌해야 수양대군이 섭정을 맡을 수 있느냐고 묻기도 했다.

"나리, 바로 편지를 써주시지요. 밤을 도와 달려오라 하셨습니다."

"편지는 다 써놓았다만, 밤길은 아무래도 위험하지 않겠느냐?"

"아니옵니다. 만나는 사람도 없고 시원해서 달리기도 더 좋습지요."

"그래? 그러면 이 편지를 단단히 간수해 가서 학사님께 드려라. 달리다가 그 편지를 빠뜨리기라도 하면 권학사께서 아주 큰 손해를 보시게 된다."

"염려 놓으십시오. 적삼 안에 덧댄 헝겊 주머니가 있으니까 절대로 빠져나가지 않습니다요."

"그래, 그럼 아무튼 조심해서 가거라."

한명회의 편지는 다음 날 아침에 바로 권람에게 전달되었다.

13

문종 승하

4월이 다 가는데도 문종의 환후는 차도가 없었다.

문종은 해야 할 일을 두고 몸이 좀 불편하다고 들어가 쉬는 성품이 아니었다. 그런데도 스스로 침전에 누워 쉬고 싶어지자 자신의 앞날이 걱정되기 시작했다. 문종은 내전인 강녕전에 누워서 내관에게 일렀다.

"의정부에 가서 삼정승과 좌찬성을 이리로 들라 이르라."

퇴청 무렵이었다.

잠시 후 대신들이 침전으로 들어왔다. 평상시에는 중신들이 내전에 들려 임금을 뵈는 일은 거의 없었다. 영의정 황보인, 좌의정 남지, 우의정 김종서, 좌찬성 정분 이렇게 네 사람이 들어왔다. 그들이 들어오자 임금은 부축을 받아 겨우 몸을 반쯤 일으키고는 말했다.

"이렇게 누워서 공들을 청하게 되어 미안하기 그지없소. 병고를 털어내지 못해서 그러니 이해들 하시고 거기 편히 앉으십시오."

임금은 인사말을 마치자 도로 비스듬히 누웠다.

"과인이 경들을 청한 것은 이 모양의 임금을 보여드리고자 청한 것은 아니오. 내 병이 아무래도 심상치 않다고 여겨지니 세자의 일이 걱정됩니다. 그래서 그 걱정을 좀 나누어보고자 공들을 청한 것이오."

"황공하옵니다, 전하."

"얘들아, 동궁에 가서 세자를 불러오너라."

"예, 분부 거행이오."

내관들이 세자를 부르러 간 사이 임금은 정승들에게 말했다.

"세자가 그래도 열두 살이 되도록 무사히 자란 것은 혜빈 양씨의 공덕이오. 혜빈 양씨는 과인의 어머니뻘 되시는 분이오. 내 아우도 셋을 낳으셨는데 재덕을 겸비한 분이오. 그분이 자주 하신 말씀에 세자가 재주와 덕성이 있다고 하는데 과인이 틈나는 대로 시험해보았소. 내 자식을 자랑해서 안 되었소만, 여러분들이 잘 지도하고 보살펴주시기만 한다면 임금으로서 한몫을 할 것 같습니다."

이윽고 세자가 들어왔다. 아직 열두 살이지만 나이보다 키가 커서 숙성해 보였다. 황보인이 환하게 웃으며 세자에게 다가가 물었다.

"저하의 연치가 지금 몇이십니까?"

"열두 살입니다."

"제가 무엇 하는 누구인지 아시겠습니까?"

"영의정 황보인대감입니다."

황보인은 자기를 알아보는 세자의 총명에 기뻐하며 옆에 있는 좌의정 남지를 가리키며 말했다.

"이 사람은 누구인지 아시겠습니까?"

"예, 그분은 좌의정 남지대감입니다."

황보인이 이번에는 자못 놀라며 김종서를 가리켰다.

"이 사람이 누구인지 아시겠습니까?"

"예. 우의정 김종서대감, 별명이 백두산 호랑이라 합니다."

"하하하, 보시니 호랑이 같이 생겼습니까?"

"아닙니다. 인자하신 할아버지 같습니다."

그 말에 거기 있는 사람들이 다 웃었다.

"그럼 이 사람은 누구입니까?"

"예. 그분은 좌찬성 정분대감입니다."

삼정승까지는 그렇다 해도 찬성까지 알고 있다는 것은 세자의 총명과 심안心眼이 범인을 초월한다는 표시였다.

"저하, 육조가 무엇인지 혹 아십니까?"

남지가 물었다.

"예. 이호예병형공의 각조를 말하는 게 아닙니까?"

"옳습니다. 그러면 각 조의 우두머리는 무어라 부릅니까?"

"판서라 부릅니다."

"삼공육경이란 무엇을 일컫는 것입니까?"

"삼공은 영의정, 좌의정, 우의정을 일컫는 것이고, 육경은 육조의 우두머리인 여섯 판서를 일컫는 것입니다."

이번엔 김종서가 물었다.

"저하, 관찰사를 또 무어라 부르는지 아십니까?"

"감사라고도 부르지요."

"감사는 몇 품 벼슬인지 아십니까?"

"종2품 벼슬 아닙니까?"

"당상관과 당하관이 나뉘는 품계는 어느 품계인지도 아십니까?"

"정3품입니다."

"당상관과 당하관이 어떻게 나뉘는지 아십니까?"

"예. 예를 들어 승정원의 승지로 말하면 모두들 다 정3품 벼슬이지만, 승지들은 당상관이요, 부승지들은 당하관입니다. 또 집현전, 홍문관을 예로 들면 부제학은 정3품 당상관이지만, 직제학은 정3품 당하관입니다."

듣는 사람 모두 감탄해 마지않았다.

좌의정 남지가 다시 물었다.

"우리 조선의 전조前朝, 말하자면 조선 이전의 왕조는 무엇인지 아십니까?"

"그야 고려가 아닙니까? 전조의 역사를 기록하는 《고려사》를 쓰고 있다는 것을 알고 있습니다."

사람들이 놀라고 있었다. 남지는 더욱 호기심이 생기는지 또 물었다.

"혹시 고려 이전의 왕조도 아십니까?"

"예. 고구려, 백제, 신라, 가야, 발해가 있었습니다."

모두들 놀라고 있었다.

"그 이전에 있는 나라도 아십니까?"

"예. 단군께서 세우신 단군조선이 있었습니다. 발해만을 중심으로 그 이서와 이북의 명나라 땅은 모두 조선의 땅이었습니다. 그러므로 언제든지 그 땅은 우리 조선이 다시 찾아와야 합니다."

네 대신은 물론 임금 문종도 깜짝 놀라 눈을 크게 뜨고 입을 벌리고서 잠시 다물지 못했다. 우의정 김종서가 다시 물었다.

"어떻게 하면 그 땅을 찾을 수 있습니까?"

"부국강병의 나라가 되어야 합니다. 단군조선의 땅은 물론이고 왜와 유구琉球(오키나와)도 차지해 조선의 울타리로 만들어야 합니다. 그곳은 백제, 가야 사람들이 지배하여 왔다고 합니다."

듣는 사람들이 더욱 놀라고 있었다. 그렇게 놀라는 모습을 보고 세자가 의아했던지 약간 미소를 머금고 한마디 했다.

"사부님들께서 다 가르쳐주셨습니다."

김종서가 임금을 향하여 아뢰었다.

"전하, 정말 놀랍습니다. 세자저하께서는 참으로 총명하시옵니다. 좀 더 장성하시면 틀림없이 명군이 되시고 장차 성군이 되실 것이옵니다. 그때쯤이면 이 조선반도를 중심으로 한 동방의 대제국 조선이 성립될 것이옵니다."

"그렇게 보아주시니 고맙소. 선대왕(세종)께서도 과인보다 더 나은 자질을 타고난 것 같다 하시고 잘 가르치라 하셨습니다."

"전하, 하온데 세자의 건강은 어떠하신지요?"

"건강도 나보다 나은 편이오."

"오늘의 대화로 확연히 알게 되었습니다만 그 총명하심은 할아버님, 아버님에 비기실 만하옵니다."

"하하, 과인의 아버님 같으신 총명하심만 따라갈 수 있어도 더 바랄 것이 없겠지요. 저 아이도 한번 보고 들은 것은 잊지 않고, 생각하는 것이 깊은 것을 보면 둔한 편은 아닌 것 같소. 또한 사람됨이 단아해서 과인의 마음에는 들지만, 무엇보다도 경들의 마음에 벗어나지 않아야 할 게 아니오?"

"황공하옵니다. 부왕전하를 닮으셔서인지 마음씨도 매우 어지신 것 같사옵니다."

"그러시다면 어떻소? 과인이 죽더라도 경들이 저 아이를 능히 임금으로 세우고 나랏일을 해나갈 수가 있겠소?"

"황공한 말씀이오나 만약 그렇다 해도 능히 국사를 재결하실 만하옵니다."

"정말 그럴 수 있을까요? 자고로 강보에 싸여서도 임금으로 즉위하는 예가 있다 하지만, 그럴 때는 할머니나 어머니가 있어 섭정을 해주었소. 그러나 저 아이는 할머니도 어머니도 없는 형편이오. 내 이럴 줄 알았다면 정비를 두었어야 했는데……, 내 잘못이 큰 것 같소. 이제 생각하니 후회막급이오. 그리고 주공의 예(숙부가 섭정을 함)로 섭정을 생각해보기도 했소만……, 솔직히 불안한 마음을 떨칠 수가 없소."

대신들은 감히 무어라 대답할 수가 없었다. 잠시 침묵이 흐른 뒤 임금이 입을 열었다.

"여기 계신 영의정, 좌의정, 우의정 그리고 좌찬성은 들어보시오."

"예, 전하."

"세자에게는 삼촌들이 너무 많아 걱정이오. 지금은 과인이 부실한 몸으로도 왕위에 있으니까 궁중이 평온한 편이지만, 과인이 죽어서 없어지고 나면 궁중이 평온할 것 같지가 않소. 과인이 만일 곧 죽게 되면 저 어린 세자가 내 뒤를 이을 것이오. 과인은 비록 누워 있다 해도 알아야 할 것은 다 알고 있소만, 이 어린아이는 아무리 총명하다 해도 궁중의 이 구석 저 구석에서 일어나는 파란을 어린 나이로 아직은 파악하고 제어할 수가 없을 것이오."

문종이 이러한 문제까지 털어놓자 네 사람은 모두 할 말을 잃고 고개만 숙이고 있었다. 문종이 말을 이었다.

"과인의 병이 낫지 않고 점점 더해가는 것만 같으니 과인 생각으로는 머지않아 저 어린것에게 왕위를 넘겨주어야 할 것 같소. 저 아이가 장성하여 어른이 될 때까지만이라도 살고 싶소만, 천수가 이뿐이라면 어찌하겠소. 세자가 어린 나이로 즉위하게 되면 여기 네 분께서는 저 집현전의 여러 학사들과 손을 잡고 어린 임금을 잘 보필하여 주시오. 그리하면 과인은 저승에서라도 기필코 그 은혜에 보답할 것이오. 경들의 의향은 어떻소?"

황보인이 고개를 들어 아뢰었다.

"신 등은 전하의 성념을 우러러 잘 살피고 있나이다. 신 등은 전하의 지우知遇하심에 감읍하여 목숨을 돌보지 않고 세자저하를 보필하고 또한 지켜드리겠사오니 신 등을 믿어주시옵소서."

김종서가 강개한 어조로 말을 이었다.

"신 김종서는 비록 재주는 없사오나 두만강을 막고 오랑캐들을 무찔렀습니다. 이제 장차 신의 주상이 되실 어린 세자저하를 보위치 못한다면, 신은 결코 머리를 달고 돌아다니지 아니할 것을 하늘에 맹세하나이다."

이러한 대답은 그들이 앞으로 닥쳐올 폭풍이 무엇인지를 예감하고 있다는 의미도 가진 것이었다.

"네 분 정승! 참으로 고맙소. 오늘부터 세자를 네 분의 아들로 맡기겠소."

"황공하여이다, 전하."

네 사람은 모두 자세를 바꾸어 무릎을 꿇고 엎드렸다.

"일어나 편히 앉으시오. 그리고 세자야."

"예, 아바마마."

"여기 계신 네 분은 이제부터 너의 의부義父이시니라. 그러니 부모에 대한 예로써 한 분 한 분께 절을 올려라."

세자는 어명대로 거행했다. 정승들이 일어나 맞절을 하려고 했으나 임금이 이를 못하게 말려서 기어코 앉은 채로 세자의 절을 받았다.

"이제 해도 저물었으니 시장들 하실 것이오. 이미 주안상을 준비하라 일러놓았으니 들여오거든 취흥이 거나하게 오르도록 드시고 가십시오."

"성은이 하해 같사옵니다, 전하."

네 사람은 기쁜 마음으로 하사주를 거나하게 들고 나서 돌아갔다.

5월로 접어들면서 문종의 병세는 매우 위중해졌다. 친히 정무를 살피기 어려울 정도로 심각했다.

"영상대감, 아무래도 우리가 한번 전하를 직접 뵙고 문안을 드리도록 합시다."

김종서가 황보인의 의향을 물었다.

"우상께서 내 심정을 말씀하셨소이다. 그리 합시다."

환후를 살필 겸 문안을 드리고 싶어도 대신들은 가급적 참아야 했다. 대신들이 문안을 드리면 국왕도 대신들에게는 예를 차리느라 몸을 움직여야 하는데, 그런 움직임이 환후를 악화시키기 때문이었다.

5월 3일, 영상 황보인, 우상 김종서, 좌찬성 정분 그렇게 세 대신들이 강녕전에 들어 임금을 뵈었다. 좌상 남지는 병으로 나오지 못했다. 누워 있던 임금이 일어나려고 했으나 대신들이 말려서 그냥 비스듬히 누워서 인사를 받았다.

"신 등이 좀 더 일찍 문안을 드리려 했으나, 성상께 번거로움을 드릴까보아 낭청郎廳(각 관아의 당하관)을 시켜 문안드려왔습니다. 그때마다 신 등은 성상께서 오늘은 회복되실 것이라고 믿었고, 내일은 반드시 회복되실 것이라 믿었사옵니다."

"빨리 털고 일어나지 못해 미안합니다."

"황공하옵니다. 내의의 말을 들으니 성상의 종기는 꺼릴 만한 것이라 합니다. 지금 변경에는 근심이 없고 또 급한 국사도 없으니 쾌차하실 때까지 일체의 서무를 그만두시기를 간청드리옵니다."

"고맙소, 경들의 뜻을 따르겠소."

"황공하오이다."

"그런데 말이오. 일본 국왕 사신들이 입경한 지 오래되었소. 과인이 회복된 뒤에 만난다면 시일이 너무 오래 걸릴 것 같은데 어찌하면 좋겠소?"

외국 사신은 국왕이 직접 만나봐야 한다는 국가 간의 예절이 있었다. 명국에 대한 사대와 일본에 대한 교린은 조선 외교의 중요한 두 축이었다. 그러므로 그 나라의 사신을 홀대하면 외교 문제가 발생할 수도 있었다. 김종서가 의견을 냈다.

"일본 사신은 원래 진향進香(왕의 사당에 제사를 올리는 일)을 위해 왔으니, 다음 달 15일에 먼저 문소전에 나가 진향한 후 알현토록 하면 일도 순서에 맞고, 그때쯤이면 성상의 환후도 쾌차하실 것이옵니다."

이렇게 하면 한 달 이상의 시간을 벌 수 있었다.

"그리 해봅시다."

"황공하옵니다."

예조에서 좌랑이 객관으로 찾아가 설명해주자 사신은 이해했다.

임금이 잠시 쉬기로 했으므로 대신들은 후속 조치를 마련했다. 특별한 일이 아닌 통상의 공무는 임금에게 보고하지 말고 부서끼리 문서를 주고받는 행문이첩行文移牒으로 처리하도록 육조에 지시했다.

또한 조관朝官(조정 신하)을 시켜 종묘, 사직, 소격전昭格殿(도교식 제사를 맡아보던 곳) 등에 나아가 임금의 완쾌를 비는 기도를 드리게 하고, 삼각산, 북악산, 목멱산 등에도 조관을 보내 산신에게 기도하게 했다.

안평대군은 대신들의 부탁을 받자 곧장 대자암에 나가 임금의 완쾌를 축원했다.

최선을 다하는 명의 전순의가 있고, 또 이렇게 하면 환후는 곧 쾌차하리라고 임금도 대신들도 믿고 있었다.

권람이 꽤 오랜만에 수양 대군저를 찾았다. 두 사람은 호젓이 마주 앉아 저녁 술잔을 기울였다.

"이보, 정경正卿."

수양대군은 전에 없이 은근했다.

"예, 나리."

"자, 한 잔 더 드시오."

"예, 나리. 이러다 너무 취하겠소이다."

"하하, 좀 취한들 어떻소."

"크, 나리께서도 한 잔 더 드십시오."

"좋소, 하하. 이러한들 어떠하며 저러한들 어떠하리. 만수산 드렁칡이 얽혀진들 어떠하리……. 이 누구의 시조인지 정경은 아시오?"

"그 시조를 시생이 어찌 모르겠습니까? 저 영용하신 태종대왕께서 포은 정몽주의 마음을 알아보시려고 읊으신 명시조가 아닙니까?"

"그렇소이다. 그런데 말이오. 오늘 내가 정경에게 이 시조를 빌려 의향을 떠본다면……. 장차 포은이 되겠소, 아니면 양촌陽村(권람의 조부 권근)이 되겠소?"

빤한 대답을 알면서 굳이 이렇게 묻는 대군의 심사를 알 것 같았다. 뭔가 이전보다도 더 크고 더 굳은 포부를 감추고 있음을 짐작할 수 있었다.

"하하, 어려운 질문을 하시옵니다. 하오나 시생이 양촌의 손자인데 어찌 포은을 따르겠습니까?"

"정녕 그러하십니까?"

"시생으로서야 여부가 있사옵니까?"

"하하하…… 하하. 자 자, 그런 의미에서 한 잔 더……."

빤한 대답이 그렇게 좋은지 수양대군은 너털웃음을 웃으며 술을 권했다.

양촌 권근은 고려 말 정몽주, 정도전, 이색, 길재 등과 나란히 어깨를 견주던 대학자요 정치가였다. 고려가 망한 뒤에 권근의 부친 권희

權僖와 이태조의 친분, 또 자기와 태종 이방원의 친분을 생각해서 권근은 조선조에 출사했다. 벼슬이 찬성사贊成事(정2품)에 이르렀으며, 유학을 고려시대에서 조선시대로 이양하는 데 큰 역할을 했다.

"이보게, 정경."

"예, 나리."

"그대 정경의 집과 우리 집은 누대에 걸쳐 세의世誼가 돈독한 집안이 아니오?"

"예, 참으로 그러하옵니다."

"우리 할아버님 태종대왕께서는 글에도 뛰어나셔서 여조麗朝에서 대과를 하시어 유신으로서도 이름을 날리셨거니와, 그대의 할아버님 양촌께서도 쟁쟁한 유학자로 양명하시면서 서로 친교가 두텁지 않았소?"

"과연 그렇습니다."

"그대의 아버님 문경공文景公(권제)은 또 어떻소? 나의 아버님 세종대왕을 도와 그 업적이 이루 다 말할 수도 없소이다."

"예, 그렇습니다."

"문경공은 나의 아버님을 도와 〈용비어천가〉를 지어 바쳤고, 《고려사》를 찬진하였으며, 집현전의 부제학으로서나 여러 관직에서 그 공이 실로 지대합니다. 그런데 저 김종서 일당이 우리 아버님 세종대왕께 그대 아버님을 모함하여 사후의 고신마저 박탈하는 벌을 내리게 하였으니, 이는 결코 정경이 잊을 수 없는 일이지요. 안 그렇소, 정경?"

제법 취기가 올랐는지 수양대군이 술잔을 들어 탕 하고 술상 바닥을 쳤다. 권제는 《고려사》를 개찬할 때 수사불공修史不公(역사왜곡 기록)을 저질러서 세종으로부터 벌을 받았다.

"예, 그렇습니다. 그 벌이 비록 시생의 선친이 《고려사》를 왜곡되게 쓴 책임이라 하지만, 시생으로서는 자손 된 도리로써 부친의 사후 관직마저 삭탈케 한 김종서 등의 무리를 교유의 대상으로 삼을 수야 있겠습니까?"

"암, 그래야지. 과연 지당한 말씀이오. 자, 이제 정경과 내가 손을 잡고 의기투합하여 대사를 도모한다면, 우리 집안은 실로 4대에 걸쳐서 불가분의 세의世誼가 이어지는 것이오."

권람은 품속에 지닌 한명회의 서찰을 언제 어떻게 보일까 망설이며 미루어 왔었는데 드디어 보일 때가 왔다는 것을 직감했다. 수양대군의 욕심이 어디까지인지 구체적으로 무엇인지 알 수가 없었는데, 취중진담으로 '대사를 도모한다'는 말이 나왔던 것이다.

'무서운 욕심을 숨기고 있구나!'

'형왕인 금상의 환후가 더 위중해졌는데, 술을 마시고 너털웃음을 웃으며 무서운 욕심을 드러내다니…….'

권람은 소름이 끼치고 등골이 서늘하여 술이 확 깨는 듯했다. 권람은 수양대군이 의관 전순의를 시켜서 지금 임금을 모살하고 있는 중이라는 사실은 전혀 모르고 있어 그나마 다행이었다.

"나리, 전에 나리께 소개했던 한명회라는 친구에게서 시생한테 서찰이 왔었습니다. 짐작은 하고 있었습니다만 그 친구 세상을 내다보는 안목에 제가 새삼 놀랐습니다."

"그랬던가요? 어디 그 서찰을 나도 좀 볼 수 있소?"

"예. 그러잖아도 보여드리려고 가져왔습니다."

권람은 한명회의 서찰을 꺼내 건네주었다.

수양대군이 한명회의 서찰을 읽더니 꽤 상기된 표정이 되었다. 서찰을 읽고 또 읽었다.

권람은 신경을 곤두세워 그 서찰을 읽어가는 수양대군의 표정을 살폈다. 언짢거나 불쾌한 표정은 전혀 보이지 않았다.

"음……."

짤막한 소리를 내며 입을 꾹 다물고 또다시 서찰을 보았다. 그때 권람은 대군의 입이 귀 쪽으로 당겨지면서 얼굴로 퍼져가는 완연한 희색을 목도할 수 있었다.

권람은 안도했다.

"이 사람 지금 어디에 있소?"

서찰에서 눈을 떼며 대군이 물었다. 전에 한명회를 담담정의 사인으로 보내겠다는 권람의 말을 떠올린 것 같았다.

"그때 바로 안평대군저에 사인으로 보낼까 생각했으나, 아무래도 보물 보따리를 빼앗기는 기분이 들어 우선 송도에다 묻어두었습니다."

"그래요? 거기서 무얼 하는 거요?"

"경덕궁 집사 겸 궁직을 하고 있습니다."

"음, 그 사람 위수渭水의 낚시꾼 강태공 같은 사람이구려. 안평에게 안 보내기를 참 잘했소."

강태공은 중국 고대의 위대한 전략가요 정치가로 본명은 여상呂尙 또는 강상姜尙이라 했다. 고대 중국 주나라의 문왕文王이 위수 가에서 낚시로 세월을 보내는 강태공을 만나보고 기인임을 알아 모시고 가 스승으로 대접했다.

강태공은 문왕 다음의 무왕武王을 도와 4만 5천의 군사로 흉포한 은 나라 주왕紂王의 72만 대군을 격파해 은나라를 멸망시키고, 주나라를 중국의 종주국으로 만든 사람이었다. 그는 문왕, 무왕, 성왕成王, 강왕康王의 4대에 걸친 태사太師로서 국정을 바르게 도와 주나라를 반석 위에 올려놓았고, 제齊나라의 땅을 제후국으로 받아 그 창시자가 된 사람이었다.

"그 친구 송도바닥에 파묻혀서 많은 졸개들을 거느리고 있습니다."

"아니, 졸개들이라니? 그들이 뭘 하는 거요?"

"그 졸개들 덕택에 궁중으로부터 변방에 이르기까지 세상 돌아가는 형편을 다 듣고 있으며, 그래서 앞날을 내다보고도 있는 셈입니다."

"흠, 그렇다면 언제 한번 만나보기로 합시다."

수양대군은 그 서찰을 권람에게 다시 건네주었다.

"나리께 보여드렸으니 이제 불살라버리겠습니다."

"그럽시다."

내심으로 이미 한 패가 된 듯이 대답했다. 촛불에 타는 서찰은 하얀 재가 되어 공중으로 사라졌다.

"정경, 자, 한 잔 더 드시오."

"예, 예. 너무 취하면 실례가 되오니 하직 잔으로 받겠습니다."

"허허, 취하면 정경이야 예서 자고 가도 되지 않소?"

"아니옵니다. 내일 출사도 해야 하옵고……, 끄윽."

"정경, 고맙소. 그럼 조심해서 가시오."

권람은 비틀거리는 걸음을 다잡아가며 천천히 걸었다. 선선한 오월 밤바람이 취기를 날려주었다.

'자준이. 아무튼 그간 고생이 많았네. 나리께서 곧 부를 걸세.'

대신들의 건의로 임금이 모든 일을 쉬게 된 이틀 후인 5월 5일, 영의정 이하 중신들은 또 사정전에 모여 어의의 진단결과를 기다리고 있었다. 이는 시약청侍藥廳을 꾸려야 할 것인지의 여부를 결정하기 위해서였다. 시약청은 임금이나 왕비 또는 대비에게 환후가 있을 때 꾸리는 임시기구였다. 그 책임자인 도제조都提調는 영의정이 맡고, 좌우 의정과 육조의 판서들이 부책임자인 부제조가 되고, 내의원의 모든 의원들이 시약청에 편입되어 비상근무에 임하는 체제였다.

이때 의원들은 약을 쓰거나, 어주御廚(임금의 수라를 짓는 주방)에 식단을 지시하거나, 임금의 행차 여부를 건의할 때는 모든 중신들과 의논하여 결정해야 했고, 의원들 자의로 결정할 수가 없었다.

꽤나 지루한 시간이 흐른 뒤 내전에서 당대 최고의 명의 전순의가 나와 사정전에 이르렀다.

"환후가 어떠신가?"

중신들은 모두 전순의의 입을 주시했다. 전순의의 표정은 다행히 어둡지 않았다.

"종기가 난 곳이 퍽 아프셨으나 저녁이 되자 조금 덜하셨습니다. 농즙이 흘러나온 뒤에 두탕豆湯(콩즙)을 올렸더니 성상께서 젓수시고 기뻐하시며 '음식 맛을 조금 알겠노라' 하셨습니다."

전순의는 자신 있는 표정으로 말했다.

중신들이 얼굴을 활짝 폈다. 시약청을 꾸릴 필요가 없었다. 중신들은 전순의의 진단이라면 안심해도 좋다는 믿음이 있었다. 임금이 곧 쾌차할 것이라 생각한 중신들은 서로 하례하면서 사정전에서 일어섰다.

다음 날인 5월 6일, 임금의 더욱 빠른 쾌차를 위해 대신들은 조관들을 가까운 명산대천에 보내 기도를 드리게 했다. 기도를 드릴 때 읽는 축문은 모두 어린 세자의 서명을 받았다.

이날에는 수양대군이 자청하여 흥천사에 나가 공작재孔雀齋를 베풀었다. 겉으로는 임금의 쾌차를 위해 애쓰고 있는 척하는 것이었다. 공작재는 공작명왕孔雀明王을 본존으로 모시는 불교의 밀교에서 병마를 물리쳐주기를 기원하며 시행하는 공양 불사였다.

수양대군은 흥천사에 가면서 도승지 강맹경을 데리고 갔다. 대군이 조용히 강맹경에게 물었다.

"의정부에서 시약청을 꾸려야 한다는 주장은 없었습니까?"

"예. 아직은 없는 것으로 압니다만……."

"시약청이다 뭐다 공연히 소란 떨 필요는 없는 것이오. 명의 전순의가 있지 않소? 잘 아시겠지만 도승지께서도 그가 하자는 대로 따르며 잘 도와주시면 되는 것이오."

"예, 알겠습니다."

"수라상에 올리는 식단도 어의가 확인하지요?"

"예, 전순의가 의녀를 시켜 어주의 일을 챙기고 있습니다."

"그럼 되었소."

'음, 다 잘들 하고 있구먼.'

수양대군은 회심의 미소를 지었다.

그들이 흥천사에 도착해 재를 올리려던 참이었다. 의정부 사인舍人(정4품)이 쫓아와 의정부의 지시를 전하고 도승지 강맹경을 데려갔다.

시약청을 차리지 않았을 경우에는 모든 치료 절차가 내의원을 관할하는 예조의 소관사항이긴 했으나, 사실상 구체적인 모든 것이 도승지의 책임하에 있었다. 도승지는 또한 전의감 부제조이기도 한 때문이었다.

도승지는 의관들의 뜻을 의정부에 먼저 보고하고, 의정부의 지시에 따라, 도승지가 직접 의관들을 지휘하여 치료에 임해야 했다. 그러므로 도승지라는 사람이 와병 중인 임금 곁을 떠나 사사로이 종친을 따라간다는 것은 있을 수도 없고 상상할 수도 없는 일이었다. 의정부에서 강맹경을 호되게 꾸짖었다.

"성상께서 중환이신 이때 도승지가 궁궐을 비운다는 것이 어찌 생각이라도 할 수 있는 일인가?"

강맹경은 코를 싸매고 자기 대신 우부승지 권준權蹲을 홍천사에 보냈다.

5월 8일, 중신들은 다시 사정전에 모였다. 사흘 전처럼 내전에 들어간 어의 전순의가 나오기를 초조하게 기다리고 있었다. 드디어 전순의가 내전에서 나왔다.

"성상의 환후는 어떤가?"

대신들은 이구동성이었다.

"좋아지셨습니다. 성상의 종기에서 농즙이 흘러나와서 지침紙針(종이에 약을 녹여 빳빳하게 말린 것을 종기에 꽂는 것)이 저절로 뽑혀졌습니다. 찌르는 듯 아프신 것이 처음으로 누그러졌다 하셨습니다. 예전의 평일과 같은가 하옵니다."

중신들의 얼굴이 일제히 환해졌다.

농즙이 흘러나와 지침이 저절로 빠지고 심한 통증이 사라졌다면 병은 완연히 쾌유되어 가는 것이었다. 예전의 평일과 같다는 말은 병이 거의 다 나았다는 뜻이었다. 중신들은 임금이 곧 떨치고 일어나 일상으로 돌아오리라 여겼다. 그러나 임금은 아직 일어나지 못하고 있었다.

전순의는 임금의 기력이 점점 약해지므로 기력의 회복을 위해 섭생에 도움이 되도록 음식 처방을 하고 있었다. 전순의는 의녀를 시켜 소주방 제조상궁에게 서찰을 보냈다. 특별히 꿩고기를 올려야 하는데, 그것을 삶지 말고 구워서 올리라는 내용이었다. 꿩고기를 여름에 올리면 해가 될 수 있으나 구워서 올리면 해가 없다고 했다. 그러나 꿩고기는, 특히 여름의 꿩고기는 삶든 굽든 매우 해가 커서 임금의 증상을 악화시키는 음식이었다. 임금은 이후 꿩고기를 계속 복용했다.

5월 10일, 조관들을 여러 도의 명산대천으로 보내 기도를 올리도록 했다.

5월 11일에는 영의정 황보인이 종묘로, 우의정 김종서가 사직단으로, 공조판서 정인지가 소격전으로 가 기도를 드렸다. 임금의 와병 소식에 경기도 관찰사, 강원도 관찰사, 개성부 유수가 도사를 보내 문안했다.

5월 12일, 의정부 우참찬 겸 이조판서 허후許詡가 내전인 강녕전에 들어 임금을 배알했다.

"전하, 큰 종기를 앓고 난 후에는 3년이 지나야 완전히 회복된다 하오니 계속 조심하시지 않을 수 없사옵니다. 지금 종기가 난 곳이 날로 차도가 있다 하오니 신 등의 기쁨은 한량없사옵니다. 날마다 조심하시고 움직이시지 마시고 노고하시지 마셔서 성궁을 보전하시옵소서."

허후 역시 일전에 사정전에서 전순의의 말을 들은 중신이었다. 허후가 문종의 환부를 직접 본 것은 아니었다. 전순의의 말을 믿고 한 말이었다.

임금은 냉수를 들면 갈증이 금방 풀리고 속이 시원하고 통증이 가시는 것 같아 냉수를 자주 든다고 했다.

"의관이 알고 있사옵니까?"

"그렇소. 의관이 허락한 일이오."

"무릇 종기는 갈증을 유발하옵니다. 그 갈증을 그치게 하는 데는 냉수가 아니라 속을 덥게 하는 처방을 해야 하옵니다. 사람의 몸속에서는 혈기가 운행하는데, 혈기란 몸이 더우면 잘 운행하고, 몸이 차면 운행을 중지하므로 그때 종기가 발생한다 하옵니다. 중국 사람들이 일찍이 조선 사람들은 날 음식과 찬 음식을 좋아하기 때문에 종기가 많다고 한 것은 새겨들어야 할 말이옵니다. 평상시에도 날 음식과 찬 음식을 피해야 하는데 더구나 배창을 앓고 있을 때에는 더욱 피하셔야 하옵니다."

'냉수가 좋지 않다는 것을 의원들이 모를 리가 없으련만 어찌하여 알면서도 냉수를 들게 했을까?'

허후는 매우 의아하게 생각했다. 그러나 임금이 냉수만 찾으니 하는 수 없이 올린 것이 아닌가 여기며 고개를 갸웃거릴 뿐이었다.

"또 듣자오니 의관들이 십선산十宣散을 조제하여 올린다 하옵는데, 이 약은 술에 타드셔야 하옵고, 많이 드셔서는 아니 되는 약이옵니다."

"의관의 방침에 따르고 있소. 통증 완화를 위해서 그것을 처방하는 것 같소."

그날도 임금은 통증 때문에 점점 더 잠들기가 어려워 애를 태우고 있었다.

"전하, 오늘은 침을 놓을 때 조금 더 아플 것이옵니다. 하오나 침을 맡고 나면 침수가 편해질 것이오니 참으셔야 하옵니다."

"아무렴, 참아야지."

"전하, 오늘은 엎드리시옵소서."

임금이 엎드리자 전순의는 침통에서 가장 큰 장침을 꺼내 들었다. 그리고 그 침을 종기의 가운데로 찔러 살살 돌리며 점점 더 깊게 찔러 넣었다.

임금이 고통을 참느라 몸을 움츠리고 끄응끄응 신음을 했다. 전순의는 침이 임금의 허리뼈에 꽂힐 때까지 찔러 넣고 있었다.

"으득."

갑자기 임금의 어금니 부딪치는 소리가 났다. 견딜 수 없는 통증의 순간이었다. 장침이 드디어 등뼈 속까지 닥친 것이었다.

"전하, 잘 참으셨사옵니다. 이제 종전대로 옆으로 누우시옵소서."

"후유……, 후유……."

임금이 가쁜 숨을 뿜어냈다.

"전하, 오늘은 침수가 훨씬 편하실 것이옵니다."

다른 의관들이 종기의 농즙을 빨아낸 다음 치료는 끝이 났다. 과연 그날 임금은 통증이 많이 누그러져 오랜만에 편한 잠을 잤다.

그날 장침 끝에는 사망射罔이라는 독약이 필요한 만큼 발라져 있었다. 이 독약은 초오두草烏頭, 독공毒公 또는 토부자土附子라고 하는 독초로부터 뽑아낸 것이었다.

임금의 뼈 속으로 들어간 독약은 그 독 기운이 점점 몸 안으로 퍼져

나갈 판이었다. 그리고 이삼일 내에 환자는 임종을 맞아야 하고 아무리 늦어도 사오일 안에는 사망에 이르게 되어 있었다. 이 독약은 또한 통증을 완화시키기 때문에 이후 임금은 심신이 훨씬 편해질 것이었다.

5월 13일, 황해도 관찰사와 충청도 관찰사가 도사를 보내 문병했다.

여전히 시약청을 차려야 한다는 말은 어디서고 나오지 않고 있었다. 임금의 환후를 그리 심각하게 여기지 않고 있기 때문이었다. 주치의관 전순의가 만나는 사람들 모두에게 임금의 환후가 매일 좋아지고 있다고 말했기 때문에 더욱 그랬다. 시약청이 차려지지 않았기 때문에 모든 치료의 주선은 도승지가 맡아서 했다.

치료의 일이든 기도의 일이든 모든 일을 도승지 강맹경은 종친 수양대군에게 먼저 보고한 후 그의 지시를 받아 의정부에 고하고 시행했다. 의정부에 고할 때는 그 일이 의관들과 상의한 것이라고 거짓말을 했다. 그러니까 임금 치료의 모든 일은 수양대군이 독단적으로 주도하고 있었다는 의미다. 이는 명백하고 엄중한 국법 위반이었다. 이것이 국법위반인 것을 모를 리 없는 도승지 강맹경은 이런 치료의 모든 일을 충실히 이행하고 있었다.

저녁이 되면 매일 하는 임금의 종기 치료가 시행됐다. 우선 의관 전순의가 종기의 곪은 부위를 은침으로 찔러 땄다. 그런 다음 의관 변한산邊漢山이 딴 곳에 입을 대고 농즙을 빨아냈다. 그다음 최읍崔浥이 또 그렇게 농즙을 빨아냈다.

5월 13일, 이렇게 두 의관이 빨아낸 피고름이 서너 홉合이나 되었다. 그렇게 농즙을 빨아내고 나면 임금의 통증은 좀 더 가라앉았다. 빨아낸 농즙의 양은 전날보다 더 많았다. 매일 피고름의 양은 조금씩 불어나고 있었다. 그런데도 전순의는 매양 말하곤 했다.

"매일 좋아지고 있습니다."

"사나흘만 지나면 환후는 완쾌될 것입니다."

전순의는 사나흘만 지나면 모든 환후가 끝나고 자신의 치료도 끝난다는 것을 말하고 있었다.

5월 13일, 수양대군은 퇴청해서도 관복을 벗지 않았다. 밤이 되어서도 관복을 입은 채 사랑에 앉아 있었다. 오늘 내일이 고비일 것이라 짐작하고 있어서였다. 수양대군은 전순의의 장침 치료를 이미 다 알고 있었다.

부인 윤씨가 며느리 한씨를 조용히 데리고 들어왔다.

"나리, 아무래도 오늘 내일이 고비일 듯하옵니다."

이 집 식구들은 딴 사람들처럼 환후가 나아지고 있다고 여기지 않고 있었다. 수양대군의 모습에서 무언가 침중함을 느끼고 있는 것 같았다. 나지막한 윤씨의 말에 수양대군은 별 표정 없이 고개만 끄덕였다.

"수렴청정을 하실 어른이 아니 계시온데……, 섭정을 정해두는 것이 마땅하지 않을는지요?"

수양대군은 이번에도 가볍게 고개만 끄덕였다.

"저, 아버님께서 섭정을 자청하심이 옳을 것으로 아옵니다."

며느리 한씨의 말이었다.

"……."

수양대군은 잠시 며느리의 눈초리를 주시했다. 담담하나 자신감 있는 눈초리였다.

"잠시 전에 며늘아기와 의논이 있었사옵니다."

"……?"

"불공한 말씀이옵니다만 만일 국상을 당하게 되면 세자저하께서 보위에 오르셔야 하옵는데, 춘추가 이제 겨우 열둘이 아니옵니까?"

"음……."

"조정에는 노련한 중신들이 계실 것이오나 그분들은 타성他姓이옵니다. 조정 대사를 타성에 맡겨둘 수도 없는 일이옵고, 이런 때에 타성들이 정사를 맡게 되면 파당이 생길 우려도 있사옵니다. 세자께서 성년이 되실 때까지는 종실에서 섭정을 맡는 것이 순리일 것이옵니다."

"음……."

"아버님께서 조용히 계시오면 안평대군께서 섭정을 하실 수도 있을 것이옵니다."

"그야 내가 하나 안평이 하나 종실에서 하는 것은 마찬가지가 아니냐?"

"하오나 왕실에도 위아래의 차례가 있을 것이옵니다. 아버님께서 아니 계시거나 환후 중에 계시면 모르겠사오나, 아버님이 계시온데 안평숙부께서 섭정을 하신다면 이를 순리라고 할 수는 없는 일이옵니다."

"음……."

"또한 조정의 대신들이 담담정이나 무이정사에 자주 들린다는 풍문이 있사온데, 아버님보다 먼저 그들의 주청이 있다면 환후 깊으신 성상께서 윤허하실 수도 있는 일이옵니다."

"음……."

"아기의 말을 귀담아 들으셨으면 합니다."

윤씨 부인이 거들었다.

"음……."

며느리 한씨가 궐 밖 사람으로선 놀랄 만큼 정확한 판단을 내리고 있다고 수양대군은 생각하고 있었다. 그러나 며느리나 부인에게 자신의 속을 다 내보일 수는 없는 일이었다.

"아뢰옵니다."

그때 가복 얼운이의 전언이 있었다.

"양녕대군께서 납시었사옵니다."

세 사람은 툇마루로 나서면서 허리를 굽혔다.

"들어가세."

양녕대군이 방으로 먼저 들어갔다.

"주안상을 차릴까요?"

방 밖에서 부인 윤씨가 수양대군에게 나직이 말했다.

"아니, 지금 술이나 마시고 있을 때인가?"

방 안에서 양녕대군이 목소리를 높였다. 수양대군은 부인과 며느리에게 눈짓으로 물러가라 이르고 방으로 들어갔다.

"주상의 환후가 위중하다고?"

"예, 지난밤에는 농즙을 서너 홉이나 짜냈다 하옵니다."

"저런……. 피고름이 서너 홉이라면 국상 차비를 해야 하겠네."

"걱정이 태산 같사옵니다."

"흐음, 큰일이로세."

"백부님, 주상께서 이대로 승하하시면 어린 세자를 누가 보필해야 합니까? 혜빈 양씨는 어떨까요?"

혜빈 양씨가 보필할 수 없다는 것을 뻔히 알면서 수양대군은 짐짓 모르는 체 물었다.

"혜빈 양씨가 무얼 어찌할 수가 있겠는가? 그 사람이 중전인가 대비인가?"

"하오면……."

수양대군은 이미 짐작하고 있는 말이 양녕대군의 입에서 떨어지기를 기다리고 있는 것이었다.

"이보게, 수양."

"예, 백부님."

"자네가 나서야지. 열두 살 세자가 보위에 오른다면 당연히 자네가 나서서 섭정을 해야 하지 않겠는가?"

"……."

"어떻게 세운 나라인가? 이제 겨우 터전을 잡아놓았는데 이놈 저놈 엉뚱한 놈들이 불쑥거리고 나서서 종사를 좌지우지한다면 고려 짝이 나고 말 것이야. 이 나라는 우리 이씨의 나라란 말이야."

"……."

"설사 주상께서 아무 부탁이 없다 해도 자네가 나서야 해. 주상이 승하하신다면 이제 자네가 왕실의 일인자가 아닌가? 나야 이제 뒷방 늙은이고."

"예, 하오나……."

"욕을 먹어도 나서야지. 암, 나서야지."

"예……."

"이보게, 수양. 그런데 자네에게 힘이 있는가?"

"예?"

"자네에게 힘이 있느냔 말이야. 중신들이며 대군들을 움직일 만한 힘이 있는가 말이네."

"예. 소질小姪은 그들 누구에게도 뒤지지 않을 만한 힘이 있사옵니다."

"허어, 이보게 수양."

"예, 백부님."

"나라의 일이란 한 사람의 기개나 용력으로 할 수 있는 게 아니네. 내 묻는 말은 자네에게 사람이 있느냐 그 말이야."

"……."

"사람이 있는가, 자네에게 말이야?"

"……?"

"사람이 곧 힘이네. 자네 한 몸으로 벌떼 같은 중신들을 감당할 수 있겠는가?"

"……."

"사람을 구하게. 장자방張子房 같은 책사도 있어야 하고, 번쾌樊噲같은 장사도 있어야 한단 말이네."

"……!"

"그게 바로 힘이고 종사를 구하는 길이네."

"……!"

수양대군은 대오각성이나 한 것처럼 머릿속이 환해졌다. 그런데 생각해보니 자기에게는 사람이 없었다.

'발등에 이미 불이 떨어지고 있는데 어찌해야 한단 말인가?'

갑자기 묘안이 떠오를 리가 없었다.

'그렇지, 권람을 만나자. 그리고 참, 그 한명회라는 자를 만나보자.'

수양대군은 한명회가 권람에게 보낸 그 편지, 자기가 보고나자 불태워 사른 그 편지를 떠올렸다.

'그 사람, 앞날을 내다보고 있어. 내 사람을 만들어야 해.'

다음 날 아침, 수양대군은 대궐로부터 급한 전갈을 받았다. 수양대군은 전갈을 받은 즉시 사정전 남쪽 회랑으로 갔다.

"대감, 성상의 병세가 위급해졌습니다."

도승지 강맹경의 말이었다. 거기에는 전순의 등 의관 몇 사람이 매우 초조한 모양새로《의방유취》를 뒤적이고 있었다. 지금까지 전순의는 방서方書, 약방문을 적은 책 참고 없이 자신의 전문성으로 임금의 치료를 주관해왔는데, 이제 방서를 보며 처방을 찾고 있다는 것은 참으로 생뚱맞고도 낯간지러운 연극이 아닐 수 없었다.

의관들 말고는 도승지 강맹경과 직집현直集賢 김예몽金禮蒙만이 수양대군을 기다리고 있었다. 누구보다도 먼저 이 위급사태를 알아야 할 대신들은 한 사람도 보이지 않았다. 물론 도승지 강맹경이 대신들에게는 연락을 아니 한 때문이었다.

"전하의 용태가 어떻다는 말인가?"

수양대군이 전순의에게 물었다.

"혼수가 시작되신 것 같사옵니다."

"사향소합원麝香蘇合元을 드려야 하지 않는가?"

"예, 그럴까 하옵니다."

당대의 명의가 일개 대군의 처방지시를 받고 있는 희한한 일이 벌어지고 있었다.

"어서, 어서 그리하게."

수양대군은 임금이 누워 있는 강녕전으로 달려갔다. 임금은 이미 의식이 없는지 눈을 감은 채 누워 있었다. 임금의 머리맡에는 세자와 경혜공주가 숨을 죽이고 앉아 있고, 조금 떨어져 영양위 정종과 혜빈 양씨, 그리고 안평대군과 금성대군이 앉아 있었다.

"전하, 정신이 드시옵니까? 수양이옵니다."

수양이 큰 소리로 말했으나 임금은 아무 반응이 없었다.

"저하, 아무런 하교도 아니 계셨습니까?"

수양이 세자에게 물었다.

"예."

세자는 울먹이며 대답했다. 수양대군도 앉아서 임금의 용태를 지켜보는 수밖에 없었다.

잠시 후 의관들이 들어와 임금의 용태를 살폈다. 그러더니 임금의 상체를 약간 올려 받치고 물에 갠 약을 조금씩 떠서 입 안으로 흘려 넣었다. 혼수상태의 환자에게 먹이는 사향소합원인 것 같았다.

의관들이 임금의 맥을 짚고 나서 밖으로 나갔다. 그때 수양대군도 따라 나갔다.

한두 번 더 의관들이 들랑거리는 사이 임금은 별 차도를 보이지 않고 시간은 흘러 저녁나절이 다가오고 있었다. 그러는 사이 수양대군과 다른 대군들 그리고 군들이 들어와 임종을 예비하며 임금의 용태를 지켜보았다.

유시酉時(오후 5~7시)쯤 임금이 고개를 약간 움직이자 세자가 큰 소리로 불렀다.

"아바마마, 정신이 드시옵니까?"

그 소리에 임금이 천천히 눈을 떴다. 그 새를 틈타 수양이 다가앉았다.

"전하, 수양이옵니다. 신을 알아보시겠습니까?"

"……."

"전하, 하시고 싶은 말씀을 하시옵소서. 소제가 혼신의 힘을 다하여 받들어 모실 것이옵니다."

임금의 눈에 눈물이 고이기 시작했다.

"세…… 자……."

그리고 가느다란 소리로 세자를 불렀다. 세자가 다가앉으며 임금의 손을 감싸 잡았다.

"아바마마, 소자 여기 있사옵니다."

"세에……. 허…… 허……."

임금은 세자를 부르고자 하며 가쁜 숨을 몇 번 몰아쉬더니 눈을 뜬 채 조용히 고개를 떨어뜨렸다.

임종이었다.

"아바마마……."

"아바마마……."

경혜공주가 임금의 눈을 감겨드렸다.

"전하……."

"상감마마……."

1452년(문종 2) 5월 14일 유시였다.

장년의 한창 나이인, 그 활력으로 왕도가 무르익을, 조선 나이 참으로 아까운 39세였다.

종기는 사람이 그것으로 죽는 치명적인 병도 아니요, 임금 문종은 종기 따위로 쉽사리 죽을 허약체질도 아니었다. 더구나 임금 문종의 그 종기는 조선 제일의 명의인 전순의가 전담 치료를 했다. 그런데도 임금 문종은 한창 나이에 종기 따위로 죽고 말았다.

삽시간에 대궐 안팎은 울음바다가 되었다. 여러 신하들이 모두 통곡하여 목이 쉬니 궁정이 진동했으며, 거리의 소민들도 슬퍼서 울부짖지 않는 사람이 없었다.

평소 강건했던 문종 임금이 비록 세종의 국상을 치르느라 몸이 좀 축났다 하더라도 이리 쉽게 사망하리라고 예상한 사람은 아무도 없었다. 근래의 배창 두어 번이 잘 나았고, 잘 낫게 하는 명의 전순의가 돌보아왔는데, 그것으로 이리 쉽게 죽으리라고 생각한 사람 역시 아무도 없었다.

나이 어린 사왕嗣王에게는 청천벽력과도 같은 일이었다. 대비도 없고 대왕대비도 없이 겨우 열두 살에 느닷없이 왕위를 이어받아 국사를 떠맡아야 하기 때문이었다.

이 딱한 사왕이 또한 불쌍하고 불안해서 신민의 슬퍼함이 더했으니, 문종 승하의 슬픔은 세종 상사 때보다 훨씬 더했다.

즉시 국상이 반포되고 온 나라의 시장은 철시를 했다. 국상도감 도제조에는 영의정 황보인이, 빈전도감 제조에는 우의정 김종서가 임명되었으며, 산릉도감 도제조에는 좌찬성 정분이, 제조에는 병조판서 민신이 임명되었다. 고명을 받은 대신들과 병조판서 민신이 이번 국상의 책임자들이었다. 고명을 함께 받은 좌의정 남지는 풍질로 와병 중이었다.

국상의 책임자들은 우선 금군을 시켜 대궐의 경계를 삼엄하게 하여 어떠한 변고라도 막을 수 있는 태세를 갖추도록 했다. 책임자들은 우선 대행왕의 아우들을 국상도감의 감투 자리에서 모두 배제했다. 종친들은 국사에서 제외된다는 것을 확실히 한 것이었다. 대행왕의 아우들은 대군들 다섯, 군들 열 명으로 무려 열다섯이나 되었다.

밤중에 보니 빈청은 어린 세자를 가운데 두고 그를 옹위하고 있는 열다섯 왕제들로 가득 차 있었다. 흡사 호랑이 무리 속에 한 마리 노루새끼가 놓여 있는 것 같았다. 어찌 생각하면 참으로 위험천만한 모양새였다.

"여보, 우상대감."

"예, 영상대감."

"저 어린 세자저하를 삼촌들에게 둘러싸인 채 저렇게 놓아두어도 괜찮을까요?"

"글쎄요. 허지만 대행왕의 빈청인 데다 또 왕제들이 열다섯이나 함께 있으니 무슨 속셈이 있다한들 손 쓸 수가 있겠습니까?"

"아닙니다. 만사에 빈틈이 없어야 합니다."

좌찬성 정분이 거들었다.

"만일 세자저하께 변고가 생기면 누가 덕을 보겠습니까? 대위는 자연 수양대군에게 갈 것이 아닙니까? 저 야심 많은 수양대군이 불궤不軌한 마음을 품고 있다면 이렇듯 창황망조蒼黃罔措할 때 독수毒手를 뻗칠지 누가 압니까?"

"그도 그렇군요."

"그럼 어쩌지요? 저 많은 왕제들을 세자 주위에서 어떻게 쫓아내지요?"

"좋은 수가 있소."

"예? 좋은 수라니요?"

"왕제들은 빈청에서 밤을 새울 수가 없으니 모두 집으로 돌아가야 한다고 합시다."

"허지만 순순히 듣겠소?"

"국상도감의 임원이 아닌 종친은 궁 안에서 잘 수 없는 게 국법이라고 일러주면 되지요."

"그래도 자기들의 형왕이 승하하셨으니 밤을 새워야 하겠다고 고집을 부리면 억지로 내보낼 수는 없는 일이 아니오?"

김종서가 나섰다.

"그 일은 제가 맡겠소. 어떻게든 쫓아내겠습니다. 일단 집으로 돌아갔다가 내일 들어오라 하겠습니다. 그리고 내일부터는 자리를 따로 하여 종친들은 세자 곁에 오지 못하도록 손을 써놓겠습니다."

"그렇게 해봅시다. 우상대감이 빈전도감의 총재관이시니 대감의 직권으로 하면 가능하겠소."

김종서는 즉시 집사관執事官을 시켜 그 뜻을 왕제들에게 통고했다. 그러자 왕제들이 들고 일어났다.

"아니, 우리더러 모두 돌아가라고?"

"수양 형님, 이래도 됩니까?"

수양대군이 발끈하고 일어섰다.

"아니, 우리의 형왕 전하께서 지금 빈청에 누워 계신데 우리들은 집에 돌아가 발을 뻗고 잠을 자란 말이오? 이런 법도 있단 말이오?"

안평대군도 가만있지 않았다.

"유교를 숭상하여 《주자가례》를 따른다는 사람들이 뭐 이따위 수작을 부린단 말이오?"

"글쎄 말이네."

"도대체 이 나라가 이씨의 나라인지 황보씨나 김씨의 나라인지 알 수가 없지 않습니까?"

왕제들은 그들대로 더럭 의심이 났다. 황보인 등이 왕의 고명을 빙자하여 종친들을 모조리 내쫓은 다음 저희가 왕위를 찬탈하여 뒤엎어 버려도 궁중에는 아무도 없지 않은가?

"오늘 밤 당장에라도 저놈들이 무슨 변을 일으키려는 것이 아니오? 그렇지 않고서야 우리 모두를 내쫓을 까닭이 없지 않습니까? 이놈들을 가만둘 수가 없습니다. 당장 결판을 냅시다, 형님."

성질이 괄괄한 임영대군이 주먹을 쥐고 부르르 떨었다.

왕제들은 집에 가신과 무사들을 암암리에 기르고 있었다. 물론 병장기도 상당히 비축해두고 있었다.

"가만……. 자네들 하는 소리를 들으니 모두 개죽음을 당할 소리들이구먼."

수양대군이 흥분을 가라앉혔다.

"만약 그렇게 먼저 덤볐다가는 우리가 오히려 역모로 되잡혀서 일 망타진 될 것이네. 저 노련한 황보인이나 김종서에게 다시없는 구실과 기회를 주는 것이 되네. 지금 우리가 저들과 겨루는 것은 이란격석以卵擊石(계란으로 바위치기)일 뿐이야."

"……."

임영대군이 머쓱해졌다.

"그리고 일이란 그렇게 성급하게 도모해서는 백번 실패할 뿐이야. 아직 저들이 역모를 할 단계는 아니야. 왕실이 넘어가는 것은 빨라도 이삼 년은 걸린다고. 내게 따로 계책이 있으니 조용히 하고 전혀 내색들은 하지 말게. 알겠는가?"

수양대군이 달랬다.

"예, 형님 분부대로 따르겠습니다."

아우들을 달래놓고 수양대군은 빈전도감 제조인 김종서를 불러 항의했다. 김종서가 대답했다.

"세자저하께서 유충하시니 나라의 재상인 우리가 보필해 드리는 것이요, 또한 빈천하신 대행왕께서 고명하신 바입니다. 또한 재래의 법도에 따라 종친들은 궁중에서 주무시는 일이 허용되지 않으며, 빈전도감을 맡은 사람으로서 질서를 지키기 위하여 말씀드리는 것이오니, 어리신 조카님을 보필하시는 뜻으로 여러 대군께서는 이해해주시고 따라주십시오."

"좋습니다. 정히 그렇다면 우리는 궐 밖으로 나가겠소이다. 허지만 한 말씀드리고 물러가야 하겠소이다."

"예, 대감. 말씀하시지요."

"아무리 예절을 모르는 무식한 백성일지라도 자기 친형이 죽었다 하면 빈청 앞에서 밤을 새울 것이오. 그렇지 않고 제집에 가서 자빠져 잔다면 사람들이 천하에 죽일 놈이요 오랑캐만도 못한 놈이라 할 것입니다. 그렇거늘, 오늘 우리의 형님이요 우리의 군왕이신 형왕 전하께서 승하하셨습니다. 그 어찌 빈청 앞에서 밤을 밝히지 않고 떠날 수 있으며, 더구나 궐 밖 각자의 집으로 돌아가 잠을 잘 수가 있단 말이오? 허나 법도라 하니 궐 밖으로 나가긴 하겠소만 집으로는 갈 수가 없으니 광화문 밖에 멍석을 깔고 거기서 장안의 백성들과 함께 밤을 새겠소이다. 여름밤이라 춥지는 않을 것이고 백성들 보기에도 과히 나쁘지는 않을 것이오. 설마 우상께서 이것마저 금하시지는 않으시겠지요?"

일종의 항변이었다. 또한 따끔한 일침이었다. 그러나 김종서는 낯빛 하나 변치 않았다.

"그것을 어찌 감히 시생이 금하겠습니까? 시생은 다만 맡은 소임만을 말씀드렸을 뿐입니다. 하오나 꼭 그렇게 하신다면 백성들에 대한 왕실의 체면이 그다지 상서롭다 할 수는 없는 일이지요. 오히려 자중하심만 같지 못할까 크게 염려가 됩니다."

수양대군에게 만만히 넘어갈 김종서가 아니었다. 수양대군이 먼저 침착을 잃었다.

"우상대감."

"예, 대감."

"지금 우리를 비꼬아 놀리시는 게요?"

"무슨 말씀을 그리하십니까? 지금 대행왕께서 빈천하시어 계시는 애통망극한 이때에 나라의 정승 된 자가 희언을 농하다니요? 다만 대행왕 전하의 고명을 수행할 뿐입니다."

"아니, 고명 고명하십니다만, 그래, 대행왕 전하께서 고명하시기를 왕제들은 빈청 앞에서 밤을 새지 못하도록 쫓아내라 하셨습니까?"

수양대군의 언성이 높아졌다.

"대군께서는 대행왕의 아우님이시고 세자저하의 숙부 되심을 기화로 억지를 쓰시는 겝니까? 개국 이래 종친은 왕실에 가까이하지 않는 것이 철칙이요 이 나라의 법도입니다. 이를 자중하여 지켜주시는 것이 곧 충성된 도리요, 대행왕 전하의 고명을 받드는 도리라는 것을 몰라서 이러시는 겝니까?"

김종서의 눈썹이 곤두섰다. 수양대군은 할 수 없었다. 돌아서 왕제들과 함께 대궐을 나가 집으로 돌아갔다.

"김종서 이놈, 어디 두고 보자."

수양대군이 집에 돌아와 보니 그의 부인 윤씨도 돌아와 앉아 있었다. 향을 피워놓고 머리를 푼 채 북향하여 단정히 궤좌跪坐(무릎 꿇고 앉음)하고 있었다.

"아니, 당신도 퇴궐했소?"

"예, 나리. 대군부인들은 궁중에서 밤을 새울 수 없다 하기에 다들 나왔습니다."

"대체 누가 그럽디까?"

"혜빈 양씨의 분부라 했습니다."

"혜빈 양씨라고? 거, 궁녀 출신인지 서모 양씨인지 말이오?"

"아니, 무슨 말씀을 그리하십니까? 누가 들을까 두렵습니다."

"누가 들은들 무슨 대수요?"

"하오나, 혜빈은 나리의 이복 아우님을 삼형제나 낳으셨고, 부왕전하의 총애를 입으신 작은어머님이 아니십니까?"

"집어치우시오."

"예엣?"

"어머니라니? 어머니란 말을 그렇게 함부로 아무에게나 붙인단 말이오? 저런 소견머리 없는 아낙네 같으니라고……. 그런 궁녀 따위가 어찌 이 수양의 어머니가 된단 말이오?"

"어이구, 큰일 나시겠소. 부왕전하의 총애를 받았고 아우님들을 셋씩이나 낳으셨는데……. 그 아우님들이 알면 어쩌시려고 그러십니까? 이제 형제간에도 미움을 온통 홀로 받으시려고 이러십니까?"

"미움이고 나발이고 다 치우시오. 혜빈 양씨 따위가 무슨 대비라도 된단 말이요? 그래서 이 모양으로 우리가 쫓겨났으니 어디 밸이 틀어져 견딜 수가 있소? 지금 왕실의 어른이 대체 누구요? 밖으로는 이 수양대군이요, 안으로는 당신 낙랑부대부인이 아니오? 이 나라 왕실이 도대체 누구네 왕실인데 우리를 빼놓고 혜빈 양씨니 김종서니 하는 따위가 대권을 쥐고 날뛴단 말이오?"

"아이고, 여보 대감. 누가 듣기라도 하면 어쩌려고 이러십니까? 이제는 정말로 조심조심 지내야지요."

"뭐라고? 조심조심? 바보 같은 소리 치우고 거 술상이나 하나 얼른 차려오시오."

"아니 대감, 술이라니요? 아니 형님이 세상을 뜨셨는데 이 밤에 술을 드시려고요?"

"답답한 소리 그만하고, 내 속에서 타는 불을 끄려고 하니 어서 한 상 차려오시오. 그리고 부인도 그 꼴 보기 싫으니 어서 머리 걷어 올리고 편히 앉으시오."

"아니, 왜 이러십니까? 무슨 오해를 받으시려고요……."

"무슨 밥통 같은 소리요? 그래, 내가 대궐 빈청에서 쫓겨나와 집에서 애통이나 하고 있게 생겼소?"

"그야 어디 승하하신 형님께서 나리를 쫓아낸 것입니까?"

"아니면 무엇이오? 누가 나를 쫓아냈겠소? 그 돌아간 형님인지 승하한 임금인지가 아우 놈은 믿을 수 없으니 어린 아들 녀석을 잘 좀 지켜라, 그리고 삼촌들은 얼씬도 못하게 쫓아내라, 하고 고명顧命인지 유언인지 남겨서 황보인, 김종서 같은 도적놈들에게 뒷일을 맡겨놓았기에 우리가 쫓겨난 게 아니오? 바로 그 형님인지 용군庸君인지가 어린 망아지를 지키라고 부탁하면서 우리 왕실을 저 늑대들에게 넘겨주었으니 이 꼴이 되는 게 아니오? 어이구, 속 터져……. 빨리 술상 차려오지 않고 무얼 하고 있는 게요."

성화에 못 이겨 하는 수 없이 부부인 윤씨가 술상을 차려왔다. 수양대군은 따르기가 무섭게 벌컥벌컥 연달아 여남은 잔을 마셔버렸다.

"크으……, 그놈이 들어가니 울화가 좀 풀어지는구나."

그 저녁, 안평대군도 바로 집으로 돌아갔다. 그는 부인 정씨를 불러 조용조용 이야기를 주고받았다.

"여보, 부부인."

"예, 대감."

"나는 오늘 대궐에서 장차 몰아칠 큰 파란을 보았소."

"예? 파란이라니요?"

"그런데 내가 보기에는 조정 대신들이 문제가 아니라……."

"?"

"세자의 삼촌들이 문제요."

"예?"

"역모의 뜻을 품지 않은 사람이 없는 것 같소. 조정대신들, 그러니까 황보인이나 김종서들이 오히려 충신들이오. 부인은 어떻게 생각하시오?"

"소첩이야 뭘 알겠습니까?"

"허, 그럴 리가 있소? 여자라고 아는 것이 다를 리가 있소? 헌데, 나는 어느 편에 서야 할지 모르겠소."

"어느 편에 서다니요?"

"부인은 모르겠소?"

"정말 모르겠으니 어디 말씀해보세요."

"대충 보건대…, 세 갈래가 될 것 같소."

"세 갈래요?"

"그렇소. 첫째는 황보인, 김종서를 주축으로 하는 조정의 중추 세력이오. 이야말로 막강한 세력이오. 그다음은 수양 형님이오. 그 오른팔은 임영 아우이고, 조정에서는 황보인, 김종서 세력에 반발하는 자들이 수양 형님의 편이 될 것이오."

"그리고 그다음은요?"

"세 번째는 누구의 세력이겠소?"

"혹 대감이 아니신가요?"

"맞소. 그러나 나는 중간에 있되 세자를 보위할 작정이오. 형제들 중에서는 아마도 금성이 나를 따를 것이고, 이복 아우들로서는 혜빈 양씨의 소생인 한남군, 수춘군, 영풍군 등이 나를 따를 것이오. 세자를 보위하는 것은 황보인, 김종서와 뜻이 같소."

"그러면 앞으로 어찌하시렵니까?"

"세자를 보위하기 위해서 우선 나는 황보인, 김종서와 손을 잡을 것이오. 섭정으로서 우리 왕실을 지킬 생각은 있으나 왕위를 찬탈할 생각은 추호도 없소."

"예……."

"그런데 걱정은 저 수양 형님이오. 그 눈빛에 살기가 돌고 있어요. 분명한 살기를 나는 보았소. 앞으로 반드시 사람을 많이 죽일 것이오. 끝내는 왕위도 찬탈하려고 할 것이오. 나의 동복同腹형님이지만 수양대군은 온건한 사람이 절대 아니오. 흉악한 패륜아요, 살인자가 될 기미가 농후한 사람이오."

"아이고 무서워……. 그래서 그런지 수양 시숙께서는 항상 살기를 풍기는 것 같았어요."

"그동안 불교를 독실하게 신봉하기에 살기가 없어지는가 했더니 도로 마찬가지요. 흰 개 꼬리를 굴뚝에 3년 넣었다 꺼내도 도로 희어진다는 말이 딱 맞소."

"대감은 제발 나서지 마십시오. 수양 형님이 어찌하시든 상관 마세요."

"나도 그러고 싶소만……, 만약에 찬탈 같은 일이 벌어지면 가만히 있을 수는 없는 일이 아니오? 앞으로 언제 어떤 풍파가 어떻게 일어날지 모르오. 그러니 부인도 각오를 단단히 하시오. 비록 죽더라도, 언제 어떻게 죽을지 모르지만……, 지조를 지켜야 하오."

"예. 알겠습니다, 대감."

안평대군은 세종의 자손으로 태어난 또 하나의 잠룡이었다. 그러나 형 수양대군처럼 야욕에만 가득 찬 사람은 아니며 또한 수양대군처럼 그렇게 잔인한 사람도 아니었다.

안평대군은 성품이 원만하고 다정다감한 사람이었다. 집현전 학사들과도 친밀했지만 나이 든 김종서, 황보인과도 매우 친밀한 사이였다. 또 김종서의 심복으로 함길도 북변을 지키고 있는 이징옥과도 특별한 친교가 있었다. 그러므로 조카의 왕위를 두고 찬탈과 보위로 갈라져 싸운다면 누가 보아도 수양대군은 안평대군의 상대가 되지 못할 것이라고 여겼다.

문종이 죽었을 때, 수양대군과 안평대군이 어떻게 지냈는지에 대하여 기술한《조선왕조실록》의 기록을 잠시 살펴볼 필요가 있겠다. 물론《조선왕조실록》에는 역사적 사실과 전혀 다르게 기록된 곳이 부지기수다.

> 이날에 위사衛士와 백관들은 모두 소리 없이 울었고, 세조世祖(수양대군)가 가장 비통해했다. 이용李瑢(안평대군)은 문종이 승하한 뒤로부터 매양 대궐 뜰에 들어오면 기뻐하는 기색이 얼굴에 나타났다. 상제喪祭(상례와 제례)에 곡림哭臨(곡하며 조문함)할 때 세조께서 애통함이 지성에서 나오니, 조신들로서 바라보는 자는 눈물을 흘리지 않는 사람이 없었는데, 이용만은 한 번도 참여하지 않고 술을 마시고 고기를 먹는 것이 평일과 다름이 없었다.
>
> 세조가 사저로 물러 나와 자성왕비慈聖王妃(수양대군의 부인 윤씨)와 더불어 서로 대하고 울었는데, 그 비통함이 지나쳐 기운이 막히니 약을 먹고 풀기까지 했다. 세조가 말하기를, "대행의 은덕을 어떻게 말로 다하랴. 내 마음을 다하기를 원할 뿐이다. 대행은 천성이 어질고 효도하며 사람들에게 신의가 두터워서 가볍게 절물節物(철마다 나는 산물)을 받지 않았다. 세종의 상사 중 졸곡卒哭 후에, 내가 본래 반드시 집에 있는 것을 좋아하지 않을 것이라 하여, 항상 와서 시선侍膳(조석으로 수라상을 지켜 돌봄)할 것을 명했고, 또 나더러 정대正大하고 충성하며 지식이 다른 사람보다 다르다 하여 항상 더불어 일을 논했다. 일찍이 진법陣法을 만들었는데

말씀하기를 '이정李靖(당나라 명장)이나 제갈량인들 어찌 수양보다 나을까'라고 했다. 또 일찍이 내궁內宮에서 칭찬하기를, '수양은 비상한 사람이야'라고 했다. 대저 형제간에 우애하는 마음이 천성에서 나왔으니 우리 형제가 이로써 감격하여 울기에 끝이 없었다"라고 했다.

대행왕께서 병환이 위독하자 좌우에 말하기를 '수양이 보고 싶다' 했으나 좌우에서 숙의淑儀로 잘못 알아듣고 부르지 않았는데, 대개 후사後事를 부탁하고자 함이었다.

14

즉위교서

문종이 승하한 지 나흘째 되던 날인 1452년(문종 2) 5월 18일, 세자 홍위弘暐가 왕위를 이어받아 새 임금이 되는 즉위식을 가졌다. 조선 나이로 열두 살이었다.

세자 홍위는 식장인 근정전에 나오기 전에 임금의 옷차림으로 빈청 대행왕의 재궁梓宮(대행왕의 관곽) 앞에서 향을 사르고 절하며 왕위에 오름을 먼저 고유告由했다. 그런 다음 즉위식을 위하여 근정전으로 나아갔다. 근정전 앞뜰에는 문무백관들이 조복으로 갈아입고 홀笏을 잡고 도열해 서 있었다.

"주상전하 납시오."

내관의 외침이 길게 이어지자 신왕을 맞이하는 백관들은 모두 허리를 굽혔다. 이어서 상중에 행하는 간략한 즉위식이 거행되었다. 구름 한 점 없이 맑은 날이었다.

새 주상을 향한 국궁사배를 마치고 백관들은 천세를 외치며 새 주상의 등극을 축하했다. 수양대군과 안평대군도 나란히 참석했다.

즉위식을 마친 새 임금은 종묘로 행차하여 열성조의 위패에 절하고 새로 임금이 된 사유를 고했다.

그리고 즉위교서卽位敎書를 내렸다. 새 임금의 첫 교서는 시행하고 준수해야 할 조목들이 많아 꽤나 긴 것이었다. 이를테면 죄인들의 죄와 벌을 사면해주는 것, 세금을 감면해주는 것, 환과고독鰥寡孤獨 등을 진휼하는 것, 의정부서사제議政府署事制(6조의 업무가 의정부를 거쳐 왕에게 올라가는 제도)를 실시하는 것 등 무려 25개나 되는 조목들이 포함되었다.

> 공손히 생각건대, 우리 태조께서 하늘의 밝은 명령을 받아 대동大東을 웅거하여 차지하고, 태종, 세종께서 선업을 빛내고 넓히어 문치로 태평에 이르고, 우리 선부왕께서 성한 덕과 지극한 효도로 큰 기업을 이어받아서 정신을 가다듬어 정치를 하여 원대한 것을 도모하였는데, 불행히도 임어한 지 얼마 되지 않아서 갑자기 여러 신하를 버렸으니 땅을 치고 울부짖어도 미칠 수 없어 애통이 망극하다. 돌아보건대 대위大位는 오래 비워둘 수 없어 경태景泰 3년(1452) 5월 18일에 즉위하노라.
>
> 생각건대 소자小子가 때는 바야흐로 어린 나이에 외로이 상중에 있으면서 서정庶政 만기萬機를 조처할 바를 알지 못하니, 조종의 업을 능히 담당하지 못할까 두려워하여 못과 얼음을 건너는 것과 같이 율율慄慄(무서워 떨림)하게 염려하고 두려워한다. 모든 사무를 매양 대신에게 물어 한결같이 열성列聖의 헌장憲章에 따라

서 간난艱難을 크게 구제하기를 바라니, 너 중외의 대소 신료는 각각 너의 직책을 삼가하여, 함께 나의 정치를 보좌해서 끝이 있도록 도모하기를 생각하라. 추은推恩(은혜를 미치게 함)의 법전法典과 연방延訪(두루 방문하여 조사함)하는 조목條目과 마땅히 행할 일들은 이어서 조목조목 열거한다. (조목 1~25)

아아, 새로 천명을 받아 특별히 비상한 은혜에 젖었으니 길이 기쁨을 누릴 것이며 무강無疆한 복을 넓히기 바라노라.

신왕의 즉위교서와 그 조목들은 문종의 고명을 받은 대신들이 세자(단종)와 상의하여 작성한 것인데, 25개의 조목 중에는 대신이나 종친들을 찾아가 분경奔競하는 일을 금지하는 조목이 포함되어 있었다. 분경이란 권문세가를 찾아다니며 엽관운동獵官運動, 다시 말해 승진을 위한 로비를 벌이는 짓을 말한다. 당시 단종의 즉위교서에 포함된 '분경 금지'의 조목은 이랬다.

이조, 병조의 집정가執政家(정무 집행자)에 분경함을 금하는 것은 이미 분명한 법령이 있지만, 의정부 대신과 귀근貴近(왕과 가까운 종실) 각처는 분경을 금하는 일이 없기 때문에 무뢰배나 한가하고 잡다한 무리들이 사적으로 가서 만나는 폐단이 매우 크니, 앞으로는 그들도 이조, 병조 집정가의 예에 따라 (분경 금지를) 시행한다.

문관과 무관의 인사권이 있는 이조와 병조의 실권자들에게 분경을 금지하는 것은 원래 법으로 정해져 있었다. 그러나 의정부 대신들이나 귀근 각처는 그동안 분경 금지 대상에 들어가 있지 않았다. 단종 즉위교서에서 이 분경 금지 조목을 만든 의정부 대신들은 대군들을 분경 금지 대상에 넣으면서 자신들도 함께 넣어 대군들의 반발을 막으려 했다.

그 이전에 분경을 가장 강력하게 금지시킨 왕은 태종이었다. 태종은 문신은 사헌부의 아전衙前을, 무신은 삼군부의 아전을 시켜 이조와 병조 인사권자의 집을 지키게 했다. 그러다 인사권자의 집에 방문하는 자가 있으면 귀천과 이유를 따지지 않고 무조건 체포해 가두고 파직시키거나 귀양을 보냈다. 당시 사용하던 조선의 법전인《속육전續六典》은 종친들의 정사 관여를 엄격하게 금지하고 있었기 때문에, 굳이 대군들을 분경 금지 대상에 포함시킬 필요도 없었다.

그러나 임금이 어리고 대군들이 강성한 상황을 고려해, 대군들이 확실히 알 수 있도록 대군들도 금지 대상에 명백히 포함시켰던 것이다. 이것은 대간臺諫에서도 요청했기에 임금(단종)이 받아들였다.

즉위교서가 반포된 뒤 다른 대군들은 전혀 이의가 없었다. 그런데 수양대군은 이 조목에 대하여 격렬하게 반발하고 나섰다. 그는 도저히 그냥 지날 수가 없었다. 즉위교서를 반포한 다음 날 수양대군은 가복 얼운이를 불러 지시했다.

"너 당장 가서 안평대군을 데려오너라."

얼운이가 뛰어나갔다.

나간 지 한나절이 훨씬 지나서야 얼운이가 돌아왔는데 혼자 왔다. 얼운이는 안평대군의 사저인 수성궁과 마포 강가의 정자 담담정과 무계동의 별장 무이정사를 다 찾아다녔지만 안평대군은 만나지 못하고 전언만 하고 돌아왔다고 했다.

안평대군은 빈청에 들르는 일 등으로 대궐에 있다가 늦게야 집에 돌아왔다. 그때서야 전언을 듣고 오느라 저녁 무렵이 다 되어서야 수양대군의 사저인 명례궁에 나타났다. 수양대군은 퉁명스럽게 힐난부터 했다.

"자네한테 사람들이 들끓는다고 소문이 자자하더니, 벼슬을 팔고 있는가?"

"형님, 갑자기 무슨 가당치도 않은 말씀을 하십니까?"

"그러면 담담정이나 무이정사에 들끓는 무리들은 무엇 하는 것들이야?"

"형님, 도대체 무슨 말씀을 하시려고 이러십니까?"

"아니, 몰라서 묻는가?"

"……?"

"분경 금지를 모르는가?"

"그거야 즉위교서에 한 조목으로……."

"이 사람, 자네는 풍류가 어쩌고 할 테지만 대신들은 그렇게 생각하지 않고 있단 말이네."

"형님의 오해십니다."

"그렇잖으면 분경 금지 조목이 왜 나와? 사람들을 드나들지 못하게 한다는 것은 자네와 나를 꼼짝 못하게 묶어두자는 것 아닌가? 종친의 손발을 묶어놓고 나이 어린 주상을 이용하여 제 놈들 마음대로 하겠다는 게 아닌가? 내 집에야 누가 드나드는가? 자네가 저놈들에게 분경 금지의 빌미를 만들어준 게 아닌가 말이야?

"……!"

안평대군은 이제야 수양대군의 속내가 짐작되었다. 대신들이 의도

한 바는 안평대군을 속박하자는 것이 아니었다. 음흉한 야심을 감추고 있는 수양대군을 묶어두자는 것이 대신들의 뜻이라는 것을 안평대군은 즉위교서 반포 때 즉시 알아차렸다.

수양대군은 자신을 지목해서 속박하는 대신들에게 반발하는 것이었다. 그러나 지금 수양대군에게 그런 말을 할 수는 없었다.

"어제의 즉위교서에 있는 분경 금지 조목은 우리를 의심한 것이 분명하네. 이게 무슨 꼴인가? 이래 가지고서야 종실의 체모가 서겠는가?"

"……."

"종실의 대표로서 우선 나와 자네 두 사람이 공동명의로 항의 서한을 보내야 하네."

수양대군은 안평대군에게 공동명의의 항의 서한을 의정부에 보내야 한다고 주장했다. 안평대군은 그 자리에서 못하겠다고 말할 수는 없었다. 하는 수 없이 이름을 빌려주었다. 수양대군은 두 사람의 명의로 의정부에 우선 항의 서한을 보냈다.

분경을 금한 것은 우리들을 의심하는 것이니, 우리가 무슨 면목으로 세상에 행세하겠습니까? 금상이 즉위하자마자 첫머리로 종실을 의심하여 금하고 막으니, 영광스러운 반포를 선양하지 못하는 게 아니겠습니까? 이것은 스스로 우익羽翼을 자르는 것입니다. 이 위태하고 의심스러운 때를 당해 우리들은 마음과 힘을 다하여 여러 대신들과 함께 난국을 구제하려 했는데, 어찌 도리어 시기와 의심받을 줄 알았겠습니까? 대저 죽은 이가 다시 살아나더라도 살아 있는 자가 부끄럽지 않아야 가할 것이니, 가령 세종대왕이 다시 세상에 살아난다면 능히 부끄럽지 않겠습니까? 우리가 진소陳疏(임금에게 글을 올림)하고자 했으나, 혹 유사有司

의 잘못인지도 모르겠기에 먼저 대신에게 고하는 것입니다.

즉위교서에 시비를 걸고 나오는 것은 전례가 없는 일이었다. 교서의 작성 경위야 어찌 되었든 국왕의 즉위 일성인 즉위교서에 토를 달고 나선다는 것은 엄청난 불경죄로 참수에 해당하는 행위였다. 이는 또한 수양대군이 식자들의 우려처럼 신왕을 경시하고 있다는 것과 왕권에 욕심이 있다는 것을 단적으로 드러낸 것이기도 했다.

만약 그가 왕위에 욕심이 없었다면 세종대왕을 예로 들 것이 아니라 문종대왕을 예로 들어 '가령 문종대왕이 다시 세상에 살아난다면 능히 부끄럽지 않겠습니까?'라고 해야 옳았다. 그러나 수양은 문종을 예로 들지 못했다. 문종의 뜻은 믿지 못할 숙부(특히 수양)들의 접근을 차단하고, 어린 단종의 왕위가 유지되기를 바라는 것이기 때문이었다.

항의 서한을 보낸 다음 날 대신들이 퇴청할 무렵에 수양대군은 자비를 급히 몰고 대궐로 향했다. 황보인이 느지막이 홀로 퇴청 차비를 하고 있다가 서슬 푸른 수양대군이 들이닥치자 등골이 오싹해짐을 느꼈다.

"늦은 시각이온데 대군께서 어인 행차십니까?"

"몰라서 물으십니까? 서한은 받으셨지요?"

황보인 홀로 있음을 확인한 수양대군은 일부러 큰 목소리로 호통치듯 말을 했다.

"서한은 받아보았습니다만……, 즉위교서에서 언급한 일이라 신하로서는 무어라 왈가왈부할 수 없는 일이 아니오?"

"그 즉위교서는 누가 작성한 것입니까? 여기 의정부 대신들이 아니

신가요?"

"그야 우리가 작성했지만 다 성상의 뜻을 받들어 쓴 게 아니겠소이까?"

"어리신 주상께서 뭘 아시겠습니까? 분경을 금지한다는 것은 우리를 의심하는 것이 아니오? 새 조정에서 처음 한다는 일이 고작 대군들을 의심하는 것이라니, 말이 됩니까?"

"으흠……."

"대군들의 손발을 묶어놓고 나서 나이 어린 주상전하를 그대들 뜻대로 하겠다는 것이 아니오? 이래도 된다고 생각하십니까?"

계속 호통치는 언성이었다. 황보인은 더듬거렸다.

"애초에……, 대간들의 건의라서……, 그냥 받아들인 것이오."

"영상대감."

"예, 대감."

"대체 영상이 뭘 하는 분이오? 올라오는 대로 받아주는 분이오?"

"다시 알아보고 누가 되지 않도록 조처하겠습니다."

"이보시오, 영상대감. 우리는 왕숙王叔이오. 주상께는 가장 큰 힘이 되는 왕숙인데, 왕숙들 특히 나와 안평의 손발을 묶어놓고 어쩌자는 것이오? 이 수양이 그렇게 쉽사리 당할 성싶소? 내 이 두 눈이 시퍼렇게 살아 있소이다."

수양대군의 속내를 뻔히 알고는 있으나 그 자리에서 그 속내를 바른 대로 지적할 수는 없었다.

"고정하시지요. 다시 상의해서 조처하겠습니다."

"당장 고치시오. 분경을 금지하는 것은 의정부 대신들만 하고 대군들은 제외하란 말입니다. 벼슬 흥정이야 벼슬아치들이 하는 것이지 우리 대군들이 하는 일은 아니질 않소이까?"

황보인은 마른침만 삼킬 뿐 어찌해야 좋을지 알 수 없었다.

"영상대감."

"예."

"여러 말할 것 없소이다. 어찌하시겠소?"

황보인은 할 수 없었다.

"송구합니다, 대감. 조처하겠습니다."

"지금 당장 하시오. 아직은 주상께서 모르실 것이오."

"알겠습니다. 고쳐놓을 테니 노여움을 거두시지요."

이 말을 듣고서야 수양대군은 목소리를 낮추었다. 그리고 손아랫사람에게 타이르듯 부드럽게 말했다.

"영상대감, 주상의 춘추가 몇이십니까? 조정과 종실이 힘을 합쳐도 국정이 잘될까 말까 할 때가 아니오? 섭정이 없다 해도 조정에서 하는 일을 종실에서 살펴봐야 하는 것이 당연지사가 아니오?"

"죄송스럽게 되었소이다, 대감."

"부끄러움 없이 삽시다. 다 종사를 위하고자 하는 일이니 대감께서 책임지고 시정하십시오."

"예, 잘 알겠습니다. 바로 시정하겠습니다."

다음 날 아침 일찍 수양대군은 강맹경을 불러 일부러 세차게 항의했다.

"우리는 나라와 휴척休戚(기쁨과 슬픔)을 함께하는 처지이니 그냥 무관심할 수 없어 말하는 것이오. 우리들이 이 위태하고 의심스러운 즈음을 당하여, 마음과 힘을 다해 여러 대신들과 난국을 구제하려 했는데, 어찌 도리어 의심 받고 시기 당할 줄을 꿈엔들 짐작이나 했겠소? 우리에게 분경 금지란 게 도대체 말이 되는 소리요?"

수양대군이 도승지 강맹경을 불러 항의한 것은 의도적인 연극이었다. 문종의 병 치료 때 대신들을 배제하고 수양대군과만 상의한 자가 강맹경이었다. 강맹경은 진즉부터 수양의 개 노릇을 하고 있었다. 과연 강맹경은 수양의 분노를 거론하며 황보인을 겁박했다.

황보인은 《속육전》에 종친들의 정사 관여는 엄격히 금지되어 있다는 사실을 들어, 대군들과 대군들의 종복 노릇을 하는 강맹경을 강력하게 질책했어야 했다. 또한 대간들에게 알려 수양대군과 강맹경을 탄핵했어야 했다. 아니면 적어도 김종서와 상의라도 했어야 했다. 그러나 황보인은 수양이 분경 금지에 반발하는 본질적 이유를 알면서도 이미 초장부터 기가 죽어 따지지 못하고 말았다. 영의정 황보인을 주적으로 노려 맹공을 퍼부은 수양대군은 단숨에 승리를 거둔 셈이었다.

도승지 강맹경은 영상이 낚시에 걸렸다 판단하고 시기를 놓치지 않고 얼른 임금에게 고했다.

"의정부의 의견은 대군 집의 분경은 금하지 않는 것이옵니다."

"아, 그렇소? 그러면 그리하도록 하시오."

임금(단종)이 그만 즉위교서의 조목을 고치도록 하명했다.

이 같은 사실을 뒤늦게 안 김종서는 '아차' 하고 탄식했으나 달리 어쩔 도리가 없었다. 앞으로 사사건건 수양대군의 참견이 만만치 않을 것임을 예상하면서 김종서는 씁쓸한 입맛을 다셔볼 뿐이었다.

"쩟쩟."

15

드러나는 진실

임금의 주치의관인 조선의 명의 전순의로부터 임금이 곧 일어날 것이라는 말만 들었던 대소 신료들은 그 누구도 예상치 못한 문종의 갑작스러운 죽음에 모두 놀라지 않을 수 없고 의아해하지 않을 수 없었다.

문종이 그렇게 세상을 떠난 바로 다음 날, 대간에서 차자箚子(간략한 상소)가 올라왔다.

"의관 전순의 등의 치료 상황이 불분명하고 의심스러운 점이 많으니 그들을 국문하여 소상히 밝히도록 하시옵소서."

세자(단종)는 도승지 강맹경을 불렀다.

"의정부 대신들에게 알려 처리토록 하시오."

의정부 대신들 또한 의아한 판이었다.

"전순의 등이 어찌 여기에 이를 것을 알았겠습니까마는, 대간의 말은 마땅히 따라야 합니다."

대신들의 의견에 따라 세자는 의금부에 명했다.

"전순의 등의 치료 과정을 소상히 밝히도록 하라."

의금부는 이틀 만에 알아낸 죄상을 우선 보고했다.

"연전年前에 세종대왕께서 편찮으실 때 대행대왕(문종)께서는 의정부 대신들과 자세히 의논한 후 약을 올렸습니다. 그런데 지금 이 의원들은 증세의 경중도 분명하게 말하지 않아서, 대신들로 하여금 알지 못하게 했으며, 또한 쓰는 약도 대신에게 전혀 물어보지 않았으니, 그 죄가 실로 막대합니다. 의정부에 내려서 의논하게 하소서."

문종은 세자 시절 세종이 아플 때 의정부 대신들과 상세히 의논한 다음 약을 썼는데, 전순의 등은 아무것도 대신들과 상의하지 않았다는 것이었다. 의혹의 핵심을 찌른 보고였다.

전순의에게도 이것은 위험천만한 행위였다. 대신들과 상의해서 치료했을 경우에는 잘못되어도 대신들과 연대책임을 지면 되는 것이었다. 그러나 대신들과 상의하지 않고 제 나름으로 치료했다가 잘못되면 그 책임을 혼자 짊어져야 했다. 그런데 전순의는 혼자 책임지는 방식을 택했던 것이다. 이렇게 의관 혼자서 책임지는 방식은, 믿는 구석이 있지 않거나 또는 사주하는 자가 없거나 할 때는 절대로 택하지 않는 방식이었다. 그러므로 전순의의 방식은, 그에게 어딘가 믿는 구석이 있다거나 누군가 사주하는 자가 있다는 것을 적시해주는 것이었다.

의금부는 다음 날 그간의 수사결과를 발표하고 그에 해당하는 형벌에 대해서 보고를 올렸다.

"전순의는 수종首從(주범)이니 중하게 목을 베되 대시待時(춘분과 추분 사이가 아닌 때를 기다려 목을 베는 것)하고, 변한산과 최읍은 수종隨從(종범)이니 1등을 감하여 장 100도度에 유배 3,000리에 처하고, 전인귀 등은 전대로 내의원에 나가게 하소서."

의금부에서는 수사 결과를 사율원司律院(형률을 맡아보던 관청)에 보냈고, 거기서 《속육전》 등 조선의 법률서 또는 《대명률》 등을 검토해 해당 형벌을 결정해 의금부로 돌려보냈다. 그런 다음 의금부에서 판결문을 작성해 임금께 올렸던 것이다. 전인귀 등은 의금부가 수사를 시작하자 전순의가 물타기를 위해 끌어들인 의관들이었다.

의금부의 보고를 받은 단종은 의정부 대신들의 의견을 물었다. 대신들은 전순의가 고의로 환후를 악화시키는 치료를 했을 것이라고는 꿈에도 생각지 못했다. 제 딴에는 잘 치료하느라 노력한 것이 실수로 잘못 치료해 임금을 죽게 했다고 여겼다.

단종은 대신들의 건의에 따라서 전순의의 목을 베는 대신 전의감 청지기로 좌천시켰다. 그리고 변한산과 최읍은 전의감 영사令史(아전)로 강등시켰다. 전의감 역시 어의들이 근무하는 곳이니 같은 업종에 근무하도록 했던 것이다.

그러나 이미 의혹이 많고 죄가 무겁다고 판단한 양사(사헌부, 사간원)에서는 이를 받아들일 수 없다는 차자箚子를 올렸다.

"옛날 허許나라의 세자 지止는 상약嘗藥(약을 먼저 맛보는 것)을 하지 않았을 뿐인데 《춘추》에서는 시역弑逆(임금을 죽이는 것)의 죄를 가했습니다. 지금 전순의, 변한산, 최읍은 특별히 경한 법전을 따를 것이 아니라 청컨대 율律에 의해 죄를 결단하소서."

전의감 청지기나 영사로 강등시키는 것은 '경한 법전'에 따른 너무나 가벼운 처벌이니, 의금부에서 청한 법률대로 처벌해야 한다는 주장이었다. 의금부에서 사형을 주청했고 대간에서 법률대로 처벌할 것을 주장하고 나섰기 때문에, 전순의가 목숨을 보전하기는 어렵게 되었다.

그런데 이때 도승지 강맹경이 나섰다.

"주상전하께서 어린 나이에 즉위하셨는데 대신들의 의견을 따르지 않고 자주자주 고치면 왕명의 시행이 가볍게 여겨질까 두려우니, 마땅히 언관을 꾸짖어 내보내야 합니다."

선왕의 죽음에 의혹이 많다고 판단한 언관들을 꾸짖어 내쫓아야 한다는 주장이었다. 강맹경이 이렇게 주장하고 나선 것은 자기가 전순의와 한 패라는 것을 스스로 폭로한 것이었다.

그런데도 의정부 대신들은 아직도 사태의 추이나 본질을 깨닫지 못하고 있었다. 도승지 강맹경은 부언하여 말했다.

"대저 죄를 다스리는 데는 반드시 그 정상을 캐보아야 합니다만, 전순의 등은 모두 용렬한 의원들이기에 캐볼 만한 정상이 없습니다. 전에 세종조에도 노중례盧重禮를 다만 전의감 영사로 강등시켰을 뿐입니다."

노중례는 세종의 왕후인 소헌왕후의 치료를 맡은 어의였다. 1446년(세종 28) 소헌왕후가 사망하자, 그 치료를 맡은 노중례를 세종이 전의감 권지權知(견습관원)로 강등시켰다가 다시 전의감 영사로 더 강등시킨 적이 있었다. 이때 노중례가 받은 혐의는 소헌왕후에게 환후가 있을 때 확실한 처방을 정하지 않고 있다가, 세종의 처방 지시가 있은 후에야 약을 썼다는 것이었다. 그러니까 왕후의 치료를 실제로 주도한 사람은 세종인 셈이었다. 그런데도 대간에서는 강경 처벌을 주청했었다.

세종은 대간의 강경 처벌 주장을 받아들이지 않고 강등으로 처리했던 것이다.

그 당시 어의 노중례의 치료 방식과 지금 전순의의 치료 방식은 정 반대의 것이었다. 노중례는 임금의 분부가 있은 다음에야 약을 썼고, 전순의는 대신들에게도 의논하지 않은 채 방서에도 없는 처방을 자의적으로 시행했다. 문종이 사망에 이른 당일에서야 방서를 꺼내 놓고 수양대군과만 상의를 했던 것이다.

이렇게 상황이 전혀 다름에도 단종의 의정부 대신들은 여전히 실상을 깨닫지 못하고 있었다. 그래서 결국은 강맹경의 주장도 받아들인 셈이 되어, 전순의는 그대로 전의감 청지기로 있게 되었다.

그러다가 약 8개월 뒤인 1453년(단종 1년) 1월 4일, 전순의, 변한산, 최읍을 모두 방면하여 다시 내의원에 출사하도록 했다. 대간에서 거듭 반대했으나 소용이 없었다.

사헌부에서도 이런 사태는 도저히 묵과할 수가 없었다. 아무리 생각해보아도 전순의의 치료 과정은 상식으로도 이해가 되지 않는 의혹투성이였다. 사헌부는 자체적으로 사건 재수사에 들어갔다. 문종의 치료 과정을 처음부터 끝까지 하나하나 꼼꼼히 조사했다.

3개월여에 걸친 조사의 결과는 너무나도 놀라운 것이었다. 1453년(단종 1) 4월 27일, 사헌부는 그동안 조사한 사실을 공표했다.

"첫째, 종기는 움직이는 것이 금기인데 일부러 움직이게 했습니다. 허리 위의 종기는 비록 보통 사람일지라도 삼가고 조심하는 것이 마땅한데 하물며 임금이겠습니까? 전순의는 임금이 종기를 치료하고 있는데도 사신使臣을 접대하게 했습니다. 대신들이 임금의 절대 안정을 위해서 정무를 쉬게 했는데도, 전순의는 적당한 운동은 기력 쇠퇴를 방지하는 데 도움이 되고 종기에는 해가 없다 하여 사신을 접대하게 하고, 관사觀射(활 쏘는 것을 구경하고 상을 주는 일)를 하게 했습니다."

종기는, 특히 움직이는 근육이 모여 있는 허리 위의 종기는, 절대 안정이 필수라는 것을 모를 리 없는 전순의가 임금을 일부러 움직이게 만들었다는 것이다.

"둘째, 구운 꿩고기를 기피하지 않고 계속 올렸습니다. 기력이 약해지면 병마를 이길 힘이 약해지므로, 좋아하시는 육류인 꿩고기를 드시면 보신이 된다 하여 계속 올렸습니다."

꿩고기는 종기와는 상극이다. 꿩이나 닭, 오리 등은 껍질에 기름이 많아서 종기 환자에게 절대로 먹여서는 안 되는 금기 식품이다. 이에 한의학에서는 종기 환자에게 꿩을 처방하는 것을 독살의 증거로 삼을 정도였다.

또한 꿩고기를 종기 환자에게 금하는 것은 꿩이 먹는 반하半夏 때문이기도 했다. 반하는 천남성天南星과의 다년초로, 그 괴근塊根(덩이뿌리)은 맵고 독성이 있으나, 담痰·해수咳嗽·구토嘔吐 등을 치료하는 데 쓰이기도 했다. 특히 음력 4월경의 반하는 그 독성이 가장 강해서 사람이 반하 한 숟갈을 먹으면 즉사한다고 했다. 이렇게 독성이 가장 강한 4월경의 반하를 잔뜩 먹은 꿩의 고기를 전순의가 문종에게 먹였던 것이다. 문종은 바로 그 4월에도 종기로 누워 있었다.

전순의는 종기로 앓고 있는 임금께 계속 그런 꿩고기를 올렸던 것이다. 꿩고기는 대개 겨울철 대지가 꽁꽁 얼었을 때는 먹어도 되는데, 전순의가 이것을 모를 리 없건만 겨울철이 아닌 때에 계속 올렸던 것이다. 이것은 문종의 종기를 의도적으로 더 악화시키기 위한 교활하고도 음흉한 처사였다.

"셋째, 종기는 완전히 화농化膿되면 침으로 찔러도 좋으나, 화농되지 않은 때에는 절대로 찌르면 안 되는 것입니다. 그것은 화농되지 않았을 때 찌르면 종기가 더 성하여 악화되기 때문입니다. 그런데 전순의는 화농되지 않은 종기에 침을 찔러 결국은 대고大故(죽음)에 이르게 했습니다."

화농되지 않은 종기에 잘못 강한 자극을 주면 증상이 악화된다는 이런 기초 지식을 모를 리 없는 전순의가 화농되지 않은 종기를 침으로 찔렀다는 것이다.

"넷째, 종기가 날로 더 악화되어 가는데, 침으로 종기 입구를 조금 따고 농즙을 조금 짜내고 나서, 밖에 나와서는 임금의 환후가 더 나아졌다거나, 며칠 있으면 다 회복될 것이라고 거짓말을 해서 시약청侍藥廳을 꾸리지 못하게 했습니다."

병이 점점 나아지고 회복되어 간다고 여기도록 거짓말을 하여 듣는 사람들을 안심시키고, '대신들이 시약청 꾸밀 생각을 하지 못하게' 유도했던 것이다.

"다섯째, 의원은 우선적으로 방서方書를 참고하여 처방을 하고 함부로 제 나름의 처방을 해서는 안 되는 것인데, 전순의는 방서를 참고하지 않고 제멋대로 치료하다가 이미 돌이킬 수 없는 지경이 되어서야 형식적으로 방서를 참고하는 척했고, 방서를 참고할 때에는 대신들과 상의해야 하는데 그나마도 대신들은 모두 배제한 채 도승지 강맹경과 수양대군 등과만 상의했습니다."

문종이 승하하던 날 아침, 이미 대세가 기울어진 것을 알게 된 전순의는 방서를 열심히 참고하여 치료했다는 것을 보이기 위해 막판에 가서 연극을 한 셈이었다. 사헌부에서는, 이 모든 치료 과정이 다 고의가 아니면 그렇게 할 수 없는 방식으로만 치료를 계속해서, 결국은 의도적으로 임금을 죽게 만들었다는 실상을 밝혀냈던 것이다.

"치료를 주도한 전순의는 마땅히 극형에 처해야 하는데, 특별히 말감末滅(형벌을 가장 가벼운 쪽으로 감형함)하여 전의감 청지기로 삼았다가 얼마 되지도 않아서 출사하도록 허락하시니, 심히 부당합니다."

사헌부 관료들은 모두 문과에 급제한 수재들로서 의학서적도 볼 수 있는 실력을 갖추고 있었다. 그런데 전순의의 치료법은 의학서의 처방과는 정반대였던 것은 물론, 기본적인 의학 상식에도 어긋나는 것이었다. 문종 사망 당일에서야 부랴부랴 방서를 펼쳐든 것은 이런 의혹에서 벗어나기 위한 참으로 얄팍하고 어설픈 연극이었던 것이다.

그러나 의정 대신들은 여전히 전순의의 실력 부족으로 발생한 우연이라고 믿고 있었다. 이때의 대신들은 지난해(단종 즉위년) 12월 11일 좌의정 남지의 신병으로 개편된 의정부의 대신들, 즉 영의정은 그대로 황보인이고, 좌의정 김종서, 우의정 정분이었다.

5월 1일, 사헌부의 수장인 대사헌 기건奇虔이 다시 나섰다. 이번에는 전순의를 철저히 국문하여 그의 의도를 밝혀내고 나서 처벌하자고 주장했다. 기건은 전순의 등의 혐의를 몇 가지로 정리해서, 왜 그랬는가를 따지고 나서 그에 따라 처벌할 것을 요구했다.

"대저 독이 있는 종기는 처음에는 미미하게 나타나지만 나중에는 독이 성하여 사람의 목숨을 위협하는 환후가 되는 것입니다. 특히 등에

난 종기는 더욱 독이 있다는 것을 모르는 사람이 없는데, 망해罔害(아무런 해가 없음)라고 말했으니, 그 죄를 용서할 수 없는 첫째 이유입니다."

등에 종기가 나면 위험하니 조심해야 한다고 모두가 생각하는데, 전순의는 아무런 해가 없다고 단정 지었으니 이를 따져보아야 한다고 했다.

"몸의 기운을 피곤하게 하는 움직임은 종기에는 대금大禁(가장 크게 금하는 것)인데 이를 아뢰지 않고 움직이게 했으니, 이것이 그 죄를 용서할 수 없는 둘째 이유입니다."

사신을 접대하게 하고 활쏘기 구경을 하게 했다는 것이다.

"음식물에 따라서는 반드시 병에 해로운 것이 있습니다. 꿩고기 같은 것은 등창에 대기大忌(아주 크게 기피하는 것)인데, 그것을 모를 리 없는 전순의가 날마다 꿩고기 구이를 올렸습니다. 그것은 환자가 죽기를 바라고 일부러 올린 것이 분명하니, 그 죄를 용서할 수 없는 셋째 이유입니다."

등창에 꿩고기가 금기라는 것은 의원이 아닌 일반인도 아는 상식인데, 명의라고 소문난 전순의가 이런 금기를 무시하고 날마다 꿩고기를 올렸다는 것이다. 한두 번이 아니라 날마다 올렸다는 사실이 새로 밝혀진 것이다. 종기 환자에게 매일 약 대신 독을 처방한 꼴이었다. 이는 특정한 의도가 있지 않고서는 불가능한 처방이었다. 일반 사람에게조차 상상할 수 없는 처방인데 하물며 임금에게랴!

"등창에서는 화농하여 터지는 것을 귀하게 여기는데 화농되기도 전에 침으로 찔러서 그 독기를 더 성하게 했으니, 그 죄를 용서할 수 없는 넷째 이유입니다."

전순의 등의 치료 행위는 누가 보아도 이해할 수 없는 것이었다. 따지고 보면 전순의 등은 능력의 고하를 떠나서 의원으로서 해서는 안 되는 짓만 골라서 한 셈이었다.

"이들은 모두 방서에서 경계하는 것을 감히 어기고 군상君上의 병을 함부로 다루었으니, 이는 비록 백번 사면을 받는다 해도 반드시 목을 베어야 할 죄입니다."

의정부에서 전순의 등이 원래 용렬한 의원이기 때문이지 일부러 그런 것은 아니라고 하는 데 대해서도 사헌부는 반박했다.

"전순의 등의 의술이 원래 용렬하기 때문이지 무슨 다른 정상이 있었겠느냐면서 그 죄를 용서해야 한다고 말합니다. 그러나 만약에 용렬하다면 더욱 방서를 삼가 따라야 하거늘 방서의 처방을 어기고 금기를 범해서, 임금의 옥체를 돌이킬 수 없는 지경으로 몰고 갔습니다. 만약 털끝만큼의 정상이라도 있다면 마땅히 그 일족에게 모두 주륙誅戮을 가하는 것이 마땅하거늘, 어찌 그 한 몸에만 그칠 수 있겠습니까? 이런 죄는 시대의 고금을 막론하고 그 몸이 살아 있건 죽어 있건 상관없이 왕법에 따라 마땅히 베는 것입니다."

만약 불순한 의도가 개입되어 있다면 사형 요구가 어찌 전순의 한 몸에 그치겠느냐는 공세였다.

의금부에서 전순의를 일차 문초했다. 그러나 그는 아무런 의도가 없었다고 극구 변명만 늘어놓았다. 꿩고기를 매일 올린 데 대해서는 기력보강에 좋을 것 같아서였다고 변명했지만, 왜 하필 꿩고기였느냐에 대해서는 설명하지 못했다.

사헌부에서는 전순의 뒤에 반드시 배후가 있다고 생각했다. 전순의가 강맹경, 수양대군 등과 짜고 문종을 치료했다는 사실도 잘 알려져 있었다. 그러나 지금까지는 수양대군이나 강맹경을 거론할 수는 없었다. 아직은 이들이 개입했다는 물증이나 의관들의 자백이 없기 때문이었다. 전순의의 자백을 받기 위해서는 강도 높은 형신을 가하며 문초를 해야 한다고 사헌부가 거듭 요청했다.

그러나 단종은 전순의를 내의원에서 내쫓는 것으로 처벌하고 말았다. 방서대로 처방도 하지 않고, 금기도 무시하며 처방하는 용렬한 의원이 내의원에서 내쫓기는 것은 당연한 일이었지만, 처벌로는 너무나 가벼운 것이었다.

그런데 이 가벼운 처벌이 부당하다고 따지고 나선 물색없고 당돌한 사람이 있었다. 의정부 우참찬 이사철李思哲이었다.

"전순의는 재주가 원래 용렬할 뿐이지 정상이 있는 것은 아닙니다. 만약 털끝 하나만한 정상이라도 있다면 어찌 전순의를 아끼겠습니까? 또 그때 이미 죄를 정하였는데, 그럼에도 다시 추론追論하는 것은 불가한 일입니다."

추론하는 것이 불가하다는 말은 종전의 처분대로 계속 내의원에서 근무해야 한다는 주장이었다. 용렬할 뿐이니까 내의원에서 근무해야 한다는 어처구니없는 주장이었다.

이사철 자신도 평상심이라면 자신의 말이 전혀 앞뒤가 맞지 않는 논리의 모순이라는 것을 알고선 이런 말은 하지 않았을 것이다. 그러나 자기 지시를 잘 따라준 전순의를 옹호하고자 하는 마음이 급하다 보니 앞뒤가 안 맞는 망언이 튀어나왔고, 또한 자신이 전순의의 배후라는 것을 폭로하는 실언이 튀어나왔던 것이다.

이런 사실상의 실토가 나온 때는 1453년(단종 1) 5월 12일이었다. 이때 우참찬 이사철의 말에 사헌부 지평 유성원柳誠源이 무섭게 반박하고 나섰다.

"전순의의 의술이 용졸庸拙하고 정밀하지 못해서 이 지경에 이르렀다고 말하는데, 의술이 용졸하다면 당연히 임금을 보좌하는 신하들에게 널리 의논하고 방서의 처방을 삼가 지켜야 하는데 전순의는 그렇게 하지 않았고, 금기를 피하지 않았을 뿐만 아니라, 보신을 위해서 좋다고 해서 독약과도 같은 꿩고기를 올려 대고大故에 이르게 했으니, 그 죄는 죽여도 용납할 수 없을 뿐이옵니다. 그러나 아직 죽여서는 아니 됩니다. 전순의가 용렬하다고 말들 하지만, 돌이켜 보면 그동안 대궐에서 꽤 오랫동안 명의 소리를 듣고 여러 차례 임금의 포상도 받은 일류 의관이었습니다. 그런 자가 갑자기 용렬해진 것도 의심스러울뿐더러, 아무리 용렬하다 해도 평인도 알고 있는 금기를 올렸다는 것은, 분명 어떤 사주가 있었음을 시사하는 것이니, 그를 다시 의금부에서 엄중 문초하여 배후를 밝혀내야 합니다."

그러나 전순의에 대한 처벌이나 문초는 더 이상 없었다. 그러자 5월 24일에 유성원은 전순의에 대한 처벌을 거듭 주장했다.

"전순의의 죄 가운데 사형에 해당되는 것이 몇 가지 있음을 극진히 말씀드리니 성상께서 전순의를 내의원에서 쫓아내셨습니다. 그러나 전순의의 죄는 그 한 몸에 국한되는 것이 아니라 종사와 나라에 깊은 관계가 있는 것이니, 성상께서 잠심潛心(마음을 가라앉혀 깊이 생각함)하시면 알 수 있을 것입니다. 만약 대사령大赦令이 이미 내려졌으므로 죄를 추론할 수 없다고 여기신다면, 마땅히 가산을 적몰하고 처자를 영원히

관노로 삼는 처분을 해서라도 신민들의 한스러운 슬픔을 조금이나마 덜게 하소서."

그러나 전순의에 대한 처벌이나 심문 따위는 그 이후 조정의 상황에서 더 이상 거론되지도 못하고 더 이상 따져들지도 못하고 말았다.

1455년(세조 1년)에 수양이 왕으로 즉위한 이후 그는 왕의 극진한 대접을 받았고 또한 출세가도를 달렸다. 1456년(세조 2)에 첨지중추원사僉知中樞院事(정3품 당상관)가 되고, 1462년(세조 8)에는 동지중추원사同知中樞院事(종2품)가 되었으며, 그가 음식으로 질병을 치료하는 법에 관하여 쓴 책에 수양왕이 《식료찬요食療纂要》라는 제목을 달아주었다. 1463년(세조 9)에는 비현각丕顯閣(동궁 외전)에서 의학을 시강하고, 1464년(세조 10)에는 수양왕에게 시약侍藥한 공로로 자헌대부資憲大夫(정2품)가 되었으며, 1467년(세조 13)에는 좌익원종공신佐翼原從功臣 1등에 녹훈錄勳되었다.

16

장지와 목효지

전농시典農寺(제사용 곡물 관리청)의 관노인 목효지睦孝智가 현덕왕후 때에 이어 이번에도 또 문종의 장지 때문에 노심초사를 하고 있었다. 목효지는 쪽지를 써 가지고 다니며 단종에게 전하려 했으나 전할 길이 없었다. 그러다 나이든 내관 한숭韓崧을 만나 사정을 말했더니 기꺼이 들어주었다. 한숭은 목효지의 쪽지를 받아 아무도 모르게 단종에게 전했다.

'지금 정하려는 능의 위치는 정룡正龍 정혈正穴이 아닙니다.'

풍수가의 이론에 따르면 정룡, 정혈이 아닌 곳에 묘지를 쓰게 되면 장자나 장손이 잘못된다고 했다. 지금 정하려는 능의 위치는 바로 단종이 잘못될 매우 불길한 장소라는 뜻이었다. 아직 신하들의 속마음을 잘 모르는 단종은 이 쪽지를 도승지 강맹경에게 보여주는 실수를 저질렀다. 물론 강맹경이 수양대군의 주구라는 것을 모르기 때문이었다. 강맹경은 즉시 자신의 뜻을 말했다.

"전일에 신이 대군을 모시고 여러 대신들과 의논하여 능 자리를 정하였사온데, 신이 비록 풍수에 정통하지는 못하오나 형세를 살펴보건대 전혀 해됨이 없을 것이옵니다."

'대군을 모시고'라는 말은 수양대군이 문종의 능 자리를 결정했다는 뜻이었다. 수양대군은 풍수에도 일가견이 있다고 자부하고 있었고 또한 풍수를 철저히 신봉하는 사람이었다. 강맹경의 말을 들은 어린 왕은 고개를 갸웃하더니 대신들을 불러 의논하라 했다.

장지가 바뀌면 큰일이라 생각한 수양대군은 다급하게 영의정 황보인을 찾아가 말했다.

"이번 산릉山陵은 조정 대신 여러 사람이 의논하고 살펴서 정했는데, 어찌 공을 바라는 한낱 천인의 사설邪說을 듣고 경솔하게 변경할 수가 있겠소?"

자신이 정한 능지를 그대로 쓰자는 주장이었다. 영의정 황보인은 다른 것은 몰라도 선왕의 장지 문제는 함부로 결정할 수 없다고 생각했다.

"대군의 말씀은 옳지만 이런 일은 철저하게 분변해야 합니다."

그래서 조정에서는 문관 출신으로 풍수에 능통한 이현로李賢老, 윤통尹統 등 10여 명을 목효지에게 보내 알아보게 했다.

"지금 정하고자 하는 곳에 능을 쓰면 금상께서 기필코 해를 당할 것이오니 반드시 다른 길지를 택해야 합니다."

목효지는 대놓고 이렇게 말하고 싶었으나 차마 그럴 수 없어 머뭇거리고 있었다. 그러자 이현로가 물었다.

"어디가 길지인가?"

"마전현麻田縣 북쪽과 장단현長湍縣 북쪽에 길지가 있습니다."

"함께 가볼 수 있느냐?"

"예, 언제고 모시고 가겠습니다."

이현로 등이 돌아와 단종에게 보고했다. 단종은 목효지에게 다녀온 풍수 명인들과 또한 풍수 명인으로 여겨지는 종실의 수양대군에게 상의해보도록 했다. 수양대군이 큰소리를 내며 기선 제압에 열을 올렸다.

"지금 새 능이 혹 쓸 수 없다면 마땅히 새 길지라는 곳에 가서 살펴보아야 하지만, 목효지의 말이 근거가 없고 새 능이 길지라면 무엇 때문에 번거롭게 가서 살펴보겠습니까?"

그는 또한 목효지를 혹독하게 비난했다.

"관노 목효지는 애꾸눈입니다. 그러므로 지리가地理家에서 꺼리는 자입니다. 세종께서 이미 내쫓으셨는데 목효지가 몰래 가서 새 능 자리를 본 것은 나라를 위하여 길한 조역兆域(무덤 자리)을 잡으려는 것이 아닙니다. 다른 사람을 훼방하고 자기를 팔아서 혹시나 쓰임을 바라거나, 공을 자랑하여 면천免賤될 수 있을지 이를 바라고 하는 짓입니다. 먼저 이익을 꾀하는 마음을 품고서야 일이 바르게 되겠습니까? 감히 쪼가리 편지로써 내시를 시켜 계달啓達했으니 그 불경함이 이 이상 클 수가 없습니다. 마땅히 국문하고 극형에 처해야 합니다."

숙부인 수양대군이 목효지를 국문해야 한다고 주장하자, 종실을 믿어 의심치 않는 단종은 그를 형조에 보내라 했다. 목효지는 형조에서 엄한 국문을 받았으나 형조는 그에게서 죽일 만한 죄상을 찾을 수가 없었다. 형조에서 그에 대한 처벌 수위를 상주했다.

"목효지는 천한 신분인 데다 한쪽 눈이 멀었으므로 풍수가에서 쫓겨난 자입니다. 다시 쓰이기를 꾀하여 사사롭게 글을 올렸으니, 죄가 장 100도에 황해도의 잔폐殘廢한 역참驛站의 전운노轉運奴(짐 나르는 일을 하는 노복)로 영구히 예속시켜야 합니다."

황해도 궁벽한 지역 역참에서 죽을 때까지 짐 나르는 노비로 지내도록 조치해야 한다는 것이었다. 비록 어린 임금이었으나 단종은 목효지에게 잘못이 없다는 사실을 알고 있었다. 단종은 목효지를 경기도 안성참의 서리胥吏(하급관리)로 근속勤續하도록 조치했다. 서리는 중인이 맡는 자리로 천인이 맡는 노비와는 차원이 달랐다.

그러다 단종은 약 4개월 후(윤9월)에 목효지를 안성참의 서리에서도 석방시켜 주었다. 그러나 하여튼 목효지의 제안은 거부되었던 것이다.

결국 문종의 장지는 수양대군의 충성과 열성을 가장한 위선적인 의지대로 결정되었다. 문종의 장지는 수양대군의 뜻대로 정해지고 산릉의 일이 시작되었다. 물론 조정 요인들이 참여하고 있었다.

관을 묻을 광중壙中을 팔 때였다. 9척쯤 파자 물이 솟아 나왔다. '악지 중의 악지'를 장지로 결정한 것이었다. 모두가 깜짝 놀라 이곳을 버리고 목효지가 제안한 장소를 살펴보자고 했다. 그때 정인지가 반대하고 나섰다.

"비록 물이 솟긴 했으나 수원이 없으니 장차 염려할 것이 없습니다."

자신이 모셨던 임금의 예정 묘지에서 물이 솟았는데도 그냥 능으로 삼자고 주장하는 것은, 딴마음이 있지 않고는 있을 수 없는 일이었다.

"그렇소이다. 방위를 따라 자리를 조금만 이동하면 아무 이상이 없습니다."

수양대군이 맞장구를 쳤다. 결국 문종의 능은 현덕왕후의 장지와 똑같은 경위를 거쳐 그대로 약간 위치만 바뀌 조성되고 말았다. 그것이 건원릉健元陵(태조의 능) 아래쪽에 있는 현릉顯陵이다.

수양대군은 자신의 역심을 풍수로도 실현해가고 있었다. 목효지는 수양이 왕권을 손아귀에 넣고 있던 1455년 2월(단종 3) 극변極邊의 관노로 떨어졌다. 그러다 수양대군이 왕이 된 1455년 11월에 결국 교수형에 처해졌다.

17

한명회의 상경

수양대군은 형왕 문종을 죽이는 데에는 성공했지만, 그가 죽은 뒤 이런저런 일을 겪으면서 우군을 길러야겠다는 생각이 좀 더 절실해지고 있었다.

천명소재天命所在 소연가지昭然可知

천명이 있는 곳을 환히 알 수 있다는 말이다. 언젠가 송도에서 권람에게 보내온 서찰에 있던 말이다. 자기가 보고 나서 불태워버린 그 서찰의 그 말이 수양대군의 머릿속에 그대로 박혀 있었다. 한 글자 한 글자 글씨의 모습까지도 그대로 또렷하게 박혀 있었다.

"사람을 구하게. 장자방 같은 책사도 있어야 하고, 번쾌 같은 장사도 있어야 한단 말이네."

양녕대군의 말 또한 쟁쟁하게 귀청에 남아 있었다. 수양대군은 권람을 불러 만났다.

"그 경덕궁직을 데려올 수 있겠소?"

"여부가 있사옵니까? 즉시 불러 함께 대감을 찾아뵙겠습니다."

"고맙소. 헌데 소문나지 않게 조용히 진행하는 게 좋겠소만……."

"옳은 말씀입니다. 제가 알아서 하겠습니다."

"그럼 부탁하오."

권람은 돌아와 즉시 차돌이를 불렀다.

"너 내일 또 송도에 좀 다녀와야겠다."

차돌이는 다음 날 일찍 권람의 서찰을 품고 송도로 달렸다. 차돌이는 저녁나절이 되기도 전에 경덕궁에 도착했다.

"형님, 형님!"

번을 서고 있던 유수가 안에 대고 소리쳤다. 마침 한명회가 궁 안에 있었다.

"웬 소란이냐?"

"빨리 나와 보슈. 한양에서 사람이 왔습니다."

한명회가 나왔다.

"너, 차돌이구나."

"예. 서찰을 가져왔습니다요."

차돌이가 품에서 땀에 젖은 권람의 봉서封書를 꺼내주었다.

'서둘러 돌아오게. 화급을 다투는 일이네.'

편지의 내용은 그게 다였다.

"음, 알았다. 가자"

한명회는 차돌이를 데리고 정녀의 집으로 향했다.

"형님, 어딜 가십니까?"

"응, 한양에 볼일이 생겼네."

"아이고, 그럼 우리는 어쩝니까?"

"먹고살기 힘들면 한양으로 오게."

"한양 어디로 찾아가지요?"

"음……, 그래 수양대군 댁으로 오게나."

한명회는 정녀의 집에 들어서자마자 안에 대고 소리쳤다.

"이봐, 거 내 봇짐 내오게. 서두르게."

잠시 후 정녀가 미투리 달린 봇짐을 들고 나왔다. 한명회는 이런 사태를 예상하고, 밤중에라도 급히 떠날 수 있도록 출타용 괴나리봇짐을 미리 준비해두고 있었다.

"아니, 어딜 가시게요?"

"급히 상경할 일이 생겼네."

"서울이요? 오늘 가십니까?"

"그래. 지금 당장 떠나야겠네."

"무슨 일인데요? 저녁때가 다 되었는데 이리 급하게 가십니까?"

"응, 급한 일이네. 내 가서 차차 소식 전할 것이네."

"아이고. 아무리 급하기로 밤길을 가시게요?"

"자. 난 지금 가네. 쓸데없는 걱정 말고 기다리게."

한명회는 괴나리봇짐을 집어 들었다.

"이리 주십시오. 쇤네가 짊어져야지요."

차돌이는 낚아채다시피 봇짐을 빼앗아 등에 지고 앞장서 걸었다. 한명회는 바람쇠란 별명을 가진 차돌이의 빠른 발걸음에 맞추려 애를 썼다. 그러나 저절로 신명이 났음인지 발걸음은 그저 가벼울 뿐 조금도 힘이 들지 않고 숨도 차지 않았다.

두 사람이 홍제원 고갯마루를 내려서고 있을 때 동녘 하늘이 희끄무레하게 밝아오기 시작했다. 잠시 후 권람의 집 대문을 밀치고 들어섰다. 꼭두새벽이었다.

"이 사람 정경. 내가 왔네. 내가 왔어."

허리띠를 동여매면서 권람이 툇마루로 나섰다.

"허허, 이 사람, 날아왔구먼."

"학수고대鶴首苦待하고 있었으니, 학익비상鶴翼飛翔이 당연하지 않은가?"

"딴에는 그렇구먼. 어서 오르게."

두 사람은 방으로 들었다. 차돌이는 봇짐을 얌전히 방에 내려놓고 나갔다.

"이 사람, 집에 먼저 들려야 할 게 아닌가?"

"무슨 소리? 그렇게 한가할 때가 아니야."

"아니, 의관이라도 갖춰 입어야지."

"의관은 무슨 의관? 나리께서 의관을 보시겠다는 것은 아닐 걸세."

"문열공의 손자라는 말씀을 드렸네."

"어쨌거나 사람을 보자는 것이 아닌가?"

"하기야……. 그렇지만 그래도 사대부의 체모가 있지 않은가?"

"허어, 내 언제는 사대부 체모 갖추고 살았나?"

"……."

"사람이 어떤가가 문제지. 사람됨이 변변치 않으면 내가 금관조복을 입고 만난들 옆에 두려 하지 않을 것이고, 사람됨이 쓸 만하면 폐포파립弊袍破笠으로 만나도 옆에 두려 할 것이네. 그러니 옷일랑 신경 쓰지 말게."

"하기야……."

그때 아침상이 들어왔다.

"드세."

"특식이네그려. 찰밥 아닌가?"

"자네 온 줄 아는 게지."

푸짐한 밥상이었다. 밥은 찰밥이고 반찬은 가짓수도 많고 그득하게 담겨져 있었다. 술도 곁들여졌다.

술도 밥도 한명회는 눈 깜짝할 사이에 다 들고 숭늉까지 들고 나더니 트림을 하며 일어섰다.

"어딜 가려고?"

"소세梳洗(머리를 빗고 얼굴을 씻음)는 해야지."

한명회가 나간 뒤 권람은 천천히 술과 밥을 들었다.

아직도 이른 아침, 두 사람은 자신들의 긴 그림자를 좇으며 수양대군의 저택인 명례궁의 대문 앞까지 와 섰다.

"자준이는 지금부터 한주부야. 이 집 환자를 보러 온 것이란 말이네."

권람이 한명회에게 나직이 속삭였다.

"음. 무슨 소린지 알겠네. 내가 진맥을 하러 온 것이구먼."

한명회도 얼른 알아차렸다.

"얼운이! 얼운이 있는가?"

그 말이 떨어지기가 무섭게 대문이 열렸다.

"나리께서는 기침하셨는가?"

"예, 기다리고 계십니다."

권람이 앞장서 들어갔다. 한명회가 뒤를 따랐다. 뒤에서 대문을 닫는가 싶더니 얼운이가 어느새 앞장서 걸었다. 중문 앞에 이르자 권람이 말했다.

"한주부 데리고 왔다고 전해 올리게."

얼운이가 중문 안으로 사라졌다.

"허 참. 궁직을 시키더니 이제는 주부를 시키는구려. 덕택에 여러 가지 해보는 재미도 있네, 허허."

한명회가 주먹으로 입을 가리며 소곤거렸다.

"앞으로 또 다른 것도 하게 될 걸세."

그때 얼운이가 나왔다.

"들라 하십니다."

권람을 따라 수양대군 앞에 이른 한명회는 수양대군에게 정중히 예를 올렸다. 그러자 수양대군도 얼른 자세를 고쳐 한명회에게 정중히 예를 올렸다.

"한명회라 합니다."

"반갑소이다. 뵙게 되어 기쁩니다."

수양대군의 흔쾌한 대답이었다. 민망하리만큼 볼품없는 한명회의 몰골을 전혀 내색치 않는 눈치였다.

"나리를 뵙게 되어 저야말로 기쁘옵니다."

조마조마하던 권람이 유쾌해져 끼어들었다.

"이 친구가 사실은 그동안 제게 핀잔을 많이 주었답니다."

수양대군이 의아한 듯 물었다.

"아니, 왜 정경에게 핀잔을 많이 주었단 말이오? 정경이 내 장자방임을 다른 사람은 몰라도 한공은 잘 알고 있었을 텐데 말이오?"

"제가 나리를 제대로 보필하지 못한다고……. 그러니 이제 잘되었습니다. 나리께서 진짜 장자방을 만나게 되었으니 말입니다."

"허어, 정경 이 사람. 장자방 노릇 잘하라는 조언이 핀잔인가? 말은 제대로 해야지."

"조언이든 핀잔이든 상관없고……. 이제 자네가 왔으니 나는 자준이 자네 말고삐나 잡으면 되네."

가만히 듣고만 있던 한명회도 입을 열었다.

"아니, 이 사람. 장원급제한 관원이 관복을 입고 꾀죄죄한 백두서생의 말고삐를 잡고 간다면……, 그야말로 동네 강아지도 폭소할 일이 아닌가?"

"허허허."

수양대군이 먼저 웃음을 터뜨렸다.

"하하하."

"헤헤헤."

세 사람이 함께 웃어젖히다 보니 분위기는 단번에 파탈경지擺脫境地였다.

"아무튼 두 분 고맙소. 이 사람이야말로 오늘 천하를 얻은 것 같이 기쁘오. 장자방을 둘이나 곁에 두게 되었으니 말이오."

수양대군은 만면에 미소를 머금고 밖에 대고 얼운이를 불렀다.

"얼운이 대령이옵니다."

"후원으로 갈 테니 거기다 주안상 차리라 일러라."

수양대군은 국상 중이라 궁중을 떠나지 못할 형편이지만 궁중에 들어 있기도 꽤나 미편했다. 황보인, 김종서 같은 늙은 고명대신들이 좌지우지하는 꼴도 아니꼽고, 안평, 금성 같은 아우 대군들이 자기를 슬슬 따돌리는 것도 부아가 치미는 일이기 때문이었다. 들어가기 싫은 궁중에 이날은 갈 일도 없었다.

한명회를 만났으니 그의 포부나 계책을 어서 듣고도 싶었기에 아무도 듣는 이 없는 아늑한 후원으로 자리를 옮기는 것이었다. 여름이 한창인 대낮에 서늘바람이 감도는 고적한 후원 정자는 내밀한 속내를 펴보기에 참으로 안성맞춤인 장소였다.

"그런데 한공, 앞으로 세태가 어찌 될 것 같소?"

수양대군이 드디어 묻고 싶은 주제를 꺼낸 셈이었다.

"저와 같은 소인배가 뭘 알겠습니까마는……, 이제 태평성대는 끝나고 말았습니다."

"아니, 태평성대가 끝났다면……, 그럼 난세란 말이오?"

"대행대왕께서 승하하시면서 태평연월은 끝난 셈입니다."

"세자께서 등극하시어 금상으로서 위에 계시고, 기라성 같은 명신들이 소임에 충실하고, 명장들이 버티고 있어 먼 변방조차 조용한데, 어찌 태평세태가 아니라 하는 것이오?"

"겉으로 보기에는 그럴듯하오나 실상은 전혀 다르옵니다. 주상이 비록 영특하다 하나 겨우 열두 살인지라, 생각의 폭이 아직은 어린아이의 수준을 넘지 못하고 있습니다. 이럴 때는 반드시 섭정이 없고서는 아니 되는데, 수렴청정할 대비가 계십니까, 아니면 대왕대비가 계십니까? 그러니 천리天理를 따르든 주공周公의 예를 따르든, 반드시 제일 왕숙第一王叔 되시는 나리께서 섭정을 하셔야 하고, 그래야 나랏일이 지탱되는 것인데, 지금 어찌 되었습니까?"

"음……."

수양대군은 한숨을 길게 내쉬었다.

"대행대왕께서 승하하시면 당연히 나리께서 상주喪主가 되셔야 하는데 그렇게 되지 않은 것은 저 황보인, 김종서 무리들의 간교한 계략 때문입니다. 고명 받았음을 핑계대고 있겠지만 그것은 그럴듯한 구실일 뿐 그들은 지금 세상을 호도하고 있습니다. 왕조들의 역사를 모를 리 없는 그들이고 보면 역심이 없고서야 어찌 이리 했겠습니까? 그런 역신들이 나랏일을 좌지우지한다면 이 세태는 결코 태평세태가 될 수 없지 않겠습니까? 이제 환란세태患亂世態에 들었음입니다. 다름 아닌 바로 난세도래亂世到來지요."

한명회야말로 교활하고 사악한 간지奸智로써 정상 세태를 호도하고 있었다.

"……!"

수양대군이 고개를 끄덕였다. 자기 내심에 딱 들어맞는 이야기가 아닌가.

"저 역신들이 지금은 역심의 싹이 튼 정도라 비록 조용하지만, 앞으로 그 싹이 자라게 되면 저들이 무슨 변란을 일으켜 어린 주상에게 위해를 가하고 어느 누구와 결탁하여 저들의 세상을 만들지 알 수 없는 일이옵니다. 생각하면 참으로 모골송연이옵니다."

"……!"

정연한 논리, 도도한 언술에 놀라고 감동되어 수양대군은 얼어붙은 듯 입을 벌린 채 넋을 놓고 있었다. 수양의 속마음이 바라는 대로 한명회가 꼭 그렇게 세태를 예견해주고 있기 때문이었다.

"듣고 보니 자준의 말이 여합부절이 아니옵니까, 나리?"

권람이 감격스러운 어조로 맞장구를 쳤다.

"과연……, 한공의 말씀을 들으니 머리가 확 깨이는 것 같소그려."

수양대군은 감개무량했다. 어쩌면 그다지도 자신의 복심에 딱 들어맞는 관점으로 세태를 보고 있단 말인가!

수양대군은 점점 더 깊이 한명회의 언술 속으로 빠져들고 있었다.

"한공! 한공의 이야기를 듣고 보니 정말 모골이 송연하오. 그냥 격정만으로 보낼 일이 결코 아니구려."

"참으로 그러하옵니다."

"아니, 그렇다면 앞으로 어찌해야 하오?"

"나리께서 나서셔야 합니다. 위기에 처한 이 왕정을 바로잡아야 합니다. 이는 참으로 나라의 명운을 좌우하는 대사이옵니다. 그런데 이 대사를 감당해야 할 사람은 시생이 일찍부터 고찰한 바로는 나리밖에 없습니다."

"나 역시 그러고 싶소만 내게 무슨 힘이 있어야 말이지요. 나라의 권세가 모두 저들 황보인, 김종서 무리의 손에 있으니 어찌해야 좋을지 모르겠소이다."

"앞으로 이를 바로잡으려면 힘이 있어야 합니다. 그러니 힘을 기르십시오."

"어떻게 말이오?"

"힘을 기르는데 가장 속효가 있는 방법은 불평객不平客을 모으는 것입니다."

"오……, 과연. 그런데 불평객이 누구인지 어찌 알며, 또 어찌해야 모을 수 있는 것이오?"

"세상에 불평객이 없는 때는 없습니다. 그동안 요순 같으신 성군 세종대왕의 긴 태평성대를 보냈는데 그래도 불평객은 있게 마련이옵니다. 그간에 무신보다는 문신을 더 높이시고 더 많이 기르셨으니 자연스레 무신 불평객이 생겼을 것이고, 문신 중에서도 잘 쓰이지 못하는 자기 처지로 인해 불평객이 또한 생겼을 것이옵니다."

"오, 과연……."

"이들은 말하자면 불우한 사람들입니다. 이 불우한 사람들은 늘 어디서 자기를 불러주기만을 고대하고 있습니다. 길을 가다가 목이 타는 사람은 어디서 물소리가 나면 그 길로 좇아가기 마련입니다. 이제 나리께서 세상의 불우한 자들을 받아들인다는 소문이 암암리에 퍼지기만 하면 불평객들은 저절로 모여들게 될 것이옵니다."

수양대군은 고개를 끄덕끄덕하다가 잠시 옆으로 꼬았다.

"그렇지만 별 능력도 없이 그저 곤궁해서 모여드는 사람들이라면 만 명이 모인들 무슨 소용이 있겠소? 좀 큰 인물이 모여야 할 게 아니오?"

"《전국책戰國策》에 나오는 사마골오백금死馬骨五百金(죽은 말뼈를 오백금이란 비싼 값에 사들임)이라는 고사를 나리께서도 아시지 않습니까? 그렇게 해서 천리마를 구하는 것이옵니다."

"아, 참, 그렇겠소. 하하. 자, 한 잔 더 듭시다."

"예, 예. 그리고 또……, 지금 황보인 같은 문신들이 국정을 좌지우지한다 하나 사실 문신들은 난세에 아무런 힘도 쓰지 못합니다. 난세에는 백 명의 문사보다 한 명의 장사가 더 필요한 것입니다. 시생이 송도에 가서 얻은 장사 한 사람만 데려다 철여의鐵如意 하나만 들려 내놓으면, 황보인을 비롯하여 만조백관이 다 끽소리 하나 내지 못하게 만들 수가 있습니다. 듣기로 안평대군에게 문객이 많다 하오나 그까짓 글귀나 지어 읊는 무리들이야 만 명인들 무슨 소용입니까? 그리고 또 불우한 불평객들이란 비록 힘이 있는 자라 해도 뿔뿔이 흩어져 있으면 맥을 못 추지만, 누군가 거느리는 사람만 있게 되면 무서운 힘을 내는 무리인 것입니다."

"허, 과연……. 그런데 많은 수의 불평객을 모으려면 어찌해야 하는 것이오?"

"뭐, 어렵지 않습니다. 시생이 나가 돌며 모아올 수도 있고……. 또 나리께서 간단히 모을 수도 있습니다."

"아니, 내가 간단히 모을 수가 있단 말이오?"

"예, 그렇습니다. 나리께서 가끔 훈련원 같은 곳의 습사장에 나가시어 구경하시고, 성적이 좋은 사람에게는 격려하는 상급을 내리시고, 또 친히 부르시어 상찬의 말씀을 내리신다면, 금방 우수한 인재들이 모이게 됩니다. 다음 일은 저희들이 맡으면 됩니다."

"오, 과연……."

수양대군은 연방 고개를 끄덕거렸다. 권람도 따라 끄덕거렸다.

"한공! 어찌 이리 늦게 만났단 말이오? 참으로 반갑고 고맙소."

"그 무슨 말씀이시옵니까? 시생이야말로 나리를 뵙게 되어 광영무한이옵니다."

"고맙소, 한공."

"이제 나리께서는 하실 일이 많아지실 것입니다. 차근차근 계책을 말씀드리겠습니다마는, 우선은 하루라도 빨리 나리께서 섭정을 하셔야 나라가 바로 서게 된다는 것을 잊지 마시옵소서."

"과연 그렇소. 그렇게만 된다면 내 평소의 소원처럼 나는 내 진심을 다하여 주공周公 노릇을 다할 것이오."

"예, 그렇습니다. 나리 이외에는 이 일을 감당할 사람이 없사옵니다. 그러니 이미 천명임도 아셔야 하옵니다."

"한공, 이렇게 환하게 깨우쳐주어 정말 고맙소. 그리고 이제 한공도 경직京職(중앙 관직)에 출사를 하시는 게 좋지 않겠소? 한공이야 음서蔭敍로도 얼마든지 가능한 일이 아니겠소?"

"참, 그 말씀 잘하셨습니다. 아직 시생은 관직에 나아가면 안 됩니다. 시생은 보이지 않는 그늘에서 암암리에 나리를 보필해야 합니다. 또한 앞으로는 나리의 일거수일투족을 살피는 자들이 있을 것이니, 그 또한 대비해야 할 것이옵니다. 그리고 앞으로 대사를 도모함에 있어서 가장 명심해야 할 것이 있사옵니다. 무엇이겠습니까?"

"……."

"……."

수양대군도 권람도 고개를 모로 꼬았다.

"앞으로 잘 보이지 않는 싸움이 벌어질 것이옵니다."

"……?"

"……!"

"싸움은 무슨 싸움이든 이겨야 하옵니다. 지면 그날로 파멸 아니면 사멸입니다. 그러므로 싸움은 반드시 이기지 않을 수 없는 것이옵니다."

"음……."

"과연……."

"무슨 싸움이든 이기기 위해서는 늘 명심해야 할 몇 가지 전법이 있사옵니다. 이를 항상 명심해야 하옵니다. 첫째, 병불염사兵不厭詐이니, 싸움에서는 간사한 꾀도 마다하지 않음입니다. 상대를 잘 속여야 합니다. 사기를 쳐서라도 반드시 이겨야 한다는 것입니다. 둘째, 갈택이어竭澤而漁이니, 연못의 물을 고갈시켜 고기를 잡음입니다. 상대가 꼼짝 못하고 항복하도록 상대의 환경을 각박하게 만드는 것입니다. 셋째, 공기무비攻其無備이니, 준비가 없을 때 공격함입니다. 상대가 준비되기 전에 쳐야 한다는 것입니다. 넷째, 출기불의出其不意이니, 예상치 못할 때 출격함입니다. 상대가 생각지 못하는 시각에 쳐들어가는 것입니다. 이는 세상 사람들이 다 아는 전법입니다만, 승패는 숙지熟知와 실천 여부에 달려 있는 것이옵니다."

"오, 과연……."

"음……."

수양대군의 이마에서는 땀이 솟고 있었다. 뵙기 어려운 스승을 만나 그 가르침에 대오각성을 하듯 날카로운 전율이 가슴 깊이 관통하고 있었다. 해 질 무렵이 다 되어서야 권람과 한명회는 하직인사를 하고 자리를 떴다. 중문을 지나며 한명회가 나직이 속삭였다.

"이 사람 정경. 제아무리 의원 행세를 하고 드나든다 해도 대군께서 멀쩡하신 바에야 될 말이 아니지."

"듣고 보니 그렇군. 어찌하면 좋은가?"

"내게 맡겨 두게. 그리고 자네는 좀 나중에 나오게. 두 사람이 같이 나가는 것도 눈길을 끌 수 있어."

권람은 뒤처지고 한명회만 바깥사랑 앞으로 나왔다. 한명회는 근처에 서 있는 얼운이를 불렀다.

"자네 나 좀 보세."

한명회는 얼운이를 한쪽으로 데리고 갔다.

"내 자네에게 부탁이 하나 있네."

"말씀하십시오."

"자네 오늘부터 잠을 잘 때 이 노끈을 발목에 잡아매고 자게나."

"노끈입니까?"

한명회는 소매 속에 넣어 온 노끈 뭉치를 꺼내 얼운이의 손에 쥐어 주었다.

"자네가 거처하는 방이 행랑채에 있는가?"

"예. 그렇습니다만……."

"그럼 길 쪽으로 나 있는 창문이 있겠지?"

"예, 있습니다."

"자네가 그 방에 있을 때는 자나 깨나 발목에 잡아맨 노끈의 한쪽 끝을 그 창문 밖으로 드리워 놓게나."

"예에?"

"그러면 내가 와서 그 노끈을 잡아당길 것이네."

"아니, 그러시면……."

"그렇지. 내가 온 걸 자네가 알고 문을 열라는 신호지. 밤이나 새벽에 올 일이 많을 텐데, 그때마다 '이리 오너라' 하고 소리칠 수는 없는 일이 아닌가?"

"예. 그렇겠습니다만……."

"미안하이. 그러나 대감마님을 모시는 일이니 어찌하겠는가?"

한명회는 얼운이의 떡 벌어진 어깨를 다독여주고 돌아서 밖으로 나왔다.

'어허헛, 이제야 사람 노릇을 하게 되었구먼.'

한명회는 천천히 걸었다. 송도 옛터의 하찮은 경덕궁직에서 일약 제일 왕숙 수양대군의 장자방張子房이 된 자신이 신기하기만 했다. 너무 갑작스러운 일이라 잘 믿겨지지 않았지만 그러나 아무리 생각해도 수양대군의 장자방이 된 것은 틀림없는 사실이었다.

'우…… 후우, 잘난 놈들, 얼마나 잘났는지, 어디 두고 보자.'

한명회는 가슴을 펴 뒷짐을 지고, 발을 갈지자로 내밀며 걸어보았다. 그는 자기 집 대문 앞에 이르러 잠시 멈춰 섰다. 무려 일 년 하고도 몇 달 만에 돌아온 것이었다. 감개무량했다.

사람을 부르지 않고 살며시 대문을 밀었다. 대문은 잠겨 있지 않았다. 그는 마당으로 들어서다 자못 놀랐다.

'이 빈한한 집에 웬 쌀섬이 쌓여……'

"어이쿠, 나리, 돌아오셨습니다요……."

광에서 나오던 만득이가 소리쳤다. 아우 명진이, 부인 민씨, 딸 방울이가 달려 나왔다.

"이거 웬 쌀섬이냐?"

"수양대군 댁에서 새아씨 마님이 다녀가셨사옵니다."

부인 민씨가 설명해주었다. 수양대군의 며느리 한씨가 다녀간 모양이었다.

"음……!"

"쌀이 열 섬에 비단이 스무 필이옵니다."

부인 민씨는 상기되어 있었다.

"아까 새아씨 마님께서 말씀하시기를 형님께서 수양대군저에 계신다 하셨습니다. 어찌 된 일입니까, 형님?"

"허어, 제법 밥벌이를 한 셈이구먼. 아이들 옷도 지어주고 임자도 한 벌 해 입게나."

한명회는 부인을 향해 그렇게 말하면서 사랑으로 들어갔다. 아우 명진이와 민씨가 따라 들어와 앉았다.

"나리, 이 나라의 제일 왕숙께서 보내주시다니 아무래도 감당하기 어려운 노릇이 아닙니까?"

부인 민씨의 말이었다.

"그러하옵니다, 형님. 무슨 연유가 있을 게 아닙니까?"

"궁금하기는 하겠지만 걱정할 것은 없다. 나이 사십에 이제 가장 노릇을 하게 되는 것 같다."

"다녀가신 새아씨의 말씀으로는 수양대군께서 나리를 극진히 대해 주신다고 하셨습니다. 저는 도대체 뭐가 뭔지 모르는지라……."

"허허……. 하여튼 뭐 걱정할 것은 아무것도 없소. 이제 끼니 걱정은 안 하게 되나 보오. 저 냉수나 한 사발 갖다 주시오."

민씨가 나가자 명진이 다시 물었다.

"형님, 너무 꿈만 같은 일이라……. 기쁘기야 한량없지만 도대체 무슨 일이옵니까?"

"걱정할 건 없대도……. 앞으로 너도 좀 바빠질 것이다. 행동거지 삼가고 특히 입조심 해야겠다. 앞으로 나에 대해서는 아무것도 모른다고 하고……."

"예, 알겠습니다. 그럼 편히 쉬십시오."

다음 날 날이 밝자 홍윤성이 뛰어들었다.

"어제 수양저에서 한잔하셨다고요?"

"허어. 아침부터 남의 집에 말똥 냄새를 풍기는가?"

"수양대군께서 나리더러 장자방이라 하셨다면서요?"

"흠, 정경을 만났구먼. 그 사람 허풍이 있네."

"아닙니다. 아주 정색을 하고 말씀하셨습니다."

"그래? 흠, 그러면 자네 날 상전으로 한번 모셔보겠는가?"

"예에? 제가 나리를 상전으로요?"

"헤헤, 말똥을 치우고 있어도 과거에 오른 관원인데 백두를 어떻게 상전으로 모시느냐 이 말인가?"

"……!"

"이봐, 이 사람아."

한명회는 자기 손바닥을 펴들어 홍윤성의 눈앞으로 내밀었다.

"헤헤, 이 손바닥 안에서 한번 놀아볼 텐가?"

"……?"

"싫다면 하는 수 없는 것이고……."

"무슨 일인지 연유는 알아야 할 게 아닙니까?"

"헤헤, 졸개가 상전을 모시는 데 연유는 무슨 연유?"

"……?"

그때 밖에서 부인 민씨가 기척을 냈다.

"저이옵니다."

"드시오."

부인 민씨가 상기된 얼굴로 들어와 앉았다.

"수양대군저의 대부인께서 인편을 보내왔습니다. 저를 만나고자 하신답니다."

"그냥 다녀오면 될 걸 내게 물을 게 뭐 있소?"

"아무리 그렇기로 무슨 하문이 있을지도 모르는데……."

"헤헤, 걱정할 것 없어, 임자에게 벼슬을 내리진 않을 테고……. 쌀 열 섬, 비단 스무 필 요긴하게 쓰겠다고 말씀드리면 되는 것이고……."

"혹 나리에 대해서 물으신다면 어찌할까요?"

"나에 대해서 당신이 알고 있는 대로 말씀드리면 되지요."

"……?"

"그리고, 대군저 새아씨를 눈여겨 보아두는 게 좋을 것이오."

"예, 그럼 다녀오겠습니다."

부인 민씨가 나가자 홍윤성은 한명회 앞으로 좀 더 바싹 다가앉았다.

"나리, 제가 나리의 수하가 되면 저도 수양대군을 만나 뵐 수가 있습니까?"

"허, 이놈 봐라. 날 섬기는 놈이 한눈을 팔겠다는 게냐?"

"……!"

"아니, 그리고 너 따위가 수양대군을 만나서 뭘 어쩌겠다는 게야? 혹 그 집 마구간 일을 본다면 모를까……."

화를 참느라 얼굴이 벌겋게 달아오른 홍윤성이 씨근거리며 한명회를 쏘아보았다.

"당장 대답하기 싫으면 나중에 해도 되니까 아무튼 잘 생각해보게. 난 볼일이 있어 좀 나가봐야겠네."

한명회가 일어서자 홍윤성도 일어섰다.

"헤헤, 어서 가서 말똥을 치워야지."

"허, 참……."

18

주구들

"형님, 형님 계시오?"

한명회 집 대문 앞에서 웬 건장한 사내가 우람한 덩치만큼이나 우렁찬 목소리로 외쳐대고 있었다. 만득이가 문밖으로 뛰쳐나왔다. 사내는 만득이를 본 체도 않은 채 문 안으로 성큼 들어서며 소리쳤다.

"형님, 저 유수가 왔어요."

"아니, 자네가……? 잘 찾아왔네."

한명회는 유수를 반겼다. 경덕궁직으로 함께 지내던 유수가 찾아왔던 것이다.

"수양대군저에 가서 형님을 찾았더니 여기를 일러주더군요."

"헤헤, 그랬을 것이네. 어서 들어오게."

유수는 한명회를 따라 방으로 들어갔다.

"벌써 살기가 어려워졌나? 금방 쫓아오게……."

유수는 대답은 하지 않고 한명회를 찬찬히 들여다보았다. 얼굴은 당나귀상 그대로인데 입고 있는 옷이 전혀 달랐다.

'의복이 날개라 했던가.'

당나귀상일망정 그 의복 속에 들어 있고 보니 어딘지 모르게 함부로 대할 수 없는 위엄 같은 게 있어 보였다.

"살기 어려운 거야 늘 똑같지요. 허나 형님 떠나고 보니 사는 재미가 싹 가시는지라……. 강원도 소굴巢窟로 들어갈까 생각해보기도 했지만 형님 생각이 굴뚝같은지라 그냥 달려왔지요."

"헤헤, 아무튼 잘 왔어, 잘 왔네."

"뭐, 좋은 일이 있습니까?"

"그래. 좋은 일이 있을 것도 같구먼."

"어쩐지 그럴 것 같더라고요. 그런데 형님, 세상이 곧 바뀐다는 소문이 자자합디다요."

"그래? 어떻게 바뀐다고 하던가?"

유수 같은 놈이 아는 일이라면 세상의 내로라하는 놈들은 다 알고 있는 일인 셈이었다.

"임금이 바뀐다고들 합디다."

한명회는 낯빛을 바꾸며 유수를 노려보았다.

"임금이 바뀌다니 그게 무슨 소리야? 어떤 놈이 그따위 주둥이를 함부로 놀린단 말이야?"

"송도에서 여기까지 그 사이에 주막이 몇이나 되는지 형님도 아실

게 아니오? 주막마다 그 소리가 들리는데 그걸 아니 들을 수도 없는 일이고…….”

“그래, 누가 임금이 된다 하던가?”

“어떤 자는 안평대군이 된다 하고, 어떤 자는 수양대군이 된다 합디다.”

“남이야 어떻든 유수 자네는 입 닥치게.”

“……!”

“그런 소리 입에 담고는 살아남지 못해. 그따위 소리 입에 담고 다니면 자네뿐만 아니라 나와 내 가솔들도 무사치 못한단 말이네. 알겠는가? 정신 차리라고.”

유수는 송구한 듯 몸을 움츠렸다. 한명회는 목소리를 낮춰 다시 타일렀다.

“구시화지문口是禍之門이니 입은 화를 부르는 문이요, 설시참신도舌是斬身刀니 혀는 내 몸을 베는 칼이라 했네. 앞으로 큰일을 할 사람은 입이 무거워야 하네.”

“……?”

유수는 새삼스럽게 놀라고 있었다. 아무래도 경덕궁 궁지기 때의 한명회가 아니었다.

“여보게, 유수. 내 자네에게 긴요한 부탁이 하나 있네.”

“제게요?”

“그래. 자네의 의리야 내 송도에서 이미 보아온 터, 그 의리를 내게 달라는 것이네.”

“그야, 드리고말고요. 무엇이든 분부만 하십시오.”

건달패거리들은 그 나름의 의리가 굳건했다.

"바로 지금 자네의 그 힘과 의리가 필요하다 이 말이네. 자네만한 기걸이 어디 흔하던가? 그렇잖은가?"

"그야 뭐. 저도 힘깨나 쓸 수 있지요, 헤헤."

유수는 뒤통수를 긁적이며 히죽 웃었다.

그때 주안상이 들어왔다. 이 집 주안상도 이제 제법 풍성해졌다. 술잔이 몇 순배 돌자 한명회는 송도 시절의 파락호 기질이 되살아났다.

"자네를 보니 술맛이 나는구먼. 그러잖아도 내 인편을 보낼까 했네만……."

"아, 예……."

유수는 감격하고 있었다. 오길 잘했다고 몇 번이고 생각했다. 둘은 송도에서처럼 스스럼없이 웃고 떠들며 잔을 기울였다.

"여보게, 수."

"예."

"자네는 이제부터 내가 시키는 대로 해야 하네. 밥은 내가 먹여줄 것이니 걱정 말고……."

"제가 뭐 밥걱정하고 왔겠습니까? 무어 그럴듯한 일이 좀 있을까 해서지요. 이 힘을 좀 쓸 데가 없나 해서……."

유수는 팔뚝을 걷어 올리고 힘을 주었다. 팔뚝에 힘줄이 꿈틀거리며 도드라졌다. 몸집이며 완력이 홍윤성 못지않았다.

홍윤성이 만만치 않은 학문이 있고 미련한 듯하면서도 속셈이 빠르다면, 유수는 그냥 우직한 사내였다. 한명회는 유수의 그 우직함을 높이 사고 있었다.

"헤헤, 이 사람. 어디 첫술에 배부르던가? 내 말만 잘 듣고 있으면 앞길이 환해질 게야."

"뭐, 벼슬이라도 시켜주시겠습니까?"

"가능한 일이지."

"그, 지금 좀 할 수 없습니까?"

"허, 이 사람. 우물에서 숭늉 찾는가? 그저 내 말만 들어. 그러면 차차 벼슬도 하고 재물도 생기고 할 테니까."

"그게 정말입니까?"

"정말이고말고. 술김에 하는 말이 아니야, 이 사람아."

유수는 두 눈을 화등잔만하게 뜨고 한명회를 찬찬히 들여다보았다. 정말로 그의 말을 믿어야 할지 말아야 할지 따져보는 눈길인 셈이었다.

"우선 자네가 할 일이 있네."

"무슨 일입니까?"

"자네처럼 힘깨나 쓰는 사람들을 좀 모아올 수 있겠는가?"

"힘깨나 쓰는 사람들을요?"

"그래. 언제쯤 되겠나?"

"허어, 형님도 우물에서 숭늉 찾으시는군요?"

"그렇다 치고. 언제쯤 되겠는가?"

"그야. 나서 봐야지요."

"나서 봐야?"

그때 만득이 소리가 들렸다.

"나리!"

"무슨 일이냐?"

"홍주부 나리 오셨습니다."

"오, 그래. 마침 잘 왔다. 들라 이르라."

홍윤성이 방으로 들어섰다. 그는 자신의 덩치 못지않은 유수를 쏘아보며 자리에 앉았다. 유수 또한 홍윤성을 쏘아보았다.

"수, 자네가 인사 여쭙게. 사복시에서 말똥을 치고 있어도 종6품의 주부님이시네."

"유수라 합니다."

홍윤성은 그런 유수를 보는 둥 마는 둥 응대는 하지 않고 만득이를 불렀다.

"만득아, 내 술 가져오지 않고 무얼 하느냐?"

인사에 대한 응대도 없이 빈둥거리며 술 가져오라 소리치는 홍윤성을 괘씸하게 보았으나 그건 잠시뿐이었다. 만득이가 술이 철철 넘치는 손잡이 달린 자배기를 홍윤성 앞에 갖다 놓았기 때문이었다.

'사발로 퍼마실 작정인가?'

유수의 상상이 채 끝나기도 전에 홍윤성은 자배기를 들어 입에 대고 벌컥벌컥 술을 다 마셔버렸다. 그리고 자배기를 만득이에게 내주었다.

"자네, 승문원 부정자副正字를 겸직했다면서?"

"승문원 부정자고 주부고 다 따분하기는 마찬가지지요."

"그럴 테지. 자네 성미에는 다 맞지 않을 게야. 그래, 어디 옮겨가고 싶은 자리가 있으면 말해보게."

홍윤성은 어이없다는 듯이 한명회를 한 번 힐끗 쳐다만 보고는 대답을 하지 않았다.

"어디면 따분하지 않겠는가?"

"그건 또 왜 물어보시오?"

"내가 옮겨주려고……."

"예에?"

홍윤성은 기가 막혔다. 제 앞가림도 못하는 한명회가 벼슬자리를 옮겨준다 하니 그걸 쉽게 믿을 홍윤성이 아니었다.

"내 생각으로 자네는 훈련원에 있어야 마땅할 것 같네. 우선 훈련원 주부로 옮겨가도록 하게. 지금 당장 승진하기는 좀 어려울 테고……."

"……!"

홍윤성은 대답을 하지 않고 한명회를 빤히 쳐다보기만 했다. 진작부터 훈련원 쪽으로 옮겨가고 싶은 건 홍윤성이었다. 그런데 남의 속을 들여다보듯 그것을 말하고 '우선'이라 하고 또 '승진' 어쩌고 하는 것이 아무래도 어이가 없어서였다.

"뭘 그렇게 쳐다봐? 이제부터 자네는 훈련원 주부란 말이야."

헛소리가 아닌 게 분명한 것 같아 홍윤성이 놀랐다. 동시에 유수도 놀랐다.

엊그제까지만 해도 경덕궁직으로 있던 한명회였다. 함께 장기판 가지고 다투던 궁지기가 불과 며칠 만에 종6품 관원을 마음대로 옮긴다는 것이 믿기지가 않았다.

"나리, 정말입니까?"

홍윤성이 눈을 크게 뜨고 물었다.

"자네는 나를 처음부터 믿으려 하지 않았어……. 하기야 세 살 버릇 여든까지 간다 했으니……."

"하오면 정말로……."

"자네 훈련원 주부로 옮겨가는 대신 할 일이 좀 있네."

"할 일이라니요?"

"거기서 무예에 출중한 사람을 좀 골라 자네 수하로 거둘 수 있겠는가?"

"아니, 무엇 하려고요?"

"허허, 무슨 잔말이 그리 많은가? 하겠는가, 말겠는가?"

한명회가 정색을 하며 언성을 높였다.

"몇 명이나……."

"열 이상 스물 이내로 하게."

"예, 알겠습니다. 나리."

"이 약조를 어기면 다시 사복시로 돌아가는 줄 알고……."

"예에?"

"놀라긴……. 약조를 지키면 될 것을……."

이때 만득이가 두 번째 술 자배기를 들고 왔다.

"마시게. 수 자네도 더 들고……."

한명회는 기분이 매우 유쾌했다. 송도에서 경덕궁직을 하던 때를 회상하면서 자신도 술을 많이 들었다. 다시 그때의 파락호로 돌아가고 있었다. 밤이 이슥해지고 있었다.

"여보게, 훈련원 주부."

"아, 예."

"헤헤. 겉보기에는 별 볼 일 없는 당나귀상이지만 이 한명회의 말은 믿는 게 좋아."

"예, 예. 알겠습니다."

"내 잠깐 다녀올 데가 있네. 자네들은 팔씨름이나 하고 있게나."

"돌아오십니까?"

"그건 내 쪽 사정이고……. 어험."

한명회는 바로 방을 빠져나갔다.

"말씀 여쭙기 송구합니다만, 나리께서는 훈련원 주부로 가신다는 것을 믿으십니까?"

"그야……, 믿는 게 편하지 않겠소?"

"편하다 하심은?"

"두고 보면 알겠지요."

한명회는 수양대군저의 행랑채 밖을 거닐고 있었다. 첫 번째 방의 들창 밖으로 노끈이 드리워져 있었다. 얼운이의 방이 틀림없었다.

한명회는 노끈을 두어 번 잡아챘다.

"끄응……."

잠에서 깨어 일어나는 얼운이의 소리가 들렸다. 잠시 후 대문이 열리고 얼운이가 나타났다.

"한주부 왔다고 고하게."

"오늘은 내당으로 드셨습니다. 밝은 날 다시 오시지요."

"어서 고하기나 하게."

한명회는 안으로 들어가 큰사랑의 댓돌 밑을 서성이고 있었다.

"어서 오시오. 자, 듭시다."

수양대군은 과연 반갑게 맞아주었다. 두 사람이 방으로 들어서자 얼운이가 따라 들어와 부싯돌을 쳤다.

"등촉 안 밝혀도 되니 물러가게."

한명회가 말하자 얼운이는 조용히 물러갔다.

"나리. 두 가지 드릴 말씀이 있사옵니다."

"말씀하시오."

"자금을 좀 넉넉히 내려주십사 하는 것이 첫 번째이옵니다."

"자금을……?"

"식객이 늘어나고 있사옵니다. 용돈도 필요하옵니다."

"알겠소. 다음은……?"

"사복시 주부에 홍윤성이란 자가 있사온데, 그 자를 훈련원 주부로 옮겨주십사 하는 것이 두 번째이옵니다."

"쓸 만한 사람이오?"

"우선은 시생이 좀 부려야 할 것 같사옵니다."

"허허, 홍윤성이라 했소? 어디서 들은 것도 같소만……."

"아마 그럴 것이옵니다."

"알겠소. 그리합시다."

"그리고 참, 수종隨從 얼운이에게 철편鐵鞭(휴대용 무기의 일종) 다루는 법을 익히라 하시옵소서."

"철편을……?"

"숨겨 지니고 다니기에 편합니다."

"알겠소."

"그럼, 시생은 이만 물러가겠습니다."

"아니, 한공."

"오래 머물 수가 없는 줄로 아옵니다."

"그렇다면……."

한명회는 조용히 큰사랑을 빠져나왔다. 대문을 나온 한명회는 하늘을 향해 자신의 손바닥을 펼쳐 보이며 히죽 웃었다. 여름밤의 찬연한 별빛이 마주 웃어주었다.

'수양대군은 이제 확실히 한명회의 이 손바닥 위에 오른 셈이야.'

다음 날 수양대군은 훈련원과 승정원에 들렀다. 승정원에는 충실한 주구 도승지 강맹경이 있었다. 사복시 주부 홍윤성은 금방 훈련원 주부가 되었다. 그 일을 마쳐 놓고 수양대군은 임금을 뵙기 위해 대전으로 향했다. 가다 보니 강녕전 앞마당에서 소년 임금이 자치기를 하고 있었다. 소년 임금이 바닥에 있는 짧은 막대를 손에 쥔 막대로 탁 치자 짧은 막대가 튀어 올랐다. 그 순간 튀어 오른 막대를 앞을 향해 힘껏 쳤다. 날아오른 짧은 막대는 저만큼 앞에 가 떨어졌다.

내관 엄자치가 임금의 손에 쥔 막대를 받아 날아간 거리를 쟀다. 허리를 굽히고 한 자씩 내관 엄자치가 재어 갔다.

"한 자, 두 자,……, 스물다섯 자."

그 뒤를 따라가며 소년 왕이 낭랑한 목소리로 세어 갔다.

"스물다섯 자구나. 실력이 참 많이 늘었지?"

"전하, 그러하옵니다. 감축드리옵니다."

이 광경을 보던 수양대군은 눈살을 찌푸렸다. 수양대군은 그 앞에 가 머리를 조아렸다.

"전하, 강녕하시옵니까?"

"예, 수양 숙부……."

임금 단종은 이 숙부만 보면 몸이 굳어지고 가슴속이 두근거렸다.

"무료하신가 봅니다, 전하."

"심심해서……."

"전하, 비록 그러시더라도 그런 말씀을 입에 담으시면 아니 되옵니다. 보령이 어리시다 해도 군왕의 체통을 지키셔야 하옵니다."

"……?"

"엄내관은 전하를 똑바로 모시게. 연치가 그만하면 알 만하지 않은가?"

"송구하오이다, 대감."

엄내관이 허리를 굽혔다.

"안으로 드시옵소서. 신이 전하의 무료함을 덜어드리겠사옵니다."

수양대군은 소년 왕의 손을 잡고 강녕전으로 향했다. 소년 왕은 어디 감옥에라도 끌려가는 것처럼 마뜩찮고 불안했으나 하는 수 없이 끌려갔다. 비록 숙질의 사이라 하나 엄연히 군신간의 처지인데 수양대군은 신하로서의 예절을 잊을 만큼 주제넘고 있었다.

강녕전 안에 들어오자 수양대군은 일장 훈시와 같은 사설을 늘어놓았다.

"전하, 할아버님 세종대왕께서는 이 나라의 문물을 꽃피우시고 무려 32년간 태평성대를 이루어놓으셨습니다."

'그걸 누가 몰라요? 아, 할아버지가 그리워요.'

"학덕 높으신 대행대왕께서 일찍 승하하신 것이 신의 가슴을 에는 듯 아프게 하옵니다만, 그것은 하늘의 이치인지라 어찌 슬픔에만 잠겨 있겠사옵니까?"

'부왕 앞에서 늘 불평만 늘어놓고 불손하게 굴어놓고서……, 뭐, 가슴을 엔다고…….'

"엎드려 바라옵건대 전하께서는 군왕의 체통과 위엄을 갖추시고 만세에 선왕들의 위업을 이어가야 할 것으로 아옵니다."

'숙부도 제발 신하의 도리를 지키시길 바라오.'

"난 어려서 아직 잘 모르지만 의정대신들이 잘하고 있는 것으로 압니다."

"이 나라는 전하의 나라입니다. 열심히 배우고 익혀서 하루라도 빨리 전하께서 만기萬機(여러 가지 정사)를 총람總攬하셔야 합니다."

"차차 나아지겠지요. 숙부는 너무 염려 마세요."

"신 수양이 신명을 다해 보필할 것이옵니다. 믿어주시옵소서."

'숙부가 나서는 것은 싫다고요.'

"염려해주시어 고맙소."

"성은이 망극하옵니다."

수양대군은 강녕전을 나와 집현전으로 갔다. 수양대군도 세종 문종 때에 가장 많이 들렀던 곳이 집현전이었다. 그래서 친숙한 사람들도 가장 많았다. 당시 학사들이 이제는 거의 다 중요 관직에 몸담고 있었다. 공조판서 정인지, 직제학 신숙주, 늦게 출사했어도 수양대군의 후광을 입고 있는 교리 권람이 거기 있었다. 편수관 최항, 승지 성삼문은 그 자리에 없었다.

"학역재도 들으시고 범옹도 들으세요."

"예, 나리."

"두 분께서는 종사의 기둥이 되셔야 합니다. 그것이 세종대왕께서 그대들에게 베풀어주신 성은에 보답하는 길도 될 것입니다."

"저희가 어찌 그 은혜를 잊겠사옵니까? 명심하고 있사옵니다."

정인지의 대답이었다.

"범옹의 학문도 이제 꽃이 피어야 할 것이오. 지난날의 광영을 범옹이 이어가야 할 것이오."

"아직은 미흡한 점이 많으나 신명을 다할 것이옵니다."

수양대군은 고개를 끄덕거렸다. 그러면서 일종의 경각심을 불러일으킬 양으로 정색을 하고 몇 마디 선언 같은 언명을 했다.

"주상의 보령이 어리시니 사사로운 일에 매달리는 소인배들이 있을지 모릅니다."

"……?"

"절대로 용인되어서는 안 됩니다. 그럴 때일수록 조정이 하나가 되어 정신을 바로 차려야 합니다. 틈을 보이지 마세요. 만에 하나라도 소인배의 무리들이 불순한 움직임을 보인다면……."

"……?"

"내가 용서치 않을 것이오. 이 나라의 종사를 위해서입니다. 나는 왕숙王叔으로서의 책무와 신하로서의 책무를 다할 것이오."

전에 김종서에게 들려주었던 그런 말이었다. 정인지와 신숙주는 담담히 듣고만 있었다. 용상의 주인이 어린 이 시기를 이용하여 사실은 스스로 용틀임하고자 앞뒤를 재기 시작한 수양대군의 진면목을 아직은 사람들이 잘 모르고 있었다.

같은 시각, 돈의문 밖 김종서의 별장에는 안평대군의 수하인 이현로가 찾아와 있었다.

"안평대군 나리께서 이것을 보내셨습니다."

이현로가 김종서 앞으로 내민 것은 족자簇子가 들어 있는 오동나무

상자였다. 김종서는 상자를 열었다. 족자가 나왔다.

김종서가 족자를 펼쳤다. 바위틈으로 힘차게 솟아오른 난초의 그림이었다.

"대군께서 말씀하시기를, 지난번 대감께서 주신 시에 대해 답하는 것이라고 하셨습니다."

"……!"

김종서는 순간 가슴이 움찔했다. 이현로가 그 시의 내용을 혹 알고 있는 것이 아닌가 해서였다.

"대군께서 그 시의 내용을 말씀해주시던가?"

"당치 않사옵니다. 시생은 그저 심부름을 왔을 뿐이옵니다."

김종서는 섬광이 솟는 시선으로 이현로를 잠시 응시했다. 이현로가 거짓으로 말한 것 같지는 않았다.

"돌아가거든 내가 고맙게 여기더라고 여쭙게나."

"예. 그럼 이만 물러가겠습니다."

이현로가 물러가자 김종서는 안평대군의 난초도를 펴놓고 지긋이 바라보았다. 난초 잎이 바위틈을 뚫고 힘차게 솟아오른 것은 무엇을 의미하는가? 그것은 분명 김종서의 뜻을 수락한다는 안평대군의 뜻이었다.

'크나큰 시름을 이제 덜게 되었어…….'

김종서는 마음이 유쾌하고 개운했다. 진녀眞女가 소담스러운 주안상을 들고 들어왔다.

"어머, 난초 잎이 어쩌면 이렇게도 힘차게 치솟고 있사옵니까?"

"이게 바로 안평대군의 필치니라."

"정말……, 난초 잎이 살아서 꿈틀거리는 것 같사옵니다."

"그래, 그 솜씨는 아마도 이 나라에서는 따를 자가 없을 것이다."

"예에……."

"밖에 승규承珪 있느냐?"

승규는 김종서의 아들이었다. 동생인 승벽承璧과 함께 아버지 곁을 잠시도 떠나지 않을 만큼 효성이 지극한 아들이었다. 어머니의 상을 입고 있어 관직에서 물러나 있었다.

"대령해 있사옵니다."

"가까이 들라."

승규가 방으로 들어와 앉았다.

"너 지금 가서 영상대감을 모셔와야겠다."

김종서는 안평대군의 회답을 한시바삐 영상 황보인에게 알려주고 싶었다.

두 사람은 의논한 끝에 안평대군을 섭정의 자리에 모시어 왕권의 강화와 정상적인 국정 운영을 꾀하고자 했다. 또한 동시에 흑심을 감추고 있는 수양대군의 발호를 견제하고 차단하고자 했다.

황보인과 상의를 마친 김종서는 얼마 전 암암리에 안평대군저인 수성궁壽聖宮에 들렀었다. 그는 관복 소매 속에 지니고 온 작은 봉투 하나를 안평대군에게 건넸다. 그 봉투 속에는 짤막한 시 한 수를 적은 화선지가 들어 있었다.

"나리께 드리는 시로서는 부끄럽기 짝이 없습니다만, 그저 제 마음만은 알아보실 수 있을 것입니다."

안평대군은 봉투를 열고 화선지를 꺼내 펼쳤다.

태공본적요太空本寂寥 현화빙수신玄化憑誰訊

(큰 하늘은 본시 고요하니 현묘한 조화 누구에게 물으랴.)

인사구불차人事苟不差 우양유자순雨暘由玆順

(사람의 일이 실로 다르지 않으니 비 오고 볕듦이 이로 말미암도다.)

수풍착도리隨風着桃李 작작최화신灼灼催花信

(바람결 도리나무에 닿으면 화사한 꽃소식 재촉하리라.)

첨유급맥롱沾濡及麥隴 솔토균택윤率土均澤潤

(촉촉한 내림 보리밭에 이르면 천하가 고루 윤택하리라.)

"아니, 이……. 대감."

읽기를 마친 안평대군은 깜짝 놀라 김종서를 뚫어져라 쳐다보았다.

"나리의 마음에 드십니까?"

"절재대감!"

"이 김종서의 충심이옵니다. 거두어주셨으면 합니다만……."

고요한 호수 같던 안평대군의 눈에서 빛이 나고 있었다. 시의 내용을 파악했음이 분명했다.

얼핏 보기에는 자연의 섭리를 노래한 것이지만, 암시하는 바는 안평대군이 섭정으로 나서서 왕권을 바로 세우고 나라를 바르게 다스려 선왕 때와 같은 태평천하를 만들어 달라는 부탁이었다. 안평대군은 시를 접어 다시 봉투에 넣었다.

"자, 한 잔 더 드십시다."

"한 말씀 계실 줄로 알고 있습니다만……."

"허허, 재촉하심이 절재대감 같지 않소이다."

"송구하옵니다."

두 사람은 담담하게 술잔을 좀 더 들다 그냥 헤어졌던 것이다.

황보인은 석양이 다 질 무렵에서야 김종서 앞에 나타났다. 오사모烏紗帽에 흑각대黑角帶 차림인 것으로 보아 퇴궐 길에 승규를 만난 모양이었다.

"자제들의 복직을 혜빈께 귀띔해두었습니다."

"아니. 그런 일까지 챙겨주시다니……."

김종서는 미안했다. 김종서 아들들의 복직 일이기 때문이었다.

"탈상을 했으니 마땅히 서둘러야지요. 사람이 아쉬운 때이기도 하고……."

"송구하옵니다."

황보인이 자리에 앉은 다음에 김종서는 안평대군의 난초화를 펼쳤다.

"안평대군의 승낙하신다는 뜻입니다."

"오. 이 난초 잎, 대단한 힘이 솟는군요."

"그 힘이 안평대군의 의지가 아니겠습니까?"

"이르다 뿐이겠습니까? 일은 되어가겠습니다만, 수양대군께서 어찌 나오실지 그게 좀 걱정은 됩니다."

"……."

"이왕 안평대군이 내락하신 일이라면 서두는 게 좋을 것도 같소만……."

"영상대감, 좀 더 두고 보시도록 하시지요. 분란이 생기지 않을 기회를 타서 처리하시지요."

"그렇긴 하지만 수양대군 쪽에서 우리의 의도를 눈치 챈다면……."

"알 까닭이 없을 것입니다. 영상대감께서 아시고 제가 알고……. 여기 진녀가 알고……, 그뿐인데 밖으로 퍼질 일은 없는 줄로 압니다."

"……."

황보인은 진녀에게 눈길을 돌렸다. 진녀는 난초 그림 감상에 골몰해 있었다.

"진녀는 믿어도 되옵니다."

"안평대군 쪽에서도 알고는 있겠지요?"

"대군께서도 신중히 처리하실 것이옵니다."

"……!"

홍윤성은 퇴청 길에 한명회의 집으로 달려갔다. 장검을 왼손에 쥐고 훈련원 주부가 된 것을 과시하며 한명회의 집에 들어섰다.

"헤헤, 제법이야. 이제 좀 어울리는 것 같구먼."

"나리, 이 은혜를 어찌 갚아야 하옵니까?"

홍윤성은 전에 없이 진지하고 공손했다.

"헤헤, 앞으로 차차 하루하루가 다를 텐데, 뭘 그리 송구한가? 아무튼 자네는 내게 잘 보이면 일인지하 만인지상은 모르겠으나 정승 소리는 들을 수 있을 걸세."

"……?"

한명회의 허풍은 알고 있었지만 그래도 정승 소리를 듣는다 하니 가슴이 뛰었다.

"대장부라면 우선 속이 깊어야 하고……, 상전에겐 목숨으로 의리를 지켜야 하고……. 허나 내가 자네 상전노릇 하자는 건 아닐세."

"하오면 제가 섬길 상전은 따로 있다는 말씀인지요?"

"그런 셈이지."

"그렇다면 수양대군입니까?"

"헤헤, 둔재는 아니로구먼."

"……!"

"속이 깊어야 한다고 했어. 발설은 말게. 목숨을 다해 섬겨야 할 상전이 수양대군임엔 틀림없으나 그 사실을 나타내서는 안 된다 이 말이야. 그래서 날 상전인 양 떠받들면 되는 게야."

"명심 거행이오."

"가만, 어느새 어두워지는구먼. 자네는 일어나 가게. 그리고 내일 날이 어두워지면 권교리 데리고 수양대군저로 오게."

"저도 함께 말씀입니까?"

"당연하지."

"옛!"

홍윤성은 몸이 둥둥 뜨는 기분이었다. 청운의 꿈을 안고 한양 땅에 들어섰을 때 수양대군이나 안평대군의 수하가 되는 것이 최대의 소원이었다. 그 소원이 이루어지고 있는 것이었다.

다음 날 석양이 질 무렵, 수양대군의 궐내 주구인 김상궁이 수양대군저에 와서 긴요한 정보를 주고 돌아갔다. 지난밤 암암리에 안평대군이 궐에 들어와 혜빈 양씨를 만나고 간 상황을 소상하게 전해주고 갔던 것이다.

안평대군은 늦게 궐내에 들어와 혜빈 양씨를 만나고 있었다.

"수양대군이 들어오셔서 바삐 돌아다니셨고, 낙랑부대부인(수양대군의 부인)께서도 대궐에 들어오셔서 오래도록 계시다 가셨습니다."

"사실은 그 소식을 듣고 궁금해서 찾아뵈었습니다."

"수양대군께서는 훈련원과 승정원에 들려 홍윤성이라는 사복시 주부를 훈련원 주부로 자리를 옮기게 했답니다."

"……?"

"그다음에는 주상을 모시고 강녕전에 들리시어 어린 주상과 밀담을 나누셨습니다."

"……?"

"강녕전을 나오신 다음에는 집현전으로 가셨답니다."

"거기에는 누가 있었답니까?"

"정인지와 신숙주, 권람이 있었답니다."

"무슨 이야기를 했나요?"

"소인배 무리들이 사사로이 움직이는 기미가 보이면 수양대군께서 몸소 철퇴로 다스리겠다고 협박을 하셨답니다."

혜빈 양씨는 궐내에서 일어나고 있는 일들을 손금 보듯 상세히 알고 있었다. 물론 혜빈 양씨에게는 손발이 되어 움직이는 내관과 상궁이 여럿 있기 때문이었다.

"수양대군이 왕숙임에 틀림없습니다만, 나리께서도 왕숙임에 틀림없습니다. 수양대군 내외는 왜 저리 바쁘십니까? 또 무슨 마음으로 집현전 사람들을 협박한답니까? 또 그분이 말하는 소인배는 누구를 말하는 것입니까?"

"……."

"안평대군 나리께서는 조용히 계셔도 되는 일이옵니까? 의정부에서는 나리를 섭정으로 모시려 하는 것으로 아옵니다만……."

안평대군의 가슴에 기어이 불을 지른 혜빈 양씨는 고요히 지켜보며 대답을 기다렸다.

'결코 만만한 존재가 아니로세.'

혜빈 양씨에 대해 속으로 놀라면서도 안평대군은 말이 없었다.

"만약에 말입니다만, 수양대군에게 민심이 돌아간다면 어찌하시겠습니까?"

"심려 놓으셔도 됩니다."

안평대군은 아무 생각도 없는 사람처럼 대답했다.

"심려를 놓으라 하십니까?"

"혜빈께서 주상을 돌보고 계시고, 또 혜빈께서 지금처럼 궐내의 일들을 소상히 상의해주실 것이고……. 또 의정부에서 제게 의지할 것이라 말씀도 계셨고요."

"……!"

"영상대감이나 우상대감과도 의논을 하고 있습니다만, 오늘 혜빈을 뵙고 보니 백만 대군을 얻었음입니다. 고맙습니다."

"저쪽 편을 예의주시하셔야 될 줄로 아옵니다. 모사꾼들이 모여든다는 소문을 들었습니다만, 분명 사실일 것입니다. 그리고 자주 입궐하시어 주상전하를 가까이 모셔주시옵소서. 대군께서도 짐작하시겠지만, 전하께서는 수양대군께 불편을 느끼시고 내심 두려워하고 계십니다."

"잘 알겠습니다. 고맙습니다. 전하를 계속 잘 보살펴주시기 바랍니다."

대화는 밤늦게까지 이어졌다. 새벽 4시경인 오경삼점五更三點에 도성의 8문을 열게 하고 통행금지를 해제하기 위해 종각의 종을 33번 치는 파루罷漏가 되고서야 안평대군은 궐문을 나섰다.

중전이 없고 대비도 없는 형편에 혜빈 양씨가 있음은 참으로 다행이었다. 안평대군은 세종대왕의 선견지명에 또 한 번 새삼 놀랐다.

'수양저를 감시해야 하겠구나.'

안평은 그렇게 생각하며 새벽 별을 올려다보았다. 새벽 별이 눈을 반짝이며 잘 생각했다고 칭찬해주는 것 같았다.

그날 밤 수양대군저에서는 한명회, 권람, 홍윤성이 대군으로부터 김 상궁의 비밀 보고를 듣고 있었다. 주안상도 없었다.

"저들이 다음에 할 일은 나리의 집을 감시하는 일일 것이옵니다."

한명회가 입을 열었다.

"아니, 내가 뭘 한다고?"

"제가 자주 드나들지 않습니까? 권람은 물론이려니와 앞으로는 훈련원 주부도 드나들 것이고요. 안평대군 쪽에서 분명 감시의 눈을 뻗칠 것이옵니다."

"안평이 감히 나를 감시한다고?"

수양은 주먹을 들어 옆에 놓인 연상을 꽝 쳤다. 안평 소리에 저도 모르게 그만 화가 치밀었던 것이다.

"나리. 화를 내시면 지게 됩니다. 꾸욱 참으셔야 합니다."

"그럼 당하고만 있자는 말이오?"

"며칠 안으로 무슨 일이 벌어질 것입니다. 그때 화를 내셔도 됩니다."

"무슨 일인데? 그때 화를 내라?"

"나리께서는 당분간 바깥출입을 삼가해주시옵소서. 저희들도 오지 않고 조용히 지내려 합니다."

"허 참……, 한공이 알아서 해주시오."

"예. 그럼 저희는 이만……."

한명회가 일어나니 권람과 홍윤성도 따라 일어났다.

"아니, 맨입으로 그냥 간단 말이오?"

"예, 오늘은 그래야 합니다. 그럼."

이날 밤 수양대군은 잠을 이룰 수가 없었다.

"안평 이놈이……. 의정부, 혜빈 양씨까지……."

수양대군은 당장 안평저나 김종서의 집으로 달려가 요절을 내고 싶은 심사에 부들부들 떨며 이를 갈았다.

19

계집은 계집으로

홍윤성이 헐떡거리며 한명회의 집에 들어섰다.

"이거 큰일 났습니다."

"큰일이라니? 소상히 말을 해보게."

"혜빈 양씨가 김종서의 두 아들을 복직시켰답니다."

"거 무슨 뚱딴지같은 소리를……."

"아니, 틀림없습니다요."

"틀림없이 혜빈 양씨가 그랬다던가?"

"내관들이 다 아는 일이라니까……."

"그럼, 혜빈 양씨의 치맛바람이 틀림없다 이 말인가?"

"그렇다니까요. 혜빈 양씨부터 때려잡아야 합니다. 그대로 두었다가는 임금을 치마폭에 감싸 안고 무슨 일을 저지를지 알 수가 없단 말입니다."

한명회의 가슴속에서 불이 일기 시작했다. 김종서의 두 아들이 복직된 것은 하등 이상한 일이 아니었다. 그들은 모친상을 당하여 관직에서 물러났었다. 탈상을 하면 다시 복직하는 게 당연지사였다.

큰아들 승규는 사복소윤司僕少尹, 작은아들 승벽은 충훈사녹사忠勳司錄事로 복직되었다. 그리고 그들이 맡은 자리는 그리 대수로운 직위도 아니었다.

한명회의 가슴이 끓는 것은 그 일을 혜빈 양씨가 임금을 치마폭에 감싸고 주선했다는 점 때문이었다.

"나리. 수양저로 가셔야 할 일이 아닌가요? 내버려두었다가는 그 치마끈에 우리 목이 졸릴지도 모릅니다."

"알았네. 그러니 그만 돌아가게."

"……?"

"훈련원 주부 따위가 나설 일이 아니니까 어서 돌아가게."

"……?"

"뭘 하고 있어? 당장 돌아가 아이들 무술단련이나 시키고 있어."

홍윤성은 자기 뒤통수를 긁적거리며 나갔다.

'그래, 이대로 두었다가는 홍윤성 말마따나 우리가 그 치마끈에 목이 졸려 죽을지도 모르는 일이야.'

한명회는 골똘히 생각에 잠겼다.

'김종서 아들 둘이 복직을 했다는 것은 물론 문제가 아니야. 문제는 혜빈 양씨의 입김이지. 그 입김으로는 무슨 일이든지 저지를 수가 있

단 말이야.'

혜빈 양씨의 마음을 움직여 수양대군을 돕도록 하는 것은 불가능한 일이었다. 이미 안평대군과 내통하고 있지 않은가.

혜빈 양씨는 지난 12년 동안 단종 임금을 보육해왔다. 중전도 대비도 없는 이 마당에 혜빈의 영향력은 막강할 수밖에 없었다. 더구나 그녀는 영상 황보인은 물론 우상 김종서와 한통속이었다.

"제기랄……."

한명회는 방바닥에 벌렁 드러누웠다. 천장에는 커다란 두 개의 산맥이 그려지고 그 중앙에 양대 산맥에 둘러싸인 대평원이 나타나 보였다. 저 대평원을 누가 차지할 것인가, 앞으로 치열한 싸움이 벌어질 것이다. 대평원의 왼쪽 산맥은 용이 살고 있는 용거산맥龍居山脈이요, 오른쪽 산맥은 호랑이가 살고 있는 호거산맥虎居山脈인 것으로 보였다.

수양대군이 살고 있는 명례궁이 대궐에서 보면 왼쪽이니 수양대군은 용거산맥의 우두머리 용이요, 안평대군의 수성궁이 대궐에서 보면 오른쪽이니 안평대군은 호거산맥의 우두머리 호랑이인 셈이었다.

용호상박龍虎相搏이라, 앞으로 떼거리의 목숨을 걸고 피 터지게 싸울 판이었다.

천장에서는 조정 대신들의 지지를 받고 혜빈 양씨의 옹호를 받는 안평대군의 호거산맥이 역동적으로 꿈틀거리는 것 같았다. 그에 비해 상궁이나 미관말직 따위와 포의布衣 신세인 한명회가 지지하는 수양대군의 용거산맥은 별 힘을 쓰지 못하고 겨우 꿈지럭거리기만 하는 것 같았다.

"뭐, 오래 생각할 거 있나? 방해되는 것들을 때려치우면 되는 것이지. 혜빈 양씨부터야. 그래, 우선 그 계집부터 때려잡는 것이야."

한명회는 천장의 양대 산맥과 중앙의 대평원을 쳐다보며 혜빈 양씨를 몰아낼 궁리에 몰두했다.

전전반측, 천장에서 시선을 거두고 이리저리 몸을 굴리며 궁리에 궁리를 거듭했다. 한명회는 잘 돌아가는 자신의 잔머리를 또 굴렸다. 굴리면 명답이 나온다는 것을 또한 스스로도 신기하게 여기고 있었다.

"그렇지! 그러면 되는 것을!"

한명회는 손을 펴 자신의 허벅지를 세차게 때렸다. 그리고 몸을 벌떡 일으켰다.

그 시각 수양저의 내당에는 궐내 주구 김상궁이 와 있었다. 수양대군 옆에 앉아 있는 부인 윤씨와 며느리 한씨는 묵묵히 생각에 잠겨 있는 수양대군의 눈치만 살폈다. 김상궁은 보고를 이미 끝냈으므로 곧 몸을 일으킬 표정으로 허리를 폈다.

"수고했네. 돌아가거든 혜빈의 동태를 계속 살펴주게."

김상궁이 조용히 방을 나가자 며느리 한씨가 뒤를 따라 나갔다. 침묵이 잠시 흐른 뒤 부인 윤씨가 입을 열었다.

"한주부를 불러 보심이 어떨는지요?"

"부르지 않아도 올 거요. 허나 그 사람인들 무슨 수로……."

"혹시 아옵니까? 무슨 방책이 있을지도……."

"궐 밖의 일이라면 무슨 수가 있을지 모르지만, 궐내의 일이야 그 사람인들 무슨 수로 해결할 수가 있겠소?"

"한 사람보다는 두 사람이 생각하면 좀 더 낫다 하지 않습니까?"

"그렇긴 하지만……. 정인지나 신숙주 같은 사람이 옆에 있어야 하는 건데…….”

수양대군은 아직 한명회만으로는 아무래도 마음이 놓이지 않는 것 같았다. 김상궁의 배웅을 마치고 며느리 한씨가 방으로 들어왔다.

“아버님, 한주부가 왔사옵니다. 큰사랑에 들었사옵니다.”

“음, 알았다.”

수양대군은 긴 한숨을 내쉬며 내당을 나왔다. 큰사랑에 들기 전 다시 한번 긴 한숨을 토해냈다. 가슴 속이 뜨거워서였다.

수양대군이 사랑에 들자 한명회가 일어나 맞았다. 수양대군은 기운 빠진 사람처럼 맥없이 보료에 주저앉아 팔꿈치를 장침長枕에 기대고 모로 앉았다. 둘은 잠시 동안 말이 없었다.

“궐내 치맛바람에 대하여 들으신 것으로 압니다만……, 한 말씀 여쭙고자 합니다.”

“…….”

수양대군은 물끄러미 한명회를 쳐다보았다.

“체통이 지중하신 제1왕숙의 처지로 혜빈과 맞대고 싸울 수야 없지 않습니까?”

“그러면 정사에 관여하는 혜빈을 그대로 두고 보자는 것이오?”

역시 수양대군은 짜증을 내고 있었다.

“계집의 일인데 어찌 우리가 대거리를 할 수가 있겠습니까?”

“그러니 답답하다는 게 아니오?”

“답답하실 거 하나도 없사옵니다. 속 시원한 방법이 있사옵니다.”

“엥? 속 시원한 방법이 있다고?”

“예.”

"아니, 무슨 방법이오?"

"계집의 일은 계집이 처리하는 방법입니다."

"계집의 일은 계집이 처리한다? 혜빈의 일을 처리할 만한 계집이 있기라도 하단 말인가?"

"예, 대궐 안에 버젓이 있사옵니다."

"아니, 그런 사람이 대궐 안에? 도대체 누구요?"

"귀인 홍씨요."

"아니, 한공. 귀인 홍씨가 무슨 수로 혜빈을 꺾는단 말이오?"

귀인 홍씨는 승하한 문종의 후궁이었다. 단종의 모후인 현덕왕후 권씨와 함께 입궁했었다. 문종이 세자로 있을 때 입궁해서 세자의 후궁 승휘承徽였으나 문종이 즉위함에 따라서 귀인貴人으로 승진했던 것이다.

"귀인 홍씨를 빈으로 봉하여, 내정의 일을 홍빈에게 맡기면 됩니다."

"……!"

수양대군은 잠시 눈을 껌벅거리더니 벌떡 몸을 일으켜 앉았다. 막혀 있던 체증이 확 뚫려나가듯 가슴이 시원해졌다.

"묘안이오. 과연 한공이오. 허나 대행대왕께서 승하하셨는데 그분의 후궁을 어찌 빈으로 승진시킬 수 있단 말이오?"

"중전께서나 대비께서 계시다면야 천만부당한 일이지요. 그러나 그 두 분이 아니 계십니다. 그렇다고 해서 세종대왕의 후궁이신 분이 내정을 살피는 것은 더욱 아니 되는 일이옵니다. 그분은 이미 자격이 없는 분입니다. 그러니 궐에서도 떠나야 하는 분이 아닙니까? 그러면 누군가 있어 내정을 다스려야 할 게 아닙니까? 그러니 그런 명분으로 귀인 홍씨를 빈으로 승차시키면 되는 것입니다."

"그런 명분으로!"

"예, 상궁나인들의 기강을 바로잡을 사람이 있어야 한다는 명분은 당연하지 않습니까?"

"과연 묘안이야, 묘안. 하하하."

수양대군은 입을 크게 벌리고 너털웃음을 지었다. 속이 후련했다.

"그걸 주청하시자면 누군가 함께하시는 게 좋습니다만……. 안평대군이나……, 아니면 중신들 누구든지……."

"나 혼자 주청하면 아니 되는 것이오?"

"아니 되실 일이야 없습니다만……. 하여튼 독대는 하시지 마시옵소서."

"무슨 까닭이 있소?"

"무슨 까닭이야 있겠습니까마는 나리께서 상량商量하시오면 아실 일이옵니다."

"음……. 알겠소."

"그럼, 시생은 이만……."

한명회가 일어나 작별을 고했다.

"아니, 한공."

"혹 더 시키실 일이라도……?"

"아니. 주안상이 올 텐데……."

"물러가야겠습니다."

얼른 허리를 숙여 보이고 한명회는 총총히 사랑을 빠져나갔다.

그의 뒷모습을 보며 수양대군은 담뿍 미소를 머금고 머리를 끄덕였다.

'명물이야, 명물.'

수양대군은 경복궁으로 향하는 자비에 앉아 흔들거리면서 혜빈 양씨의 일그러지는 얼굴을 떠올렸다.

소년 임금은 경회루 연못가에서 깡충거리듯 뛰며 왔다 갔다 놀고 있었다. 내관 엄자치와 궁녀들이 따르며 지키고 있었다. 수양대군은 한껏 환하게 웃으며 임금의 곁으로 다가갔다.

"전하, 밝은 용안을 뵈오니 신의 기쁨이 한량없사옵니다."

"숙부님, 어쩐 일이십니까?"

"그저 뵙고 싶어서 들렀습니다."

"고맙습니다."

"전하, 신의 등에 업혀보시지요."

수양대군은 단종의 앞에 등을 내밀고 앉았다.

"아이고, 숙부님. 싫습니다. 저는 어린애가 아니옵니다."

어린애가 아니라서가 아니라 참으로는 수양대군이 싫어서였다.

"전하께서 더 장성하시면 신이 업고 싶어도 업지 못하옵니다. 지금 업어드릴 수 있을 때 전하께서 소신의 등을 타고 즐기셔야 하옵니다. 이 숙부의 소원이니 업히시옵소서."

수양대군은 거의 억지를 써서 단종을 업고 일어섰다. 단종은 수양대군이 두렵고 싫어서 업히기 싫었으나 소원이라고 하며 굳이 업고자 하니 별 수 없었다. 수양대군은 단종을 업고 경회루 가를 천천히 돌았다.

"허허, 전하. 이제는 제법 무겁사옵니다."

"거 보세요, 숙부. 제가 어린애가 아니라니까요. 이제 그만 내려주세요."

"아니옵니다. 신이 전하를 업은 것은 이 나라 강토와 억조창생을 함께 업은 것이옵니다. 이렇게 업은 것은 이 숙부가 이 한 몸 신명을 다

해 전하의 치세를 훌륭하게 보필하겠다는 뜻이옵니다."

"예, 숙부. 고맙습니다만 이제 그만 내려주세요."

소년 임금은 수양대군의 등 높이에서 연못을 보는 것이 두렵고 어지러워 더 오래 업히는 것이 마땅찮았다. 그러나 수양대군은 내려주지 않았다.

"여보게, 엄내관. 어서 가서 도승지를 불러오게."

"예."

엄자치가 빠른 걸음으로 달려가고 있을 때 궁녀 하나도 빠른 걸음으로 달려가고 있었다. 수양대군은 단종을 업고 연못가를 천천히 거닐고 있었다. 숙부가 어린 조카를 업어주는 것이야 조금도 이상할 것이 없는 일이었다. 그러나 딴 사람이 아닌 수양대군이 임금을, 더구나 억지로 업고 궐내를 거닌다는 것은 심히 문제가 되는 일이었다. 그러기에 궁녀는 혜빈 양씨에게 알리고자 급히 달려가고 있었다.

잠시 후 도승지 강맹경이 총총걸음으로 경회루를 향하여 오고 있었다. 동시에 혜빈 양씨도 총총걸음으로 서둘러 오고 있었다.

혜빈 양씨는 강맹경을 보자 흠칫 놀랐다. 강맹경이 수양대군의 주구라고 믿고 있는 혜빈 양씨는 불길한 느낌을 아니 받을 수가 없었다.

수양대군은 방향을 돌려 그들 앞으로 가며 일부러 큰소리로 등에 업힌 단종에게 말을 건넸다.

"전하, 대궐 안의 일들이 낱낱이 대궐 밖으로 새어나가고 있사옵니다. 이는 내명부의 기강이 무너지고 있다는 증좌입니다."

"……?"

수양대군의 말을 들으며 혜빈 양씨는 가슴이 철렁 내려앉았다. 수양대군이 무슨 수작을 부리려 하고 있음을 짐작할 수 있기 때문이었다.

강맹경은 말없이 수양대군의 뒤를 따르고 있었다. 혜빈 양씨 또한 어쩔 수 없이 뒤를 따를 수밖에 없었다.

"전하, 지금 중전께서도 아니 계시고 대비께서도 아니 계시기 때문에 이런 일이 벌어지고 있습니다. 내명부의 기강이 흐트러지면 장차 종사의 기강이 무너지게 되옵니다. 하오니 서둘러 기강을 바로잡으심이 옳으실 것이옵니다."

'저 못된 놈이 과도히 무엄하구나. 당장 전하를 내려놓지 못하겠느냐.'

수양대군의 등에서 마땅찮은 표정을 짓고 있는 단종을 보며 혜빈은 이렇게 소리치고 싶었다.

"전하. 대행대왕의 후궁이신 홍귀인께서 지금 빈전에서 몹시 애통해하고 계십니다. 홍귀인을 빈으로 봉하여 내명부를 관장하도록 하심이 옳은 줄로 아옵니다."

'저런 능구렁이 같은 놈. 나를 내쫓고자 수작을 부리고 있구나. 전하, 불가하다 하시옵소서. 중신들과 의논해 결정하겠다 하시옵소서.'

혜빈 양씨는 맥이 풀리고 기운이 빠지는 것을 느꼈다. 무릎이 후들거려 걸음걸이가 비트적거렸다.

"숙부, 그렇게 되면 혜빈 양씨께서 몹시 슬퍼하실 텐데요."

수양대군은 혜빈 양씨가 단종에게 미친 영향이 대단함을 새삼 통감하지 않을 수 없었다. 수양대군은 걷다가 몸을 돌려 혜빈 양씨를 노려보며 단종에게 말했다.

"전하, 저기 혜빈이 계십니다. 지난 12년 동안 전하를 정성으로 보육해오신 혜빈의 공로는 세상이 다 아는 일이옵니다. 하오나 할아버님의 후궁이 궐 안의 일을 맡아보실 수는 없사옵니다. 그러니 이제 하루라도 빨리 대행대왕의 후궁이 궐 안을 맡으시도록 해야 하옵니다."

'절대로 승낙하시면 아니 되옵니다, 전하. 이것은 전하와 저를 갈라놓으려는 저들의 술책이옵니다.'

눈물이 그렁그렁한 혜빈 양씨가 단종을 보며 머리를 가로저었다. 이 모습을 본 수양대군이 큰 소리로 강맹경에게 호통을 치며 말했다.

"도승지께서는 주상전하를 어찌 보필하고 계시었소? 궐 밖의 왕숙인 내가 아는 일을 도승지께서 주청을 드리지 않으셨다면 도승지께서는 그 자리의 책무를 소홀히 하셨음이 분명하지 않소이까?"

"예, 예. 신의 불찰이옵니다. 마땅히 주청을 드리고자 하옵니다, 나리."

"자, 갑시다. 사정전으로."

수양대군은 단종을 업은 채 빠른 걸음으로 앞장서 걸었다. 단종이 몹시 불안해하고 있음을 등의 감촉으로 충분히 느끼고 있었지만 일처리를 위해서는 내려놓을 수가 없었다.

수양대군은 사정전으로 들어가 단종을 내려 옥좌에 정좌케 하고 자신은 그 앞에 부복했다. 강맹경과 혜빈 양씨도 조금 떨어져 부복했다.

"전하. 왕실과 종사의 바른 대계大計를 위하여 흐트러진 기강을 바로 세우시고 이 나라 만백성에게 그 은총을 누리도록 하시옵소서."

수양대군이 우렁우렁한 목소리로 단종을 압박했다.

"……?"

눈물이 그렁그렁한 혜빈 양씨의 눈을 쳐다보며 단종은 무얼 어찌 대답해야 할지 몰라 멍하니 앉아 있을 뿐이었다.

"내 비록 이 나라의 제1왕숙이지만 어찌 정사에 관여하겠습니까?

도승지께서 마땅히 주청하셔야 할 줄로 아옵니다."

속내가 빤한 작전이었다.

"전하, 귀인 홍씨를 빈으로 봉하시어 내정을 맡기심이 옳은가 하옵니다. 윤허하시옵소서, 전하."

"……?"

단종의 이마에는 송골송골 땀방울이 맺혀 있었다. 수양대군에게 업혀서 견뎌낸 열화도 남아 있었다.

"전하, 이는 마땅히 삼정승과 상의하심이 옳을 것이옵니다. 통촉하시옵소서."

혜빈 양씨가 울음이 터지려는 목소리로 이렇게라도 애소하지 않을 수가 없었다.

"수양 숙부, 저……."

임금이 부르는데도 모른 척하고 수양대군은 혜빈 쪽으로 돌아앉았다.

"이 사람은 춘추 어리신 주상전하를 지금껏 보육해오신 일을 늘 감사히 여기는 사람이오. 중전마마를 맞아들일 때까지 혜빈께서 좀 더 보살펴주셔야 함도 잘 알고 있습니다. 하지만 혜빈께서 내정을 살필 수는 없는 일이 아니옵니까? 법도에 어긋나기 때문이지요. 만일 혜빈께서 주상전하의 보육이라는 큰일을 맡지 않으셨다면 진즉 궐 밖에서 은거하고 계실 것이옵니다. 제가 굳이 거론할 일은 아닙니다만 주상전하를 보육하는 일과 내정을 살피는 일은 분명히 구분되어야 합니다. 방금 도승지께서 주청하신 일은 이 나라 종사를 위하여 불가피한 일이지요. 그러니 이 점 오해가 없으시기를 바랍니다."

이는 도승지 강맹경에게는 다시 주청하라는 강압이었고, 단종에게는 반드시 가납하라는 강요였다. 어차피 강맹경은 끝까지 주청할 판이었다.

"전하, 가납하심이 옳은가 하옵니다."

"아……, 알겠소. 홍귀인을 빈으로 봉하여 내정을 맡기도록 하시오."

"전하, 성은이 망극하옵니다."

한 번 떨어진 임금의 명령은 되돌릴 수가 없었다. 수양대군과 도승지 강맹경은 흠씬 기꺼워 동시에 얼른 허리를 굽히다가 감읍하여 엎드렸다. 동시에 혜빈 양씨는 터지는 통곡을 억누르며 사정전을 뛰쳐나갔다.

밖은 뜨거운 염천의 한낮이었다. 하소를 받아줄 이 아무도 없건만 누구를 부르듯 손을 내밀어 젓던 혜빈 양씨는 땀과 눈물로 온 얼굴을 적시며 어디론가 달려가고 있었다.

문종의 빈전에 있던 귀인 홍씨는 자신이 숙빈肅嬪으로 봉해졌다는 것을 내관 엄자치로부터 들었다. 재생지은과 같은 기막힌 성은이었다. 문종의 국상이 끝나면 궐 밖으로 나가 살아야 하는 허무한 처지에서 이 소식을 들었으니 그 기쁨이 오죽했겠는가.

엄자치의 뒤를 따라 숙빈 홍씨는 사정전으로 가고 있었다.

"수양대군께서 주청하셨음을 잊어서는 아니 될 것입니다. 오늘부터 궐내 내명부의 기강을 바로 세워야 할 것입니다."

"내가 내명부의 기강을……."

"예, 그러하옵니다. 이제 숙빈께서는 혜빈 양씨보다 더 윗자리에 계십니다. 중전마마의 간택 전까지는 대궐을 나가시지 않게 되셨고요."

"오……!"

"앞으로 수양대군을 만나시면 제 이름도 자주 거명해주셨으면 고맙겠습 니다."

세종 때부터 대전 내관으로 있는 엄자치였다. 세상 돌아가는 판세를 꿰뚫어보는 그로서는 앞으로 수양대군과의 결속만이 영화를 누리는 길임을 잘 알고 있었다. 엄자치는 수양대군의 심복이 될 수밖에 없었다.

사정전에 이르니 수양대군과 강맹경이 단종을 모시고 있었다. 단종이 내리는 교지(임명장)를 강맹경이 받아 숙빈에게 건네주었다.

1852년 8월이었다.

"성은이 망극하옵니다."

숙빈은 자신도 모르게 눈물이 쏟아졌다. 지난날의 설움이 터져 나오는 셈이었다.

현덕빈顯德嬪 권씨가 단종을 낳은 다음 날 세상을 떠나자 사람들은 홍씨가 세자빈이 되리라 여겼었다. 그러나 문종은 사양했었다. 문종이 등극했을 때도 사람들은 홍씨가 중전이 되리라 믿었었다. 그러나 문종은 그 또한 사양했었다.

세종이나 문종이나 다 훌륭한 왕이었으나 어린 후사에 대해서는 너무 안이했고 소홀했다고 밖에 볼 수가 없는, 분명히 한구석은 모자란 왕들이었다.

단종에게 정당하고 당찬 모후가 있었다면 단종의 생애 또한 틀림없이 정당하게 보장되었을 것이고, 세종대에 이어 아마도 한층 더 발전된 태평성대를 이루었을 것이다.

수양대군은 이제 여유로운 마음으로 음성을 낮추어 홍빈에게 일렀다.

"대행대왕께서 승하하신 지가 석 달이 되었습니다. 그 짧은 기간에도 상궁나인들의 기강이 엄청나게 문란해졌어요. 귀인을 빈으로 봉하여 내정을 관할토록 한 일이 전에는 없었다는 것을 빈께서도 잘 아실 것입니다. 숙빈께서는 이 파격의 성은을 늘 명심하시어 내정의 기강을 바로잡아 춘추 어리신 주상전하의 심기가 늘 편안하시도록 잘 모셔야 할 것입니다. 아시겠습니까?"

"예, 나리. 명심 거행하겠나이다."

수양대군은 매우 흡족했으나 그 자리에서는 아닌 척해야 했다.

"나에게 맹세할 일이 아닙니다. 여기는 어전입니다."

숙빈은 자리를 고쳐 앉고선 어좌를 향해 고개를 숙였다.

"전하, 성은이 망극하옵니다."

수양대군은 만사형통을 이룬 안도의 한숨을 길게 쉬며 일어나 사정전을 나왔다. 석양 기운에 시원한 바람도 불었다.

'치맛바람이야.'

기분 좋게 흔들리는 자비 위에서 수양대군은 한명회를 떠올리고 있었다.

'계집은 계집으로 잡아야 합니다.'

'그래, 후하게 상을 내려야지.'

수양대군이 집 가까이에 이르자 대문 앞 머지않은 정자나무 밑에서 두 사나이가 심하게 싸우고 있는 모습이 보였다.

"멈추어라."

수양대군은 자비에서 내려 싸우는 자들 쪽으로 다가갔다. 싸우는 한 사람은 덩치가 산더미 같았는데 상대는 처마 밑에 매단 시래기 같이 메말라 있었다. 산더미 같은 사내가 왼손으로 시래기 같은 자의 멱살을 잡고 맷돌 같은 오른손으로 무자비하게 후려치고 있는 중이었다.

"당장 그만두지 못하느냐?"

수양대군이 그들의 싸움을 제지했다.

"이놈이 나리의 집을 염탐하고 있었습니다요."

"……?"

수양대군은 의아했다. 낯선 놈이 자신의 집을 염탐했다는 사실은 분명 놀랄 일이었으나, 그 염탐꾼을 잡은 또 다른 낯선 놈이 있다는 것 또한 놀랄 일이었다.

"소인이 나리 댁을 지키는 일을 맡고 있었는데요, 이놈이 사흘째 나리 댁의 앞뒤를 기웃거리고 있었사옵니다."

산더미 같은 덩치의 사내가 당당하게 소리치고 있었다.

"아니, 네놈이 내 집을 지키는 일을 맡고 있다니, 네놈은 또 웬 놈이냐?"

"소인은 한주부 어른의 명을 받잡고……."

"이런 못된 놈들이 있나. 두 놈 다 당장 잡아 가두어라."

호종하던 하인들이 우르르 달려들어 두 사내를 잡아 대문 안으로 사라졌다. 수양대군이 온 것을 알자 얼운이가 부리나케 달려 나왔다.

"어서 가서 한공을 데려오너라."

얼운이 달려가는 것을 보고 나서 수양대군은 사랑으로 들었다. 부인 윤씨와 며느리 한씨가 사랑으로 달려왔다.

"나리, 어찌 되셨습니까?"

"아주 잘되었소. 귀인 홍씨를 숙빈으로 봉하여 내정을 맡겼소."

"이런 기쁠 데가……."

윤씨 부인은 함박웃음을 웃으며 기뻐했고, 한씨 며느리 또한 기뻐해 마지않았다.

"아버님, 하례 드리옵니다. 이제 궐내의 일이 수월해질 것이옵니다."

"허허, 그렇게 된다면 다행한 일이지……."

수양대군도 연방 웃고 있었다.

"한주부 말씀입니다. 참으로 꾀주머니가 아니옵니까?"

"그렇소만, 그냥 꾀주머니가 아니라 장자방 못지않소. 권교리가 문장이라면 한공은 경륜이라 했다는데, 정말 그런 것 같소. 허허."

수양대군은 한명회에 대하여 새삼 감탄하고 있었다. 한명회의 해결책 한마디로 궐내의 일이 이처럼 개운하게 처리될 줄은 미처 모르고 골치깨나 심하게 썩였기 때문이다.

"한주부 대령이옵니다."

부인과 며느리가 채 물러가기도 전에 얼운의 전언이 들렸다. 한명회가 사랑으로 들면서 히죽거리고 있었다.

"어서 옥사로 가보시오."

"들려서 오는 길이옵니다."

윤씨와 한씨가 의아한 표정을 지었다.

"그 둘 중 한 놈은 한공의 수하란 말이오?"

"그러하옵니다. 소인이 경덕궁직으로 있을 때 함께 근무한 유수라는 녀석이옵니다."

"유수라고?"

"예. 힘은 장사입니다만 마음은 아주 비단결입니다."

"그럼 그 유수라는 녀석이 언제부터 내 집을 지키고 있었던 게요?"

"열흘쯤 된 듯하옵니다."

수양대군은 또 한 번 감탄치 않을 수 없었다. 홍윤성이 훈련원으로 옮기던 때부터 한명회는 유수를 수양저 밖에 몰래 매복시켜 두었던 것이다.

"잡힌 놈이 정말로 내 집을 염탐했다고 보시오?"

"물론이옵니다."

"누가 시켰다고 보시오?"

"그야……."

윤씨와 한씨의 눈치를 보는 듯했다. 수양대군도 짐작은 하고 있었다.

"괜찮소. 말해보시오."

"그야 빤한 일이옵니다. 안평대군이 아니고선 감히 그럴 사람이 없사옵니다."

"……!"

수양대군은 머리털이 곤두섰다. 세종 때부터 수양대군은 세 살 위의 형과 한 살 아래의 안평대군에게는 내심 늘 열등의식과 함께 적개심이 끓어오르고 있었다. 둘 다 자신보다 외모로나 인품으로나 실력으로나 월등 우월한 존재였기 때문이다.

"나리, 이는 하등 이상한 일이 아니옵니다."

"이상하지 않다니요? 동생이 형의 집을 염탐하는 것이 이상하지 않단 말 이오?"

"세상이 어수선하다 보니 어떤 야심이 끼어들 수도 있을 것이옵니다."

"음, 저 자를 어찌 처리해야 하오?"

"안평의 사람이라는 것은 소인의 짐작일 뿐이오니 엄히 문초하여 자초지종을 알아보아야 할 것이옵니다."

"한공이 맡아 처리해주시오."

"나리, 저야 일개 주부이옵니다. 진맥이나 하러 드나드는 의원이 어찌 나리 집안일에 나설 수 있겠사옵니까?"

"아하핫핫핫……."

수양대군은 너털웃음을 터뜨렸다.

"에헷헷헷……."

한명회 또한 예의 그 당나귀 웃음을 터뜨릴 수밖에 없었다.

"호호호……."

부인 윤씨 또한 웃음을 참을 수가 없었다. 며느리 한씨는 입을 손으로 가리고 돌아앉아 어깨를 들썩거렸다.

"부인, 주안상을 내시오. 푸짐하게 내시오. 오늘은 사양치 않을 것 같소. 허허……."

윤씨와 한씨가 사랑을 나서자 옥사 쪽에서 찢어지는 비명소리가 들려왔다.

"어머님, 문초는 이미 시작된 모양이에요."

"이미 그리 시켜놓고서는……, 한주부가 들어와서 능청을 떤 게 아니냐?"

"아버님께는 정말 장자방이 들어온 것 같사옵니다."

"그렇긴 하다만, 호호……, 어찌 사람의 얼굴이 꼭 당나귀 같이 보일꼬?"

20

사직상소

안평대군의 별장 담담정淡淡亭은 마포 강가에 자리 잡고 있었다. 수많은 시인묵객들이 찾아와 아름다운 경관과 한가로운 정취를 시화로 담아내기도 하고, 아리따운 궁녀들의 가무가 곁들인 주연을 베풀기도 하는 유서 깊은 별장이었다.

그러나 이날의 담담정은 그런 즐거움보다는 세월의 시름이 더 짙은 곳이 되고 있었다. 영상 황보인, 우상 김종서, 그리고 안평대군 세 사람이 조촐한 주안상 주위에 마주 앉아 있었다.

"아무래도 제 실책인 듯합니다."

김종서가 한숨을 토해내며 말했다.

"그걸 꼭 실책이라고 볼 수는 없지요."

황보인이 반론을 편 셈이었다.

"제 자식들의 일인데, 그걸 혜빈에게 맡겼기에 결국은 혜빈의 가슴에 못을 박게 되었지 않습니까?"

"숙빈 홍씨가 내정을 관장한다 해도 정사에 끼어들 리야 없는 것이고, 또 혜빈 양씨가 주상 곁을 아주 떠난 것은 아니니 그리 걱정하실 일은 아닙니다."

"수양 형님의 입김이 세어졌단 말입니다."

안평대군이 술잔을 비우며 볼멘소리로 한마디 내질렀다.

"그걸 꼭 입김이라 할 수 있겠습니까?"

황보인의 생각이었다.

"숙빈 홍씨는 수양 형님께 혓바닥 노릇을 할 것이고, 또 숙빈의 세력이 커지면 그리로 사람이 모이게 됩니다."

안평대군의 걱정이었다.

"나리, 너무 심려하실 일은 아닌 줄로 압니다. 숙빈이 혀 노릇을 해본들 정사에 관여할 수는 없는 일이고, 세력이 커져보았자 상궁 내시들일 텐데 그들이 어찌 의정부를 넘볼 수 있겠습니까? 의정부의 영의정과 우의정이 나리를 찾아와 함께 있듯 늘 함께할 것인데 무엇이 걱정되어 의기소침하십니까? 우리가 종사를 걱정하는 것은 사실이나 혜빈 양씨가 없다 해서 종사의 안위가 위태해지지는 않습니다."

황보인은 단순하고 태평했다. 어명 한마디면 그것으로 모든 일이 순조롭게 이루어지던 세종시대에 내직만을 거쳐 영의정에 오른 사람이었다. 그래서인지 그는 눈에 보이지 않는 첨예하고도 복잡한 세력다툼이 벌어지고 있는 현실을 감지하지 못하는 것 같았다.

"우상, 내일이라도 섭정을 세우도록 합시다. 안평대군께서 섭정이 되고 나면 누가 감히 왈가왈부하겠습니까?"

영의정 황보인은 예정대로 일을 추진하자고 했다.

"으음……."

"왜 대답을 아니 하시오, 우상? 이대로 가다가는 혼란만 가중될 것입니다."

황보인이 언성을 높였다.

"분경 금지 때문에 금상 즉위 초에 수양대군이 진노한 적이 있지요. 이번에는 숙빈 홍씨의 일이 있고요. 지금 섭정이다 뭐다 해서 평지풍파를 일으키면 수양대군과 정면으로 맞붙게 될 것입니다."

"우상, 그러니까 서둘자는 게 아니오? 일단 어명이 내려지면 역모가 아닌 바에야 따르지 않을 수가 없지요."

"그게……."

김종서는 대답을 하지 않고 술잔을 들었다. 황보인은 안평대군의 뜻을 물었다.

"나리, 어찌하시겠습니까?"

그때 갑자기 정자 옆 숲속에서 새가 퍼덕이며 날아올랐다. 사람이 다가온다는 신호였다. 모두들 정자에 오르는 돌계단 쪽을 주시했다. 등불을 든 사람이 다가오고 있었다.

"나리, 큰일 났사옵니다."

"무슨 일인가? 올라와서 말하게."

대군의 말에 따라 정자에 오른 사람은 이현로였다. 이현로는 그러나 황보인과 김종서의 눈치를 살피고 있었다.

"괜찮네. 말해보게."

"나리, 상충尙忠이가 다 죽어가지고 돌아왔습니다."

"아니……?"

안평대군은 순간 파랗게 질려버렸다. 황보인과 김종서는 놀라 어리둥절했다.

"그거참. 저의 집 가복 한 사람을 보내 수양저를 염탐하도록 시켰지요."

안평대군은 허탈하게 말했다. 낮에 수양저를 염탐하다가 잡혀 유수에게 두들겨 맞던 시래기 같은 사내가 안평저의 가복이었던 것이다.

"다 죽어서 왔다니 그럼 수양저에서 문초를 당한 것인가?"

김종서가 물었다.

"숨만 쉬고 있을 뿐 살아 있다고는 할 수가 없는 지경이옵니다."

"그럼 어떻게 돌아왔어?"

"수양저의 하인들이 업어 왔다 하옵는데, 상충이의 가슴팍에 수양대군의 서찰이 있었다 합니다."

"그 서찰을 가져왔는가?"

"예……."

이현로는 도포 소매에서 봉투 하나를 꺼내 안평대군에게 건넸다. 핏자국이 스며들어 있었다. 안평대군이 봉투를 열어보았다. 살아 꿈틀대는 수양대군의 필적이었다.

대도지행야천하위공大道之行也天下爲公

수양대군首陽大君

대도를 행해야 천하가 공평해진다는 뜻으로,《예기》의 한 구절을 적은 것이었다.

이건 사실 수양대군이 자신의 내심을 감추고 공명정대한 사람인 척하는 소행의 한 단면이었다.《예기》의 이 구절은 협잡하는 사람이 없고 사리사욕을 탐하는 자가 없으면, 나라 또는 천하는 정상적으로 영위된다고 말하는 것이었다. 이 서찰은 수양대군 자신이 협잡을 하고 사욕을 탐하고 있기 때문에 이를 철저히 은폐코자 하는 상징에 불과한 것이었다. 또한 상충이를 피투성이로 만들어 보낸 것은 앞으로도 이와 같은 일이 있을 때는 가차 없이 처벌하겠다는 수양대군의 경고이기도 했다.

"섭정의 일은 며칠 더 숙고하기로 합시다. 나는 우선 다 죽게 된 상충이부터 봐야겠습니다."

안평대군은 말을 함과 동시에 자리를 떴다. 이현로가 뒤를 따랐다. 황보인과 김종서도 내려와 자비에 올랐다.

김종서는 돌아와 깊은 시름에 빠졌다. 수양대군과 안평대군, 그 둘의 싸움은 이미 시작된 것이었다. 앞으로 진흙탕의 싸움이 될 것이요 피투성이의 싸움이 될 것이었다.

'누가 섭정을 해도 결국 마찬가지가 아닐까?'

수양대군의 단호함과 끈질김을 자신이 잘못 해석한 것도 같았다.

"이 수양이 있는 한 종사는 반석 위에 있음입니다. 만일 왕실에 힘이 없다고 여기는 무리가 있다면 반드시 수양의 철퇴를 맞을 것이오. 이 수양은 피붙이로서의 도리, 신하로서의 도리, 어느 것도 소홀히 하지 않을 것입니다."

북방에서 돌아와 수양대군을 만났을 때 그가 하던 말이 상기되었다.

'그 수양대군의 철퇴가 시작된 것인가…….'

수양대군의 철퇴는 안평저의 가복 상충이에게 이미 내려진 것이었다.

김종서는 심란한 마음을 진정시킬 수가 없었다. 안평과 수양은 분명 화해될 수 없는 커다란 불화의 두 불씨였고 갈등의 요인이었다. 두 불씨에 불이 붙는다면 정국은 걷잡을 수 없는 피바람의 소용돌이 속으로 빠져들 수밖에 없을 것이었다.

'누가 섭정을 해도 마찬가지가 아닐까? 종친의 일에 내가 꼭 나설 필요가 있는가?'

새벽이 다가오고 있었다. 김종서는 큰방으로 들어가 지필묵을 당겨 놓고 손수 먹을 갈았다. 그리고 잠시 후 사직상소를 쓰기 시작했다.

> 신의 나이가 이제 일흔이니 노쇠함이 날로 더하여 조섭調攝의 효험조차 없어지고 있사옵니다. 나라에 고명誥命(황제의 명령문서)을 받는 대사가 있을 때는 반드시 우두머리가 되는 수신首臣을 보내어 사은謝恩함이 조종祖宗의 예인데, 그 사명使命을 받을 차례가 마침 신에게 당하였사옵니다. 하오나 신의 노쇠한 몸으로 어찌 능히 먼 길을 달려가 사명을 마칠 수 있겠사옵니까. 엎드려 바라옵건대 성자聖慈께서는 신을 산지散地(한직)에 두시고, 어질고 유능한 인재로써 대신하게 하면 종사를 위하여 심히 다행한 일일 것으로 아옵나이다.

8월 하순에 들자 중국에서 고명사신誥命使臣이 왔다 갔다. 중국 명나라 황제로부터 대행대왕의 묘호廟號인 문종文宗을 인허하고 새 임금의 즉위와 정통의 왕권을 승인하는 고명誥命이 내려오고, 새 임금을 조선

국왕으로 책봉하는금인金印(금으로 된 도장)이 왔던 것이다.

그러면 조선에서는 그 고명에 감사하는 고명사은사誥命謝恩使를 보내야 했다. 이 고명사은사는 매우 영광스러운 사신이었고 대개는 삼정승 중에서 한 사람이 임명되어 다녀왔다. 그것이 이번에는 김종서 차례였다.

김종서는 나이도 들었을 뿐만 아니라 야인들이 독심을 품고 살해하고자 노리는 대상이기도 했다. 그래도 가려고 마음을 먹으면 못 갈 일은 아니었다. 명나라도 야인들도 그즈음에는 전에 없이 매우 조용했기 때문이다.

그러나 아무래도 꺼림칙한 것이 하나 있었으니, 그것은 수양대군의 존재였다. 수양대군을 도성에 그냥 두고서 오랫동안 자신이 도성을 비우면 무슨 일이 벌어질 것만 같아서였다.

'겨우 열두 살, 이 어린 임금에게 불어닥칠 모진 바람을 어찌할꼬?'

아무래도 마음이 개운치가 않았다.

'누가 섭정을 해도 어린 임금에게 든든한 주공이 될 수 있을까?'

그러나 수양대군이 섭정이 되면 마음을 놓을 수가 없을 것 같았다.

'우선 사은사의 부담부터 덜고 보는 게야. 병중에 올린 좌상의 사직서도 받아주지 않았으니…….'

생각에 잠겼는데 조용히 문을 여는 소리가 들리고 아들 승규, 승벽 그리고 진녀가 들어와 앉았다.

그들은 아직 먹 냄새가 감도는 사직상소를 읽다가 깜짝 놀랐다.

"아버님, 아니 되옵니다."

김종서가 눈을 뜨며 승규를 향해 말했다.

"승규 너는 이 글을 도승지에게 전해 올려라."

승규와 승벽 두 사람이 동시에 입을 열었다.

"아니 되옵니다, 아버님."

"나이 탓인 모양이다."

"아니옵니다, 아버님. 아버님께서 조정에 계셔야 하옵니다."

외치는 승규의 목소리는 비장하게 들렸다.

"대감……."

진녀의 젖은 목소리였다. 진녀 또한 반대였다.

"내가 알아서 하는 일이다. 입궐하는 대로 전하여라."

"이 나라의 종사가 아버님 어깨에 매달려 있다고들 하는데 어떻게 사직을 하시옵니까?"

"어허, 내가 누구냐? 김종서다. 여러 소리 말고 승규는 이 상소를 거두어라."

"……."

승규가 머뭇거렸다.

"어서. 거두어서 가지고 나가거라."

"예, 아버님."

승규가 상소를 거두어 말아 들었다.

"입궐하는 대로 바로 올려라."

승규가 방을 나가자 김종서는 진녀에게 눈을 돌렸다.

"주안상을 들여오너라."

"예……."

방을 나가는 진녀의 눈에 눈물이 글썽거렸다.

1452년(단종 즉위년) 9월 3일. 세종대왕 승하 후 3년, 문종 승하 후 아직 넉 달이 채 안 된 때였다. 불과 10여 일 전 좌의정 남지가 병중에 출사함이 불가하다는 사직상소를 올렸다. 조정은 반반으로 갈려 논의가 분분했으나 아직은 상소를 받아들일 때가 아니라 하여 상소는 반려되었다.

김종서의 상소는 남지의 것과는 판이하게 달랐다. 자리만 차지하고 있다는 여론이 있는 것도 아니요 병중에 있는 것도 아니었기 때문이다. 그저 노쇠한 몸으로는 먼 길을 가야 하는 사은사의 대임을 완수할 수 없다는 것이 그 이유였다.

사직상소의 이유야 그러했지만, 김종서의 내심으로는 수양대군을 놓아두고 멀리 떠나면 안 될 것 같았다. 그것은 안평의 속마음과 수양의 속마음이 판이하게 다르다는 것을 짐작하고 있기 때문이기도 했다.

온 조정의 신망을 한 몸에 받고 있는 김종서의 사직상소가 승정원에 전해지자 경복궁은 물론이요 육조관아도 술렁거리기 시작했다. 승정원에 제출된 김종서의 사직상소는 도승지 강맹경의 손에 들려 황보인의 손으로 옮겨졌다.

'아니, 사은사야 다른 사람이 가도 되는 게 아닌가.'

황보인은 김종서의 사직상소가 아예 당치도 않은 일이라 여길 수밖에 없었다. 황보인은 강맹경을 데리고 임금을 뵈러 갔다.

"전하, 우상 김종서의 사직상소이옵니다."

상소를 단종에게 올리고 두 사람은 부복했다. 나이 어린 단종도 우상 김종서의 존재와 위상을 잘 알고 있었다.

"영상, 이는 당치않은 상소인 것 같소. 병중인 좌상의 상소도 허락하지 않았는데 어찌 우상의 상소를 받아들일 수가 있겠소?"

"황공하여이다. 신의 생각도 그러하옵니다."

"중신들과 상의해보세요. 그리고 영상은 사직을 만류할 방도를 생각해보세요."

"지당하신 분부이시옵니다, 전하."

두 사람은 물러나왔다.

김종서의 사직상소 소식은 엄자치를 통해서 수양대군에게 알려졌다.

'그 뻣뻣한 자가 조정에서 물러난다고? 이건 아무래도 길조가 아닌가.'

수양대군은 내심 희열을 금치 못했으나 자신이 어떤 태도를 취해야 할지 몰라 권람과 한명회 집에 사람을 보냈다. 권람이 퇴궐하는 대로 한명회와 함께 수양저로 오라는 것이었다.

석양 무렵 두 사람은 수양대군과 마주 앉았다. 수양대군이 먼저 입을 열었다.

"한공. 김종서가 사직상소를 올렸다 하오. 불감청不敢請이나 고소원固所願이 아니겠소?"

"나리, 소인도 권교리에게서 그 소식을 들었사온데, 그렇지가 않사옵니다."

"아니, 그렇지 않다? 김종서가 조정에 버티고 있는 게 좋단 말이오?"

"나리, 그것도 아니옵니다."

"그도 아니라면……?"

"지금 조정에서는 그 누구도 김종서의 사직을 바라지 않을 것이옵니다. 정인지 한 사람 정도는 모르겠습니다만……."

"정인지는 그의 사직을 바란다는 말이오?"

"김종서가 사직하면 우상으로 승진할 만한 사람이니……, 아마도 바랄 것이옵니다."

한명회는 조정 사람들의 인품까지도 알아보고 있는 것 같았다. 사실 정인지는 비록 학문은 높으나 명예나 충의보다는 출세와 실리를 더 중히 여기는 사람이었다.

"음……."

"지금 조정에서는 반드시 그의 사직을 만류할 것이고 비록 어리시다 하나 전하께서도 김종서의 사직은 반대하실 것이옵니다. 그러므로 김종서는 어차피 출사를 계속할 것이니……."

"그것 참……."

"나리께서는 내일 바로 입궐하시어 전하를 뵙도록 하시옵소서."

"전하를?"

"지금의 조정 형편으로 김종서는 절대 없어서는 아니 될 인재이오니 사직은 절대로 불가하다고 주청을 드리시옵소서."

"가만있어도 될 일을 굳이 그래야 하오?"

"이 또한 이기기 위한 전법이옵니다."

"……?"

"절호의 기회가 온 것이옵니다. 만천과해瞞天過海라는 병법이 있지 않사옵니까? 바로 그것이옵니다.

"오, 삼십육계 중 제일계가 아니오?"

"바로 그렇사옵니다. 하늘을 속여 바다를 건넌다는 것이니, 조정과 세상 사람들의 눈과 귀를 속여서 나리께서 의심을 받지 않고 큰일을 도모할 수 있게 되는 것이옵니다."

"과연 한공이오. 그리하겠소."

"이 또한 병불염사兵不厭詐와 같은 전법이옵니다."

다음 날 단종이 사정전에 들어 영상과 김종서의 일을 이야기하고 있을 때였다.

"전하, 수양대군 드시옵니다."

내관 엄자치가 아뢰었다.

"어서 드시라 하라."

영상 황보인은 가슴이 철렁했다. 수양대군이 김종서의 사직을 가납嘉納해야 한다고 한마디 하는 날이면 일은 그렇게 되고 말 것이 아닌가. 또 당하는가 싶어 가슴이 타들어가고 있었다.

수양대군이 문안을 드리고 부복하자 임금이 먼저 입을 열었다. 숙부의 문안이 반가운 것은 아니었으나 이왕 들어왔으니 김종서의 일을 물어보지 않을 수 없었다.

"수양 숙부, 우상 김종서가 사직상소를 올렸어요."

"전하, 신도 그 소식을 전해 듣고서 급히 입시한 것이옵니다."

"아, 그래요?"

황보인은 낙담을 해서 눈을 감아버렸다. 그 일 때문에 입시한 것이라면 이미 뜻을 정한 게 아니겠는가. 그렇다면 김종서에게 불리한 것임은 틀림없는 일이었다.

"전하."

"말씀해보세요."

"전하. 우상 김종서는 종사의 대들보입니다."

"그야 그렇지요."

"전하, 지금 이 나라에 김종서가 없다면 그 누가 조정 대사를 능히 감당하오리까? 절대로 사직을 윤허하시면 아니 되옵니다."

"예, 수양 숙부 말씀이 옳은 것 같습니다."

황보인은 깜짝 놀라 눈을 떴다. 수양대군의 입에서 이런 말이 나올 줄은 전혀 예상치 못했기 때문이다.

"내가 허락하지 않는데도 김종서가 끝내 나오지 않으면 어찌하나요?"

황보인은 눈망울을 굴리며 수양대군의 다음 말에 청각을 곤두세웠다. 김종서가 물러나면 가장 좋아할 사람이 수양대군이 아니었던가?

"충심이 있는 신하라면 주상전하의 성념을 거역하지 않을 것이옵니다. 상소를 돌려주게 하시옵소서."

"그러면 되는 것이오?"

"그러하옵니다, 전하."

"고맙소, 수양 숙부."

"망극하옵니다."

"영상은 들으시오."

"예."

"수양 숙부의 말씀대로 행하도록 하시오."

"성은이 망극하옵니다, 전하."

황보인은 여느 때보다 머리를 더 깊이 조아렸다. 수양대군에 대한 놀라움 때문인 것 같았다. 황보인이 나가자 단종은 수양대군이 진정 고맙게 느껴져 한마디 했다.

"수양 숙부, 고마워요. 수양 숙부는 김종서의 사직을 찬성하실 줄 알았는데 내가 잘못 생각한 것 같아요."

단종은 역시 어린 탓에 솔직했다.

"김종서와 같은 충신이 전하 곁에 있어야 마땅한데 신이 어찌 사직을 그냥 두고 볼 수 있겠습니까?"

"고맙습니다. 수양 숙부, 그리고 참 청이 하나 있는데요."

"말씀하시옵소서, 전하."

"김종서가 올린 상소를 보면 고명사은사로 갈 차례가 되었는데 노쇠한 몸이 되어 갈 수 없게 되었으니 우상의 자리에서 물러나겠다는 것이었습니다."

"그 때문에 사직하겠다고 했습니까?"

수양대군은 처음 듣는 얘기였다.

"예, 그렇습니다. 그래서 말인데요. 내 청을 꼭 들어주셨으면 좋겠어요."

"하교하시옵소서."

"김종서가 나이 때문에 못 간다 하면 누군가 딴 사람이라도 가긴 가야 하지요?"

"이르다 뿐이옵니까? 고명사은사를 보내는 것은 조정에서도 가장 큰 대사이옵니다."

"그래서 이번 사은사로는 영양위寧陽尉(단종의 누나인 경혜공주의 남편)를 보내고자 합니다."

미상불未嘗不 어린 임금이었다. 영양위는 임금과 같은 또래였다. 수양대군은 깜짝 놀랐다.

"전하, 영양위에게 보내주시겠다는 언질을 주셨사옵니까?"

"예, 약조를 하였어요."

"……."

"나에게 친구라고는 영양위밖에 없는데 대국에 가보고 싶다고 하여서……."

"전하, 영양위가 하나밖에 없는 전하의 자부姊夫임엔 틀림없사오나 친구라 하심은 당치 않사옵니다."

"……?"

"신이 비록 나이든 숙부지만 엄연히 전하의 신하입니다. 그래서 신하의 도리를 다하고 있사옵니다. 영양위 또한 전하의 신하입니다. 이 점 유념하시옵소서."

"알았어요. 어쨌거나 영양위를 사은사로 가게 해주세요."

단종의 언짢은 심사가 금방 얼굴에 배었다.

"전하, 그것만은 아니 되옵니다. 고명사은사는 명나라에 당도하면 천자를 배알해야 합니다. 그뿐만 아니라 명 조정의 대소 공경들과 학문을 논하고 외교를 논하고 때로는 경륜을 시험 받게도 됩니다. 그런데 영양위가 어찌 그런 일들을 감당하겠사옵니까?"

"알고 있어요. 그러니까 영양위를 정사로 하고, 그런 일을 감당할 부사를 잘 고르면 되지 않습니까?"

단종은 짜증을 내고 있었다.

"……."

단종은 분명 누군가에게 이 일에 대하여 물어본 게 틀림없었다.

"수양 숙부, 충심이 있는 신하라면 임금의 성념을 거역하지 않는다고 말씀하셨잖아요. 제 청을 꼭 들어주세요, 숙부."

"……."

수양대군은 잠시 시간을 두기로 했다. 영양위가 가는 일은 절대로 안 되는 일이었다.

"그리 알고 있겠어요, 수양 숙부."

"전하, 신이 유념하고 있겠사옵니다만……, 사은사의 일은 조정 중신들의 의견도 들어본 다음에 결정하셔야 하옵니다. 대국과의 일인지라 소홀히 했다가는 큰 트집이 생길 수도 있사옵니다."

수양대군이 하직하고 사정전을 나올 때 단종은 뾰로통해져 고개를 돌리고 있었다. 수양대군은 승정원에 들려 도승지 강맹경을 만났다.

"전하께서 영양위를 사은사로 보내자 하시니 참으로 언어도단이오. 동궁 시절의 사부를 동원해서라도 전하에게 왕도를 깨우쳐 드려야 합니다."

"예……."

"전하께서 누구에게 알아보신 것 같습니다. 부사가 유능하면 영양위가 정사로 가도 괜찮다고 하시니, 누군가 진언한 무리들이 있을 것입니다. 도승지께서 좀 더 유념을 해주셔야겠습니다."

"명심하겠습니다, 나리."

영의정 황보인은 사직상소의 반려를 알리고자 김종서를 만나러 갔다. 황보인으로부터 자초지종을 다 듣고 난 김종서는 착잡한 표정을 지으며 말했다.

"수양대군의 말씀이 고맙기 그지없기는 합니다만, 좀 생각을 해봐야 할 것 같소이다."

그리고 김종서는 눈을 감았다. 황보인도 착잡하기는 마찬가지였다.

"수양대군 그 사람이 무얼 생각하고 있는지 알 수가 없소이다."

"음……."

"그 사람 오늘 보니 분명 범상한 사람은 아니라는 생각이 듭디다."

"범상한 사람이 아니지요. 그의 속내는 의심스럽지만 큰 인물임엔 틀림없습니다."

"큰 인물임에 틀림없다고요?"

이때 김종서가 눈을 번쩍 떴다. 그런데 그 눈빛이 예사롭지 않았다. 눈에서 서슬 푸른 광채가 빛났다. 정말 대호의 눈빛 같았다. 황보인은 공연히 가슴이 철렁 내려앉았다.

"이 김종서, 오늘부로 다시 태어났습니다."

"……?"

"이 늙은 한 목숨, 종사와 주상전하를 위해 기꺼이 바치겠습니다."

"오, 절재대감!"

"제가 앞장을 서겠습니다."

김종서는 불끈 쥔 두 손을 앞으로 내밀며 부르르 떨었다. 그러면서 마음속으로 다짐을 했다.

'나리는 나리의 길을 가십시오. 이 김종서는 김종서의 길을 가겠소이다.'

김종서는 생각해냈다. 수양대군이 자신의 존재와 도량을 과시하면서 정정당당하게 싸울 것을 통고했다는 것을 알게 되었던 것이다.

'시시각각 더 절박한 사정들이 닥쳐올 것이다. 앞장서 부닥칠 수밖에 없다.'

이제 더 이상 물러설 수도 물러설 자리도 없게 된 것이었다.

21

사은사

단종은 사은사의 일을 수양대군에게 부탁하면 간단히 해결될 줄 알았다. 그런데 수양대군에게 거절을 당했다. 단종은 혜빈 양씨와 다시 상의하고 싶었다. 그래서 밤중에 혜빈 양씨를 임금의 처소인 강녕전으로 불렀다.

"전하, 찾아계시옵니까?"

혜빈 양씨는 임금이 찾아주어 매우 기뻤다. 숙빈 홍씨의 세력이 커지면서 혜빈은 심사가 우울해지고 있었다.

"예, 의논할 일이 있습니다."

"하교해주시옵소서."

"명나라에 가는 고명사은사로 영양위를 보내고 싶은데……."

"……."

"낮에 수양대군에게 물었더니 싫어하는 것 같았습니다."

혜빈 양씨는 수양대군이란 말을 듣자 머리털이 쭈뼛해졌다. 이가 갈리는 수양대군이었다.

"전하, 그런 중대사를 왜 수양대군에게 묻사옵니까?"

"수양대군이 가까운 왕숙이니까 물었던 거지요."

"가까운 종친은 나라의 정사에 참여하지 못하는 것이 나라의 법도이옵니다. 사은사를 정하는 일은 정승들과 의논하심이 옳은 줄로 아옵니다."

"수양 숙부가 서운해할 게 아니오?"

"그런 것은 전하께서 심려하실 일이 아니옵니다. 나라의 법도니까요. 그리고 수양대군은 더욱 멀리해야 할 사람이옵니다. 제가 전하를 가까이 모신다 하여 홍귀인을 숙빈으로 올려놓고 제 손발을 묶어놓았사옵니다. 이 같은 일은 모두가 전하의 성념을 거역하여 정사를 자기 마음대로 하고자 하는 역심에서 나온 일이었습니다. 정승들께서도 수양대군을 멀리하고자 하는 것은 이 때문이옵니다."

혜빈 양씨는 전과는 달리 수양대군을 역심을 품은 자로 단정하고 나섰다. 세상에 태어나서 지금까지 혜빈 양씨의 품안에서 자란 단종은 혜빈의 말에 마음을 기울이지 않을 수가 없었다. 혜빈 양씨는 재차 강조하여 말했다.

"앞으로는 수양대군을 멀리하고 황보인, 김종서 그리고 안평대군을 가까이 하시옵소서."

"……!"

"그리고 사은사는 제가 정승들과 상의해보겠습니다. 너무 심려치 마시옵소서."

"아, 그러시겠습니까?"

"예, 전하."

"고마워요, 혜빈."

단종은 기뻐했다. 혜빈은 단종에게 다시 한번 다짐을 두었다.

"앞으로 수양대군을 멀리하지 않으시오면 전하의 성념은 하나도 이행되지 않을 것이옵니다. 꼭 유념하시옵소서."

"알겠습니다, 혜빈"

수양대군은 그 저녁 내당에서 주안상을 앞에 놓고 있었다. 부인 윤씨와 며느리 한씨가 가까이 앉아 있었다. 수양대군이 낮에 있었던 일을 말하자 윤씨 부인이 입을 열었다.

"저런……, 전하께서 어찌 그런 생각을 하셨을까?"

"철부지인 까닭이지요. 똑같은 철부지인 영양위를 고명사은사로 보내어 어쩌겠다는 건지 원……."

"만류하시지 않으시고요?"

"아니 된다고는 했는데……. 아마도 주상이 날 원망하실 것이오."

"……."

"거참……."

"그러시면 누구를 사은사로 보내시려 생각하십니까?"

"원래대로 한다면 삼정승 중에서 한 사람이 다녀와야 하는데……, 세 사람 모두 연만하시니 아무래도 어려울 테고……."

"그러시다면……?"

수양대군은 술잔을 천천히 기울이고 나서 무겁게 입을 열었다.

"그 일에 내가 한번 나서 볼까 하오만……."

윤씨 부인과 한씨 부인이 동시에 눈을 크게 뜨고 수양대군을 쳐다보았다. 정국이 하루 앞을 내다볼 수 없게 불안한 이 시기에 수양대군이 나라를 떠나 있다니 가당치 않은 일이었다.

"아니 되옵니다, 나리. 지금이 어느 때인데 나리께서 도성을 떠나려 하십니까? 사은사로 가신다면 아무리 짧아도 석 달은 잡아야 할 것이옵니다."

"그렇긴 하나 나밖에는 갈 사람이 없을 것 같소. 내가 간다고 해야 주상께서도 영양위 보내시는 것을 포기하실 것이고……."

"아니 되옵니다. 나리께서 아니 계시면 무슨 일이 일어날지 모르옵니다. 다들 나리를 경계하고 있는 때가 아니옵니까?"

"그걸 내가 왜 모르겠소. 허나 막중한 사은사의 임무를 아무에게나 맡길 수는 없는 일이오."

"절대 아니 되옵니다, 나리."

윤씨 부인은 펄쩍 뛰었다. 남편 수양대군의 깊은 꿍꿍이셈을 모르는 윤씨 부인으로서는 펄쩍 뛰지 않을 수가 없었다. 며느리 한씨도 무언가 불안한 것 같았다.

"제가 말씀드리기는 송구하오나……."

며느리 한씨가 한마디 하고 싶은 모양이었다.

"무슨 생각이 있으면 말씀을 드려라. 무엇이든 좋은 방책을 찾아야 할 게 아니냐?"

"아버님. 명나라에 가시는 일이라면 제 친가의 아버님과 한번 상의해보심이 어떻겠사옵니까?"

며느리의 친가 아버지는 좌찬성 한확이었다. 누나가 명나라의 후궁이 되었기에 명나라의 벼슬인 광록시소경光祿寺少卿을 제수 받은 바 있고, 명나라에 여러 번 다녀왔기 때문에 명나라 사정을 누구보다도 잘 알고 있는 사람이었다.

"나리, 새아기의 말이 옳은 것도 같사옵니다. 사돈어른과 한번 의논해보심이 좋을 듯하옵니다."

"음, 그래……!"

수양대군은 고개를 끄덕이며 천천히 술을 들었다.

한편 안평대군저에서도 사은사 이야기가 나오고 있었다. 이현로가 안평대군에게 진지하게 건의하고 있었다.

"어째서 사은사로 가야 하는가?"

"나리의 서화, 시문은 그 명성이 이미 조선을 넘어 있습니다. 그리고 나리의 인품이나 풍채 또한 이름이 나 있습니다. 명나라에 가시어 명성을 남기시고 인망을 거두어 오신다면 후일의 토대가 될 것이옵니다."

"후일의 토대라……."

듣기 싫은 소리는 아니었다.

"전에 태종대왕께서도 사은 부사로 명나라에 다녀오신 후에 그 인망이 솟아오르셨사옵니다."

"인망이……."

모든 게 자기보다 못한 수양대군이 어느 사이 자기를 압도하며 설

쳐대고 있었다. 그에게 밀릴지도 모른다는 생각이 드는 판에 사은사의 일은 하나의 전기가 될 수 있었다.

"자네의 말이 옳소그려. 헌데 주상께서는 영양위를 보내시고자 하신다는데……."

"그것은 괘념하실 일이 아니옵니다. 영양위가 안 된다는 것은 천하가 다 아는 일이옵니다. 영상과 우상께서 나리를 천거하시기만 하면 일은 다 되는 것이옵니다."

"딴은 그렇군 그래."

"딴 소리 들리기 전에 서두르심이 좋을 것이옵니다."

"알았네."

또 한편, 혜빈 양씨도 사은사의 일로 마음이 몹시 초조했다. 다음 날 혜빈 양씨는 빈청을 향해 종종걸음을 재촉했다. 빈청에 영상과 우상 두 사람만 있다는 전갈을 받았기 때문이었다. 혜빈 양씨가 편전에 들어가자 두 사람이 반가이 맞이했다.

"이제 심기는 좀 누그러졌습니까?"

황보인이 웃는 얼굴로 물었다.

혜빈 양씨는 마음이 급했던지 용건부터 말했다.

"두 분 대감께 긴요한 부탁이 있어서 들렀습니다."

"……?"

"사사로운 부탁이 아니라 주상전하의 뜻을 대신 전하는 것이에요."

"……!"

무슨 일인지 짐작이 갔다. 수양대군과 주상 사이에 오간 이야기를 이미 전해 들은 대감들이었다.

김종서는 마음이 착잡했다. 자의든 타의든 사직의 뜻을 거두고 등청한 첫날에 이런 일에 부딪치는가 싶어서였다.

"다름이 아니라 명나라에 보낼 사은사의 일입니다만……."

"……."

"주상전하께서는 영양위를 보내고 싶어 하시는데 두 분 대감께선 어찌 생각하시는지요?"

"……."

"어찌 생각하시냐고 물었습니다."

답답한 마음을 참으며 김종서가 차분히 입을 열었다.

"사은사의 일은 아주 막중한 것입니다."

"저도 압니다. 그러나 부사를 잘 뽑으면 될 것이 아니겠습니까? 부사가 모든 일처리를 다 하면 될 것으로 압니다만……."

"정사는 어느 경우에든 이 나라를 대표하기 때문에 이 나라의 얼굴과 같습니다."

"영양위로는 부족하다 그 말씀입니까?"

"꼭 부족하다고 보지는 않습니다만 연치年齒로 보아서 아직은 여러 가지를 감당하기 어려울 것입니다."

"예. 그럴 것도 같사오나 주상전하께서 영양위를 내정하고 계시니 어찌해야 하올지……. 전하께서 유충하시니까 더욱 그 성념을 받들지 못하면 낙담하시는 전하를 뵙기가 참으로 난감하옵니다."

"……."

"더구나 수양대군이 반대한 일인데 두 분 대감마저 반대하시게 된다면, 전하께서는 대감들이 수양대군을 꺾지 못하고 그의 뜻을 따르는 사람들이라고 믿어 더 크게 실망을 할 것이옵니다. 이 일을 어찌하지요?"

"그거참 안타까운 일입니다만, 혜빈께서 아시다시피 우리가 수양대군의 편을 들어 반대하는 것은 아니지 않습니까? 그러니 혜빈께서 주상전하께 잘 설명해 드리십시오. 전하께서는 아무래도 혜빈의 말씀을 잘 들으실 것입니다."

"잘 알겠습니다만……."

"우선 명나라까지 오가는 긴 세월 동안 그 먼 길을 영양위의 어린 나이로는 몸 성히 버텨내기가 어려울 것입니다. 그러다 큰 병고에 시달리기 십상일 것이니 특히 그 점을 전하께 잘 설명해 드리십시오. 부탁합니다."

"예……. 하오나 참, 주상전하께서는 강녕전으로 절 부르시고 이 일이 성사되지 않으면 임금 노릇도 아니 하시겠다고 하시며 눈물을 흘리셨습니다. 누님 내외분께 뭔가 꼭 도움을 주셔야만 되는 것으로 여기고 계시는 듯했습니다. 이 점도 유념해주십시오."

"예, 잘 알겠습니다. 고맙습니다."

혜빈 양씨가 물러가자 두 사람은 난감한 표정을 지으며 서로를 마주 보았다.

"어디 마땅한 인물이 없겠습니까?"

황보인이 답답하다는 듯 물었다.

"주상께서 영양위를 고집하신다니……."

"아무리 그리하셔도 적임이 아닌 걸 어찌합니까?"

"삼정승이 나서야 아무 말이 없는 것인데……. 영상께서는 연로하신 데다 최근에 다녀오셨고, 좌상은 와병 중이라 기동이 불가하고, 이번에야말로 이 사람 차례인데……, 저는 또 나이도 나이려니와 야인들이 벼르고 있어 원행이 어려운 처지이니……. 그래서 사실 사직하려고도 했었고……."

"그걸 누가 모릅니까? 그러니 주상전하께서 승복할 만한 인물을 찾아보아야지요."

"그야……, 있긴 있지요."

"아니, 그게 누구요?"

"수양대군이나 안평대군이지요."

"과연!"

황보인은 무릎을 쳤다. 수양대군이나 안평대군을 천거하면 임금이 영양위를 고집할 수 없음은 분명했다.

"……."

"안평대군이 가시도록 합시다. 제2왕숙에다 풍채 수려하지요, 시문서화에도 뛰어나지 않소이까. 명나라 대관들과 대면해도 당당할 것입니다."

황보인이 성급하게 굴었다.

"안평대군보다는 수양대군이 적임일 것입니다."

김종서의 의견이었다.

"수양대군이라면?"

"정국을 식힐 필요가 있습니다."

"음……. 수양대군으로 하여금 도성을 떠나 있게 한다……?"

"옳게 보셨습니다."

정치적인 힘겨루기가 가중되고 있는 때였다. 상대방의 우두머리를 멀리 떠나 있게 한다는 것은 이쪽의 힘을 키워내는 중대한 계기가 될 수도 있는 일이었다.

"그럼, 그렇게 밀고 나갑시다."

그런데 그때 이현로가 안평대군의 전언을 아뢰러 왔다.

"무슨 말씀이신가?"

"안평대군께서 사은사로 가시겠다고 하셨습니다."

황보인과 김종서는 흠칫 놀랐다.

"가실 의향이 있다는 것인가, 아니면 기필코 가시겠다는 것인가?"

"기필코 가시겠다는 뜻으로 알고 있습니다. 명나라에 가시어 두루 인망을 거두고 오시겠다고 하셨습니다."

"음, 알겠네."

이현로가 물러가자 두 사람은 다시 난감한 표정이 되었다.

"우상대감, 안평대군이 자청하고 나서신다면 그리 결정해야 할 일이 아니오?"

"……."

"누구에게 조정의 신망이 있는가 하는 것을 세상에 알리는 일도 되지요."

"그러니 더욱 안평대군의 뜻을 따라야지요. 가겠다는 사람을 놓아두고 권유를 해서까지 수양대군을 보낼 필요는 없을 것 같소."

"그렇긴 합니다만……."

"내가 있고 우상이 있는데 수양대군이 도성에 있기로 무슨 변이야 있겠습니까?"

"예, 영상대감의 의향을 따르겠습니다. 안평대군으로 정하도록 합시다."

황보인의 얼굴이 환해졌다. 이제 사정전으로 나아가 주상의 윤허만 받으면 되는 일이었다. 그런데 그때 수양대군이 들어온다는 내관의 전갈이 있었다. 두 사람은 일어서서 수양대군을 맞이했다.

좌정을 하고 나자 수양대군은 뜻밖의 말을 꺼냈다.

"저에게 사은사의 대임을 맡겨주셨으면 합니다."

이 무슨 벼락 맞는 꼴이란 말인가. 두 사람은 등골이 서늘한 전율을 느꼈다. 두 사람이 멍하고 있자 수양대군이 매우 차분하게 말을 시작했다.

"이 나라 조정에서 기둥이 되시는 분은 두 분 대감 말고는 없소이다. 두 분이 사은사로 가실 수 없는 처지인 것을 뻔히 알면서도 그냥 있을 수는 없는 일입니다. 이러한 때에 미력한 처지로나마 두 분 대감을 돕고 싶습니다만……."

수양대군은 김종서 쪽을 보며 말하고 있었다.

'이 사람이 무엇을 생각하고 있는가?'

김종서는 자신의 사직을 만류해준 고마움에 대한 인사도 아직 하지 못한 참이었다. 그런데 수양대군이 또 사직 만류보다 더 큰일로 김종서의 난처함을 도와주려 하고 있지 않은가.

'이 사람의 속내가 도대체 무엇이란 말인가?'

정략으로나 술수로나 지금 종사의 형편으로는 수양대군은 절대로 사은사로 떠날 처지가 아니었다.

"두 분 대감께서 서너 달이 걸리는 먼 길을 떠날 수 없음을 잘 알고 있습니다. 그밖에도 사은사라면 제1왕숙쯤 되어야 이 나라의 정성과 체면도 설 것으로 압니다."

"……."

"일전에 주상전하를 뵈었을 때 전하께서는 영양위를 보냈으면 하셨습니다만, 그것은 가당치 않은 일입니다. 두 분의 생각도 그러리라 믿습니다만……."

황보인이 가까스로 입을 열었다.

"나리께서는 종실의 큰 어른이신데 원행을 하신다는 것은 사리에 맞지 않은 듯합니다. 안평대군을 보내심이 어떨까요?"

"당치 않습니다."

수양대군의 목소리가 높아졌다. 안평대군의 소리가 나오면 처지나 이유 여하를 막론하고 화기가 곤두서는 수양대군이었다.

"풍류객이 격식 번거로운 사신의 일을 좋아할 리가 없습니다. 말로는 종실의 어른이지만 국정에 참여하는 것도 아니고, 또 두 분 대감이 계신데 무슨 걱정이 있겠습니까? 또 종실의 한 사람으로서 저도 종사를 위하여 뭔가 좀 힘든 일 한 가지라도 해야 되지 않겠습니까? 이 수양도 충절이 있다는 것을 보이고 싶으니 두 분 대감께서는 그리 아시고 저를 보내주십시오."

황보인은 난감한 표정이었다. 김종서는 수양대군의 속내를 짐작하느라 멍한 표정이었다. 잠시 침묵이 흘렀다.

수양대군은 일어섰다.

"그리 알고 저는 이만 물러가겠습니다."

수양대군이 빈청을 나가자 김종서가 긴 한숨을 내쉬었다. 황보인이 난처함을 토로했다.

"우상, 참 교묘하게 되었습니다. 어찌하면 좋겠소?"

"글쎄요. 두 분 대군이 상의해서 결정하도록 하는 게 상책일 것 같습니다만……."

"……."

"이런 사실을 안평저에 알리면 무슨 하회가 있지 않을까요?"

"그리 해봅시다."

황보인이 고개를 끄덕이며 대답했다.

김종서는 가슴이 답답해서 빈청을 나왔다. 경회루 연못가를 산책했다. 해맑은 가을날이었다. 걷기에 좋은 날씨였다.

'내 어찌 이리 무력해졌단 말인가?'

강단 있게 나서서 생각하는 바를 사심 없이 주장하면 뜻대로 안 될 일이 없을 것도 같았다. 그러나 앞으로 더 큰일이 있을 때를 생각해서 아직은 자숙하는 것이 좋을 것 같다고 김종서는 생각하며 걸었다.

얼마쯤 걷자 세종대왕의 어성이 귓가에 들리는 듯했다.

'어린 세손을 나를 대하듯 하라.'

오늘날에 와서 생각하니 세종대왕의 성념이 무엇을 의미하고 있는지를 확연히 깨달을 수가 있었다.

'세손을 지켜드리라는 뜻이 아니옵니까!'

그날 저녁 안평대군은 수양대군저로 자비를 몰았다.

"안평대군 오셨습니다."

얼운이 알리는 소리가 들리자 사랑에 와 있던 부인 윤씨와 며느리 한씨가 나와서 맞이했다.

"오랜만이옵니다."

"예. 격조했습니다, 형수님."

"어서 오르시지요."

안평대군이 방으로 들어가자 며느리 한씨가 가만히 물었다.

"무슨 일일까요?"

"글쎄다……."

지난번 안평대군의 가복 상충이가 피투성이가 된 후로 처음 찾아온 안평대군이었다. 무슨 중대한 일이 있음에 틀림없었다.

수양대군 앞에 가까이 앉은 안평대군은 정중하게 사과부터 했다.

"지난번에는 큰 심려를 끼쳐드렸습니다. 몽매한 아랫것들이 저질렀기에 혼쭐나게 나무랐습니다."

안평대군이 머릿속에 떠오르기만 해도 열화가 치솟는 수양대군이지만 겉으로는 대범함을 보여야만 했다.

"허허……. 내 아무리 소견이 좁기로 그 일을 자네의 짓이라고 여기겠는가? 벌써 다 잊은 일이니 마음 쓰지 말게."

"송구합니다."

"사람이 살다 보면 이런 저런 일을 겪게 마련이지만, 쓸 데 없는 일로 남의 구설에 오르는 것은 창피한 일이야. 더구나 지금이 어느 땐가? 종사의 일에 염려가 많은 때인데 왕숙끼리 불화를 보인대서야 말이 되는가?"

"모두 제 불찰입니다, 형님."

"그래, 무슨 일로……?"

안평대군의 내방 이유를 다 알고 있었지만 다정히 물었다.

"형님께서 사은사로 가시기를 제청하셨다고 들었사온데 사실입니까?"

"그래, 사실이네."

"예……."

안평대군은 난감해 하는 눈치였다.

"삼정승이 다 못 가게 생겼으니 나라도 다녀와야지 어쩌겠는가? 사은사 임무를 하관들에게 맡긴다면 중국 조정에서 우리를 업신여길 것일세. 종친의 우두머리가 가면 기강을 세우는 일도 되고, 또 황제의 명을 존중하는 뜻도 될 것이네. 오늘날 같이 어려운 때 종친이 된 도리로 국록이나 축내며 놀고 있어서야 되겠는가? 나라도 나서서 조정의 어려움을 돕도록 해야지."

"예, 형님 말씀이 다 옳습니다만, 아직은 주상전하의 보령이 유충하시니 형님께서는 주상전하를 보위하시는 게 더 큰일이옵니다. 아마도 국론도 형님께서는 안 가시는 것이 좋다고 할 것입니다."

"허허, 자네 안평……."

"예."

"내가 주상을 보익輔翊하는 것도 중요한 일이지. 허나 조정에는 삼공육경이 있지 아니한가? 내가 종사의 일에 나서면 왕숙이 정사에 간여한다고 불만이 커질 것이 아닌가? 내가 사은사로 가려는 것은 그런 잡음도 피해보려는 것일세. 알겠는가?"

"예……."

안평은 물론 수양대군이 사은사로 가고자 하는 이유가 자기의 이유와 같다는 것도 짐작하고 있었다. 그러나 이유야 어떻든 수양대군의 의지가 이미 굳어진 것을 안 이상 안평대군은 난감할 수밖에 없었다. 하지만 안평대군은 자리를 뜨지 않았다. 좀 더 설득해보려는 생각에서였다.

이때 한명회, 권람, 홍윤성이 대문을 들어서고 있었다.

"잠시 객사로 드시지요."

얼운이가 막아섰다.

"왜? 내객이 계신가?"

"예, 안평대군께서 오셔 계시옵니다."

"엑, 이번에는 친히 염탐을 오셨나?"

한명회가 마땅찮은 듯 한마디 내뱉었다.

세 사람이 객사에 들자 윤씨 부인이 객사로 나왔다.

"마침 잘들 오셨소. 인편을 보낼까 하던 참이었어요."

"무슨 일이 있습니까?"

한명회가 물었다.

"나리께서 기어이 사은사로 가시겠다고 하시잖아요. 지금이 어느 땐데 나리께서 도성을 비우신단 말입니까?"

"저희도 실은 그 일 때문에 부리나케 달려온 것입니다. 마님께서 간곡히 만류해보시지 않으셨습니까?"

권람의 말이었다.

"만류의 말씀을 드렸지요. 그런데 전혀 거두어주실 기미도 없으시지 않습니까?"

"……."

"안평대군이 오셔서 간곡히 만류하고 계신 것 같습니다만, 나리의 고집이 어디 어지간하셔야지요."

"지금의 사정으로는 나리께서는 절대 가시면 아니 되옵니다."

홍윤성이 강조했다.

"이르다 뿐인가?"

권람이 맞장구를 쳤다.

"여러분들. 나리를 뵙거든 무슨 일이 있어도 만류를 해주세요. 가시면 아니 되십니다."

"당연하지요. 우리가 그 일 때문에 오지 않았습니까?"

홍윤성이 다짐했다.

"내일 사은사를 정한다는데 꼭 만류해야 합니다. 여러분만 믿겠어요."

"심려치 마십시오, 마님. 어차피 그 일로 왔지 않습니까?"

그때 밖이 술렁거렸다. 안평대군이 돌아가는 모양이었다.

얼운이의 전언이 들렸다.

"큰사랑으로 드시랍니다."

세 사람은 객사를 나와 큰사랑으로 향했다. 윤씨 부인은 중문까지 따르며 다짐을 두었다.

"꼭 만류하셔야 합니다."

세 사람이 큰사랑에 들어 인사하고 마주 앉자 권람이 대뜸 물었다.

"나리께서 사은사로 가시겠다고 자청하신 게 사실이옵니까?"

"허허, 사실이네."

수양대군의 대답은 명쾌했다.

"아무래도 성급하신 게 아니옵니까?"

홍윤성이었다. 그는 그동안 늘 듣고만 있었기에 수양대군도 놀라 그를 건너다보았다.

"……."

"아니 되시옵니다, 나리. 지금이 어느 땐데 석 달씩이나 도성을 비우시려 하십니까?"

홍윤성이 재차 말하자 권람이 거들었다.

"나리. 조정을 황보인, 김종서에게 아예 맡기려 하십니까?"

"허허, 당연한 일이 아니오? 조정을 영상이나 우상에게 맡기지 않으면 누구에게 맡기겠소?"

"그러다 예기치 않은 일이라도 생기면 어찌하시옵니까?"

"예기치 않은 일이라니? 그게 무슨 소리요?"

서로 다 알고 있는 일이었지만 언급은 하지 않고 에둘러 말씨름만 하고 있었다. 그러나 한명회만은 일절 말을 하지 않고 상체를 천천히 흔들며 오불관언 끼어들지 않고 있었다.

"나리, 지금 조정이 조용한 것은 나리께서 주상전하를 보좌하고 계시기 때문이옵니다. 만약에 나리께서 도성을 비우신다면 조정이 소인배들의 농간에 빠질 것이옵니다."

"아니, 소인배라니, 누굴 두고 하는 소리요?"

"뻔하지 않사옵니까? 나리를 경원하는 소인배들이야 나리께서 더 잘 아실 것이 아니옵니까?"

"허어, 왜들 이러시오? 그만합시다."

수양대군은 권람에게 손을 젓다가 한명회를 보고 물었다.

"한공도 그리 생각하시오?"

"……."

묵묵부답이었다.

“한공은 어찌 생각하시오? 답답하오.”

“나리. 그보다는……, 나리께서 꼭 가시고자 하십니까?”

“그렇소만…….”

“영양위는 물론 안 되지만 안평대군도 안 되겠습니까?”

“안평대군도 안 되오.”

“그렇다면 나리께서 가십시오. 마음 편히 다녀오실 방책도 있습니다.”

권람이나 홍윤성의 생각과 한명회의 생각은 완전히 달랐다.

권람이나 홍윤성은, 수양대군이 도성을 비운 사이 김종서 등이 안평대군을 앞세우거나 혹은 섭정으로 추대하여 그들 권세의 아성을 공고히 할 것이라고 생각하고 있었다. 그러면 수양대군 이하 자기들은 주인집에서 쫓겨난 개 신세가 되고 말 것이라고 생각하고 있었다.

그러나 한명회는 설사 그들이 그렇게 할지라도 그까짓 것은 그리 큰일이 아니며, 수양대군이 돌아와 조정 자체를 휘어잡으면 그만이라고 생각하고 있었다. 또 그때를 위하여 이번 기회에 명나라의 신망을 얻는 것 또한 중차대한 일이라고 생각하고 있었다.

“아, 그렇소? 과연 한공이오. 그 방책이라는 게 무엇이오?”

“그것은 나중에 말씀드리겠습니다. 그보다는 사은사의 일이 아직 확정되지 않은 게 아닙니까?”

“아, 그렇소. 아직 확정된 것은 아니지요.”

“내일 입궐하시어 반드시 주상전하의 윤허를 받으시옵소서.”

“그리하겠소.”

수양대군이 대답하자 권람이 한명회를 뚫어져라 쳐다보며 목소리를 높여 불렀다.

"이 사람, 자준이."

그러나 한명회는 수양대군을 향하여 한마디 덧붙이며 유쾌하게 웃었다.

"아무 걱정 없이 기대하시는 대로 아주 보람되게 잘 다녀오실 것입니다. 헤헤."

"하하하. 내 한공을 믿지. 암 암, 믿고말고. 하하하."

이 무렵 김종서의 사랑에는 수양대군저에서 물러나온 안평대군이 찾아와 있었다.

"우상대감, 이를 어쩌면 좋겠습니까? 수양 형님께서 전혀 물러날 기색이 없으니 말입니다."

"그거참……."

"어찌합니까, 대감?"

"수양대군의 뜻이 그렇다면 그만두게 할 명분이 없지요."

"허어, 그러면 보고만 있어야 합니까?"

"별 수 없는 일이지요."

"허어……."

"나리……, 저……."

"대감. 비상수단을 써서라도 이 사람을 떠나게 해주시오."

"나리, 그러시지 말고 수양대군을 사은사로 보내고 나리께서 종사의 일을 보시지요."

"……?"

"저는 원래 그렇게 생각하고 있었습니다. 명나라에 가서 인망을 높이고 오는 것도 좋지만, 석 달 이상 도성을 비우는 것도 좀 생각해볼 일입니다."

"……?"

"대행대왕께서 승하하신 이래 조정대사가 수양대군의 뜻대로 움직여진 인상이 짙습니다. 종친의 분경 금지가 무효로 된 일, 숙빈 홍씨의 일, 또 제 사임의 일 등이 그렇습니다. 따지고 보면 의정부에 앉아 있는 저 같은 재상이 무능한 탓 때문이기도 하지만, 수양대군의 그 기상과 의기가 높은 탓 때문이기도 합니다. 그러니 이런 때에 수양대군이 석 달 이상 도성을 떠나 있다면 그사이 이쪽의 내실을 다질 수도 있지 않겠습니까?"

"하긴 그렇기도 합니다만……."

안평대군은 수긍하는 것 같았다.

"수양대군의 석 달을 나리의 삼 년 세월로 만들 수도 있을 것입니다. 나리께서 사은사로 가신다면 수양대군께서 그것을 자신의 삼 년 세월로 만들 수도 있겠지요. 세상에는 전화위복이란 말도 있고 새옹지마란 말도 있지 않습니까?"

"대감, 무슨 말씀이신지 알겠습니다."

"나리께 제 의향을 말씀드린 것뿐이옵니다. 하오니 결정은 나리께서 하셔야 하옵니다."

"고맙소이다, 대감."

김종서의 생각이 더 좋을 것이라고 안평대군은 여기기 시작했다. 수양대군이 없는 사이 자신의 세력을 다지고 지위를 높일 수 있다면 그게 더 실익이 있을 것이라 여기게 되었던 것이다.

1452년(단종 즉위년) 9월 10일, 마침내 사은사를 결정해야 하는 날이 왔다.

소년 단종은 오랜만에 사정전에 나와 용상에 앉아 있었다. 영의정 이하 의정부, 육조 등의 기라성 같은 중신들이 부복하여 있었다.

어떤 관직을 담당할 인사를 결정 임명할 때에는 제수임명除授任命과 구전임명口傳任命의 두 가지 방법 중 하나를 택하는 것이 관례였다. 영상과 우상이 합의로 결정한 일이라면 임금의 재가를 받을 사안을 올릴 때 비삼망備三望(후보자 3명의 명단을 올리는 것)의 명단에서 수양대군 이름 위에 황표黃票를 찍어 올리고 임금이 거기에 낙점落點을 하여 제수하면 그만이었다. 임금이 어려서 변별력이 없으므로 단종 때에는 인사 등의 재가를 주로 이런 식으로 받았다.

그러나 이번 일은 달랐다. 소년 왕이 자신의 뜻대로 영양위의 이름 위에 낙점을 할 우려가 있기 때문이었다. 그래서 이날은 이를 방지하기 위하여 중신들을 어전으로 불러들였던 것이다. 신하들이 구두로 추천하고 토의를 거친 다음 임금이 구두로 윤허하는 방식을 택한 것이었다. 도승지 강맹경이 먼저 주청했다.

"전하, 수양대군께서 사은사로 가기를 청했다면 수양대군이 사은정사가 되어야 하옵고, 그것이 불가하다 하시오면 마땅히 우의정 김종서에게 맡기는 것이 마땅한 줄로 아옵니다."

어린 단종은 그 소리를 듣자 표정이 금방 일그러졌다. 수양대군이라니, 너무도 뜻밖의 주청이었다.

'혜빈은 도대체 어떻게 했기에 이 지경이 되었단 말인가.'

단종은 잠시 머뭇거리다가 입을 열었다.

"저……, 부마를 사은사로 삼으면 어떻겠소?"

그러자 영의정 황보인이 나섰다.

"이는 나라의 대사이므로 나이 어린 부마로 사신을 삼을 수는 없는 일이옵니다. 만약 종친으로 가게 한다면 수양대군이 합당한 줄로 아뢰옵니다. 신 등이 편히 앉아서 대사를 종친에게 맡기는 것이 그저 송구할 따름이옵니다. 전하께오서 재량하시옵소서."

이 말이 끝나자 수양대군이 아뢰었다.

"대신들이 연치가 높은 데다 정사에 여념이 없사오니 종친들이 종사의 일을 돕는 것은 당연하옵니다. 이럴 때 종친으로서 종사를 위해 한 몸 바치는 것이 마땅한 도리일 것이옵니다. 지금은 나라 안팎이 다 어려운 때이므로 사행 길에 목숨을 걸어야 할지도 모르는 일이옵니다. 그러므로 더욱 할 일 없는 신이 사신으로 가는 것이 천만 번 마땅한 줄로 아옵니다. 통촉하시옵소서."

가히 비장한 청원이었다. 단종으로서는 반박할 도리가 없어 영상을 힐끗 쳐다보았다. 황보인이 머리를 약간 끄덕이는 것 같았다. 의정부의 뜻이라면 임금의 뜻은 별문제가 아니라는 것을 어린 단종은 알고 있었다.

'어쩔 수 없게 되었구나.'

단단히 약속했던 영양위에게 면목이 없었으나 고집을 세울 계제가 아니었다. 단종은 힘없는 목소리로 윤허하고 말았다.

"그리하도록 하시오."

사은사는 마침내 수양대군으로 결정이 났다.

"전하, 성은이 망극하옵니다."

수양대군은 우렁찬 목소리와 함께 깊이 부복했다.

어전을 물러나온 수양대군은 병조판서 민신閔伸을 사은부사로 지명한다고 발표했다. 수양대군은 큰일을 마무리 짓고 흔쾌한 마음으로 퇴궐하여 집으로 갔다. 집에 오니 백부 양녕대군이 기다리고 있었다.

"오셨사옵니까, 큰아버님?"

"어서 앉게."

전에 없이 퉁명스러운 양녕대군의 대꾸였다. 무언지 모르나 성난 기색이 분명했다.

"듣자 하니 사은사를 자청했다면서?"

아니나 다를까, 노여움이 터지는 목소리였다.

"예, 큰아버님."

"자네, 지금 제정신인가?"

"……?"

"지금 시기가 어느 때인데 도성을 떠나겠다는 겐가?"

"제가 아니면 갈 사람이 없사옵니다."

"허어, 쯧쯧."

"……."

"이 사람아. 김종서가 어떤 사람인가? 김종서가 호락호락한 사람인가? 분명 기회를 노리고 있을 것이야. 그가 안평과 가깝고 안평 수하에는 문사 무사들이 떼로 모여들고 있다고……. 무슨 일이 생길지 모르는 터에 가긴 어딜 간다는 게야?"

"……."

"지금 조정에 누가 있는가? 중전이 있는가, 대비가 있는가? 황보인, 김종서의 손바닥 안에 조정이 들어 있단 말이야. 그들이 무슨 짓인들 못 하겠는가?"

"큰아버님. 제게도 다 생각이 있고 계책이 있사옵니다."

"그게 무엇인가?"

"차차 말씀드리겠사옵니다만 당장은 그게 좀……."

그때 얼운이의 전언이 있었다.

"나리. 권교리 드시옵니다."

수양대군은 원군을 만난 듯 기뻤다. 권람은 들어와 양녕대군에게 예를 올리고 앉았다.

"나리, 병조판서 민신이 병을 칭탁하고 사은부사를 사양했다 하옵니다."

"응? 사양?"

수양대군은 흠칫 놀라며 금방 표정이 굳어졌다. 민신에게 병이 있다는 소리는 들은 적이 없었다. 대궐에서 보았을 때도 병색은 전혀 보이지 않았다. 분명 수양대군과 함께하기를 꺼리는 것이었다.

"이 사람, 정신 차리게. 그까짓 병조판서 하나 거느리지 못하면서 자네가 사은사로 가겠단 말인가?"

양녕대군의 경멸 섞인 책망에 수양대군은 분기로 몸을 떨었다. 그는 권람을 향해 말했다.

"사은부사로 갈 사람이 어디 민신 아니면 없겠소? 다시 정하면 되는 거요. 정경正卿 생각엔 누가 적임이겠소?"

"우참찬 허후許詡가 적임일 것 같습니다만……."

"허후라, 괜찮은 것 같소. 그렇게 하도록 하고, 서장관은 누가 좋겠소?"

"그건 신숙주만한 사람이 없을 것입니다."

"그럴 것도 같소. 혹 한주부 의견도 들어봤소?"

"예, 신숙주라 했습니다."

"그럼, 수고스럽지만 그리 전해주시오."

권람이 물러가자 양녕대군의 책망이 다시 시작되었다.

"이 사람, 수양. 내 말은 말 같지 않은가? 떠나서는 안 된다 했고 지금은 도성을 비울 때가 아니라 했는데, 날 앉혀놓은 채 부사를 정하고 서장관을 정하다니……. 이럴 수가 있는가?"

"큰아버님, 그게 아니옵니다."

"그게 아니라니? 지금 종사가 위여누란危如累卵이란 말이네."

"큰아버님. 여기 큰아버님과 저 둘만 있사옵니다. 제가 어찌 큰아버님의 염려하심을 모르겠사옵니까? 큰아버님은 저를 잘 아시고 계시옵니다. 하오니 저를 믿어주십시오. 제가 어떤 일이 있어도 종사만은 반드시 지킬 것이옵니다. 제가 백번을 죽는다 해도 제게 주어진 소명을 어찌 소홀히 하겠사옵니까? 제가 사은사로 다녀오려는 것도 실은 종사를 위해서입니다."

수양대군은 뜨거운 열기가 담긴 목소리로 양녕대군 앞에서 어떤 맹세를 한 셈이었다. 그러자 양녕대군은 깊은 숨을 내쉬고는 입을 다물었다. 둘은 이미 마음속 깊이 상통하고 있었다.

윤씨 부인이 주안상을 들고 왔다가 방 안의 심상찮은 분위기를 감지했다. 윤씨 부인은 다소곳이 두 사람의 술잔에 술을 채워놓고는 조용히 물러 나왔다.

"큰아버님, 드시지요."

"으음……. 드세."

이들이 겨우 두어 잔 비웠을까, 그때 권람이 헐레벌떡 뛰어 들어왔다.

"우참찬 허후도 사은부사 자리를 사양했사옵니다."

"이런 못된 놈들이 있나?"

수양대군은 들어 올리던 잔을 탕 내려놓았다.

"무슨 이유로 사양한다던가?"

양녕대군이 물었다.

"지금 실록을 찬수하고 있는데 그 일로 자리를 비울 수가 없다는 것이옵니다."

"실록을 저 혼자 찬수하는 것도 아닌데……. 이런 고얀 것들이 있나?"

수양대군은 머리털이 곤두설 만큼 화가 치밀었다.

사은부사는 매우 막중한 자리이며 개인적으로도 영광스러운 자리임에 틀림없었다. 그런데도 병조판서 민신이 사양했고 또 우참찬 허후가 사양했다면 이는 수양대군과는 함께 갈 수 없다는 항거임이 분명했다. 수양대군은 두 손을 불끈 쥐며 벌떡 일어섰다.

"나리, 고정하시옵소서."

권람이 앞을 가로막았다. 수양대군의 얼굴은 흙빛이 되었고 몸은 떨고 있었다.

"앉게, 이 사람."

"……."

"앉으라니까. 앉으라고."

양녕대군의 재차 독촉이 있자 털썩 주저앉았다.

"신숙주는 뭐라 하던가?"

양녕대군이 물었다.

"예, 신숙주는 매우 기뻐했습니다."

"천만다행일세. 민신, 허후 따위가 백 명인들 무얼 하나? 신숙주 하나만으로도 일당백인데……."

양녕대군이 기뻐하며 신숙주를 치켜세우자 수양대군의 안색이 펴지는 듯했다. 신숙주 이제 나이 35세였으나 정인지 정도를 제외하고는 그를 따를 자가 없을 만큼 박학다식한 재사였다. 수양대군은 평소 정인지와 신숙주를 가까이하고 싶어 했다.

"이 사람, 수양."

"예."

"범옹 얻은 것으로 만족하게. 부사야 얼마든지 골라 쓸 수 있지 않은가?"

양녕대군이 위로의 말을 하자 권람이 맞장구를 쳤다.

"그러하옵니다, 나리. 범옹을 가까이 두고 싶다 하셨지 않사옵니까?"

"……."

수양대군은 말없이 잔을 들어 마셨다. 그러면서 민신, 허후의 이름을 안주 씹듯 씹었다.

"미인신, 허어후! 이 이놈들 어디 두고 보자."

그러다가 큰소리로 얼운이를 불렀다.

"밖에 운이 있느냐?"

"예, 대령해 있사옵니다."

"너 얼른 가서 사돈어른 모셔오너라."

"예에……."

사돈어른이란 한확이었다. 명나라에 관한 일이라면 조선에서 그만큼 소상한 사람이 없었다. 수양대군은 사은부사의 일을 그에게 자문받고 싶었던 것이다.

"정경은 한주부를 찾아 데리고 객사로 와 좀 기다리시오."

"예, 나리."

권람이 나가자 양녕대군도 일어섰다.

"탈나지 않도록 조심하게."

"예. 큰아버님의 뜻을 잘 받들 것이옵니다."

혼자 남은 수양대군은 일어서서 민신, 허후의 이름을 되뇌며 방 안을 빙빙 돌았다. 마음을 가라앉히는 것이었다.

얼마가 지났을까, 얼운이의 전언이 들렸다.

"사돈어른 모셨사옵니다."

수양대군은 곧바로 댓돌 밑에까지 내려가 한확을 맞았다.

"어서 오십시오. 사돈을 오라 가라 하는 무례를 저질렀습니다. 용서하십시오."

"허허, 오늘 크나큰 어려움을 겪은 것으로 아옵니다만……."

"그야 사람이 살다보면 다 겪게 마련이지요. 자, 자……."

한확이 좌정하자 며느리 한씨가 나와 인사를 올렸다.

"별고 없었느냐?"

"예, 아버님."

한확은 3남 6녀를 두었는데, 그 여섯째 딸이 수양대군의 장남에게 출가했던 것이다.

"허허. 미거한 여식이라 제 구실을 다하고 있는지 걱정이옵니다, 나리."

"허허, 이 집의 기둥이오이다. 집안의 기강을 반듯이 세워놓았어요. 허허."

하루도 빠짐없이 그 많은 하인 종속들을 단단히 다스리고 있는 며느리가 수양대군 내외는 늘 대견하다고 여기고 있었다.

"아가야, 모처럼 오신 아버님이 아니시냐. 네 정성이 담긴 주안상을 내오도록 해라."

"예……."

며느리 한씨가 나가자 수양대군은 정중한 어조로 한확에게 말했다.

"이 사람을 좀 도와주셔야겠습니다."

"제가 할 수 있는 일이라면 당연히 도와드려야지요."

"고맙습니다. 이번에 고명사은사로 가려는 것은 유충하신 주상전하를 위해서이며, 또한 이 나라의 종사를 위해서입니다."

"……."

한확은 대답 없이 고개만 가볍게 끄덕였다. 한확은 성품이 온화하고 침착했다. 그러므로 항상 자신의 의견을 개진하기 전에 상대의 의견을 차분히 경청하곤 했다.

"사돈께서 명나라의 사정을 소상히 아시고 계십니다만……. 만약 내가 아니고 안평이 간다면 저들이 괄시할 염려도 있지 않겠습니까?"

"……."

한확은 역시 고개만 끄덕였다.

"그로해서 저들이 우리 조정을 소홀하게 대할 수도 있겠지요."

"그럴 수 있습니다. 저쪽 사람들은 격식을 많이 따지는 편이지요. 제

1왕숙이 가는 것과 제2왕숙이 가는 것은 천양지차가 있을 것입니다."

"그래서 사실은 제가 자청하고 나선 것인데……, 부사로 가겠다는 사람이 없습니다그려."

"고명사은사의 부사라면 종사로 보아도 막중한 자리요, 사사로이는 광영의 자리인데……, 민신이나 허후가 왜 사양을 했을까요?"

"글쎄올시다. 첫째는 제 사람됨이 부족한 탓이 있겠지요. 또 영상이나 우상의 눈치를 살피는 것일 수도 있고, 안평의 입김일 수도 있겠지요."

"과념過念이 아니실까요?"

"지나친 말이 아닙니다. 안평의 부사라 해도 저들이 사양했을까요?"

"……?"

"이런 사태가 파벌을 만들지나 않을지…… 걱정이 됩니다. 나이 어린 주상의 보익輔翊을 놓고 왕숙들 사이에 알력이 있다는 인상이라도 풍기게 되면 종사의 앞날이 심히 우려되지 않겠습니까?"

"……."

한확은 또 끄덕이고 있었다. 그러나 수양대군의 우려가 당연하다는 생각도 들었다.

"아무튼 제가 사은사의 대임을 맡은 이상은 최선을 다해 임무를 완수할 작정입니다."

"당연하신 말씀입니다. 저도 그리 믿고 있습니다."

"예, 고맙습니다. 그리고 절 도와주신다는 뜻으로 합당한 사은부사를 한 사람 천거해주시면 좋겠습니다만……."

"……."

"명나라 사람들과 만나도 당당할 사람으로……, 민신이나 허후처럼 거절하지 않을 사람으로요."

한확은 잠시 생각을 해보았다. 물론 인품이 제일이겠지만 또 사양하는 일이 벌어지면 수양대군이나 종사를 위해서도 불행한 일이 아닐 수 없었다.

"제 생각으로는 이판이 좋을 듯합니다만……."

이조판서 이사철이었다.

"이판 이사철 말씀입니까?"

수양대군은 반가웠다. 어찌 이 사람을 생각지 못했는가 싶었다.

"예. 사람이 과묵하고 진중하지요. 쓸데없는 고집을 부리지도 않고 쉽사리 남의 말에 현혹되지도 않을 것입니다."

"예, 저도 그런 줄은 압니다만……."

이사철이 사양할 리가 없다는 걸 알지만 그래도 뒤를 다져놓고 싶었다.

"제가 당부를 해두지요."

"참으로 고맙소이다."

그러면서 수양대군은 한확의 손을 덥석 잡았다.

"덕분에 짐을 벗게 되었습니다."

"다 종사를 위하는 일이지요."

술상이 들어왔다. 수양대군은 사돈에 대한 예우를 극진히 했다. 고맙기도 했지만 사돈지간이기 때문이었다. 사돈은 친척도 아니요 친구도 아니지만 예우는 깍듯이 해야 하는 관계였다. 그래선지 측간과 사돈은 멀리 있을수록 좋다는 말도 있었다.

그렇기도 하려니와 한확은 예사 사람들과 달리 학문이 높고 인품이 고매한 탓에 수양대군으로서도 쉽사리 종속시키기 어려운 존재였다.

해질녘이 되어 한확이 돌아가자 객사에 모여 있던 권람, 한명회, 홍윤성 등이 사랑으로 건너왔다.

"부사는 어찌 되었습니까?"

한명회가 대뜸 물었다.

"좌찬성 한확의 도움으로 이조판서 이사철에게 부탁할 작정이오만……."

"시생은 정인지가 어떨까 했습니다마는……, 아무래도 부사로는 좀 버거울 것 같아서 잠자코 있었습니다."

"허허, 그 점은 내 생각과 똑같네그려. 허허."

"헤헤헤……."

두 사람은 소리 내어 웃었다. 생각과 마음이 통하고 있음을 보이는 웃음이었다.

정인지는 단종이 즉위하자 황보인과 김종서의 미움을 받아 한직인 판중추원사判中樞院事로 밀려나 있으면서 《세종실록》의 편찬, 감수를 맡고 있었다.

"한공, 이제는 한공의 계책을 들을 때가 되었소이다."

권람과 홍윤성의 시선이 한명회에게 쏠렸다.

"뭐 대단한 계책은 아니오나……, 시생이 천거하는 두 사람을 종사관으로 데리고 가면 좋을까 하옵니다."

"종사관으로 두 사람을?"

"예."

"그게 누구요?"

"시생과는 일면식도 없습니다만, 꼭 데려가 주시기 바랍니다."

"글쎄, 그게 누구냐 말이오?"

"황보석과 김승규입니다."

"엇……!"

한명회의 거명을 듣자마자 수양대군은 무릎을 쳤다. 권람과 홍윤성은 숨을 죽였다.

황보석은 황보인의 아들이요, 김승규는 김종서의 아들이었다. 수양대군이 이들을 종사관으로 데리고 명나라에 간다면 그건 분명 인질이나 마찬가지였다. 자식들이 수양대군의 손아귀에 잡혀 있다면 황보인과 김종서가 함부로 행동을 취할 수 없게 되는 것이었다. 한명회의 진가가 또 한 번 드러난 것이었다.

"으핫하하……, 한공. 내 진실로 당대의 장자방을 두었소그려. 하하하."

수양대군은 통쾌하게 웃었다. 그동안에 쌓였던 체증이 쏴악 내려가는 기분이었다. 권람도 웃었고, 홍윤성도 웃었다. 그런데 한명회는 웃지 않고 있다가 홍윤성을 불렀다.

"윤성이는 내 말 잘 듣게."

웃음이 뚝 그치고 긴장감이 돌았다.

"자네, 내일부터 김종서의 집에 들랑거리게."

"아니, 제가요? 저 같은 사람이 무슨 수로 감히 대호의 집에 들랑거릴 수가 있습니까?"

"허어, 훈련원 주부쯤 되었으면 김종서 정도에게는 의지해야 입신양명에 도움이 될 게 아닌가? 김종서에게 가서 아예 충성맹세를 하게."

"……?"

수양대군과 권람은 마른 침을 삼켰다.

"나리를 헐뜯고 다녀도 좋으니까 거기 가서 재주껏 심복이 되게."

"이 사람, 자준이. 그 무슨 망발인가?"

권람은 수양대군의 눈치를 살피며 말리려 했으나 한명회는 들은 척도 하지 않았다.

"나리께서 자네에게 내리신 소임이라 생각하고 처신하게. 나리의 분부는 천명과 같으니 명심하게."

'아니, 뭐 천명?'

홍윤성은 속으로 깜짝 놀라며 어리둥절한 눈으로 수양대군을 쳐다보았다.

"한공의 말이 곧 내 말인 것이네."

수양대군이 이렇게 말하자 홍윤성은 물론이요 권람도 뭐라 뻥끗도 못하고 굳어지고 말았다. 수양대군과 한명회는 끔찍하다 할 만큼 깊은 속내로 이미 교통하고 있었다.

22

이현로

한명회의 장모 허씨가 꽤 오랜만에 한명회의 집에 찾아왔다. 허씨는 집으로 들어서면서 전과는 사뭇 다른 느낌을 받았다. 반가워 뛰어나오는 어린 손녀 손자의 옷이 우선 달라져 있었다. 집안 분위기가 가난에 찌들어 살던 전날과는 너무도 달랐다. 뒤이어 달려 나온 딸 민씨 부인의 모습도 놀랄 만큼 달라져 있었다.

'아니, 영락없이 사대부가의 내당 마님이 아닌가?'

별일이라 생각하고 있는데 방울이가 자랑스럽게 말했다.

"아버님은 수양대군저에 가셔서 안 계시옵니다."

"뭐, 수, 수양대군저라고……?"

허씨 부인은 깜짝 놀라 자기도 모르게 중얼거렸다.

"어머님, 드시지요."

허씨 부인은 어리둥절하며 내당으로 들었다. 세간은 달라진 게 없었으나 여유로워 보였다.

"아니, 한서방이 수양대군저로 갔다니……, 그게 대체 무슨 소리냐?"

"예. 밖에서 하는 일이라 소상히는 모르옵니다만……, 아무튼 송도에서 오시던 날부터……."

민씨 부인은 그동안 있었던 일의 자초지종을 소상히 알려드렸다. 비단, 쌀 등 의식의 용품은 물론 때때로 돈까지 넉넉히 보내주고 있음도 알려드렸다.

"그래, 그 집에서 무엇을 하고 있는지는 모르느냐?"

"예, 그러하옵니다."

"허, 별일도 다 있다만……. 아무튼 살림 형편이 나아져서 다행이다."

그동안 한명회의 무능함을 늘 호되게 꾸짖어온 허씨 부인이었다. 아직도 믿기지 않는 모양이었다.

"방울이는 가서 작은아버지 모셔오너라."

방울이가 일어서려는데 가복 만득이의 전언이 들렸다.

"나리 드시옵니다."

민씨 부인이 황급히 문을 열어 맞이했다. 들어서던 한명회가 허씨 부인을 보자 인사말을 올렸다.

"오랜만에 뵙습니다, 장모님."

그리고 예나 다름없이 엉거주춤하게 절을 하고 또 그렇게 앉았다. 허씨 부인이 대뜸 물었다.

"수양대군저에서 오는 길인가?"

"예, 수양대군저에서 옵니다만……."

허씨 부인은 다시 한번 놀랐다. 수양대군을 입에 담으면서도 전혀 대수롭지 않게 여기는 어투였기 때문이다.

"……?"

"그 댁에 출입은 하고 있습니다만 밥이나 축내 드리고 있는 셈이지요. 맡은 일도 없으니 그저 심심소일이나 하고 있지요."

"심심소일을 하고 있다면 그 댁에서 보내주신 봉물이 좀 과한 게 아닌가?"

"그야……. 제1왕숙쯤 되시니까 적선해주시는 것이겠지요."

"……?"

"난생 처음 지아비 구실을 하는 것 같아서 요즘은 좀 편한 심간(心肝)으로 지내고 있습니다."

허씨 부인은 궁금증이 풀리지 않았으나 더는 물어볼 수가 없었다. 한명회의 어조가 너무 실없는 것 같아서였다.

"아무튼 가장 노릇을 하고 있다니 다행이구먼. 낼모레면 불혹의 나이가 아닌가?"

"저도 그리 여기고 있습니다."

허씨 부인은 한서방과 입씨름 할 일이 줄어든 것만으로도 다행이라 생각했다. 허씨 부인은 옆에 앉은 방울이를 좀 더 가까이 당겨 앉으라면서 화제를 바꾸었다.

"네 나이가 열넷이 맞느냐?"

"예……."

"호호……, 네 혼처가 나왔느니라."

"……!"

방울이는 얼굴이 달아올랐다. 민씨 부인이 당황해하면서 물었다.

"혼처라니요, 어머니?"

"아니, 몰라서 묻느냐? 우리 방울이 시집을 보내자는 게 아니냐?"

"원 어머님도, 아직 어린아이이옵니다."

"그런 소리 마라. 너도 열넷에 출가했다. 방울이가 아주 의젓하지 않느냐? 아무 모자람이 없느니라."

"……."

얼굴이 빨갛게 달아오른 채 고개를 숙이고 있던 방울이가 일어나 방을 나갔다.

"호호호. 부끄러워할 줄도 알고……."

허씨 부인은 느긋하게 웃었으나 민씨 부인은 말이 없는 한명회의 시선을 좇으며 어찌 할 바를 모르고 있었다. 금방 허씨 부인의 명령조 언사가 터져 나올 것이 짐작되기 때문이었다. 이때 한명회가 입을 열었다.

"혼처가 나왔다 하셨는데 어느 집인지는 모르겠습니다만……, 자리만 마땅하다면야 당장이라도 출가를 시켜야지요."

"암, 이르다 뿐인가. 방울이의 혼처는 자네에게는 황송할 만큼 좋은 자리라네."

"좋은 자리라면……? 뉘 집입니까?"

"자네 사돈 될 사람이 홍문관 부수찬이라네."

말이 떨어지기 무섭게 한명회가 천정을 쳐다보며 예의 그 머저리 같은 웃음을 웃기 시작했다.

"헤헤헤……."

"호호호, 자네 그렇게 웃는 걸 보니 아주 마음에 드는 모양이구먼……."

"헤헤헤……. 이게 어디 마음에 들어서 웃는 소리 같습니까? 하도 기가 막혀서 웃는 웃음입니다, 장모님. 헤헤헤……."

"아니, 뭐라고?"

허씨 부인의 얼굴에서 웃음기가 싹 가시더니 노기기 서서히 솟아오르고 있었다. 그런 줄 알면서도 한명회는 과연 기가 막힌 말을 했다.

"홍문관 부수찬 따위가 감히 이 한명회의 사돈이 되겠다고 나선답니까? 제가 어느 모로 보나 부수찬 따위와 사돈할 것 같습니까?"

허씨 부인의 노성이 터지고 말았다.

"이 사람, 말 삼가게. 부수찬 따위라니. 그쪽에서 어디 자네를 보고 혼사하자는 줄 아는가? 어림없는 소리. 자네 조부님 문열공 때문이요, 내가 입이 닳도록 방울이 칭찬을 한 덕분이요, 또 자네 장인어른의 성명聲名 덕분이란 말일세. 아시겠는가?"

"그러시다면야 더욱 안 되지요. 제가 한마디로 말씀 올리겠습니다. 제 자식들의 혼처만은 사돈 될 사람이 당상관쯤 된다 해도 제가 앞뒤를 재보고 결정할 것입니다."

"헛, 당상관이라고? 당상관이 뉘 집 머슴 이름인 줄 아는가?"

"장모님, 그동안 돌보아주신 은혜는 백골난망이옵니다만……, 제 자식들의 혼처만은 제가 알아서 정하겠으니 너그럽게 보아주십시오. 우리 방울이는 부수찬 따위의 며느리로는 보낼 수 없습니다."

"허……."

한명회가 너무나도 당당하게 나오자 허씨 부인은 당혹해 하면서도 놀라는 눈치였다.

“제가 비록 경덕궁직밖에 못한 백두白頭입니다만, 제 자식들의 앞길만은 보살펴줄 작정입니다.”

“자네, 고집부리지 말게. 자네 장인어른께서도 좋다고 한 자리일세.”

“저는 이미 다 말씀드렸습니다. 방울이 혼사는 없었던 일로 해주십시오.”

“허, 이 사람…….”

“저는 이만 물러갑니다.”

한명회는 일어나 방을 나갔다.

“쯧쯧…….”

허씨 부인은 혀를 차고만 있었다.

“어머니, 아직 서둘 때가 아니질 않습니까?”

“나 참, 수양저에 드나든다고 저 유세란 말이냐? 정승 집에 드나들면 난리 나겠구나.”

“어머니도 참…….”

“말이야 바른 말이지, 너희 형편에 그만한 혼처가 어디 나오겠느냐?”

“하오나 저렇게 펄펄 뛰니 어찌합니까?”

“굴러들어온 호박덩이를 걷어차다니……. 고집을 부려도 유분수…… 쯧쯧.”

홍문관 부수찬 댁과 혼인이 이루어진다면 사위에게 큰 힘이 되리라 믿어 몸소 뛰어다닌 허씨 부인은 사위가 야속하기 짝이 없었다. 이렇게 무참히 거절당하리라고는 짐작도 못한 일이었다. 사위의 거들먹거림에 허씨 부인은 몹시 비위가 상하고 말았다.

"저녁에라도 다시 한번 의논해보아라. 아무래도 너무 아깝다."

그래도 딸을 생각하면서 허씨 부인은 미련을 버리지 못하고 있었다.

사랑으로 건너온 한명회는 방바닥에 벌렁 드러누워 천장을 보며 코웃음을 쳤다.

"흐응……. 이거야 원. 두고 보라지. 곧 알게 될 테니……."

한명회는 휘황찬란한 광명천지가 오래지 않아 다가오고 있음을 확신하고 있었다. 수양대군을 휘어잡은 지금 서광은 이미 비춰오고 있었다.

한명회의 가슴팍을 뒤흔드는 심장의 고동을 수양대군도 아직 감지하지 못하고 있는데, 다른 사람들이, 더구나 소견 좁은 부인네들이 어찌 짐작이나 할 수 있을 것인가.

'헤헤……. 장모님이사 깜깜할 수밖에……. 내가 너무 했나? 헤헤……'

한명회는 공연히 방바닥을 한 번 굴러보았다.

퇴궐을 서두른 권람이 수양대군을 찾았다. 아무래도 이현로에 대한 조처가 시급할 것 같아서였다. 수양대군을 만나자 권람은 대뜸 이현로의 이야기를 꺼냈다.

"모두가 이현로의 무례와 오만함 때문에 생기는 일이라 하옵는데, 이대로 그냥 놓아둘 수는 없는 일이 아니옵니까?"

"나도 들은 바가 있네. 지난번 상충이의 일만 없었으면 혼쭐을 내주었을 것인데, 안평이 찾아온 체면도 있고 해서……."

이현로는 세종 20년(1438) 식년 문과에 급제하여 집현전 교리가 되었다. 그런데 관직에 나온 이후 부정한 일을 자주 저지르다 세종 31년(1449) 순창으로 유배를 가게 되었다. 그는 순창 유배 중에 또 전죄가 드러나 극형에 처해야 한다는 탄핵을 받았다. 그러나 원종공신인 아버지 이광후李光後의 덕택으로 극형은 면하고 유배지만 옮겨 다녔다.

그 후 복직이 되어 문종 대에는 승문원 교리 등을 지냈다. 그는 시서화와 복서, 풍수, 무예 등에 장기가 있어 안평대군과 교분을 쌓았으며, 단종 대에는 안평대군의 일급 참모가 되어 수양대군의 세력 팽창을 저지하는 데 막후활동을 하고 있었다.

"……?"

"그래서 망설이고 있네."

"나리. 안평대군과의 우애를 해치지 않으려는 뜻은 알고 있사옵니다만, 사실은 이현로 같은 자를 안평대군에게서 떼어내 버리는 것이 안평대군을 위하는 일일 것이옵니다."

"……!"

"이현로 같은 자의 농간이라면 안평대군의 심기는 흐려지고 말 것입니다."

"……."

수양대군은 고개를 끄덕일 뿐 어찌하겠다는 말은 없었다. 권람은 다그쳐보기로 했다.

"나리. 황보석과 김승규를 종사관으로 삼는다는 발표를 하셔야 할 게 아닙니까? 또 영상과 우상이 이를 받아들일지 아직은 잘 모르지 않습니까? 그 일의 확실한 성사를 위해서라도 이현로를 엄하게 다스려야 할 것이옵니다."

"음……."

"이현로 같은 놈은 안평대군의 수하가 아니었다면 벌써 중벌을 받았을 것입니다. 앞으로의 일을 위해서도 곧 한 번은 엄중한 조처가 있어야 할 것이옵니다."

"의금부에 넘기는 게 어떻겠소?"

"아니 되옵니다. 영상과 우상이 안평대군 편인데 안평대군의 수하를 무슨 수로 처벌하겠습니까?"

"음……."

"나리께서 친히 다스려야 할 것으로 아옵니다만……."

"알겠네. 그래야 할 것 같군."

"미뤄서는 아니 되옵니다."

"알았소."

수양대군은 좀 걱정스러웠다. 그래서 마음도 좀 우울했다. 부사 이사철, 서장관 신숙주가 확정은 되었으나 종사관 황보석과 김승규의 일은 아직 미정이었다.

수양대군이 석 달 남짓 도성을 비우는 사이 안평대군을 섭정으로 추대하려는 움직임이 있을 수도 있었다. 그 일을 사전에 봉쇄하기 위해서는 두 사람을 종사관으로 반드시 데려가야만 했다.

이 두 사람의 종사관 지명을 언제 발표하느냐 하는 것도 문제였고, 또 두 사람을 보내지 않겠다고 영상과 우상이 반발할 수도 있는 일이었다.

바로 이러한 때에 권람이 이현로의 문제를 들고 나왔고 또 처벌을 독촉하고 있다는 것은 의미심장한 일이 아닐 수 없었다.

'틀림없어. 한명회가 권람을 시켜 독촉하는 게야. 저놈들이 움찔 놀라서 기가 팍 꺾이도록 본때를 보여주라는 뜻이 틀림없구먼.'

수양대군은 마음을 굳혔다. 될 수 있으면 공개 자리에 여러 사람이 보는 데서 이현로를 매질할 작정이었다. 다행히 그러기에 좋은 날이 금방 다가왔다.

승하한 대행대왕(문종)의 산릉역사山陵役事를 살펴보는 날이 왔다. 이날 역사장役事場 시찰에 나선 사람은 수양대군, 안평대군, 황보인, 김종서, 강맹경이었다. 수양대군은 얼운이와 유수도 종자들과 함께 데리고 갔다.

조정 중신들과 제1, 제2왕숙이 참여했으므로 임금 단종은 내시 엄자치 등을 시켜 선온宣醞(임금이 신하에게 내리는 술)을 내렸다. 물론 이들에게만 내린 것이 아니라 산역에 동원된 병사, 역부들에게도 푸짐한 술과 고기 안주를 내렸다.

천고마비의 청랑晴朗한 가을날이었다. 가까이 모여 앉아 모두들 흔쾌히 마시고 기분 좋게 취했다.

이 자리에는 이현로도 미리 나와 있었다. 그가 산릉도감장무山陵都監掌務라는 임시 직책을 맡고 있었기 때문이다. 그가 풍수에도 조예가 깊다 하여 맡은 직책이었다.

수양대군은 이현로의 동태를 예의주시하고 있었다. 그러나 그런 기미를 알아채지 못한 이현로는 안평대군, 황보인, 김종서 등에게 가까이 다가가 낯간지러울 만큼 아첨을 떨고 있었다. 그러면서 수양대군에게는 눈에 뜨일 만큼 거만한 태도로 대하며 방자한 행티를 보였다.

산릉역사의 이모저모를 설명하면서도 수양대군의 의견을 무시하려는 기미를 보였다.

"저 자의 소행이 너무 무례하지 않습니까?"

강맹경이 수양대군에게 다가와 속삭였다. 수양대군은 말없이 어금니를 악물고 분을 삭이고 있었다.

"형님, 이제 그만 하산하십시다."

안평대군이 다가왔다.

"응, 그러세."

수양대군은 앞장서 걸었다. 조금 떨어져 안평대군이 따랐다. 이현로가 안평대군의 곁에 붙어서 걸으며 쉬지 않고 소곤거리고 있었다. 이현로의 거의 추태에 가까운 꼴을 보며 김종서는 눈살을 찌푸렸다.

이들이 산 아래에 이르자 기다리고 있던 종자들 중에서 얼운이와 유수가 수양대군 곁으로 다가왔다. 수양대군이 돌아서 안평대군을 불렀다.

"이보게, 안평."

"예, 형님."

"내 저놈의 버릇을 좀 고쳐줘야겠네."

수양대군이 이현로를 가리키며 날카롭게 말하자 안평대군이 놀라 안색이 변했다.

"네 이놈, 당장 내 앞에 와 꿇지 못하느냐?"

"……?"

"형님, 갑자기 왜 이러십니까?"

"두고 보면 알 것이야. 당장 꿇지 못하겠느냐?"

수양대군의 목소리는 더욱 커져 산이 울릴 지경이었다. 김종서도 놀랐다. 수양대군은 얼운이와 유수에게 일렀다.

"너희들 가서 채찍을 가져오너라."

두 사람은 금방 숲속으로 사라졌다. 김종서가 수양대군 곁으로 다가왔다.

"나리, 대행대왕의 산릉을 돌아보고 오는 길이옵니다. 관원을 매로 다스릴 자리가 아닌 줄 아옵니다."

"대감. 저놈은 허울만 관원이오. 나는 저놈을 관원으로 보지 않습니다. 또 이는 왕실에서 해야 할 일입니다."

수양대군은 김종서에게 낮은 소리로 진중하게 말하고 이현로에게 다시 엄명했다.

"이놈, 당장 꿇으렷다."

이현로는 하는 수 없이 수양대군 앞으로 걸어와 무릎을 꿇고 앉았다. 그때 얼운이와 유수가 채찍을 마련해 들고 왔다. 안평대군이 황급히 수양대군 곁으로 다가왔다.

"형님, 무슨 일인지 모르오나 여기는 여러 사람이 보고 있으니……."

"곧 알게 될 것이네. 여봐라. 저놈을 매우 쳐라."

얼운이와 유수는 꿇어앉은 이현로의 어깻죽지와 등덜미에 세차게 연달아 채찍을 후려쳤다. 비명을 지를 사이도 없었다. 사모가 나뒹굴고 흰 상복은 금방 핏빛으로 물들어갔다. 두 사람은 다 힘이 장사였다. 그들의 매질은 잔인하게 이어졌다. 까딱하다가는 살아남기 어려울 판이었다.

황보인과 김종서는 차마 바로 볼 수가 없어 외면하고 있었다. 그만큼 잔인한 매질이었다.

"형님, 참으세요. 절 봐서라도 제발 참으세요, 형님."

안평대군은 애원했다. 목소리는 떨리고 기어들고 있었다.

"그만 멈춰라."

얼운이와 유수가 물러나자 이현로는 숨을 몰아쉬며 신음을 토하고 있었다.

"너 이놈, 내 말 잘 들어라. 안평대군에게 아부하면서 네가 감히 왕실의 화복을 논했으니 그 죄가 하나이니라."

수양대군은 이현로를 일찍부터 극도로 혐오하고 있었다. 그것은 수양이 왕위를 노리고 있다는 것을 이현로가 정확히 알고 있고, 이런 정황을 파악한 수양으로서는 이현로를 가만둘 수가 없기 때문이었다. 이현로는 늘 입버릇처럼 자신의 풍수 이론을 말하고 다녔다.

궁을 백악산 뒤에 짓지 않고 앞에 지었기 때문에 정용正龍(종손)은 쇠하고, 방용傍龍(지손)이 흥한다는 것이었다. 태종과 세종이 모두 방용이라서 왕으로 흥했고, 문종은 정용이라서 일찍 죽었다는 것이다.

문종이 죽었을 때 이현로는 지관과 함께 문종의 능 자리를 찾으면서 백악산 뒤에 궁을 지어야 한다고 주장했었다.

"백악산 뒤에 궁궐을 짓지 않으면 앞으로도 정용은 쇠퇴하고 방용이 흥성할 것이다."

지금의 주상도 정용이니 오래가지 못한다는 것이었다. 이런 엄청난 주장을 수양대군 앞에서도 꺼냈을 정도였으니, 그가 올바른 정신을 가진 사람인지 알 수 없어 고개를 갸우뚱하는 사람도 많았다.

수양대군이 이현로에게 매질하는 사유를 적시하는 말을 듣고서야 황보인과 김종서는 몸을 돌려 수양대군을 바라보았다. 안평대군은 송구한 듯 몸을 구부리고 이현로의 몰골만 애처롭게 바라보고 있었다.

"함부로 주둥이를 놀려 우리 골육 사이를 이간질했으니, 그 죄가 둘이니라."

"……."

"네 죄가 이쯤 되었다면 당장 죽여도 할 말이 없으리라. 전에 대행대왕께서 네가 사람을 현혹시키는 것을 아시고 중벌을 내리고자 하셨을 때 내가 만류하여 너를 구해준 일이 있었는데, 그것이 내 사은私恩이 아니었듯이, 오늘 내가 너를 매질로 다스린 것 역시 사원私怨이 아님을 알아야 할 것이니라."

"……."

수양대군의 우렁우렁한 소리가 가을 숲에 울려 퍼졌다. 서 있는 사람들의 가슴 속이 찌릿했다.

"비록 소관小官일지라도 조사朝士(조정에서 벼슬하는 신하)는 욕보이지 못하는 법이지만, 그러나 너는 조사가 아니라 안평의 주구이니라. 그래서 채찍을 드는 것이니라. 이제 알겠느냐?"

"나으리, 살려주십시오. 제발 목숨만은 살려주십시오."

이현로가 손 모아 빌며 애원했다.

"여 봐라. 저놈을 다시 쳐라."

얼운과 유수는 신바람이 나서 매질을 했다. 이현로는 견디기 어려워 비명을 지르며 피투성이가 되어 땅바닥에 나뒹굴었다. 수양대군은 여러 차례 더 매질을 하게 한 다음에야 그치게 했다.

"꼴도 보기 싫다. 끌고 가거라."

보고 있던 병사들이 끌고 갔다. 수양대군은 돌아서 뒷짐을 지고 먼 곳을 바라보며 독백처럼 안평대군에게 일렀다.

"내가 이현로를 매질한 것은 자네를 소중하게 여기기 때문일세. 사람들이 이현로를 뭐라고 하는 줄 아는가?"

"……."

"연옹지치吮癰舐痔라고 한다네. 자네 종기라도 빨고 치질이라도 핥아줄 만큼 간교한 놈이란 것이야. 저놈을 내버려두었다가는 우리 형제간 우애가 탈이 나고 말 것이네. 사람을 두는 것도 제발 잘 골라서 두도록 하게."

말을 마친 수양대군은 성큼성큼 걸어서 사람들이 모여 있는 곳으로 갔다. 거기 맨 앞쪽에 김종서가 언짢은 표정으로 서 있었다.

"우상대감께서는 마음에 두지 마십시오."

"……."

김종서는 말없이 입을 다물고 평상시와는 다른 눈초리로 수양대군을 쳐다보았다. 이현로는 한명회 같은 궁지기가 아니라 정5품 사직司直인 녹관祿官(정식으로 녹봉을 받는 관리)으로, 당시 산릉도감의 일도 맡고 있는 어엿한 조사朝士였다. 정사 관여가 금지된 종친이 조사를 때린 것은 조선 개국 이래 초유의 사건이었다. 수양대군은 대답을 기다리지 않고 돌아섰다.

"후우……."

김종서는 긴 한숨을 내쉬었다. 이건 분명 도전이었다. 영상과 우상이 보는 앞에서 일부러 안평대군의 심복을 심하게 매질한 것은 자신들에게 매를 든 것이 분명하다고 여겼다.

다음 날 궐 내외에서 다 같이 말썽이 일었다.

"제1왕숙인 수양대군이 조사에게 사형私刑을 가했소. 이건 국법 위반이오. 그것도 산릉역사를 살피는 자리에서 술에 취해서 그랬답니다."

"허어, 수양대군이 주정을 했다고? 대군이 주사를 부렸단 말이오?"

현장을 보지 않은 사람들은 억측을 했고 소문은 부풀려져 돌았다. 이런 소문은 수양대군이라면 이를 가는 혜빈 양씨에게도 전해졌다.

혜빈 양씨는 단종과 단독으로 만날 때 이 소문을 단종에게 전하며 수양대군에게 중벌을 내리도록 건의했다. 단종은 처음에는 믿으려 하지 않았으나 여러 번의 건의에 마음이 흔들렸다.

"조사를 매질로 다스리다니요. 더구나 술에 취해서요. 이 나라가 어디 대군의 나라입니까? 전하의 나라임을 명심하시옵소서. 수양대군에게는 마땅히 중벌을 내리시어 왕도의 지엄함을 친히 보이셔야 하옵니다. 이 같은 일을 지금 바로잡지 않으면 장차 무슨 망극한 일이 벌어질지 알 수 없사옵니다."

마침 단종에게 다시 불려왔을 때 혜빈 양씨는 다시 한번 수양대군 처벌을 재촉했다.

"……."

"전하의 위엄을 보이셔야 할 것이옵니다. 지체할 일이 아니옵니다."

"알았어요."

단종은 혜빈의 뜻에 따라 수양대군 입시를 명했다.

"혜빈께서는 나가지 마시고 그냥 앉아 계세요."

단종은 아무래도 마음이 불안한 모양이었다.

"예, 심려 마시옵소서."

집현전에 입시해 있던 수양대군이 곧 들어왔다.

"전하, 찾아계시옵니까?"

단종은 혜빈 양씨를 힐끗 한번 쳐다보고 말했다.
"숙부께서 이현로에게 매질을 했다는 게 사실입니까?"
"예, 사실이옵니다."
수양대군은 어조를 낮추어 공손히 대답했다.
"그때 술에 취해 있었습니까?"
"취하지는 않았사오나 취기가 조금은 있었사옵니다."
"아무리 종친이라 해도 조사를 벌줄 수는 없다 하던데요. 더구나 술에 취해서 그랬다니요……."
"……."
수양대군은 단종의 됨됨이를 좀 가늠해보고 싶은 생각이 들었다. 어렸을 때 세종대왕의 품에 안겨 왕명을 내리는 광경을 수도 없이 보아왔다. 세자의 자리에도 얼마 동안 있어 보았기에 자신의 지위를 어느 정도는 터득했을 것이다. 그리고 지금은 임금 자리에 있는 것이다.
"왜 잠자코 계시는지요? 그것이 법도에 어긋난 것임을 숙부께서도 잘 아시지 않습니까?"
수양대군은 단종이 비록 유충하다 하나 만만치가 않다는 생각이 들었다. 제법 조리가 있고 야멸친 어조에는 확실히 위엄도 배어 있었다. 분명 훌륭한 왕재라는 생각이 들었다. 세월 지나 적령기에 이르면 태종이나 세종 못지않은 명군이 될 것이라는 확신이 들었다.
명군이 되기까지 긴 세월이 걸리지 않을 것이라는 예상과 함께 수양대군은 정신이 바짝 들었다.
"전하, 조사도 조사 나름이옵니다. 이현로가 조사라 하나 그 자는 매우 간사할 뿐만 아니라 공덕이 없는 자임을 세상이 다 알고 있사옵니다. 그렇더라도 신이 어찌 사감으로 매질을 했겠사옵니까?"

"공이 없어도 조사는 조사지요. 종친이 함부로 조사를 다스릴 수는 없는 일이 아닌지요? 더구나 술에 취해서……."

"전하."

수양대군은 단종의 말을 가로막았다. 잘못하다가는 당하고 말 것 같은 생각도 들었고 옆에서 보고 있는 혜빈 양씨에 대한 자존심도 있어서였다.

"이현로는 안평의 가복家僕에 불과하옵니다. 선왕 때에도 사술詐術로 민심을 현혹하여 죄를 얻었사온데, 방자하게도 왕실의 화복과 성쇠를 함부로 논하며 발설하는 자이옵니다. 그뿐이 아니옵니다. 안평의 생일날에는 자신의 이름으로 제 마음에 드는 환관과 조사들을 30여 명이나 사사로이 담담정에 초대했사옵니다. 생각하옵건대 환관들이 종실과 교제를 맺는 것이 무슨 일이오며, 조사들이 종실을 만나보는 것은 또 무슨 뜻이옵니까? 이 30여 명이 모두 안평의 예하隸下가 되었으니 이들은 다 이현로가 부른 것입니다. 이현로가 안평에 붙어서 항상 마필을 숨기고 몰래 가서 보니, 혹 나라에 분란을 일으켜 안평으로 하여금 그물에 걸리게 할까 심히 두렵사옵니다. 그 죄를 드러내어 처벌코자 하면 안평이 책망을 받을 것이오며, 그대로 두면 이 또한 잘못이므로, 신이 밤낮으로 고민한 것이 여러 날이옵니다. 신이 차라리 삼가지 못한 꾸중을 들을지언정, 모름지기 조정의 해악을 제거해야 하겠으므로, 들 가운데로 끌어내 죄를 꾸짖어 나무랐사옵니다. 다만 아우의 허물을 드러내지 않고, 가만히 그 병인病因을 다스려 종사를 편안히 하고자 한 것이옵니다. 신이 어찌 감히 조사를 경멸하겠사옵니까? 신이 깊이 생각한 끝에 더 이상 방치할 수 없사와 이현로의 버릇을 고친 것이오니 통촉하시옵소서."

수양대군은 안평대군이 환관과 조사들을 만나고 예하로 만들었다고 비난했지만, 정작 자신은 조사는 물론 한명회를 비롯한 무뢰배들을 끌어들여 기르고 있는 상황이었다.

"……!"

"전하, 종친이 정사에 관여하지 못하는 것이야 세상이 다 아는 일이온데, 신이 어찌 그것을 모르겠사옵니까? 하오나 지금은 다르옵니다. 전하의 보령이 아직은 유충하시오니 대소 정사를 중신들의 손에만 맡겨둘 수 없사옵니다. 외람되오나 신이 왕숙의 처지인지라 전하의 손이 미치지 못하는 곳이 있다면 그곳을 찾아내어 전하께 누가 되지 않도록 보익補益하는 것이 신의 소임이옵니다. 또한 그것이 이 나라의 종사를 위하는 길이오니 통촉하시옵소서. 그러므로 신이 이현로의 무엄 방자함을 다스린 것은 결코 사원私怨이 아니옵니다. 이 점 또한 유념하여 주시옵소서."

"……."

단종은 할 말이 없어졌다. 하릴없어 혜빈 양씨의 눈치를 살폈으나 혜빈이야 뭐라 할 수 있겠는가.

"전하, 신은 전에 말씀 올렸던 바와 같이 왕숙이 해야 할 일, 신하가 해야 할 일, 어느 한쪽도 소홀히 하지 않을 각오이옵니다. 신을 믿어주시옵소서."

"예, 고맙소. 숙부."

단종은 수양대군의 진언을 충절로 여겼다. 이야기를 듣고 보니 달리 생각할 수도 없었다.

편전을 물러 나온 수양대군은 승정원으로 향했다. 승정원에 들어가서 이현로의 사건이 왜 일어났는지 설명하고 다시는 그런 자가 나타나서는 안 된다는 점을 강조하고, 유충하신 전하를 더 잘 보익해줄 것을 부탁하고 돌아왔다.

이현로의 일이 이렇게 되자 대간臺諫들이 나섰다. 이현로의 고신告身을 거두는 것이 마땅하다는 상소들을 올렸다. 일이 이렇게 되자 조정에서는 수양대군에게 의향을 물어왔다.

"허어, 그 일이야 조정에서 처결할 일이 아닙니까?"

사실 수양대군은 이현로의 고신 회수 여부에는 관심이 없었다. 이현로를 매질한 목적은 따로 있었기 때문이다. 안평대군의 기를 꺾고, 황보인과 김종서를 경악시키는 것이었다.

23

전별

방으로 들어오는 한명회를 보며 수양대군이 싱긋 웃고 있었다. 전에 없던 일이었다.

"나리, 심기가 아주 좋아 보이십니다."

"하하, 그렇게 보이오?"

수양대군이 너털웃음으로 대꾸하자 한명회도 따라 웃었다.

"헤헤, 나리의 담력을 짐작은 하고 있었습니다만……, 이번에 아주 경탄했사옵니다."

"아니, 그게 무슨 소리요?"

"영상과 우상이 지켜보는 데서 이현로를 아주 작살을 내셨다면서요? 시생은 그 소식을 전해 듣고 어찌나 놀랐던지……."

"허어, 능청 떨지 마시오, 한공. 한공이 시키지 않고서야 내 어찌 그런 만용까지 부렸겠소? 허나 그 덕에 심기는 한결 편해졌소. 허허."

"시생이 시키다니요? 무슨 말씀이신지, 시생은 전혀……."

한명회는 짐짓 시치미를 떼어봤다.

"허어, 한공. 이젠 나도 한공의 마음을 좀 읽을 줄 알아요. 권교리를 통해서 이현로의 일을 다급하게 몰아친 건 다 속셈이 있었던 게 아니오?"

"헤헤. 제가 졌사옵니다, 나리."

"하하하……."

"헤헤헤……."

"나리, 지금 시생이 어딜 다녀오는지 아시겠습니까?"

"어딜?"

"문병을 다녀오는 길이옵니다."

"아니 누가 편찮으신가?"

"이현로가 편찮아서 문병을 다녀왔습니다."

"엥? 아는 사이란 말이오?"

수양대군은 깜짝 놀랐다.

"예, 안면이 있지요. 선연만 인연이 아니요 악연도 인연이라 했사옵니다. 그리고 상처를 입혔으면 상처를 보살펴주는 것도 사람의 도리일 것이옵니다."

"허어, 듣고 보니 맞는 말 같소. 그래, 그놈이 뉘우치는 기색이 있던가요?"

"대사를 도모하다 당한 일인데 뭐 부끄러울 게 있느냐고 하였사옵니다."

"저런 죽일 놈이 있나?"

"소인을 보고 안평대군에게 가보자고 했습지요."

"허어……."

"이현로는 범상한 놈이 아니옵니다. 늘 유념하셔야 하옵니다."

"음……. 그놈이 한공의 거취를 알고 있소?"

"아직은 모르고 있사오나 언젠가는 알게 되겠지요."

"음……. 그럴 테지……. 참, 한공."

"예, 나리."

"김승규, 황보석 일은 내일이라도 거론하면 될 것이나, 꺼림칙한 일이 아직 하나 남아 있소."

"무슨 일이시온지……?"

"병판의 일인데 말이오, 민신 그놈이 이번에 보니 김종서의 졸개가 아니겠소? 의정부를 저놈들이 차지하고 있는데 그들의 졸개가 병권을 쥐고 있으면 무슨 일이 벌어질지 알 수 없지 않소?"

"하오면 민신을 병판 자리에서 밀어내고 싶으시다 그 말씀이시옵니까?"

"그런 셈이지……."

난국에 병권의 장악은 핵심 사안이었다. 이 일은 실은 한명회가 이미 생각하고 있던 일이었다. 그러므로 민신에게서 병권을 빼앗을 궁리를 한명회는 이미 마치고 있었다.

옥좌에 관심이 없는 자들이라면 누가 병권을 가지고 있든 임금과 나라를 잘 지켜내면 그만이지만, 수양대군과 한명회의 처지로는 그것은 전혀 용납되지 않았다. 수양대군과 한명회에게는 지금의 조정 실세는 결코 동행할 수 없는 숙적인 셈이었다.

그래서 불안한 시기의 병권은 반드시 민신에게서 빼앗아 자기편에게 옮겨놓아야만 했다.

"헤헤. 그거야 아주 쉬운 일이옵니다, 나리."

"아주 쉬운 일이라고?"

"예, 나리. 김종서는 우상이지만 누구 못지않은 무장입니다. 이럴 때는 온건한 문관으로 병판을 삼는 것이 안전할 것이옵니다. 나리와 가까운 사람이라면 더욱 좋겠지요."

"온건한 문관이라……?"

"예를 든다면 정인지 같은 사람이 좋지요. 비록 무장은 아니어도 병법에도 조예가 깊지 않사옵니까?"

"그 사람이면 괜찮지요. 나와 가까운 사람은 아니지만……."

"이제부터 끌어들이면 되옵니다. 언젠가 정인지, 신숙주가 내 사람이면 좋겠다고 말씀하시지 않으셨사옵니까?"

"정인지라……."

"예, 정인지는 김종서, 황보인과는 그 기질이 판이하게 다릅니다. 그리고 김종서, 황보인이 정인지를 경원시하기 때문에 정인지 또한 그들에게 내심 반감을 가지고 있을 것이 분명합니다. 지금 조정에서 능력에 비해 가장 대접을 못 받는 사람이 바로 정인지일 것입니다. 그러니 실은 불만이 많을 것이옵니다."

"음……."

"그러니까 정인지에게 병판을 맡기면 아무런 말썽이 없을 것이옵니다."

"음, 한공의 말이 옳은 것 같소. 헌데 민신을 몰아내고 정인지를 병판에 앉히려면 무슨 명분이 있어야 할 게 아니오?"

"그렇습지요. 그런데 명분은 이미 드러나 있사옵니다."

"명분이 드러나 있다?"

"예, 조정의 중신이 사신으로 가게 되면 한직으로 옮겨 앉는 것이 도리겠지요?"

"그게 관행이기도 했지."

"그러니 이조판서 이사철이 사은부사니까 자연스럽게 공조판서로 옮겨도 되지 않겠습니까?"

"허허, 과연 그렇소."

"그럼 병조판서 민신을 이조판서로 옮겨도 되겠지요?"

"그야 승진인 셈이니까……, 좋아하면 했지 반대할 리는 없지."

"그럼 공판인 정인지가 갈 자리는 빤하지 않사옵니까?"

"아하, 그렇구먼. 한공, 그 계책이 정말 귀신이 곡할 노릇이오."

수양대군은 벌린 입을 다물 수가 없었다. 일을 한명회의 말대로 처리한다면 아무런 무리 없이 정인지가 병판이 되는 것이었다.

정인지가 병판이 되면 김종서 등의 말에 호락호락 따르지 않을 것이고, 그렇게 되면 김종서 등이 함부로 무슨 일을 저지르지 못할 것이었다.

수양대군 쪽의 이런 의도로 김종서 쪽의 손발이 묶이게 된다는 사실을 사람들이 또한 아무도 의심하지 않을 테니, 참으로 귀신 곡할 노릇이 아니겠는가?

"귀신 곡할 노릇은 아니옵고 그저 흔해 빠진 계책의 하나일 뿐이옵니다."

"그런 계책을 생각해내고 흔해 빠진 계책이라니……?"

"계책이란 것을 새로 생각해내면 무리가 따르옵니다. 계책이란 세상사 가운데 다 있는 것이옵니다. 그것을 차분히 들여다보면 보이게 되옵니다."

"……!"

"나리께서도 세상사를 대범하게 바라보시기만 하시면 되옵니다. 그러면 보이게 되옵니다."

"……?"

"보이면 그 길을 가시면 되시옵니다. 그것이 대도입지요."

수양대군은 최면에 걸린 듯 눈앞이 확 트여 보였고, 환한 탄탄대로가 자기 앞에 쭉 뻗어 있는 것으로 보였다.

다음 날 수양대군은 부사로 정해진 이조판서 이사철과 함께 빈청을 찾았다. 황보인과 김종서 두 사람이 정무를 보고 있었다.

"두 분 대감께서 애써주신 덕택에 사은사의 진용이 편성되었고 이제 떠나는 일만 남았습니다."

"종사의 일인데 정승들의 덕택이랄 수야 없지요."

황보인이 웃음 지어 대꾸했다.

"병판과 우찬성이 부사의 자리를 거절했을 때는 사실 앞이 캄캄했습니다만, 다행히 이판이 쾌락하셔서 마음을 놓을 수 있었습니다."

수양대군은 일부러 민신과 허후를 끄집어냈다.

"그것이 꼭 거절은 아닐 것입니다. 민신은 병도 들어 있고 허후는 실록 편찬을 맡고 있지 않습니까?"

김종서의 말이었다.

"허허……. 이제 그 일은 잊도록 하겠습니다. 부족한 제가 사은정사의 자리에 있으나, 부사에 이사철, 서장관에 신숙주이니 사은사의 일은 무난히 수행할 수 있을 것입니다."

"아주 훌륭한 진용이지요. 명나라 조정에서도 크게 환대할 것입니다."

황보인의 좀 과분한 찬사였다. 수양대군과의 대면을 빨리 끝내고 싶다는 내심의 표현이기도 했다.

그러나 수양대군은 매우 환한 웃음을 지으며 두 정승이 놀라 자빠질 만큼 엄청난 제안을 했다.

"종사관 두 사람은 황보석과 김승규로 정할까 합니다."

"……?"

"……?"

황보인과 김종서는 순간 입이 벌어지고 눈이 커지며 서로를 마주보았다. 잠시 아찔했다.

"젊은 시절 견문을 넓힐 좋은 기회라고 생각합니다. 여기 이판과 신숙주가 동행하니 배울 점도 많을 것입니다. 또한 제가 책임지고 보살펴드리겠습니다. 민신과 허후의 경우를 따르지는 않을 것으로 여기며 감히 앙청仰請하는 바입니다."

"……!"

"……!"

"따지고 보면 이번 사은사로는 우상대감께서 가실 차례인데, 대감의 자제분이 왔다면 명나라에서도 매우 기뻐할 것으로 사료됩니다."

거절할 명분도 없었고 거절할 체면도 아니었다.

"나리의 은혜가 계신다면야 우리가 오히려 감사를 드려야 할 일이옵니다."

천하의 김종서가 자식들을 볼모로 쓰고자 하는 의도를 모를 리 없지만 그렇다고 이런 따위 일에 몸을 사릴 소인은 물론 아니었다.

"허허, 참으로 고맙소이다. 그리고 또 한 가지 청이 있는데……."

"또 청이시라면?"

또 무슨 계략을 쓰려는가 하여 두 사람은 더욱 심란해졌다.

"별일이 아니고 여기 있는 부사의 일입니다만……."

"……?"

"이조판서라는 막중한 지위로서야 조정을 떠날 수가 없지 않겠습니까? 전례를 보아도 사은사로 나가 있는 동안에는 한직으로 옮겨두곤 했습니다만……, 공판 정도로 옮겨주셨으면 합니다. 지나친 한직이라면 저를 돕고 계시는데 결례가 될 것도 같아서요."

"……."

"이 사람이야 사은사로 다녀오면 그것으로 그만입니다만……. 이판 자리에는 아무래도 민신이 마땅할 것 같은데, 대감들께서 잘 조처하실 줄 믿습니다. 참, 그렇게 되면 병판 자리를 정인지가 맡으면 여합부절이 아니겠습니까? 허허."

수양대군은 하고픈 말을 그럴듯하게 꾸며 일사천리로 해치웠다. 이 또한 일종의 강요였다.

김종서는 매우 거슬리긴 했으나 해당 판서 자리를 달리 바꿔볼 생각은 하지 않았다. 수양대군이 부탁한 자리바꿈이 가장 자연스러운 이동이 될 것 같기 때문이었다.

1452년(단종 즉위년) 10월 1일, 이사철을 공조판서, 민신을 이조판서, 정인지를 병조판서에 제수한다는 임금의 교지가 내렸다. 이제 사은사의 일은 수양대군 쪽의 뜻대로 다 결정되었다.

사은 삼사를 호위하며 수행할 반당伴倘(수행무관)은 주로 내금위에서 차출했는데 홍윤성과 권람이 수양대군의 뜻에 따라 의향을 물어보고 선별해 뽑은 뛰어난 무관들이었다. 강곤康袞, 홍순로洪純老, 민발閔發, 곽연성郭連城 등이 이때 수양대군과 인연을 맺었다. 수양대군은 이들 수행 무관들에게도 특별한 관심을 보이며 후대를 해서 그들의 마음을 사로잡았다.

이제 진용을 꾸려서 떠나는 일만 남아 있게 되었다.

권람, 한명회가 수양저를 찾았다.

"헤헤……, 이제 나리께서는 마음 푹 놓으시고 다녀오시기만 하시면 되옵니다. 헤헤."

한명회가 예의 그 헤벌쭉 웃음을 터뜨리며 기뻐했다.

"허허, 요사이는 한공이 바로 영의정이오. 조정대사가 다 한공 마음대로니 말이오."

"헤헤헤……."

"하하하……."

"허허허……."

세 사람의 가가대소로 방문이 흔들릴 지경이었다. 웃음이 잦아들자 권람이 걱정스러운 듯 말했다.

"안평대군의 형세가 날로 심상치 않습니다. 지금 나리께서 떠나시면 내년 2월이나 되어야 돌아오실 텐데, 그동안 안평대군이 크게 망동

하여 일어서면 어찌하옵니까?"

그러나 수양대군은 일소에 부쳤다.

"그까짓 안평쯤은 문제될 게 아무것도 없소. 황보인, 김종서도 큰 일을 할 위인이 못되는데, 안평 같은 위인이 그간에 무슨 일을 꾸미겠소? 염려 놓으시오."

"하오나 안평대군을 그렇게 가벼이 보셔서는 아니 되옵니다."

"허허, 대단찮은 위인이라는데 여전히 그러시오? 내가 바로 내 아우의 속을 모를까 봐서 그러오? 솔직히 말하면 저들을 밀어낼 구실과 명분을 만드느라 안평이니 김종서니 황보인이니 하는 것이지, 저들은 실제로는 아무 일도 못할 위인들이니 걱정 마시오. 내가 내년 2월 안으로는 올 테니 그대들은 국내에서 민심의 동향이나 잘 살피시오."

"예에……."

권람이 고개를 끄덕이며 수긍했다. 그러는 사이 두 사람의 대화를 들으며 한명회는 빙그레 웃고만 있었다.

사실 수양대군은 김종서나 황보인이 역심을 품고 있지 않다는 것을 잘 알고 있었다. 안평대군 또한 섭정까지는 몰라도 어린 조카를 없애고 왕위를 가로챌 마음을 품고 있지는 않다는 것도 잘 알고 있었다.

그러므로 안평과 김종서 등이 역심을 품고 세력을 키운다고 펄펄 뛰면서 침소봉대하는 것은, 사실은 자신의 더러운 야심을 정당화하기 위한 허세이자 방편일 뿐이었다.

가장 야비하고 흉악스러운 계략, 사람으로서는, 더구나 독실한 불교도를 자처하고 있는 자로서는 도저히 도모해서는 안 될 그 계략을 위하여, 가슴을 불태우고 있는 자신을, 그는 늘 침착해지도록 다독이고 있었다.

한명회가 입을 열었다.

"이번 사행 길에 나리께서 꼭 얻을 사람이 하나 있사옵니다."

"그런 사람이 있다면 얻어야지요. 누구입니까?"

"짐작하실 것으로 아옵니다만……."

"서장관 신숙주 아닌가요?"

"바로 그렇사옵니다. 신숙주를 나리의 사람으로 만드셔야 하옵니다."

"그야 나도 신숙주 같은 사람을 얻고 싶지만 집현전의 관장인 사람인데 쉽게 내 편에 서주겠소?"

"그거야 나리께서 하시기 나름이옵니다."

"더군다나 신숙주는 문종대왕의 고명을 받아 어린 왕을 돌보는 사람이 아니오?"

"그 역시 나리의 수완에 달려 있사옵니다."

"음……."

"신숙주는 결코 백이숙제가 되어 자신의 능력을 썩힐 사람은 아니옵니다. 그러니 이번 사행 길에……."

"알겠소. 해봅시다."

사은사가 떠날 날이 임박하자 곳곳에서 전별연이 벌어졌다. 윤9월 11일, 소년 왕이 사정전에서 사은사로 떠나는 수양대군에 대한 전별식을 정식으로 가졌다. 이것을 필두로 여러 곳에서 전별식이 행해졌다.

먼저 수양의 백부 양녕대군의 집에서 전별연이 벌어졌다. 종친들이 모여 활쏘기를 하며 호화로운 주연을 베풀었다. 가효미주佳肴美酒(맛좋은 안주와 쌀로 담근 술)에 거의 다 취해 쓰러졌다.

그러나 수양만은 빳빳했다. 양녕대군과경녕군(敬寧君(태종의 서자)이 터놓고 말했다.

"이 사람은 천하의 호걸인데, 대국(명나라) 사람들이 그것을 알아볼 것인가?"

두 사람은 이미 수양의 야심을 알고 있었다. 수양이 사신으로 가서 명나라의 호감을 살 것을 마음속으로 바랐던 것이다.

종실 중에서도 제1왕숙이 떠난다 하니 조정에서도 예사롭게 여길 수는 없었다. 10월 2일, 의정부 당상관들과 육조 당상관들이 수양의 사저에 모두 모여 그를 전송하는 잔치를 벌였다. 단종이 우승지 박중손朴仲孫을 시켜 술과 안주를 하사했다.

세종 즉위 무렵에 세종의 장인 심온이 요란하게 전송을 받고 사신길에 올랐다가 상왕 태종의 노여움을 사서 사형을 당한 이후, 모든 사신들은 조용히 떠나는 것이 관례였다. 더구나 이때는 국상 중이었다. 그러나 수양은 이에 아랑곳하지 않았다. 수양대군은 조금도 사양하는 기색이 없었다. 이는 지금의 임금인 조카 왕과 대행왕인 형님 왕 따위는 안중에도 없다는, 아주 무례하고 방자하기 짝이 없는 행태였다.

사헌부에서 마침내 제재하고 나섰다. 사헌부 장령掌令(정4품) 원효연元孝然이 사헌부를 대표해서 임금께 아뢰었다.

"전하, 의정부 당상과 육조 당상이 수양대군의 사저에서 전별연을 열었다고 합니다. 조정 신하들이 모여서 종친을 전별하는 것은 전례 없는 일입니다. 더구나 지금은 국상 중입니다. 의정부와 육조가 이렇게 하면 중추원과 종친부의 누구인들 전별 잔치를 벌이고자 아니할 수 있겠습니까? 뒷날 이런 일이 상례가 되어 국상의 상제喪制(상중의 예절에 관한 제도)까지 문란해질까 두렵습니다."

그러나 임금은 수양을 두둔했다.

"수양대군은 왕의 숙부인 높은 신분이면서 나라를 위하여 명나라에 가는 것이오. 공연히 그의 마음을 불편하게 하지 마시오. 나도 또한 도성 밖에서 전송하고자 하오."

원효연은 깜짝 놀랐다. 당상들의 전별이 문제가 아니었다. 임금 스스로 전별하겠다고 하니 큰일이었다. 단종은 수양대군의 심기를 거스를까 심히 걱정하는 것 같았다.

원효연은 물러가 사헌부의 논의를 거쳤다. 그리고 다시 논의한 바를 아뢰었다.

"친히 중국 사신에게 잔치를 베풀어주는 것은 황제의 명령을 높이는 것으로 부득이 하지만, 수양대군은 본조本朝의 사신인데 더구나 상중임을 무릅쓰고 전하께서 전별하실 필요가 있겠습니까? 청하옵건대 정지하시옵소서."

단종은 이를 대신들에게 물었다.

"사헌부의 논의를 따르시고 승지를 보내 전별하심이 옳은가 하옵니다."

김종서가 아뢰자 단종은 그의 뜻에 따랐다. 그러나 단종은 수양대군에게 초피貂皮 50장, 시복矢服(화살 통), 초록단자탑호草綠緞子搭胡(철릭 위에 입는 반소매 옷), 남단자철릭藍緞子帖裏(철릭의 일종) 등을 내려 그를 위로했다.

김종서의 집에서는 김승규의 작별인사가 있었다. 김승규는 김종서 앞에 무릎을 꿇고 앉아 아버지의 말씀을 기다리고 있었다. 김종서는 무슨 생각에 골똘하고 있는지 천장만 쳐다볼 뿐 말이 없었다.

"아버님, 너무 심려치 마시옵소서. 대국 구경도 하고 좋은 경험을 얻을 수 있는 기회가 아니겠사옵니까? 그리 알고 잘 다녀오겠습니다."

"……."

"영상의 자제도 함께 가니까 별일은 없을 것으로 아옵니다."

"……."

김종서는 물끄러미 아들을 쳐다보았다. 대답이 없는 것은 아들의 내심을 탐색하고 있기 때문이었다.

"이 기회에 수양대군이 뭘 생각하고 있는지 알아낼 수 있다면 종사를 위해서도 다행한 일일 것이옵니다."

"음……."

"종사관으로 갈 수 있어 다행인가 하옵니다."

"승규야."

"예, 아버님."

"당당한 고명사은사의 일원으로 가는 것이니라. 대국 사람들 앞에서는 이 조선의 체모를 잃지 않도록 생각하고 행동해야 하며, 정사인 수양대군을 모시는 일에 있어서는 집안의 체모를 잃지 않도록 행동해야 할 것이니라."

"예, 명심하겠사옵니다."

"수양대군을 가까이에서 살펴보노라면 배울 점도 많을 것이다. 그 기개와 경륜을 잘 보아두어라. 또한 부사 이사철의 면밀함이며 서장관 신숙주의 수완과 문장 등을 잘 관찰해두어라. 그들이 다 너의 스승이라 여기면 되느니라."

"예, 명심하겠사옵니다."

"《논어》〈술이편〉에 있는 '삼인행' 구절을 암송할 수 있겠느냐?"

"예. 삼인행三人行에 필유아사언必有我師焉이라. 세 사람이 길을 가면 그중에는 스승이 될 만한 이가 한 분 있게 마련이라는 말이옵니다. 택기선자이종지擇其善者而從之요 기불선자이개지其不善者而改之니라 하였으니, 좋은 점은 가려서 따르고 좋지 않은 점은 가려서 고쳐야 한다는 말이옵니다."

"그래, 바로 그것이니라."

"예……."

"그 구절을 잊지 않는다면 이번 종사관 길은 큰 보람이 있을 것이다."

"명심하겠사옵니다."

"그래, 그만 물러가 쉬도록 해라."

김승규가 물러가자 그사이 김종서 옆에 함께 있던 진녀가 약간 뾰로통한 어조로 김종서에게 항의했다.

"대감, 수양대군을 보고 배우라 하시다니요? 마땅히 경계하고 주의해야 할 사람한테서 기개와 경륜을 배우라니요?"

김종서는 즉답을 피했다. 진녀는 그런 것을 따질 상대가 아니었다.

"진녀야. 네 고향에는 지금쯤 하얀 눈발이 날리겠구나. 하얀 눈의 그 벌판을 달려보고 싶겠구나."

"제 고향 말씀을 드리고 있는 게 아니옵니다."

"그 광활한 설원 천리가 잊히지 않는구나."

"대감……?"

"가고 싶을 테지. 가고 싶다고 말하면 보내줄 것이니라."

"대감. 오늘따라 어찌 그 같은 말씀만 하시옵니까?"

"나이 탓인가 보다."

"나이라니요? 대감은 나이와는 계관없으신 철인이시옵니다."

"허허, 그런가? 허나 요즘은 한 십 년만 젊어졌으면 하고 생각하는 때가 많구나. 그렇게만 된다면야 무엇이 두렵겠느냐?"

"마음이 약해진 탓이옵니다. 몸은 철인 그대로이신데 왜 마음을 잡지 못하시옵니까?"

사실 김종서는 수양대군을 볼 때마다 그 혈기에 마음이 갔다. 따지고 보면 한 치 앞을 내다볼 수가 없는 때였다.

임금이 성년이 되려면 아무리 짧아도 7, 8년은 지나야 하는데 자신의 노쇠가 자꾸 마음에 걸렸다.

"대감 위축되지 마시옵소서. 다들 종사가 대감의 어깨 위에 놓였다 하옵니다. 용기를 내시옵소서, 대감."

북국 여인 진녀는 피가 끓어오름을 억제할 수 없는 듯 떡 벌어진 김종서의 가슴을 와락 끌어안았다.

"대감, 북국 설원의 기상을, 그 대호의 기상을 여전히 가지고 계시옵니다. 대감."

"고맙구나, 진녀야. 네가 있어 내가 다시 살아나는구나."

김종서는 진녀의 등을 토닥거렸다.

10월 8일, 양녕대군 집에서 다시 수양대군의 전별연이 벌어졌다. 태종의 서자 온녕군溫寧君, 세종의 서자 계양군桂陽君, 정종定宗의 서자 선성군宣城君과 진남군鎭南君 등이 참석하고 있었다. 양녕대군은 수양대군의 손을 잡고 말 했다.

"수양은 천명天命이 있는 사람이야."

'천명'이란 말은 임금이 된다는 뜻이었다. 왕조국가에서는 천명이란 말은 함부로 쓸 수 없는 말이었다. 그러므로 임금 이외의 인물에게 천명이란 용어를 썼다면 그 자체로 대역의 증거가 되었다. 양녕은 말하자면 수양에게 대놓고 역모를 부추긴 셈이었다. 양녕은 세종 핏줄 사이의 칼부림을 은근히 보고 싶어 하는 것도 같았다.

사신 길을 떠나기 직전 수양저에서 작은 자축연이 베풀어졌다. 사은부사 이사철, 서장관 신숙주가 참석했고 새로이 병조판서가 된 정인지가 참석하고 있었다.

"허허, 병판대감, 참으로 반갑소이다. 집현전에서는 고락을 함께한 날이 많았으나 이런 자리에서 마주 앉기는 처음인 것 같소이다."

"제가 엽렵獵獵하지 못해서입니다."

"별말씀을 다 하십니다. 병판대감이 엽렵치 못하시다면 이 수양은 뭐가 되겠습니까?"

"나리의 기상이야 천하가 다 알고 있지 않습니까?"

"또 또, 젊은 시절 철없이 기방 출입한 그 이야기를 또 꺼내시려 하십니까? 으하하."

수양대군은 일부러 크게 웃었다. 정인지를 편하게 해주기 위해서였다. 정인지와 수양대군은 세종시대에 자리를 같이한 일이 많았다. 그러므로 의당 친숙해야 할 사이였다. 그러나 수양대군은 종실 지친이었고 정인지는 나이가 많았다. 세종대왕보다 한 살 위이니 수양대군에게는 아버지뻘이었다. 이런 두 사람의 사이라 마음 트고 지내기엔 서로 어색했던 것이다.

"학역재를 병판으로 천거하신 분은 수양대군이십니다."

이사철이 끼어들었다.

"그 일은 들어서 알고 있지요."

정인지가 잔을 비우며 말했다. 수양대군은 정인지의 마음에 들기 위해서 감언이설도 불사할 작정이었다.

"학역재의 학문이라면 의당 정승으로 천거하는 것이 제 도리일 것입니다마는, 지금의 형편이 아직은 그럴 처지가 못 되고 있습니다. 제 심정만으로 말씀드린다면 우상은 그냥 계시게 한다 해도 영상은 물러나야 할 때로 알고 있습니다. 역량이 없어서가 아니라 노쇠한 까닭이지요."

"……."

정인지는 수양대군에게 시선을 주지 않았다.

"학역재께서 우선 병판을 맡으셔야 함은 지금의 조정이 취약해서입니다. 이런 때에 학문과 경륜을 제대로 갖추지 못한 사람이 병판의 자리에 있으면 사욕에 눈이 어두운 소인배들과 부화뇌동할 수가 있지요. 저는 이 점을 경계하고 있었어요."

"……."

"지금 정세로 보아 외적과 싸울 일은 없을 것입니다. 하지만 안에서는 다소간에 분란이 전혀 없을 것이라고는 단정할 수 없습니다. 바로 이런 때에 제가 도성을 비우게 되었습니다. 하오니 그사이 병판대감께서 슬기롭게 잘 대처해주셨으면 하는 것이 제가 바라는 것입니다."

"나리, 그런 걱정은 아니 하셔도 될 것이옵니다."

"물론 그래야지요. 허나 주상전하의 보령이 아직 유충하시지 않습니까? 중전도, 대비도, 그리고 섭정도 없습니다. 제1왕숙인 제가 걱정하는 것은, 종사를 보전하는 것 오직 그것뿐입니다. 병판께서 이 점을 헤아려주시면 고맙겠습니다."

"잊지 않겠습니다, 나리."

"고맙습니다, 병판대감."

수양대군은 마음이 매우 편해지면서 다음 일을 시작했다.

"밖에 누구 있느냐?"

"예, 대령해 있사옵니다."

얼운이의 힘찬 목소리가 들려왔다.

"객사에 가서 한주부 들라 이르게."

"예에."

주인 수양대군을 제외한 세 사람은 흠칫 놀랐다.

"……?"

주부라면 대개 의원을 이르는 말이기 때문이었다. 이 자리는 아무래도 의원을 불러들일 자리는 아니었다.

"허허, 심려치 않으셔도 됩니다. 벼슬을 하지 않고 있어 그렇게 부를 뿐이지, 문열공 한상질의 친손자 되는 사람입니다."

"……!"

곧 한명회가 들어왔다. 세 사람은 한명회의 특이한 인상에 잡혀 눈을 떼지 못했다.

"인사 여쭈시오."

수양대군의 말이 떨어지자 한명회는 거리낌 없이 자신을 소개했다.

"이름은 한명회라 합니다. 시생의 몰골이 이러한 것은 석 달이나 앞당겨 세상구경을 한 탓에 제대로 여물지 못해서 그러하오니 너그러이 보아주시면 고맙겠습니다."

"허허허, 이쪽은 내가 소개하겠소."

수양대군이 말하자 한명회는 손을 내저었다.

"아니옵니다. 제가 다 알고 있는 어른들이십니다. 이번 사은부사로 가실 이사철대감, 새로 병판에 옮겨 계신 정인지대감이시지요. 젊으신 분은 집현전 직제학이셨던 범옹이 아니시오."

"허허허. 병판대감이나 공판대감은 그렇다 치고 사은사의 서장관을 부르면서는 함자를 대지 않은 것은 무례한 일이 아니오?"

수양대군은 한명회의 달변이 듣고 싶어 일부러 그렇게 말했다.

"범옹께서는 시생보다 두 살이 아래시나 세월이 좋아지면 호형호제를 할 수도 있고, 서로 그만그만한 자식들을 키우고 있으니 중신만 해 주신다면 사돈도 될 수 있는 처지라, 시생이 그런 우의를 잠시 좀 당겨서 두텁게 하고자 그랬습니다."

"……!"

신숙주가 말없이 웃고만 있자 수양대군이 눈치를 챘다.

"아니, 두 사람은 구면이시구먼."

"그러하옵니다, 나리. 헤헤."

"하면 어찌 아는 사이요?"

역시 한명회가 대답했다.

"동문수학인 셈이지요. 헌데 가깝게 지내지 못한 것뿐입니다. 범옹은 소싯적부터 기품이 있어 범접하기 어려운 데가 있었지요."

"아, 그래서 서먹서먹한 것이군요."

정인지가 가볍게 한마디 했다.

"삼세지습 지우팔십三歲之習 至于八十(세 살 버릇 여든까지 간다)이라 하지 않습니까? 헤헤헤."

"하하. 과시 자준과 범옹이야."

수양대군이 너털웃음을 웃자 모두들 조심스럽게 따라 웃었다.

"한주부라기보다는 한공이라 부르는 게 좋을 것 같습니다만……, 나리와는 어떤 사이신지……?"

뭔가 궁금한 듯 정인지가 물었다.

"먼저 말씀드렸어야 하는 건데……. 허허, 사실은 제가 한주부에게 경륜을 배우고 있습니다. 세상을 바라보는 안목이 비범합니다. 또한 아무리 급해도 서두르지 않으면서도 생각하는 바는 가히 우주만상이지요. 그래서 제가 한주부더러 '나의 장자방'이라고도 합니다."

수양대군은 한명회를 극찬하고 있었다. 거기 있는 세 사람 이사철, 신숙주, 정인지는 그들 스스로도 사람을 알아볼 수 있는 사람들이었다. 수양대군이 특별히 이 자리를 이용하여 한명회를 소개하며 극찬하는 것은 이 세 사람을 자기 사람으로 만들기 위한 포석의 일부였다.

이사철은 이미 문종 모살에서부터 주구가 된 바이지만 신숙주, 정인지는 반드시 포섭해야 할 대상으로 수양대군과 한명회는 이미 작정하고 있었다.

"시생은 을미생입니다만 그저 포의布衣로 지내왔고, 잠시 벼슬자리에 있었다면…… 헤헤, 거 송도에서 경덕궁직을 한 적이 있습니다."

"허허. 제가 음서로 출사를 할 것을 권했다가 일언지하에 거절당했습니다."

"너그러이 보아주시기를 바라옵니다."

한명회가 인사성 말을 하고 나자 수양대군이 정인지를 은근히 불렀다.

"저, 학역재대감."

"예."

"제가 도성을 떠나 있는 동안이라도 불가불 저와 의논할 일이 생기면 한공을 불러서 의논해주시면 고맙겠습니다."

"예……. 허나……."

정인지는 뭐 그런 일이 있겠냐는 듯 싱겁게 대답하며 한명회를 힐끗 쳐다보았다.

"한공."

"예, 나리."

"학역재대감의 말씀이 곧 내 말이라는 것을 명심하기 바라오."

"예. 목숨을 다해 받들어 모실 것이옵니다."

수양대군과 한명회는 그들만의 말로 상쾌하게 그들의 속내를 주고받 았다.

"자, 자, 드십시다. 제가 그간 고이 간직한 보물을 오늘 여러분께 내보인 셈입니다. 허허."

잔이 돌고 돌았다. 취기도 올랐다. 좌중의 화제는 주로 한명회가 이끈 셈이었다.

주연이 파하자 수양대군은 친히 대문 밖까지 나와 정인지를 배웅했다. 정인지와 이사철은 자비를 타고 돌아갔다. 신숙주와 한명회는 나란히 걸어갔다.

어느새 가을이 깊었는지 소슬바람에 낙엽이 굴렀다.

"오늘 밤 범옹께 결례가 있었다면 너그럽게 보아주시오."

"원, 천만의 말씀을……. 이렇게 만날 줄은 꿈에도 몰랐소. 참 반갑소."

"다 인연이겠지요."

"그만한 학문이면 음서로 출사할 수도 있지 않습니까?"

"대군나리께서도 그리 말씀하셨지요."

"아 참, 거절하셨다구요?"

"변변찮은 경륜이라도 수양나리를 위해서 쓸 수 있다면 그것으로 그만이라 생각합니다."

"……!"

신숙주는 이제 좀 이해가 되었다. 근래 수양대군이 수완을 부려 자신의 지위를 향상시킨 것이 한명회의 도움이 있었기 때문이라는 것을 신숙주는 깨닫고 있었다.

"범옹만 믿겠소."

"무슨 말씀이신지……?"

"명나라에서 수양대군을 잘 보좌해주실 것을 말입니다."

"허허. 서장관일 뿐인데 별로 할 일이 있겠어요?"

"나는 범옹을 잘 알고 있어요."

"……."

두 사람은 혜정교惠政橋를 건너자 발길을 멈췄다. 한명회는 오던 길로 다시 가야 했고 신숙주는 중부 서린방瑞麟坊으로 좀 더 가야 했다.

"만리장정의 길을 떠나시는데 전송이 되었는지 모르겠습니다."

"고맙습니다. 한공……."

"내년에나 뵙게 되겠습니다."

"그렇겠지요."

"그럼 이만……."

신숙주는 고개를 잠깐 숙이고 돌아섰다. 한명회는 신숙주의 모습이 보이지 않을 때까지 서 있었다.

인정人定(통행금지 시각)을 알리는 종소리가 들렸다. 삽상한 가을밤 하늘 높이 달이 떠 있었다. 뒤돌아 걷는 한명회의 앞길을 환히 비춰주었다.

'나의 광명천지가 이만큼은 밝아온 게야.'

(제3권에 계속)

돗개무리 제2권 형왕모살兄王謀殺

초판 1쇄 발행 2021년 02월 05일

지 은 이 이번영
펴 낸 이 김환기
펴 낸 곳 도서출판 이른아침
주 소 경기 고양시 일산동구 정발산로 24 웨스턴타워 업무4동 718호
전 화 031-908-7995
팩 스 070-4758-0887
등 록 2003년 9월 30일 제313-2003-00324호
이 메 일 booksorie@naver.com

ISBN 978-89-6745-115-8 (04810)
978-89-6745-113-4 (세트)